남도 사람들

남도 사람들

초　　판 1쇄 발행 2021년　8월 24일
수정판 1쇄 발행 2023년 11월 20일

지은이　　강동원
펴낸이　　이대현
편집　　　이태곤 권분옥 임애정 강윤경
디자인　　안혜진 최선주 이경진
마케팅　　박태훈

펴낸곳　　도서출판 역락
출판등록　1999년 4월 19일 제303-2002-000014호
주소　　　서울시 서초구 동광로 46길 6-6 문창빌딩 2층 (우06589)
전화　　　02-3409-2060
팩스　　　02-3409-2059
홈페이지　www.youkrackbooks.com
이메일　　youkrack@hanmail.net

ISBN 979-11-6742-191-3 03810

南道

남도 사람들

춘곡 강동원 지음
春谷　姜東元

역락

환상을 실상으로 착각하는 몽상 속에 살아가는 나의 노을빛 인생이 깊은 감상感傷을 자아낸다. 이를 옛 사람은 유수流水에 떠내려가는 꽃잎이라 노래했다.

냉엄한 세상, 물거품 인생, 득실이 무상한 세파 속에 취생몽사醉生夢死로 지내온 세월의 부끄러움과 시린 아픔은 절절한 후회뿐이다.

80고개를 넘어 굽어보는 만상은 참으로 만감이 교차하는 황혼의 벌판이다. 눈시울이 무색케 급변하는 물질주의가 우리의 전통문화와 철학을 모두 무너뜨리는 현실은 안타깝다 못해 나 홀로 고애자孤哀子가 되어 통곡하는 심정이다.

우리 조상들이 물려주신 아름다운 진주보석이 모두 진흙 속에 버려지는 것을 볼 때 그 안타까움을 어찌 필설筆舌로 다 하겠는가. 도의가 무너지고 인정이 말라가는 각박한 세정에 탄식을 금치 못하는 바이다. 아! 아름답다 금수강산이여 예의바른 동방군자의 나라가 어찌 이처럼 개탄스럽단 말인가

어린 시절의 기억들이 옥구슬처럼 영롱하다. 해를 거듭하여 반백斑白이 된 오늘, 지난날의 생각들이 그처럼 소중하게 다가선다. 초등학교 시절부터 웃어른들에게 남다른 사랑을 받았다. 그 옛날을 회상하면 화첩 속의 그림처럼 하나하나에 둥근 달이 떠오르고 큰 감동을 주어 꽃

구름이 피어나며 가로등처럼 스쳐가는 아름다운 인연, 향기로운 사연들이 목마른 가슴에 감로수로 젖어든다

그 중에도 각별히 형설의 탑을 높이 올려주신 스승의 사랑은 강을 이루고, 샘물처럼 솟아나는 그 은혜 사모곡이 되어 가슴을 울린다. 어찌 그뿐이랴. 외로운 징검다리를 손잡아 끌어 주고 어두운 밤 촛불 되어 안내해 주셨던 큰 어른의 깨우침은 흐린 나의 머릿속에 어찌 그토록 총총히 다가오는가. 망망대해를 표류하는 조각배에 저 멀리 등대가 보이듯 이제야 학문의 길에 새벽이 오는데 어찌 된 일인가! 발걸음은 안타깝게도 더욱 무거워 모든 것이 두려움뿐이다.

창 밖의 솔바람을 들으며 회상의 강물에 나래를 저어본다. 눈앞에 떠오르는 하나하나가 모두 소중한 주옥으로 붓 따라 생각 따라 일기처럼 촘촘히 옮겨, 지내온 자취로 삼고자 적다보니 쉬는 곳마다 인생무상의 탄식이다. 그러나 백발은 오직 공도公道란 말로 자위한다.

끝으로 이처럼 부족한 글을 우리문화 사랑이란 대의를 따라 각별히 배려해 주신 역락亦樂 출판사 이대현 대표님, 무명베에 화려한 비단수로 편집 책임을 맡아주신 이태곤 편집이사님, 이경진 대리님과 그리고 이 일로 수고해 주신 출판사 여러분께 깊은 감사를 올린다.

과거는 미래의 거울이다. 온고지신溫故知新을 아끼는 우리 후학들에게 지난날의 한 단면을 전해 주고 싶은 충정衷情이라 말하면서 삼가 머리말을 맺고자 한다.

2021년 6월 12일
홍익재弘益齋에서
강동원

無常 戀歌

丹下樵夫 강동원

물 따라 바람 따라 흐르는 세월
달 가듯 구름 가듯 떠나는 인생
바람 지나면 물결 일고
구름 모이면 달빛 지더라
저어라 저어라 노櫓 저어라
인생은 고해苦海란다
봄바람 가을비에 그림자 묻고
외로운 징검다리 홀로 걷는 길
태어나면 사라지고 만나면 헤어진다
기쁨도 슬픔도 부귀도 영화도
한갓 스치는 구름이요 바람인 것을 …
애달프다 천년 한千年 恨 두견이는
오늘도 달 아래 피멍으로 울부짖고
가련한 저 녹수
어찌 청산을 안고 그토록 목메는가?
주어라 놓아라 붙잡지 마라
오고가는 모두가 부질없는 꿈이란다

차례

제 1 편

남도의 풍류 風流

詩·書·畵·歌·舞

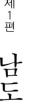

서석瑞石 시인들의
모란제牡丹祭 이야기

녹의주綠蟻酒가 그립다

어느 해인지 정확히 떠오르지는 않으나 그렇게 오래된 일은 아니다. 개나리, 진달래, 산 벚꽃이 모두 지고 가로수가 다시 파란 그늘로 변하면, 우리 집 백모란도 오월의 미인이 되어 백옥처럼 맑고 고운 꽃망울을 자랑하며 서석산 아래 문우文友들의 마음을 설레게 한다. 나는 백모란과 오래 살다 보니 백모란의 특성을 알 수 있었다. 백모란은 꽃망울이 점점 커지기 시작하여 5일쯤 지나면 만개하여 함박웃음을 짓는다.

항상 이를 감안勘案하여 길일吉日을 택해 아내에게 말하면, 아내는 고맙게도 찹쌀밥을 술 곡자穀子인 누룩과 구기자를 버무려 술 항아리에 안치고 이를 따뜻한 안방에 조심스럽게 모신다. 술이 익어갈 무렵이 되면 온 방 안은 은은한 술 향기로 가득 찬다. 술이란 풍류아사風流雅士에게는 아끼는 벗이요, 그처럼 못 잊을 연인이 아니던가. 어느 시인

| 백모란

이 익어가는 술 항아리를 보며 "의시백우반청풍疑是白雨半淸風; 여름 소나기인 듯, 가을 맑은 바람인 듯"은 적절한 표현이다. 즉, 술이 익어갈 무렵 항아리에 귀를 대고 듣노라면 시원히 지나가는 여름 소나기 소리인 것도 같고, 막힌 가슴을 열어주는 가을바람 소리인 것도 같다. 하나의 생명체가 탄생하는 모습을 보는 애주가들은 삼대독자가 옥동자를 얻은 듯 귀엽다. 나는 밖에서 들어오면 반드시 술 항아리 앞에 앉아 귀를 대고 한참 동안 술 익는 소리를 듣는다. 3일이 지나면 술 항아리에서 연한 매화 향이 코를 스치고, 5일이 되면 짙은 목련 향이 코를 찌른다.

이때쯤이면 나는 텔레비전 일기예보가 자꾸 신경이 쓰인다. 혹시나 비바람으로 백모란이 망치지나 않을까 하는 기우杞憂 때문이다. 문우文友들과 이미 시회詩會 날짜를 정했으나, 문병란文炳蘭 형님께는 거듭 전화를 드린다.

"우리 시회詩會가 내일 지나 모레입니다. 기억하십시오."

"어이, 그래 잘 알고 있어."

이때는 대개 5월 18일경으로 광주는 5 · 18 행사로 너나없이 분주하지만 문병란 형님은 꼭 참석하신다. 근래에는 평년과 날씨가 달리 기온이 점점 높아졌다. 그러다보니 꽃들도 훨씬 앞당겨 핀다. 우리 시회詩會는 초여름의 전령사인 백모란에게 술상을 올려 예우를 하고, 시인묵객詩人墨客들이 문방사우를 갖춰 놓고 시서화로 즐기는 풍류 놀음이다.

이 시회를 처음에는 춘곡 약헌春谷藥軒; 광주시 학동 집에서 모였으나, 모임에 참석하시는 회원이 차츰 늘어 개국조開國祖 단군檀君을 모신 화순 홍익재弘益齋에서 열었다. 그 자리에는 장형태 지사님, 박선홍 심상기, 최상옥, 박진동 회장님, 안진오 박광순 교수님, 화순지역 정남 회장님 그리고 장성 박래호 선생, 국제 이종득 화가, 서예가 학정 이돈흥, 단산 안채봉 명창, 시조 명인 심성자, 대금 조창훈 선생 등등 많은 예술인이 모임에 참석했다. 모두 회장 문병란 시인의 주도 아래 해마다 이루어졌다.

무등산 아래 춘곡 약헌학동 집에서는 백모란만 피었으나, 화순 홍익재에는 각색 모란을 전국에서 구해 심어 놓아 오색 모란이 다 피었다. 이곳은 국조를 모신 민족의 성지이므로 화중지왕花中之王을 심었다. 이곳 홍익재에는 백모란과 함께 빨간 적모란, 자모란, 황모란, 연분홍색 등등 갖가지 모란들이 심겨 있다.

백자 달 항아리에 황금빛 녹의주綠蟻酒를 가득 채워 예쁜 구족상狗足床 위에 놓아 백모란에게 바치고 나면 대금 명인의 청아한 청성곡淸聲曲은 청산에 구름 가듯 유수에 도화가 흐르듯 은은한 대나무 소리가 모란제를 고한다. 그리고 모임의 좌장座長 즉, 나이 많은 어른께서 모란에 술을 권하는 낙영례落英禮가 있다. 녹의주를 모란에 세 번 부어준 다음, 한시 대가大家 노강蘆江 박래호朴來鎬 선생이 시를 읊고 다 함께 박수로써 모란제를 축하한 다음에 자리를 방으로 옮긴다. 이어 노강 박래호, 의

| 모란제에서 학정 이돈흥 선생이 백병풍에 〈장진주〉 휘호 모습

송 박태상 교수님과 우석 이진백 전교님 등 한시漢詩 대가 여러분이 시로써 소회를 읊어 기념하며 때로는 무상 세월을 영탄하기도 한다.

옛 고려 정지상 시인의 〈송우인送友人; 벗을 보내며〉에서 운자를 빌려 시를 지었다.

賞春谷庭園白牡丹상 춘곡 정원 백모란

毅松의송 朴泰相박태상

大雅庭園牡丹多대아정원모란다	큰 선비 정원에 모란꽃도 많아라
非紅惟白動詩歌비홍유백동시가	붉지 않고 하얀 꽃 시와 노래 생각난다
不隨時俗年年發불수시속년년발	시속을 따르지 않고 해마다 다시 피니
坐愛渾無染世波좌애혼무염세파	세파에 물들지 않아 그를 사랑하노라

白牡丹頌백모란송

春谷춘곡 姜東元강동원

瑞石洞天白玉開서석동천백옥개	서석골 백옥화 입을 열었네
奇乎月下美人來기호월하미인래	기특하여라 달 아래 미인이여
戒君損志莫腥醉계군손지막성취	경계하노니 그대 지조 덜어 비린내에 취하리
我愛清純勸是盃아애청순권시배	내 그대 청렴과 순결을 아껴 이 술을 권하노라

다시 회장님이신 서은瑞隱 문병란 시인의 고시조 체의 시가 너무도
아름다웠다.

백모란頌송

문병란

오월의 뜰 위에 핀
여덟 송이 고운 백모란
하늘의 선녀가 떨어뜨린
눈부신 하이얀 손수건일까

칠색 무지개 타고
양소유 팔선녀 하늘로 간 다음

땅 위엔
활활 타오르는 저녁놀

양소유 피리 소리 따라
시나브로, 시나브로 사랑이 진다
오, 오 백모란
땅 위에 귀양 온 하늘의 팔선녀

백모란祭제

雲亭운정 朴鎭東박진동

백모란 활짝 피니
그 향기 없는 듯이 그 맵시 눈부시다

소객騷客들 모여 앉아
잔 들며 시를 짓고 창으로 읊조리니

멋스런 옛 풍속이
오늘에 살아난 듯 모란도 반기누나

모두 박수로써 찬사를 보냈다. 평소 시를 쓰는 일이 없었으나, 오늘은 흥을 못 이겼는지 박진동 회장님께서도 즉흥시를 지어 낭송을 마쳤다.

그밖에 여러분의 시를 감상한 다음 문인화와 서예가 휘호 순서다.

| 모란제에서 사군자를 치는 회원과 그 앞에 앉은 '한량춤' 무용수.

옛날에는 국재菊齋가 참석했으나 애석하게도 그 친구를 멀리 보내고 난 다음 화산和山 조영호曹永鎬를 초청하여 자리를 함께했다. 사군자에는 거문고, 대금 등 반주가 있어야 했다. 흥겨운 산조 가락에 붓을 들면 자연 흥을 얻어 화선지에 먹을 놓으면 금방 매화가 피고 가지 사이에는 둥근달이 뜬다. 그리고 노기사죽怒氣寫竹; 가슴속 의기로 대를 그림으로 힘찬 풍죽風竹을 치면 즉석에서 소슬바람이 일었다. 만당청풍滿堂淸風; 집에 가득한 맑은 바람의 풍아객 놀음이 끝나 가면 음식 잔치가 시작된다.

항상 접빈接賓에는 술이 군왕이다. 손님을 모시는데 술이 빠질 수 없다. 속담에 술맛이 안 좋으면 비 오는 장날이요, 안주가 산해진미라도 추운 날 찬밥 먹기다. 그리고 잔칫상에 여자가 없으면 지팡이 잃은 고갯길이라 했다. 이런 풍류를 요즈음엔 여성비하 또는 성희롱으로 몰려 모두가 퇴색된 속담이 되어 버렸다. 오늘의 이 자리에는 문병란 시인이 옆에 앉아 있으니, 천하 명기를 모셔 놓았던들 이에 당할 손가? 화기가 만당하여 좌우 분위기는 풍아風雅의 향기가 생동하고 있었다.

녹의주綠蟻酒란 녹두누룩에 찹쌀, 구기자로 빚은 술을 말하는데 이 술은 누룩밥을 안쳐 7일 만에 떠올린 술로 황금빛이다. 이 술에 회향, 백지, 사인, 계피의 한약재를 넣고 최상품의 꿀을 몇 방울 떨어뜨려 하룻밤을 숙성시켜 놓으면, 다음날 독특한 향의 명주가 된다. 그 술맛을 극찬으로 아끼신 분이 장형태 지사, 최상옥, 심상기, 박진동 회장님, 안진오 교수님 등 이 지역 유지 여러분이었다.

늦 취나물, 더덕, 청포묵 그리고 치자를 조금 가미한 황포묵에 영광 굴비, 고사리 탕, 우설 수육과 우족 절편, 어적, 육적, 어회, 육회와 오첩 젓갈, 그리고 고비나물, 곰취 절임, 화전, 식혜 이에 어찌 홍어가 빠지랴. 술잔을 들어 건배하기 전에 시조창과 청아한 대금이 빠질 수 있겠는가.

"청산아 말 물어보자, 고금사古今史를 네 알리라. 만고에 영웅호걸 몇몇이나 지났더냐? 일 후에 묻느니 있거든 나도 함께 일러라." 심성자의 시조창에 모두 박수가 쏟아졌다. 뒤를 이어, 주기가 거나하게 오른 장형태 지사님께서 "나도, 못 하지만 흉내는 내야겠다." 하시면서 그처럼 어려운 편락編樂; 엮음시조 또는 낙시조을 "바위도 돌도 …" 하시며 정중한 자세에 웅심雄深한 목소리로 대금에 맞추어 부르는데 함배박자는 고르지 못했으나 모두가 깜짝 놀랐다.

이어 옆에 있던 안진오 교수가 국자를 들고 항아리에 있는 밑바닥 술을 조심스럽게 떠올려 잔을 채운 다음 장 지사 앞에 놓자, 옆에서 보고 있던 박태상 교수가 말하기를

"항아리 술을 떠올리는 솜씨가 보통 얌전이 아니여! 아마 기생 앞에 무릎 꿇고 배웠던 솜씨 아닌가?" 하자, 모두 박수를 치면서 맞다 맞아." 하고 웃었다.

이처럼 웃으며 황금 빛 녹의주 두 항아리를 모두 비우자 얼굴빛이 모두 학발홍안鶴髮紅顔이 되어 주고받은 웃음 속에 밤은 말없이 깊어만 갔다. 아! 아름다운 이 밤이여! 준전백발지청춘樽前白髮志靑春; 항아리 앞의 백발이나 뜻은 청춘이던가 백발인들 술 앞에 청춘의 호기를 놓을 소냐!

이렇게 홍익재弘益齋모란제가 모두 끝났다. 깊은 밤 어느 덧 은하수는 기울고 고공高空에 뜬 밝은 달이 우리들의 가는 길을 인도해 주었다.

서예가 근원槿園
구철우具哲祐 선생 이야기

내 것 보고 흉내 내지 말어!

나의 안방에는 '永錫祚胤^{영석조윤 ; 영원히 후손을 내려준다. 『시경 詩經』}이란 액자가 문
위를 지키고 있다.

　이 액자는 근원槿園 구철우具哲祐 선생님께서 써주신 나의 결혼선물
로 벌써 50년 전 일이다. 지금은 어느덧 우리 집을 지켜 주는 가보家寶

| 근원(槿園) 구철우(具哲祐) 선생 친필 永錫祚胤(영석조윤)

가 되었다. 이 작품을 우러러보면 부드러우면서도 웅건雄健한 필력이
선생님의 맑은 심지心志를 유감없이 드러내고 있다.

　나는 근원 선생님께 너무나 많은 것을 배웠다. 나에게 근원 선생님
을 처음 소개해 주신 분은 석호당石湖堂 표구점을 경영했던 김 선생님이
었다. 어느 날 석호당을 지나다가 전시된 작품을 감상하면서 자연스럽
게 인사를 나눈 다음 망년지교忘年之交가 되어, 지나다 들리면 녹차를 권
하면서 어린 나를 그처럼 아껴 주었다.

　봄비가 부슬부슬 내리던 어느 날이다. 석호당을 찾아가 둘이 앉아
무등산 춘설차를 한 잔씩 나누면서였다.

　"선생님, 제가 사군자四君子를 공부하고 싶은데 좋은 길이 없을까
요?" 하고 물었다. 김 선생님은

　"자네 고향 분이신 근원 구철우 선생님께 찾아가 공부를 하면 좋겠
네."라고 하며 당장 찾아가자고 다그쳐 권한다.

　나는 석호당과 함께 지금의 원각사圓覺寺 뒤 조용하고 아담한 근원
선생님 댁을 찾았다. 대문을 여는 순간 묵향墨香이 가득하고 작은 공간
에도 정원이 있었으며, 소복을 입으신 어른께서 미소를 지으며 손님을
맞았다. 우리는 조심스럽게 인사를 올린 다음, 석호당이 나의 뜻을 말
씀드리자 쾌히 승낙해 주었다. 근원 선생님과는 이렇게 인연이 된 것
이다.

　내 나이 스물다섯 살 때였다. 매일 화순에서 오후 3시~5시쯤이면
광주행 버스를 타고 다니며 공부를 했다. 선생님께서 처음 말씀하기
를 사군자는 그 기초를 서법에서 시작하기 때문에 서예를 먼저 하고,
다음에 사군자를 배워야 하는 법이므로 붓 가는 대로 글씨를 먼저 써

보라 하셨다. 운필이호법運筆理毫法: 붓놀림과 붓털 다스리는 법을 터득하지 못하면 소기의 목적을 이룰 수 없다고 역설하셨다.

하루는 내 글씨를 보고 빙그레 웃으면서

"누구에게 글씨를 배웠던가?" 하며, "서법書法을 모르고 쓴 글씨는 쓰면 쓸수록 더욱 망치는 법이네." 하였다. 매일 오후 늦은 시간을 택하여 글씨 공부를 했다. 선생님 댁을 찾아가면 정원에는 항상 청풍고절淸風高節을 자랑하는 대竹가 안방 문 앞에 서서 나를 맞아 주었다. 한 시간 정도 서예 지도를 받고 나면, 집에서도 습작을 많이 해서 가져와 보이도록 숙제를 주었다. 공부를 마친 다음은 반드시 30여 분쯤 앉아서 옛 선현들의 말씀으로 한담閑談을 나누고 돌아왔다. 공부할 때는 사

| 근원槿園 구철우具哲祐 선생右 휘호 모습. 취영翠英 홍남순洪南淳 선생中 영사潁砂 최하길崔夏吉 선생左

제지간師弟之間이었지만, 공부가 끝나면 흡사 친구처럼 망년지교忘年之交가 되어 세상사는 이야기와 의약에 관한 이야기 그리고 풍수지리風水地理에 관심이 많아 자주 명당에 대한 말씀도 들려주셨다.

선생님께서 말씀하기를

"나는 평생 허리가 아프면 어떠한 약도 효과가 없고, 다만 소꼬리를 고아 먹으면 즉시 효과가 있다."라는 말씀을 자주 하셨다. 그러므로 선생님은 이렇게 요통腰痛이 발생하면 항상 소 미자탕尾子湯을 들었다고 한다.

어느 날 선생님께서 비문을 계속 썼더니 당장 허리가 아프기 시작한다면서 손으로 허리를 두드렸다. 나는 선생님의 병환에 약을 생각하지 않을 수 없었다. 많은 환자를 치료했던 경험방도 있었지만, 그보다 선생님은 소꼬리가 특효라고 했던 말씀이 떠올라 당장 소꼬리를 구하여 올리는 것이 최선책이라 생각하고 이틀 후 시장에서 소꼬리를 사들고 선생님 댁을 찾아갔다.

무더운 여름이었다. 소꼬리가 변질될 것을 염려한 나머지 발걸음을 재촉하여 선생님 댁 대문 앞에 이르렀으나 뜻밖에 경황驚惶한 일이 생겼다. 대문에 기중忌中이란 글씨가 붙어 있는 것이 아닌가! 이는 손님 방문을 거절한다는 뜻이다. 나는 갑자기 번민에 빠졌다. '이 일을 어떻게 한담.' 하며 한참 동안 생각해 보았다. 이는 반드시 선생님께 필요한 약이요, 냉장고도 없던 시절 소꼬리는 더운 여름인지라 쉽게 변질될 염려가 있어 보관도 어렵고, 나는 먹어 본 일이 없어 사실상 혐오스러운 식품이었다.

나는 대문 앞에 서서 한참 동안을 생각해 보았으나 별 방법이 없어 그 집에 전해드릴 수밖에 없었다. 나는 예의염치를 무시하고 대문 안으로 들어갔다. 집 안은 온통 조용했다. 어색함을 무릅쓰고 "선생님" 하고 방문 인사를 올리자 한참 후에 자부이신 신 씨 부인께서 눈물을 흘리며 나오신다. 나는 더욱 죄송했다. 나를 보더니만 말없이 들어가신 후 다시 선생님께서 나오셨다. 선생님 역시 눈물을 흘리면서 나오는데 장롱 속의 옷을 꺼내 입은 듯 모두 하얀 새 옷에 양말까지 바꿔 신고 나오셨다. 궁색하지만 부득이 소꼬리를 구했다고 말씀드렸다. 선생님은 여기 놓고 가라며 손을 말없이 저었다. 나는 참으로 어색하고 부끄러웠으나 할 수 없이 마루에 놓고 올 수밖에 없었다.

　사실은 사모님께서 숙환으로 오래 고생하시던 중 불행히도 임종 직전이었다. 그때야 사정을 알고 더욱 죄송스러웠다. 다음날 전남일보에서 사모님 별세를 재확인하고 조문을 하였으나, 삼우일三虞日이 되어 선생님 위문 차 다시 찾아갔으나 역시 위문객은 사절하고 비문을 쓰신다고 전해 들었다.

　뒷날 들었던 이야기이다. 선생님은 자녀들에게 말씀하기를 "삼우三虞에 붓을 잡는 것은 네 어머니에게도 예禮가 아니며, 내가 붓을 잡을 정황이 아니다. 그러나 나의 사사로운 사정으로 남의 가문의 대사를 그르칠 수 없어 부득이 비문碑文을 써야겠다." 하시며 가족들에게 양해를 구했다고 한다. 평생을 함께한 아내를 보내고 3일 만에 붓을 잡고 글씨를 쓰셨다는 것은 참으로 어려운 일에 더욱 어려운 일이 아닐 수 없다. 그러나 사사취공捨私取公 즉, 사私를 버리고 공公을 먼저 생각하는 선생님의 높은 뜻에서 고매高邁함을 배울 수 있었다.

　그 후에도 나는 선생님의 지도하에 사군자 공부를 계속했다. 사군자는 대부분 난蘭부터 시작한다. 그다음 대竹를 공부하고, 국화菊와 매화梅를 하는 것이 대부분의 순서이다. 그러나 처음 시작한 난蘭은 마지막 또다시 난蘭으로 돌아와 다시 난蘭을 하게 된다고 한다. 그처럼 난이 어렵다는 말이다.

선생님께서 공부 시작과 함께 나에게 강조하신 말씀이 있다.

"자네, 내 것 보고 흉내 내지 말어. 운필법運筆法은 배우되 선인들의 좋은 점만 하나하나 내 것으로 삼는 것이여. 선생 것을 그대로 그리려면 집에서 날마다 체본體本 보고 그리면 되지 나에게 찾아올 것 없어." 하신 것이다. 그리고 빙그레 웃으시며

"이거 리어카작은 손수레를 끌고 말지 골병들어 죽을 짓이여." 하셨다.

선생님은 힘이 지쳐 글씨 쓰는 데 너무 힘이 들면 인삼人蔘에 모조좁쌀를 한 줌 넣어 잘 달여 마시면 3일 정도는 힘이 있다고 자주 말씀하셨다.

이렇게 선생님의 작품을 보고 모방하는 것을 권하지 않고 한사코 옛 선인들의 좋은 법을 모방하여야 한다고 권했다. 그러면서 화선지를 펼 때마다 "절대 내 것 보고 흉내 내지 말어." 하고 강조한 말씀이 귓가에서 떠나지 않는다. 예를 들어 태점산이나 바위, 땅의 묘사나 나무에 난 이끼를 나타낼 때 쓰는 작은 점은 의재毅齋 허백련許百鍊 선생, 매화는 동강東岡 정운면鄭雲勉 선생, 가지 부치는 법은 미산米山 허형許瀅 선생의 기법을 자기화自己化하라는 말씀이었다.

특히 강조하기를

"모든 그림은 근원根源이 실해야 하는 법이여. 나뭇가지를 붙이려면 시작을 일꾼들의 지겟가지처럼 힘 있게 역입도출逆入倒出; 획을 그을 때 붓을 거슬러 들어갔다 되돌아 나옴로 붙여야 하는 것이여." 하고 말씀하셨다. 나는 선생

님의 뜻을 받들어 열심히 했다. 말씀과 같이 자주 선생님 댁을 찾아가 교정을 받았는데, 갈 때마다 남의 작품을 많이 보아 안목을 높이는 데 노력을 해야 한다는 말씀을 강조하셨다. 그러나 천박한 실력인지라 무엇이 옳은지 그른지 도무지 알 길이 없었다. 파봉안破鳳眼; 봉鳳새 눈을 뜸 이란 말만 듣고, 그린 난蘭은 난이 아니라 국수 가닥 늘어놓은 듯 참으로 가관이었다.

그러나 선생님 앞에는 내놓아야 학생의 자세가 아닌가? 부끄러움을 무릅쓰고 내놓으면 선생님은 빙그레 웃으며

"시골 머슴들 발대 엮듯 허면 못 써." 하신다. 나는 부끄러워 온몸에서 땀이 솟았다.

"댓잎은 바삭바삭 바람 소리가 들리는 듯 빳빳해야지 이렇게 오뉴월 햇볕에 마른 삼잎麻葉처럼 축 처져 있으면 안 되는 것이여." 하면서 "하하하" 하고 파안대소破顏大笑로 웃는 선생님의 모습을 보고 나 역시 같이 웃었다.

그 후에 여름 어느 날이었다. 선생님의 가르침을 명심하면서 정성껏 그린 난과 죽을 가지고 밤늦게 찾아갔다. 실례인 줄 알면서도 형광등 불빛 아래 펴 보였다. 한참 동안 보더니 웃으면서

"그간 많이 늘었네. 약은 안 짓고 그림만 그렸어. 이제는 내 지도를 받지 않아도 많이 그리면 되겠네." 하며 웃으셨다. 대부분 선생님이 자기 화풍畵風을 고집하므로 제자가 선생의 그림을 모방하여 그려야 꾸중과 지적을 면할 수 있다. 그러므로 공부를 하다 보면 자연스럽게 스승의 그림과 글씨의 복사판이 되어 버린다.

예술이란 모방으로부터 시작하는 것이 기본이다. 그리고 그다음 인

고忍苦와 마탁磨琢을 거듭하여 심원深遠한 자기 세계가 열리는 것은 무위자연지도無爲自然之道가 아니던가. 극기克己와 극기로써 모든 사심私心을 몰아내고 오직 정도正道와 정관靜觀의 혜안慧眼을 찾아가는 외로운 길이다. 인내와 인내의 거듭 만이 승리의 열쇠인 것을 이제야 알았다.

내 나이 30세 때 일이다. 화순읍 남산 서양정瑞陽亭에서 오종택吳鍾宅 사두射頭 어른을 뵈었을 때 나에게 국궁을 권했다. 나는 쾌히 승낙하고 아침 일찍 남산에 올라 국궁國弓을 열심히 연습했다. 연습 중 사두射頭 어른이 말씀하기를

"우리 집에 의재毅齋 선생 병풍이 있는데 진위眞僞를 알 수가 없어 궁금하네. 감정을 정확히 할 수 없는가?" 하고 물었다.

"제 친구 중에 10년 이상 의재 선생님의 작품만 표구했던 친구가 있습니다. 그 친구를 통하여 감정하면 될 것입니다." 하자, 사두께서

"보는 분마다 진품이 아닌 것 같다고 말하여 기분이 찜찜하네." 하는 것이다. 당장 친구를 불러 감정을 했다. 친구는 작품을 보고 빙그레 웃으며

"이 작품은 보는 분들이 가짜라 하겠습니다. 그러나 가짜 작품은 아닙니다. 선생님께서 일본 유학을 다녀오신 직후 초년 작품으로 격이 심히 떨어져 지금 작품과 비교하면 큰 차이가 나는 것은 사실입니다." 했다. 나는 깜짝 놀랐다. '의재 선생님도 이처럼 어린 경지境地에서부터 시작하셨구나.' 하며 새삼 감탄을 금치 못했다.

나는 이 작품을 보고 남모른 부끄러움과 후회가 점철되면서도 새로운 철학을 제시받아 용기가 샘솟았다. 사실은 근원 선생님께 서예와 사군자 공부를 시작하고, 처음에는 열심히 노력하면 될 줄로만 알

았다. 그러나 점차 나의 눈이 밝아지면서 범인凡人이 대가大家가 된다는 것은 어리석은 생각이었다. 대가가 된다는 것이 아무나 추종할 수 없는 고행길이라고 생각한 다음에는 스스로 낙담하고 부끄러웠지만, 말없이 자포자기하고 말았었다.

이렇게 마음에서 서예와 사군자를 지워 버린 지 어언 3년이 되었다. 그런데 오늘 친구와 함께 선생님의 초년 작품 모란 병풍을 보고 난 다음, 흡사 장맛비의 먹구름이 걷히고 파란 하늘이 보이듯 즉석에서 마음 한구석이 환히 밝아졌다.

'의재 선생님도 이러한 경지에서부터 이루어 놓은 성역이 아닌가.' 생각할 때 자신이 너무 부끄럽고 경망스러웠다. 나는 재삼 혼자 말했다. '선생님 또한 평범한 사람에서 출발하셨구나.' 하는 감탄사와 함께 '나도 다시 붓을 잡아야지.' 하며 큰 다짐을 하고 일어섰다. 옛사람이 말하기를 "천릿길도 한 걸음부터 시작한다." 했다.

집으로 돌아와 먹물이 말라 있던 벼루를 찾아 다시 깨끗이 씻고 버려 놓았던 붓을 모두 붓 발 위에 올려놓고 빛바랜 화선지를 꺼내어 펴 놓은 다음에 생각하니 부끄럽기 짝이 없었다. 그리고 어리석고 경망스러운 자신이 한없이 초라하게 느껴졌다. 지금도 그때를 생각하면 귓불이 화끈하며 부끄러움을 느낀다.

그날 만났던 의재 선생님의 모란 병풍이야말로 나의 모든 공부에 지남指南이 되었고, 부단한 노력과 극기의 인내와 용기를 주는 생명수였다. 더 나아가 만학晩學의 꿈을 이루게 된 것도 모두 의재 선생님의 작품이 깨우쳐 준 경종의 덕분으로 그 작품의 위대한 가르침은 평생 잊을 수가 없다.

근원 선생님 앞에서 공부하다 보면, 미소를 지으며 조용히 들어오
신 어른이 있다. 그는 다름 아닌 취영翠英 홍남순洪南淳 선생이다. 고향
큰 어른 취영 홍남순 선생님께서 자주 찾아오셔 두 분은 정담情談을 나
누었다. 취영 선생님은 나를 볼 때마다 퍽 아껴 고향 소식도 묻고 약에
대해서도 자주 물으시며 어린 내가 공부하는 것을 퍽 고맙게 생각하셨
다. 그때만 해도 서예는 정년 공무원이나 노인들의 전유물로 젊은이
는 거의 없었다. 전남 미술대전이 생긴 것도 얼마 되지 않았을 때이다.
그러므로 심사위원이나 출품자들이 서로 알만했던 때이다. 그러나 서
화書畫 분야의 큰 어른들께서는 심사하면서 예禮를 갖춰 엄정한 평가로
제자들을 아껴가며 꽃 가꾸듯 키웠다.

어느 날이었다. 도전道展이 끝나 신문에 특선 입선자가 발표되었을
때였다. 취영 선생님이 내가 공부하고 있는 근원 선생님 댁에 오셨다.
근원 선생님 앞에서 서예의 역입도출법逆入倒出法으로 난의 뿌리와 잎을
그리고 또 대 마디와 잎을 그리며 생소한 연습을 계속하고 있는데 취
영 선생께서 나에게 묻는 것이었다.

"어이 자네, 이번 미술대전에 출품 안했던가?"

"예."

"출품하지 않고 뭘 했나?"

"제가 감히 어떻게 출품합니까?"

"출품도 공부니까 해야지." 하며 몹시 섭섭해 하신다. 그리고 근원
선생님과 다른 여러 말씀을 흥미진진하게 나눈 한참 뒤에 다시

"출품도 공부니까 반드시 출품해야 하네." 하셨다. 나는 선생님께
"선생님, 그럼 저도 다음엔 출품할까요?" 하고 조심스럽게 말씀드렸

| 춘곡 대표작 대나무 병풍

다. 근원 선생님은 담담한 표정으로

"출품하고 싶으면 출품해 봐!" 하신다. 사실 출품해 보고 싶은 마음이 어찌 없었겠는가. 그러나 혹 경망스럽게 생각하실 것을 우려하여 감히 말씀을 올리지 못하고 있던 터라, 취영 선생님의 다그친 말씀은 나에게는 너무나도 기쁘고, 감사했다. 지금 생각해도 그처럼 감사할 수 없었다. 선생님은 다른 선생님과 달리 누구에게나 출품을 권하지 않았다. 나는 취영 선생 덕분에 이렇게 어려운 승낙을 받아 다음 해에 출품하게 되었다.

나는 취영 선생님을 잊을 수가 없다. 취영 선생님은 인자하신 분으로 만날 때마다 따뜻한 말씀으로 항상 격려해 주신 덕분에 입선 특선 그리고 최우수상을 받을 수 있는 계기가 되었고, 더 나아가 나의 결혼에 주례까지 맡아 축하해 주셨으니 어찌 평생 잊을 수 있겠는가?

어느덧 물환성이物換星移; 만물이 변하고 세월이 흐름 40년이 지났다. 내가 공부했던 근원 선생님 댁도 이젠 사라지고 원각사 뒤뜰이 되어 버렸다. 그때 드나들던 대문이 그토록 선연히 눈앞에 다가선다. 선생님은 예의 법도가 항상 몸에 배어 있는지라, 내가 공부를 마치고 일어서면 백발노인의 몸으로 대문 밖에까지 따라 나오며 나에게도 예를 갖추었다. 선생님은 이 모두가 평상의 법도였다.

그뿐인가 부귀를 겸전兼全했던 명문세가名文世家였으므로 선생님의 전통음식에 대한 맛과 멋은 그 뉘도 추종할 수 없는 식도락가이었다. 굴비탕, 대구찜, 용봉탕이며, 우족탕, 미자탕 할 것 없이 옛날 양반집 깊은 맛을 너무나도 잘 아는 터라 요즈음 일류 요정 음식 맛을 보고는 비웃어 버린다. 선생님은 댁의 옛 음식 맛을 찾고자 자부에게 가르쳐 보아도 전혀 그 맛이 나지 않아 모두 포기했다면서 웃으셨다.

"요즘 우리 자부子婦가 만든 깻묵장메주와 참깻묵으로 담근 장 맛은 조금 새한시큼한 맛이 있어서 며느리더러 조금만 더 노력하면 옛 맛이 나겠다고 칭찬을 했다."라고 말씀하셨다. 즙장, 고추장, 담장, 우족, 우설牛舌이 요리 솜씨에 따라 각각 다른 맛이었다고 한다. 이처럼 갖은 멋과 맛으로 음식에 사치했던 우리 선조들의 음식문화가 이제는 모두 맥이 끊겨 안타까울 뿐이다.

선생님 댁 아담한 정원에 고고高孤히 서 있던 대나무처럼 예의염치를 소중히 받들었던 올곧은 선비정신은 우리 후학들의 거울이 되었다. 거짓 없이 담백한 삶은 그 자체가 곧 성현의 법도가 아니겠는가?

선생님의 평소 하시던 말씀에

"나는 그림에 전혀 소질이 없었는데 오직 의재 선생께서 자주 권하여 노력을 많이 했다."라고 말씀하며, 선생님의 사군자는 모두 기교가 없는 운필이호법運筆理毫法 그 자체였다고 말씀한 기억이 눈앞에 삼삼히 떠오른다.

나의 매화와 국화를 그리는 운필법을 보고

"사군자는 중僧이 그리는 그림처럼 선이 가늘고 일정하면 안 되는 것이여. 호방하면서도 문기文氣가 넘쳐야 하는 법이여." 하고 자주 깨우쳐 주셨다.

아! 처연한 심사를 어찌 필설筆舌로 다 하겠는가. 선생님의 반백斑白이 나에게도 찾아왔다. 이것이 무상無常인가? 원각사 뒷골목을 내가 방문할 때마다 조용히 맞아 주던 청풍고절과 인자한 선생님이 그립고 그립다. 선생님! 어찌 세월이 이처럼 냉정합니까? 오늘도 선생님의 조용한 미소를 눈앞에 그리며 삼가 구천의 명복을 빌어 올립니다.

| 무용가 한진옥韓振玉 선생 이야기

오늘 보니 불량헌 사람이네

나는 어린 시절부터 우리 국악에 대한 관심이 많았다. 초등학교 때에도 정월 대보름에 마을 집집이 마당밟기 농악 잔치가 벌어지면 상쇠, 장고, 징재비, 포수, 춤 각시 등의 놀이를 볼 때마다 같이 해보고 싶었다.

어느 날 갑자기 여가선용으로 국악을 배우고 싶은 생각이 들어 주위 눈을 피해 가며 광주 국악원을 찾아갔었다. 당시 안치선安致善 원장님께 찾아가 말씀을 드렸더니 무엇을 배우고 싶으냐고 물어, 나는 조심스럽게 말했다. 판소리는 정광수 선생님께 조금 배웠으므로 무용을 배우고 싶다고 했다. 마침 원장님 건너편 큰 대청에서 깨끗한 양복 차림의 반늙은이가 우리 춤을 가르치고 있었다. 나는 처음 찾았지만, 이곳에서 여러분이 정성껏 교습 받는 모습이 너무나도 고상하고 아름답게 보였다.

나는 그때 외모가 정숙한 어느 귀부인의 춤사위에 매료되어 한참 동

| 정광수 선생에게 판소리 수업 광경

안 넋을 잃고 보던 중 나도 반드시 배워야겠다는 강한 충동을 느껴 잠깐 쉬는 시간에 인사를 청하여 저의 뜻을 전하자 흔쾌히 승낙하고 명함을 주셨다. 다름 아닌 이곳 무용을 담당한 한진옥^{韓振玉} 선생님이었다.

　선생님은 작은 키에 항상 안경을 쓰셨고 단정한 옷차림에 곧은 허리였으며 경쾌하게 걷는 모습만 보아도 무용계 큰 스승의 자태가 분명했다. 평소 말씀이 없으셨고 조용한 성품으로 청렴과 예의를 처세의 거울로 삼았으므로 선생님을 대한 모든 분께 항상 마음을 그토록 편안히 할 수가 없었다. 만성 두통이 있어 눈썹 끝 관자놀이 부분에 자주 박하 향 연고를 바르면 정신이 맑아진다고 하셨다.

　나는 다음날부터 무용을 시작하여 매일 열심히 연습하자, 선생님께서 날마다 잘한다며 칭찬을 아끼지 않았다. 예능 공부는 암기력이다. 평소에는 그처럼 과묵하고 따뜻한 선생님이지만 화를 내실 때가 있었다. 어제 배운 춤사위를 잘 기억하지 못하고 더듬거리면 꾸중을 하는 것이다. 그러나 다음날 선생님 앞에 원숙한 춤사위를 보이면 선생님도 기분이 좋아 함박웃음을 짓는다. 그리고 선생님의 장구채가 '떵그덩 떵 떵'하고, 구음으로 '나~ 누나니~ 너~ 니나노' 하며 장구채와 구음이 생기를 얻어 흥이 넘치고 선생님의 목청이 더욱더 높아지면, 이는 제자가 춤을 잘 받았다는 칭찬이다. 그렇지 못하고 배운 춤사위를 모두 잊어버리고 어찌할 줄을 몰라 멍하니 서 있으면 그처럼 따뜻한 분이 화를 내면서 앉은 자리에서 벌떡 일어나

　"뉘 애를 녹이려고 다 잊어버렸어." 하며 다시 가르쳐 준다.

　그 뒤 조용한 자리에서 말씀하기를

　"내가 가르친 제자들이 다른 곳에서 나의 춤사위를 보일 때 평가의 대상이 되며 많은 수강료를 바친 제자가 실력이 없으면 선생 또한 부끄러운 일이 되어 방심하지 못하도록 꾸중을 한다."라고 했다.

　선생님도 공부할 때 혹독한 꾸중 속에서 서럽고 눈물겨운 공부를 했다며 어린 시절을 잠시 회고하기도 했다. 선생님은 '줄 승무'를 하셨다고 한다. '줄 승무'란 줄 위에서 승무를 추는 것으로 50세가 넘어가면서 갑자기 현훈증眩暈症 즉, 어지럼증이 생겨 부득이할 수 없게 되었다고 하시며 아쉬운 회고담을 들려주었다. 젊은 시절 줄 위에서 장삼을 입고 승무 춤을 추고 구정놀이 북춤을 추면 만인의 갈채가 쏟아져 굿판이 무너지는 듯 하기도 했으나, 이제는 그 옛날 전설이 되어 버렸

다. 그 맥을 잇지 못하고 한진옥 선생님에서 막을 내리게 된 것은 참으로 안타까운 일이다. 세월이 이처럼 무상할까. 벌써 50여 년 전 이야기가 되었다.

내 나이 30세로 첫딸 수진이가 젖 먹을 때였다. 나는 열심히 한 선생님께 무용을 배우고 다니던 그때, 구동 체육관에서 전남 무용 경연대회가 있다는 벽보가 여기저기 붙어 있었다. 전통무용을 공부하던 터라 호기심에 무용 경연대회를 관람해야겠다는 생각에 국악에 관심이 많은 친구와 함께 더운 여름날 땀을 뻘뻘 흘리며 공연 시간 전에 겨우 입장했다.

에어컨도 없던 그 시절 구동 체육관은 당시 광주에서 가장 큰 공연장으로 명성이 높았다. 타원형 계단식 좌석에는 찾아온 사람들이 많아 인산인해人山人海를 이루고 있었다. 늦게 입장한 우리는 앉을 자리가 없어 두리번거리다 겨우 자리를 얻어 앉았다.

이윽고 개회식과 함께 기다렸던 무용 경연대회가 시작되었다. 광양, 구례, 여수, 순천 등 남도 곳곳에서 모여들어 자기 나름대로 정성어린 기량을 선보였다. 여러 지역에서 온 명인들의 춤을 나는 인상 깊게 감상하던 중 오후 늦은 시간에, 목포 국악원 출신 명인이라고 소개하며 살풀이춤이 시작되었다. 자그마한 키에 소복을 입고 옥색 비녀에 흑단보다 검은 낭자머리가 그처럼 인상적이었다.

구음口音 장단이 구슬프게 흘러나오자 오른팔을 가볍게 내놓는 품세가 벌써 다른 무용수와 달랐다. 나는 그 춤을 보는 순간 마음이 저절로 조용히 가라앉아 그토록 편안할 수가 없었다. 객석에서 내려다보는 광경이 흡사 저 멀리 창공에서 내린 백학白鶴인 양, 하얗다 못해 눈꽃 같은 옷차림은 너무도 고상하게 보였다. 선녀가 무봉천의無縫天衣; 바느질 자국 없는 선녀 옷를 풀어 감고 하강한 듯 손에 쥔 긴 수건을 어깨에 가볍게 살짝 걸쳐 은은하게 도는 여인의 표정은 살풀이춤의 정령精靈인 한이 배어 있었다. 이에 구슬픈 대금과 애절한 아쟁의 농현弄絃이 한 서린 구음과 어우러져 안을 듯 거두어 잡고 다시 흐느낀다.

　　이때를 두고 이르던 말인가? 삼대독자 외아들을 청산에 묻고 돌아선 그 어미의 표정이 이토록 서러울까? 수건 끝을 따라 숨죽이는 시선과 무겁고 무거운 춤사위로 돌아서는 뒷모습은 운중미월雲中美月; 구름 속의 아름다운 달이 아닌, 수운처월愁雲悽月; 수심 어린 구름과 처연한 달의 외로운 표정과 쓸쓸한 품새가 그처럼 조화를 이뤄 높은 예술성을 자아냈다. 이에 더하여 다시 강조한다면 뼈가 시리도록 애절한 대금과 살을 에는 아쟁 가락에 설상가상 장구재비의 구슬픈 시나위가 보는 이의 감성과 영혼을 흔들어 나는 마른 눈에서 갑자기 눈물이 쏟아졌다. 우리 춤을 보고 눈물을 흘렸던 적은 처음으로 평생 잊을 수 없는 기억이었다. 참으로 아름다운 예술이다. 우리만이 보여줄 수 있는 위대한 예술인 것이다. 무용이란 즐거울 때 표출되는 희열의 동작으로 세계가 공인 공감되는 예술이다.

　　나는 다시 되뇌었다. 춤이란 항상 흥을 일으켜 기쁨과 웃음만을 선사하는 것으로 생각했던 내가 다시 부끄럽게 느끼면서 우리 무용이야말로 세계에 과시할 수 있는 고차원의 동작 예술이란 점을 깨닫게 했다. 조상들이 물려준 보배로운 우리 동작 예술을 바르게 배우고, 바르게 가르치는 참 스승과 착한 제자가 다시 그립고 아쉬운 현실이다. 성난 파도처럼 밀려드는 서구 문화에 도취 되어 우리가 우리를 망각하는

오늘이 너무도 안타깝다. 그 가운데 우리 춤 예술을 외면하는 신세대
가 더욱 가슴 아프다.

어디 그뿐인가 요즈음 신세대가 자랑하는 한류란 예술을 보면 우리
것이 아닌 외래문화를 모방한 이질성 예술을 한류라고 하지 않는지 우
리의 민족혼을 의심치 않을 수 없다. 법고창신法古創新: 옛것을 본받고 새로운 것
을 창조함을 망각하고 전통춤이 서양 예술로 변질되는 것을 볼 때 가슴이
아프다 못해 통탄을 금치 못하는 바이다.

지금부터 20여 년 전 어느 해 가을이었다. 나는 〈한국 명무전名舞展〉
이 서울에서 있다는 소식을 〈경향신문〉에서 읽고 아내와 함께 고속버스
를 타고 겨우, 겨우 시간을 맞추어 참석했다. 전국의 많은 명인이 참석
하여 우리 춤으로는 매우 뜻깊은 문화행사였다. 경기도 무당굿에서 볼
수 있는 도살풀이 지전춤, 통영 검무, 고성 덧배기춤, 군산 한량무, 동래
학춤, 목포 이매방류 살풀이춤, 진도 북춤 등등 모두 노인들이었다.

이때 가장 인상 깊었던 것은 안동지방의 농요와 함께 출연한 권 씨
할아버지의 춤이었다. 팔십 고령으로 출연하여 더욱 눈길을 끌었던 춤
이다. 장중한 체구에 홍안백발紅顔白髮: 붉은 얼굴에 흰 머리털의 풍채가 춤꾼이
라기보다 안동 권 씨 양반집 학문을 숭상하는 큰선비가 아닌가 싶었다.
백수노인白鬚老人: 흰 수염의 노인이 황금색 농부의 복색을 하고 두 팔을 곧게
폈으니, 전라도 속된 표현으로 말한다면 〈허수아비 말뚝 춤〉이었다.

나는 권 씨 할아버지의 춤을 보고 감탄을 금치 못했다. 두 팔을 일
자一字로 펴고 황금색 안동포 바지 저고리의 은은하면서도 화려한 색상
은 황학黃鶴이 하강한 듯, 그리고 무거우면서도 가벼운 약지도승弱枝渡乘:
가는 나뭇가지 밟고 사뿐히 건너듯의 발 맵시가 얼마나 예쁜지 놀라웠다. 농요 장단

| 조선시대 포구락을 문헌고증으로
　재현한 성계옥 선생

에 허리춤으로 사뿐사뿐 장단에 실어 짓는 모습이 정말 춤이었다. 한참 동안 머리와 팔, 다리에 흥을 실어 가벼운 미소로 교감하면서 장단을 타고 노는 질박한 멋과 맛은 춤꾼만이 이해할 수 있는 황홀한 세계였다.

우리 춤에서 영남과 호남은 지역적 특성으로 차이가 있다. 영남 무용은 두 팔로 짓는 동작이 적으나 호남 무용은 짓는 동작이 많다. 각각 장단점이 있다. 부족한 춤이 짓지 않으면 너무 건조무미乾燥無味하고 부족한 춤을 너무 많이 짓으면, 산란무서散亂無序; 어지러워 질서가 없음가 된다. 하였다. 그 옛날을 생각하면 새삼 감회가 새롭다.

나는 어느 날 한국 전통무용계 큰 스승이오, 시서화詩書畵를 겸비한 여류명사名士이며 진주 검무 기능보유자이신 운창芸牕 성계옥成桂玉 선생을 모시고 춤에 대한 말씀을 논할 기회가 있었다. 이때 운창 선생이 말씀하시기를

"춤을 만들어 짓는다고 모두 좋은 것은 아니여." 하시면서

"어찌 남도 지방의 춤은 너무 짓는지 알 수 없더라." 하셨다.

무용 경연대회를 마친 후 며칠이 지난 뒤에 나는 광주 국악원을 찾아갔다. 정문을 들어서자 한편에서는 반백의 노인들이 안치선安致善 선

생에게 시조를 열심히 배우고, 건너편 무용실에서는 한진옥^{韓振玉} 선생
님의 장구 소리가 대청마루를 쩡쩡 울렸다. 먼저 오신 여러분들의 교
습이 모두 끝나자, 나는 조용히 무용실에 계신 선생님께 인사를 드리
고 그간 배운 춤을 모두 선보였다. 그리고 나서 다시 평소처럼 춤 공부
를 조금 했다.

그러나 나는 며칠 전 무용 경연대회에서 보았던 명인들의 춤사위가
눈앞에 어른거려 마음이 조용히 가라앉지 않는다. 어쩐지 몸과 마음이
들떠 있는 상태로 모든 것이 싫으며 공부에도 의욕을 잃었다. 이때 선
생님께서 저에게 말씀하시기를

"오늘 강 선생이 어찌 힘이 없어. 어찌 기분이 안 좋은 것 같아. 왜
그러셔?" 하셨다. 저를 잘 보신 것이다. 나는 빙그레 웃으며 말했다.

"선생님, 공부 그만하고 싶습니다."

"왜 그래?" 선생님의 반문에 나는 조용히 말씀드렸다.

"아무리 해보아도 이렇게 선생님 춤을 따라갈 수가 없으니 너무 실
망이 커 포기하고 싶습니다." 하자, 선생님께서 말씀하기를

"지금까지 강 선생을 좋은 사람으로 보았더니, 오늘 보니 참 불량
헌 사람이네." 하며 뜻밖의 말씀을 하는 것이다. 나는 깜짝 놀라면서
'내가 무엇을 잘못했을까?' 하고 조용히 자신에게 다시 반문해 보았
다. 그러면서 선생님께 물었다.

"선생님 제가 무엇을 잘못했습니까?" 하자, 선생님께서

"뭣을 잘못하기보다 마음이 불량허구만 그려." 나는 더욱 궁금했
다. 다시 선생님께 물었다.

"제 마음이 어떻게 불량했습니까?"

"욕심이 너무 많아 불량한 것이여." 나는 혼잣말로 '세상을 살아가면서 남에게 파렴치한 욕심을 부리진 않았는데 …' 하며 내가 당황한 표정을 짓자, 선생님은 부드러운 미소를 지으며

"세상만사가 모두 자기 욕심처럼 되는 것은 없어." 하며 다시 내 얼굴을 쳐다보며 말하기를

"강 선생 5개월 공부하여 45년 공부헌 사람을 비교해 못 따라가니 공부 못하겠다고 말한 그 사람이 불량헌 사람 아닌가?" 하신다. 나는 그 말씀에 얼굴이 화끈 달아올랐다. 과연 그렇다. 몇 달 공부한 실력으로 평생을 바쳐온 선생과 비교하는 자체가 어리석은 일이 아니겠는가?

나는 지금도 그때를 생각하며 혼자 웃는다. 코 흘리면서 읽었던 추구推句 글이 생각난다.

"십년등하고 十年燈下苦; 십 년 등불 아래 고생 면, 삼일마두영 三日馬頭榮; 삼 일 말 머리의 영광"이라 했다. 모든 공부가 뼈를 부수는 고통 없이 어찌 영광의 꽃을 얻을 수 있겠는가? 나는 무용 이야기가 나오면 항상 한 선생님의 생각이 난다. 남의 것을 가볍게 생각하지 말라. 나의 부족한 경망輕妄을 따끔하게 깨우쳐 주었다고 생각하여, 그 말씀을 나는 평생 가슴 깊이 새겨 놓았다. 항상 그토록 미소로 감싸주었던 선생님! 무등산 서석대瑞石臺 아래 맑은 물소리와 솔바람의 벗이 되어 누워계시리라. 선생님! 삼가 명복을 빌어 올립니다.

전통예술
무용 · 소리 이야기

우리 것은 모두가 소중한 것이여

민족 철학을 공부한 나로서는 우리 것은 모두 소중하다. 조상들이 물
려주신 것들은 모두가 철학 아닌 것이 어디 있으랴. 추사秋史 선생의 시
에 호고수단갈好古收短碣; 옛것을 좋아하여 부러진 빗돌 조각을 주워 모은다이란 시 구절句節
이 생각난다. 이 시구詩句가 나의 마음을 절절히 감동케 하여 자주 읊조
리곤 한다.

　요즈음 젊은이들 일부는 서구문물에 도취 되어 조상의 손때 묻은 옛
것을 모두 헌신짝처럼 버리기 일쑤인 것을 볼 때 안타깝고 한심스럽기
까지 하다. 나는 전통문화에 관한 관심과 애착이 많아 자나 깨나 우리
옛 문화를 소개하는 책자와 영상매체 그리고 공연과 학술행사를 보면
빠짐없이 읽고, 보면서 더 다양한 지식을 얻고자 했다. 이러한 전통문
화 중에서도 특히 국악 프로그램을 보면서 더 많은 것을 생각했다.

　국악에서 판소리와 농악의 사물놀이 등은 세대와 지역을 초월하여

한때 국민의 많은 호응을 얻었으나, 한 세대가 지나면서 신세대의 무관심으로 다시 쇠퇴의 일로에 서 있는 것 같다. 맹목적 서구 물질주의와 신문화의 범람으로 전통문화가 자리를 잃어 가면서 그 맥이 모두 끊어져 가고 있는 현실이 더욱 안타깝다.

특히 애착이 가는 것 가운데 하나가 무용이다. 유구한 전통과 역사를 자랑하는 각 지역의 고유한 우리 전통무용이 인멸되지 않도록 지키는 것 또한 중요하다. 우리 고장^{和順}의 덧배기춤이 그토록 유명했으나, 일제 36년을 지나면서 모두 사라졌다. 전하는 말에 의하면 화순 능주 영벽정^{映碧亭}에 석양이 되면 목사골 한량 선비들이 모여 덧배기춤으로 흥 풀이를 했다고 한다. 이 사실을 아는 사람도 거의 없다. 이 모두가 아련한 전설이 되어 몇몇 사람에게 전해지고 있을 뿐이다. 이처럼 어렵게 이어 온 우리 춤의 긴 역사를 알아보고자 상고사의 많은 문헌을 두루 살펴본 적이 있다.

우리 춤의 역사는 고조선 단군 역사와 함께한다. 중국의 『후한서^{後漢書}』 「동이열전^{東夷列傳}」과 『삼국지^{三國志}』 등등 여러 사서^{史書}에서 우리 춤의 역사를 살필 수 있다. 고조선 때부터 가무^{歌舞}를 즐겼다^{喜娛歌舞}는 기록뿐만 아니라, 당시에 군무^{群舞}를 즐겼다^{時有群舞之樂}는 기록도 보인다. 이 기록은 동이^{東夷}와 고조선^{古朝鮮}에 살던 우리 조상들은 여러 사람이 모여 의식^{儀式}으로 행했던 무용이 있었음을 추측게 한다. 고구려 벽화에도 여인들이 모여 춤추는 모습을 볼 수 있는데 지금의 〈강강술래〉처럼 많은 부녀자가 모여 노래와 춤을 즐겼다.

20여 년 전 중국에 잠시 유학한 적이 있다. 그때 동이족이 살았던 중국 동북 지역에서는 날씨가 화창한 계절이 되면 여기저기서 북소리가 들리는데 사람들이 모인 곳은 대부분 춤 놀이판이었다. 북소리가 나는 곳을 찾아가 보면 북·태평소·해금 같은 간단한 몇몇 악기가 모여 합주를 하고 북을 치면, 여기저기서 많은 사람이 떼 지어 구름처럼 모여들었다. 이곳 사람들은 춤을 좋아하여 마을 사람들이 매일 자발적 춤판을 벌인다고 한다. 돈을 주고받는 것도 아닌데도 지역 사람 모두가 이처럼 춤과 흥에 관심이 많다. 때와 장소를 가리지 않고 북소리가 나면 누구나 뛰어들어 기분 따라 마음껏 춤을 추며 놀다가 각각 자기 집으로 돌아간다.

그들의 춤사위는 모두 '굿거리'나 '농악놀이'에서 볼 수 있듯이 격식 없이 두 팔을 휘젓고 빙빙 도는 춤이다. 소박한 서민들이 즐기는 춤으로 땀을 뻘뻘 흘리면서 뛰노는 모습이 우리나라 서민들의 춤판 놀이와 다를 바가 없었다. 이러한 춤판의 모습은 중국 동북 지역에서도 서민들이 많이 모여 사는 한적한 변두리 지역에서 자주 볼 수 있는 민속문화였다. 옛 동이東夷 문화가 유유히 이어온 그 잔영殘影이 아닌가 생각되기도 했다.

동서양의 무용을 비교해 보면, 동양무용이 도락적道樂的이라면, 서양무용은 향락적享樂的이라 할 수 있다. 동양의 춤사위가 대자연과 동기감응同氣感應 하는 춤사위라면 서양의 춤사위는 인간의 감성을 즉흥적으로 표현한 춤사위라고 할 수 있다. 그래서 동양무용은 정적靜的이고 서양무용은 동적動的이다. 동양무용 가운데 특히 우리 무용은 동양사상의 근간인 음양오행과 천지인天地人 삼재三才 사상을 바탕으로 대동大東의 정신이 어우러져 있다. 대우주의 근간인 음양오행의 우주철학을 무용예술로 승화시킨 것이다.

　무용은 음악과는 표리表裡 관계로 곧 음양조화陰陽調和의 묘妙이다. 세계 모든 무용이 음악을 떠날 수 없는 상호 보완관계로 이루어졌는데 음악은 양陽이고 무용은 음陰이다. 무용에서만 보면 두 팔을 가슴에서 밖으로 펴 저으면 양陽을 상징하고, 두 팔을 밖에서 안으로 꺾어 접으면 이는 바로 음陰이다. 그리고 팔을 왼편으로 저으면 양陽을 짓고 오른편으로 저으면 음陰이 지어진다. 팔을 들어 둥근 원圓을 그리면 하늘을 상징하여 양陽이오. 팔을 꺾어 내리는 동작은 방方으로 땅을 상징 음陰이 된다. 이는 곧 천원지방天圓地方으로 우주를 밝히는 우리 조상의 큰 지혜이다.

　우리 무용의 동작은 모두 양극음회陽極陰回; 양이 지극하면 음으로 돌아감 음극양회陰極陽回; 음이 지극하면 양으로 돌아감로 반복되는 우주의 신성神聖한 법이다. 태극太極에서 음양陰陽이 비로소 나뉘고, 음양은 다시 사상四象을 이루며, 금金 · 목木 · 수水 · 화火 · 토土 오행五行이 성립되어 우주 만물의 생성과 조화의 묘妙를 조상들이 무용으로 승화시켰다. 따라서 우리 무용에서 대자연의 법인 오행五行은 필수적이었으므로 음악적 오행五行 궁宮 · 상商 · 각角 · 치緻 · 우羽의 다섯 가지 소리音가 동작과 함께 조화를 이루면서 천天 · 지地 · 인人 · 삼재三才 즉 삼원三元의 격格을 이룬다.

　말없이 나타내는 표정을 천격天格으로 운중미월雲中美月이라 칭하고, 무거우면서 가벼워야 하는 발동작을 지격地格으로 약지도승弱枝渡乘이라 칭했으며, 두 팔을 펴 다시 꺾어 드리고 두 팔로 몸을 감싸는 동작은 인격人格으로 세류영풍細柳迎風이라 했다. 천격天格이란 상체 즉, 두면頭面 머리와 얼굴 그리고 눈과 입으로 음악과 함께 조화되어 희로비우락喜怒悲憂樂을 꽃피워 주어야 한다. 그래서 계면조 음악의 무용에서는 표정이 슬퍼야 하고, 우조羽調 음악의 무용에서는 표정이 기뻐야 한다. 살풀이

춤에서 미소를 짓는 것을 자주 보는데 이는 얼마나 가슴 아픈 망실亡失인가? 나는 탄식할 때가 한두 번이 아니다.

지격地格의 발동작인 비정비팔非丁非八은 곧은 걸음이나, 여덟 팔 자字형의 걸음이 아니라 태극太極을 그리며 걷는 걸음이다. 그리고 불비불약不飛不躍 나는 것도 아니요 뛰는 것도 아닌 모습의 걸음을 표현하여 연약한 가지를 밟고 사뿐 건너듯 조심스럽게 무거우면서 가볍게 놓는 발동작이 약지도승弱枝渡乘이다. 그러므로 무용의 실력이나 경력을 말하는 나이테는 모두 발동작 즉, 발 맵시에 있다. 무용의 진수眞髓는 발 맵시가 바르고 곱지 않고는 좋은 팔 동작이 있을 수 없다. 조심스러운 발동작이 사뿐 가벼우면서 무겁고 다시 무거우면서 가벼운 동작이 태극으로 운행될 때 무용이 바르게 이루어지는 법이다.

그 인격人格은 위에는 하늘 즉, 머리가 있고 아래로는 땅을 상징하는 발이 있다. 천지간天地間에 유인최귀唯人最貴; 오직 사람이 가장 귀함이니, 그 사이에 두 팔이 있어 좌우로 감아 다시 펴는 동작이 모두 둥근 태극太極을 그린다. 이는 곧 천원지방天圓地方을 상징함으로 팔을 들어 원圓을 그리며 접는 것은 하늘 형상상천 象天이며, 팔을 옆으로 폈다가 다시 접어 들이는 것은 땅 형상상지 象地이다. 이처럼 천지음양의 현묘한 도道를 말없이 동작으로 표현하는 동정음양動靜陰陽의 천도天道를 어찌 필설筆舌로 다하겠는가? 우리 무용의 모든 것이 우주철학을 내포하고 있다.

박동진 판소리 명창이 '우황청심환'을 광고하면서 "우리 것은 모두가 소중한 것이야"라고 할 때 마음이 통쾌했다. 우리 조상들이 물려주신 것들은 그 어느 하나도 소중하지 않은 것이 없다. 이처럼 전통을 존숭하는 것은 역사를 존숭하는 것이며 역사를 존숭하는 것은 조국을 존숭하는 것으로 이는 바로 애국애족愛國愛族이다.

일찍 단재丹齋 신채호申采浩 선생이 말씀하기를 "역사가 없는 민족은 미래가 없다."라고 했다. 역사란 미래의 거울이다. 그러므로 나는 박동진 명창을 존경한다. 한복과 관건冠巾 행장을 무대뿐만 아니라 일상에서도 외장外裝으로 삼아 국악인의 본분을 세웠으니 전통을 존숭한 분이다. 그뿐만 아니라 박동진 명창은 항상 국악 동호인들을 만나면 그처럼 따뜻하게 대했다.

어느 해 늦은 봄이었다. 단산丹山 안채봉 선생을 비롯하여 여러 광주 국악인들이 서동西洞 어느 소리꾼이 경영하는 주점에서 모여 덕담을 나누고 있었다. 술상을 차려 놓고 즐겁게 담소談笑를 나누는 중 밖에서 문을 두드리는 소리가 들려 나가 보니, 박동진朴東鎭 명창이 한복에 관건으로 격을 갖추어 찾아오셨다. 자리에서 모두 일어나 정중히 인사를 드리고 손잡아 영접한 다음, 우리는 서로 농담 진담을 섞어가며 즐겁게 한판이 어우러졌다. 술들이 모두 거나하게 취한 것을 눈치 챈 박동진 명창은 자리에서 벌떡 일어나

"여러분들, 우리 이렇게 소주, 막걸리만 놓고 먹을 게 아니라 이왕 먹을 바엔 천일주千日酒, 과하주過夏酒로 한 상 차려 놓고 먹어 봅시다." 하자, 모두가 "옳소" 하며 박수갈채가 쏟아졌다.

박동진 선생은 흥부가에서 흥부 마누라가 시숙님 놀부를 위해 음식을 준비하여 상 차리는 대목을 자진모리로 감칠맛 나게 시작했다.

"안성 유기 통영 칠판 천은 수저 구리 젓가락을 주르르 벌여놓고 꽃 그렸다. 오죽판 대모양각 당화기에 얼기설기 송편이며, 네 귀 번듯

정절편이며, 산빈떡 오색무지개떡
구만층층 시루떡 유월청천 쑥절미
정월대보름 콩떡 쑥떡이며, 양가
집 묵은 진청 맑은 맵시 생청이며,
조락산적 회간천엽 홍두깨양 콩팥
찜 우족 우설 다듬어 양편에 버려
놓고, 경단 수단 잣밥이며, 인삼채
도라지채 낙지 연포 콩기름에다
꽃나비 웃짐쳐 갖은양념에 볶아놓
고, 편적 거적 어적 육적이며 절창
복기 매물탕수 어포 육포 갈라놓
고, 생기 돋는 천엽쌈 벙거지골 갈
비찜 양지머리 차돌박이를 들여놓

| 음식상을 앞에 둔 놀이판

고, 생율 황귤 은행 대추 나주 참배 진영 단감 산청 건시 거창 사과 천
안 호두 양평 백잣 곁들여 놓고, 꿕꿕 우는 생치다리 후두둑 나는 매추
리탕 꼬끼요 영계찜 삼월춘풍 화전이며, 성성재혈 두견화전 오색향기
방초전 어전육전 좌우 놓고 지지개 수란탕 청포채에다 겨자고추 생강
마늘 문어 전복에 점여 놓고 단산 봉황을 오려 나는 듯 세워놓고, 전골
을 드리는디 청동화로 백탄 숯불 부채질을 활활하여 고추같이 이뤄놓
고, 살찐 소 갈비짝을 반환도 드는 칼로 점점 편편 오려내어 깨소금에
참기름 쳐 대양판 소양판에 제어 담고 무처 담어 군왕자리 앉혀놓고,
산채 고사리 수근 미나리 갖은나물 골라 놓고 녹두채에 맛난 장국 주
르르 붓어 계란을 툭툭 깨어 웃딱지는 띠고 길게 드리워라 손 뜨거운

디 쇠 젓가락 말고 나무젓가락으로 고기 한 점 덥석 집어서 맛난 기름 간장에 덤뻑 적셔 놓고 술 드려라 하였다. 술은 한산 소곡주 면천 두견 주 단천 장삼주 전주 이강주 천일주 과하주 삼해주를 올려놓고, 통영 속젓 거제 곳젓 마포 통새우젓 강경 육젓 동해 청어속젓을 오첩, 칠첩 으로 올려놓고~” 하며, 산해진미山海珍味를 모두 올려 주지육림酒池肉林을 이루어 한 상을 가득 차려 놓았다. 박동진 명창이 즉석에서 추가로 작사했음.

박동진 명창의 입가에는 게거품이 주렁주렁 일었다. 사설을 어찌 나 빨리 부르다 보니 숨이 차 헐떡이면서 “이제 늙어 잔칫상도 못 차리 겠네.” 하신 말씀이 엊그제 같이 느껴진다. 안타깝다. 박동진 명창께서 고국청산의 불귀객이 되신 지 벌써 강산이 몇 번 바뀌었다.

내 눈으로 국창 임방울 선생의 타계를 신문으로 읽었고, 그 후 김연 수, 박초월, 김소희, 정광수, 박동진, 김천흥 선생 등 한국 국악계의 큰 별들이 타계하신 것을 듣거나 보았다. 김삿갓 시에

년년년거무궁거 年年年去無窮去; 해마다 해는 가고 끝없이 가고
일일일래부진래 日日日來不盡來; 날마다 날은 오고 끝없이 오네
년거일래래우거 年去日來來又去; 해 가고 날이 오고, 오고 또 가고
천시인사차중최 天時人事此中催; 천시와 인사가 이 가운데 재촉한다
라고 하였다.

아, 옳소이다. 무상한 일월을 누가 막으랴. 과연 천시天時 인사人事가 이 가운데서 재촉하는구나!

단산丹山에서 날아온 채봉彩鳳이던가?

단산丹山 안채봉安彩鳳 명창을 세간에서 이 시대 마지막 호남 명기名妓라 했다. 단산은 예명藝名이오, 채봉은 그 이름이다. 단산 안채봉 명창은 작은 체구에 제비처럼 가벼운 몸매로 목청이 맑아 청중을 매료시키는 데 특유의 마력이 있었다. 음식을 가려 적게 먹고 담백한 음식을 즐겼으며, 단정하고 청수한 인품은 좌기춘풍座起春風 입대명월立對明月 곧 앉은 자리에는 봄바람처럼 흥興을 일으켰고, 서서 노래를 부르면 밝은 달을 보듯 청중에게 함박웃음을 선사했다.

남도 선비들이나 고을 유지들이 모여 큰 연회가 이루어지면 단산 명창의 판소리가 빠지지 않았다. 모든 사람이 단산의 판소리도 좋아했지만, 재담才談: 해학풍자을 더욱 좋아했다. 항상 구변口辯이 좋아 재담才談을 얼마나 잘했던지 단산이 깊이 꼼쳐놓은감추어 놓은 재담 한마디를 던져놓으면 모두 배꼽을 움켜쥐고 웃었다. 때로는 단산의 재담을 듣다 지쳐 곽란癨亂이 날 지경이었다. 소리꾼이 소리를 하다 잠시 쉬는 때에는 반듯이 구성진 재담才談으로 한바탕 웃게 하여 청중聽衆의 이목耳目을 사로잡는 것도 소리꾼, 즉 광대 기생의 한 몫이었다. 언어 구사를 어찌나 능수능란하게 잘했던지 단산丹山의 재담은 소리보다 더 좋다고 했다.

한 시대를 대변하는 호남 명창 안채봉은 명망이 높은 부잣집 큰잔치에 반드시 초청됐다. 다른 소리꾼들도 잘 팔렸으나, 특히 단산 안채봉 명창은 초청하기가 어려웠으므로 요행히도 참석하게 되면 그 집 행사의 무게와 격이 달라졌다. "남도 잔치에 홍어가 빠질 수 없고, 남도 경사에 채봉彩鳳이가 빠지면 굿이 안 된다."라는 속담이 생길 정도였다.

시골잔치란 회갑잔치가 대부분이다. 오늘 잔치도 회갑잔치이다. 어린 시절부터 정을 나눈 친구 아버지 회갑으로 헌수 하례식은 아침 일찍 대청에서 마쳤다고 한다.

시골 부잣집 잔치에 안채봉 명창이 온다는 소문이 떠돌면 인근 남녀노소가 모두 그의 소리를 들으려고 며칠 전부터 입에 침이 말랐다. 그 시절, 우리 모두 6·25 전란의 무서운 동족상잔과 경제 핍박 속에서 부모 형제를 잃은 쓰린 아픔은 온 국민의 슬픔으로 모두 한 서린 고통의 나날이었다. 가난에 찌든 산골 마을의 정서로는 영화나 연극은 생각할 수도 없다. 삭막하고 황량한 벽촌 부녀자와 노인들에게는 동네 잔칫날 홍어와 돼지고기 그리고 푸짐한 막걸리도 좋지만, 그보다는 안채봉 명창의 소리에 얼굴 한번 보기가 한恨이었다. 그토록 기다리던 잔칫날이 드디어 왔다. 잔칫날이 되면 마당에 모닥불을 피워놓고 단산 명창 오기만 기다렸다. 그러나 단산 명창은 정작 잔칫집에 도착하면 바로 주인이 있는 안방으로 들어가 귀빈들 사이에 끼어 해학 재담으로

| 단산 안채봉

웃음소리만 나고 얼굴을 보여주지 않으니 마당에 서 있는 여러 사람은 자연 불평을 토로할 수밖에 없었다.

"그놈의 단산丹山인가 채봉彩鳳인가는 언제 나와 소리헐 것이여? 채봉이 기다리다가 우리 모두 얼어 죽것네 …"

추운 겨울 밖에서 기다리던 노인들이 퉁명스러운 말투로 모닥불에 장작만 쿡쿡 쑤시면서 얼굴에는 유감스럽다는 표정이 가득했다. 이윽고 소리판은 겨우 시작되었으나 그처럼 기다렸던 안채봉 명창은 나오지도 않고 그 제자들이 나와 〈어와 청춘〉, 〈쑥대머리〉 단가나 하면서 시간만 보내고 있으니 이곳에 모인 부녀자, 노인들은 화가 머리끝까지 오를 수밖에 없었다.

"단산인가 채봉인가 그놈의 얼굴 한 번 보기가 원願인디, 어째서 채봉이는 안 보여주고 가짜 '갓따리들^{곁다리들}'만 나와서 야단이냔 말이여. 어! 참 속상혀 죽것네."

한 노인이 위 사랑방을 쳐다보며 불평을 늘어놓았다. 이어 맞장구라도 치듯 또 한 괴팍한 노인 한 분이 지팡이를 짚고 섰다가 지팡이를 들어 안방을 가리키며 큰소리로 외쳤다.

"채봉이는 안 나올 것인가? 채봉이는 안 나와? 우리 모두 가버리자 가버려 …" 하자, 그제야 방에 있던 안채봉 명창이 치마를 털털 털며 다시 추켜 입고 겨우 나왔다. 그처럼 학수고대鶴首苦待: 학 머리 빼고 기다리듯 괴로이 기다림했던 호남 명창 안채봉이 등장한 것이다. 분홍색 저고리에 파란 쪽빛 치마를 입고 머리에는 나비잠簪을 꽂아 나비가 간들간들 춤을 추고 한 손에 합죽선을 쥐고 단정히 서서 좌우 청중을 살펴보고 공손히 인사를 드린다.

"그간 오래 기다리시게 해서 죄송합니다."

주위는 바늘 꽂을 틈도 없이 꽉 차 있는데, 그중에 술을 많이 마셨는지 전신이 빨갛게 주기酒氣가 오른 특이체질의 장정壯丁 몇 사람이 서 있었다. 이를 보고 단산 명창이 대뜸 말하기를

"편지도 못 넣을 광주 충장로 우체통이 여러 개 서 있네."^{빨간 우체통; 술취한 사람} 하자 모두 한바탕 '하하하' 웃었다.

다시 목에 힘을 주어

"심 봉사가 황성 맹인잔치를 찾아가는디, 꼭 이렇게 가는 것이었다." 컬컬한 목소리로 '아니리'를 놓고 "어이가리 어이가 황성 먼 먼 길을 어이가리 … 딸 생각이 간절허구나." 하면서 단산 안채봉은 심 봉

사가 되어 애절하고 한 맺힌 진양조로 구슬피 통곡한다.

이곳에는 6·25동란을 겪으면서 집집이 부모 형제 가족을 잃은 사람들이 많아 자신들의 가슴속에 서려 있는 기막힌 한이 단산 안채봉의 구슬픈 진양조를 듣는 순간 갑자기 눈물이 봇물 터지듯 터져 남의 집 잔치에 참석하여 남녀노소 할 것 없이 눈물이 비 오듯 쏟아지는 것이었다.

눈물·콧물을 덥석 훔쳐 치맛자락이나 옆 기둥에 바르면서 옆 사람을 힐끗 훔쳐본다. 그 옆에 앉아 있던 사람도 두 눈이 뻘겋게 울고 있었다. 그는 다름 아니라 이웃집 친사돈이 우는 것을 보고 동정으로 따라 울어주다 다시 참 눈물이 쏟아져 같이 울고 있다.

이렇게 저렇게 모두 울다 보니 잔칫집이 모두 울음판이 되었다. 한참 이렇게 눈물, 콧물이 지난 후 구슬픈 계면조 가락이 어느덧 우조 중모리, 중중모리 소리가 되어 마지막 심 봉사가 심 황후의 손을 잡고 눈을 뜨는 대목^{장면}이 나오면서 소리판은 흥을 얻어, 이제는 심 봉사가 눈을 번쩍 뜨고 일어선다. 이어서 맹인잔치에 참석한 여러 봉사도 번쩍번쩍 모두 눈을 뜨고 난 다음, 눈먼 까막까치들까지도 함께 눈을 뜨는 자진머리 장단에서는 모두 박수갈채가 쏟아지면서 덩실덩실 춤을 추었다.

이때 단산 안채봉 명창 앞에 놓인 돈 바구니에는 파란 세종 대왕^{만원 권}이 금방 눈 쌓이듯 수북이 쌓였다. 항상 어느 곳에서나 단산 명창의 소리가 들리면 삽시간에 약속이라도 한 듯 사람들이 구름처럼 모여들어 넋을 놓고 듣는다.

이렇게 소리판이 진지하게 어우러진 다음 어느덧 석양이 젖어 오면, 남도창 민요로 "이 산 가세 저 산 가세 도라지 캐러 어서 가세~" 하며 소리판을 마무리하고 난 뒤에는, 다시 선가후무^{先歌後舞} 노래에 춤이 빠질 수 없었다. 단산의 나비 같은 가벼운 몸매에 세류춘풍^{細柳春風}으로 팔을 젓고, 운중미월^{雲中美月}로 팔을 접어 미소를 지으며 도는 춤사위는 호남 명인이란 말이 과연 명불허전^{名不虛傳}이었다. 그밖에 소고춤, 김오재^{金五才} 씨 설장구의 흥겨운 구정놀이 가락으로 온 가족의 권속들과 함께 마지막을 흥겹게 장식하고 오늘 잔치를 마무리한다.

이제 이렇게 화려한 시골 회갑 잔치의 하루가 막을 내렸다. 이때 단산 일행은 모두 술이 거나하게 취해 알심 있는 주인 양반의 배려로 봉고차를 하나 내주어 타고 귀갓길에 오른다. 단산 일행은 모두가 취해 서로 언니 동생 하며, 그간 가슴에 서린 말 못 할 서로의 회포가 냇물처럼 넘쳐 나오는 것이었다. 서로 '군목'을 써가며 흥얼거리는 것을 단산이 보고

"뉘가 허두목을 내봐라." 하자, 막내 초향^{草香}이가 덜렁 받아

"헤에~ 한 많은 이 세상~ 어디로 발길을 옮기랴~" 하고 흥타령으로 신세 한탄을 내놓더니 끝나자마자 옆자리에서 금앵^{錦鶯}이가 받아

"적막공산에 슬피 우는 저 두견아~" 하며 눈물 어린 목구성으로 듣는 사람 심간^{心肝}을 뒤집어 놓는다. 그 뒤에 숨어 있던 송월^{松月}이가 다시 목청을 나지막하게 내어

"황혼 저문 날에 말 없는 한숨이오. 새벽 별 찬바람에 소리 없는 이 눈물이 웬일이냐? 헤에~" 하니 알밤처럼 야무진 방산^{芳山}이 말하기를

"단산^{丹山} 언니가 마지막 마무리를 지어 버리소!" 하자, 이때 단산이 마지막 카랑카랑한 목소리로 고공^{高空}을 차고 나르는 제비처럼 상청소

리를 내는디

"꿈아! 꿈아! 무정헌^한 꿈아~" 해놓고 다시 애절한 목구성으로

"잠든 나를 깨우지 말고 가는 임을 붙잡아 주소." 하자, 모두가

"아이고 언니 그렇고말고~" 하면서 어찌나 감칠맛 나게 하는지 다음은 소리를 더 잇지 못하고 옆자리에 있던 초향^{草香}이가

"눈물 그만 짜고 진도아리랑으로 판을 바꾸자 바꿔. 뭔 일로 너 울고 나 울고 신세타령만 헐 것인가? 안 그래"

"옳다! 네 말이 맞다, 맞어."

"하하하"

옆에 있던 방산^{芳山}이

"웃자 웃어 웃어야 복이 온단다." 모두가 한바탕 웃고 다시 방산^{芳山}이

"진도아리랑을 호반^{好班}이 오빠가 내 봐." 했다.

말이 떨어지자마자 박호반^{朴好班} 선생이 "놀다 가세 놀다나 가세 저 달이 떴다 지도록 놀다 가세." 하며 매김소리를 주고받았다. 그러나 밑도 갓도 없는 진도아리랑! 소리를 서로 주고받다 보니 구절양장 화순 너릿재의 열두 구빗길을 다 지나 어느덧 광주 시내 황금동 허름한 막걸리 집 앞에 다 달았다.

방산이 "여보시오 주인장!" 하고 큰소리로 외치자 늙은 주모^{酒母}는 어찌 된 영문인지도 모르고 문을 벌떡 열어 보았다가 깜짝 놀란다.

"어쩐 일이여." 하자, 단산이

"너 보고 싶어서 왔다."

"반갑네. 어서 들어와" 하고 맞아들인다.

비록 허름한 막걸리 집이었지만, 벽에는 가야금이 걸려 있고 문 위

액자에는 동강東岡 정운면鄭雲勉 선생 매화가 휘어질 듯 피어 있었다. 방 안에 놓여있는 가구들이 옛것으로 귀티가 넘쳐 제각각 품위와 격을 갖 추고 있었다. 단산은 따뜻한 말씨로

"어이 동생, 술상 하나 준비해 주어." 하고 나서 막내 방산芳山에게 잔칫집 바구니 돈을 풀어 계산토록 명한다. 막내 소리꾼 방산芳山, 초향 草香이 두 사람이 꾸부러진 돈을 곱게 다듬어 모두 계산한 다음

"○○원입니다." 하고 보고를 올리자 단산丹山은 주위를 둘러보고

"우리 일곱 사람 몫으로 나눠라." 한다.

그 자리에 있던 동행 후배들이 깜짝 놀라면서

"우리 모두 언니 덕분에 잘 놀다 왔는디, 무슨 말씀이여~"

"언니가 놀러 가자고 해서 따라갔을 뿐이여~" 하자, 다시 단산이

"너희들 잔소리 말어~" 하며 모두 균등하게 분배해 주는 것이었다. 그리고 담배 한 개비를 빼 입에 물고 흠뻑 연기 품어 내뺃고 나서 한숨 섞인 말투로

"너희들 모두 어떻게 사느냐?"

"언니 어떻게 살아?"

"못 죽어 사는 거지." 또 담배 연기 빨아 푸우~ 하며,

"너의 집 옆에 금향錦香이는 어떻게 산다야?"

"딸이 도와주어 잘살아. 걱정 없어." 하자, 두 눈에 눈물이 핑 돌면서

"너희들만 보면 내 가슴이 터질 것 같다." 하면서 크게 한숨을 지었다.

이윽고 술상이 나왔다. 분홍빛 싱싱한 홍어 애를 곱게 썰어 놓고 묵 은 갓김치에 3년 된 시커먼 고추장과 굴비 장아찌가 올라 상의 품위를 높였다. 윤기가 흐르는 주꾸미를 새콤달콤하게 무쳐 큰 접시에 소복이

올렸다. 이 모두가 생강 동동주에는 안성맞춤의 안주였다. 단산은 막내를 불러

"남은 돈으로 술값 계산허고 끝돈으로는 내 택시 값이나 허자." 한다. 이렇게 오늘 하루의 잔치가 모두 끝났다. 그 옛날 생자^{기생}였던 주모^{酒母}의 알뜰한 솜씨로 빚어 맛 깊은 안주에 생강 동동주를 서로 권하며 즐겁게 마시고 난 다음 모두가 헤어져야 하는 아쉬운 발걸음이었다. 이때 환히 밝혀주는 가로등이 발길을 조용히 안내해 주었다.

아! 이 시대 마지막 예인이여! 인^仁, 의^義의 징검다리를 홀로 걸어온 호남 명창이여! 나는 어느 해 봄날 타계하신 임동선^{林東宣} 선생 댁의 조문을 갔었다. 문상^{問喪}하고 앉아 있는데 밤늦게 단산^{丹山}께서 찾아오셨다.

"오늘 목포에서 행사가 있어 늦었다." 말하면서 들어오자, 우리 모두 함께 일어서 맞았다. 나는 깜짝 놀랐다. 그처럼 화려한 옷맵시를 모두 지우고 전혀 어울리지 않는 장롱 속의 해묵은 낡은 무명옷을 입고 천속^{賤俗}한 맵시로, 고인이 되신 임동선 선생님께 정중히 예^禮를 갖추었다. 이는 명실공히 국악계의 큰 인물이 분명했다.

이처럼 그는 가는 곳마다 모범을 보였다. 항상 후배들의 아픔과 슬픔을 함께 나누며 따뜻이 만져주었던 언니요, 어머니였다. 천성이 강직하고 언행이 정중하여 국악계 대표적 인물이었다. 예^禮가 아니면 행하지 않았고 의^義가 아니면 가까이하지 않았던 남도 명인!

특히 선후배 영결식^{永訣式}과 천도제^{薦度祭; 죽은 영혼을 극락으로 보내기 위한 불교 의식}에는 어떤 경우에도 참석하여 외롭게 서럽게 살다 간 한 많은 고인의 넋을 위로해 주었다. 항상 술이 거나하게 오르면 부르시던 흥타령 "적막공산에 슬피 우는 저 두견아~"의 구슬픈 계면조가 그토록 심금을

울렸으나 이젠 모두 들을 수 없게 되었다. 남도 예인! 호남 명창의 대명사도 이젠 모두 내려놓고 나주羅州 금성산 자락 적막공산에 쓸쓸히 누워 말이 없다.

아, 무등산 아래 한 많은 소리꾼이여! 외로운 징검다리를 홀로 걸어온 임이여! 춘산春山을 불태우던 저 진달래는 올해도 어김없이 찾아오는데 어찌 그대만은 왕손귀불귀王孫歸不歸; 그대는 돌아올는지 못 돌아올는지란 말인가요.… 그립고 그립습니다. 너무도 간절히 그립습니다. 그 길이 그토록 어려운 길이라면 몽매라도 만나보고 싶습니다.

광남 풍류회의
살맛나는 이야기

한 번 머리 올리면 남의 살 안 섞어

나는 남원을 말하면 청년 시절 금수정 추억을 잊을 수 없다. 광한루 건너편 산기슭에 자리한 금수정錦水亭을 내가 밟은 지 어느덧 강산이 다섯 번이나 바뀌었다. 그러나 지금도 의연히 지리산 자락을 지키고 있다. 무상한 그 날의 그 추억을 뉘더러 말하랴.

지금부터 50년 전 무더운 여름 어느 날 오후였다. 나는 화순에서 얄팍한 여름옷을 입고 광주로 향했다. 친구와의 약속을 염두에 두고 시원한 충장로 들장미 다방을 찾아갔다. 약속 시간이 가까워지자 평소 정을 나누던 친구가 들어오며 말하기를,

"오늘 밤 소리꾼이 있는 좋은 술집 하나 찾았으니 조흥수曺興洙 형과 함께 가세." 하는 것이다. 그리고 술집 주인에게는 소리 잘하는 한량을 데리고 오겠다고 약속을 했다며 나에게 동행할 것을 강력히 요구했다.

나는 평소 국악에 관심이 많다 보니 일찍부터 국악계의 많은 인사

들을 알게 되었다. 명인, 명창, 기생 머리를 얹힌 한량과 고수 그리고 옛날 명성이 높았던 노기老妓들까지 많은 국악계 인사들과 자주 자리를 함께했다. 매일 구절양장 너릿재를 넘어 광주에서 여가선용으로 학원을 찾아 공부하고 난 다음 저녁 시간이 되면 대인동 막걸리 집을 찾아가 한약업계 친구들과 어울려 소박한 안주에 막걸릿잔을 돌리며 세상사는 이야기로 하루의 피로를 풀었다.

워낙 의리가 좋은 친구들로 나의 취향을 잘 아는 터라 여러 친구가 모여 사전모의를 했던 모양이다. 화순에서 친구가 오면 우리가 술을 취하게 먹여 장가를 보내서 오늘 '총각 딱지 떼 주자' 했다고 한다.

이윽고 퇴근 시간이 되자 여러 친구가 다방으로 모였다. 그중 한 친구가 말하기를

"오늘 저녁에는 내가 술을 살 테니 술 한잔하자."라며 모두 함께 일어섰다. 나를 이끌고 간 곳은 대인동 동사무소 옆 골목 '남원집'이었다. 친구의 소개로 주인과 서로 첫인사를 나누었다. '남원집'이라 했을 때 선입견이 좋았다. 금방 춘향이와 국악을 연상케 하는 상호로서 여러 생각이 들어 좌우를 살펴보았다. 역시 가야금이 걸려 있었다. 주인의 몸맵시와 머리를 보자 단정하고 목이 컬컬한 게 언뜻 보아도 소리꾼 목이었다.

옆 친구가 주인에게 말하기를

"제가 전에 말하던 친구입니다."

"아유, 반갑습니다. 뵙고 싶었습니다." 했다. 그러자 옆 친구가

"그렇지 않아도 화순에서 자네 오기만 기다렸어." 하며 요즈음 '남원집' 영업이 잘되어 젊은 소리꾼 하나를 더 두었는데, 그 소리꾼이 남

원 국악원 출신으로 얼굴도 예쁘고 때 안 묻은 풋내기로 어릿하게 보이자, 젊은 총각들이 그 소리꾼 얼굴에 반해 군침을 삼킨다고 귀띔해 주었다.

저녁에는 찾아와 봐야 젊은 소리꾼 만나기가 하늘에 별 따기란다. 나는 오직 옛 남원 소리를 듣고 싶은 호기심에 오늘 밤 '남원집'에 가서 북 한번 쳐보자고 약속한 것뿐이다. 영문도 모른 나를 제쳐놓고 저희끼리 한 친구는 술값, 한 친구는 여관비, 한 친구는 소리꾼 여자 꽃값을 책임지기로 했단다. 한 친구가 술에 안주를 시켜 놓고, 그간 적조했던 정을 나누며 덕담·농담으로 모두의 피로를 풀었다.

옆자리 친구가 말하기를 이곳 '남원 집'은 남원에서 명성 높은 요정을 경영했으나, 뜻밖의 어려운 사연이 있어 모두 버리고 나와 광주에서 다시 옴막집막걸리 집을 경영하게 되었다고 한다. 그런데 음식 솜씨가 좋아 찾는 손님들이 많아져 앉을 자리가 없을 정도였다. 때마침 올해는 동해안 일대가 오징어 풍년이 들어 오징어 값이 쌌다. 이때를 이용하여 '남원집' 주인은 풍년든 오징어에 갖은양념으로 솜씨를 자랑했다. 물오징어를 끓는 물에 살짝 데쳐 회무침을 새콤달콤하게 하면 어찌 그처럼 맛있었는지 … 주조장 막걸리를 '남원집' 주인은 솜씨껏 생강을 갈아 여기에 설탕을 조금 넣어 저어 놓으면 특별한 동동주가 된다. 이 술맛을 못 잊어 단골 술꾼들이 날로 늘어났다.

그날 밤 우리는 술 항아리를 초저녁에 바닥이 보이게 마시고, 다시 생강 동동주를 걸러 만들었다. 그동안 먹었던 술에 취기가 도도히 올라 모두의 얼굴들이 충장로 우체통 꼴이었다. 술을 권한 친구가

"주인마님, 가야금에 남도창 소리 한 곡 감상합시다." 하자, 주인마

님이

"옳다." 하면서 가야금을 내려놓고 나에게 소리를 청했다. 나 또한 술이 거나하게 올라 주위에서 권하지 않아도 흥타령 육자배기가 저절로 나오기 직전이었다. 나는 목을 가다듬어,

"아깝다. 내 청춘아~ 헐 일도 못 하고 철 따라 봄은 오고 봄 따라서 청춘가니 무정헌 이 세월을 그 뉘가 막을 손가. 헤~" 하며 부르는 순간 주인은 가야금으로 반주를 넣어 가며 나와 함께 병창을 했다. 〈흥타령〉이 끝나자 박수를 보내면서,

"얼굴도 예쁜 도련님이 어찌 그리 소리까지 잘해, 어디서 그렇게 잘 배웠소?" 하며 한 곡을 더 하자고 보채었다. 한 곡만 더 하면 남원 댁도 〈흥타령〉을 받겠다는 것이다. 독촉에 못 이겨 한 곡을 더하자, 남원 댁도 자연스럽게 소리를 선보였다. 남원 댁 소리는 컬컬한 소리목으로 목은 많이 갔지만 곰삭은 깊은 맛이 옛 그대로 있어 흡사 묵은김치의 그 맛이었다.

이심전심以心傳心 내 심정을 이해한 듯 광주와 남원의 옛 소리꾼들이 모인 광남 풍류회가 있으니 입회하겠느냐고 물었다. 그 자리에서 "예." 하고 약속을 하자, 그날 그 자리에서 광남 풍류회에 입회하게 되었다.

그 후 몇 달이 지났다. 어느 날 엽서가 화순 집까지 날아왔다. 엽서를 읽어 보니, 다름 아닌 다음 달 광남 풍류회 모임을 남원에서 개최한다는 소식이다. 어느덧 약속한 날이 찾아왔다. 광주 회원 15명과 함께 남원을 향해 가면서 차 안에서 첫인사를 주고받으며 자연스럽게 모두 한 가족이 되어 광한루 앞에 도착하자, 남원 회원들이 마중을 나와 기

다리고 있었다. 그들은 우리를 광한루 건너편 산기슭에 자리한 금수정
錦水亭으로 안내했다.

때마침 녹음이 깊어 창취蒼翠를 자랑하는 무더운 여름이었다. 어제
까지 큰비가 내렸으나, 오늘은 구름 한 점 없는 푸른 하늘이 우리를 정
답게 맞아 주었다. 금수정 앞 냇물은 백설 같은 옥수가 굽이쳐 장관을
이루고 있었다. 다리 아래 백석청탄白石淸灘 맑은 물을 굽어보는 순간 만
첩萬疊 수심이 사라지고 속진俗塵에 젖은 때를 모두 씻어 주었다. 전날
큰비가 지난 뒤인지라 유난히 천지가 맑고, 햇살 또한 밝아, 문자 그대
로 하일여명夏日麗明이 아니던가.

한참 뒤에 광한루 앞 큰 다리에서 금수정 길로 소복 입은 여인들이
짝을 지어 오고 있었다. 남원 풍류 회원 한 사람이 말하기를 남원을 지
켜왔던 원로 국악인으로 노기老妓들이 오신다고 조용히 말해 주었다.
나는 더욱 기대되었다. 국악계 여러분과 자주 모여 공부는 했지만, 전
문 국악인들과 모임을 가진 것은 처음으로 풍류 놀음에 햇병아리요,
기방妓房의 문전을 밟은 적이 없는 풋 총각으로는 모든 것이 영광스러
울 뿐이다.

드디어 잠자리 속 날개의 한산모시 저고리에 꽃신을 신고 황금색
생모시 치마를 한 손으로 걷어잡고 금수정에 올라서는 맵시가 너무 멋
있었다. 갖은 교태가 밴 노기老妓 세 분의 은비녀, 금비녀, 파란 옥비녀
와 유두분면油頭粉面으로 단장한 머리매무새 그 자체가 남원에서만 볼
수 있는 한 폭의 그림으로 청초함과 우아함을 한 몸에 갖춘 진면목의
예술이 아닐 수 없다. 나는 금수정 기둥에 등을 대고 저 멀리 지리산을
바라보는 순간 나의 심경은 모든 것이 신기하고 아름다울 뿐이다. 더

| 광남 풍류회 50년을 기념하여 대구 귀빈(정창섭)과 다시 찾다(左側부터 필자, 정창섭 부부, 필자 부인)

욱이 처음 찾아온 남원골인지라 모두가 새롭고 즐거워 매양 함박웃음만이 저절로 나왔다.

서로 첫인사를 했다. 남원 국악원에서 무용을 담당한 조성남曹成南 선생이라 했다. 인자한 모습과 조용한 말씨 그리고 고상한 자태에서 언뜻 보아도 지도자 품위를 갖추고 있었으며, 그 옆 두 분 역시 반늙은 이로서 남원의 향기를 은근히 품고 있었다. 조금 지나 다시 호사스러운 맵시의 중년 부인이 젊은이들을 대동하고 금수정 위를 오른다. 체구가 부잣집 맏며느릿감으로 모두가 넉넉하고 덕성스럽게 생겼다. 저

건너 머슴을 부르는 목소리가 역시 소리꾼 목소리로 호령하듯 어른스
러웠다. 바쁜 걸음으로 올라와 주위 사람들에게 대충 가벼운 인사를
나누고 난 다음 다시 바쁜 걸음으로 내려갔다.

옆에 있던 노인이 말하기를 남원 일급 요정인 향원香園의 주인으로
예명은 이화선李花仙이며 오늘 금수정 행사를 담당한 유사有司란다. 조
선 오백 년 색향을 자랑하는 남원골 풍류 잔치에 동참했다고 생각하니
소망이 성취된 듯 저절로 기뻤다. 오늘 행사를 도맡은 향원香園 주인과
함께 온 예쁜 여인들은 모두 향원의 앳내기어린 티가 나는 기생들이란다.
이들은 옛 부잣집에 손님 안내를 맡았던 앵무새 종처럼 항상 빙글빙글
웃으며 심부름을 잘했다.

광남 풍류회 회원들이 모두 다 모였다. 즉, 남원과 광주 풍류 회원
30여 명이 한자리에 모인 것이다. 광주 회원들과 남원 회원은 모두 기
방 출신으로 엄격한 법도에서 갈고 닦았기 때문에 앉고 서는 모든 범
절과 말하는 태도가 한결같이 조용하면서 무거웠다. 나와 일찍 인사를
나누었던 노기老妓 한 분이 조용히 나에게 "우리는 한번 머리 올리면
그대로 늙지, 남의 살 안 섞어" 하면서 남원 여성의 지조를 은근히 자
랑했다.

어느덧 정오가 가까워졌다. 오늘의 유사 이화선李花仙 씨는 준비한
모든 음식을 큰 상 위에 펴놓은 다음, 다시 음식을 하나둘씩 놓기 시작
했다. 지리산 도라지, 고사리를 비롯하여 육전肉煎, 어전魚煎과 각종 유
과油果, 전과煎果에 호두와 잣을 듬성듬성 놓아 올려놓고, 삼 년 묵은 곤
달잎 장아찌, 우설牛舌 수육, 우족牛足 편육, 전복 어죽, 연계육장 등 깊
은 음식과 귀티 나는 양반집 음식이 교자상에 가득 실어 오색 꽃밭을

이루었다. 두 눈으로 보기만 해도 한 식경이 걸렸다. 이것이 남원골 접빈상接賓床이란다.

광주에서 온 회원들은 함께 자리에 앉았으나 모두 말문이 막혀 서로 얼굴만 보며 먹지도 못하고 앉아 있었다. 이때 유사 이화선 씨는 백자기 병을 들고 다니며 광주에서 온 회원들을 찾아 술을 권한다. 백자의 예쁜 잔에 황금빛 청주를 가득 부어 권하며 "백세 상수上壽 하십시오." 했다. 두루 돌아다니며 웃음꽃을 피웠다.

하얀 술잔에 황금빛 청주는 시각적 풍미 또한 넘쳤다. 황금 술 빛이 좋아 한참씩 물끄러미 보다가 입을 대면 그 향기가 국화 향처럼 코를 찌른다. 향이 좋아 콧속에서 재음미해 보아도 형언할 수 없는 그 향기! 과연 어느 장인이 빚은 솜씨일까? 옛 김삿갓 시에 '십사十死라도 난과유주촌難過有酒村; 열 번 죽어도 술 보고 그대로 지나기는 어렵다' 시구를 이해할 것 같았다.

광남 풍류회의 귀빈들이 웃음꽃을 피우며 서로 술잔을 권하고 있던 사이 금수정 밑에 장관을 이루던 냇물에서 등 굽은 어부가 그물을 던져 덥석 끌어올리면 은어가 벌떡벌떡 뛴다. 늙은 어부는 갓 잡는 은어를 금수정으로 올리면 이화선 씨가 반갑게 맞아 도마에 놓고 곱게 손질하고 몇 토막을 내어 상에 올린다. 갖은양념의 초고추장에 찍어 먹는 은어 맛은 참으로 남원골에서만 맛볼 수 있는 계절의 별미였다. 원래 은어는 양반집 밥상에 오르는 음식으로 비린내가 없고 먹은 입 안에선 수박 향이 난다.

이화선 유사는 은어를 다듬어 다시 금수정 아래로 보낸다. 시냇가 그늘에 아예 솥을 걸어 놓고 봄날 천렵하듯 은어탕을 끓여 올리고, 다시 은어를 구워 꼬치를 장첩에 올렸다. 어디 그뿐이랴. 마지막으로 은

어를 잘 고와서 찹쌀죽을 쑤어 모두에게 속풀이로 올렸다. 은어 향이 깊이 밴 어죽을 먹고 나니 금강산 삼일포三日浦 어죽이 부럽지 않았다. 좋은 안주에 권하는 술인지라. 어찌 안 취하겠는가? 모두 거나하게 취했다.

이때 남원 국악원 조성남 선생이 주기酒氣가 올라 얼굴빛이 붉어지면서 광주 '남원집' 회장에게

"장비는 만나면 싸우더란다. 우리도 목구성으로 한번 싸워 보세. 하하하" 하고 웃자, 모두 손뼉을 쳤다. 향원 이화선 유사가 자기 집 풋기생들에게,

"너희들 일어서 허두를 내 보아라."라고 하자, 큰놈·작은놈 모두 다섯이 일어서서 〈새타령〉을 시작했다.

"삼월 삼짇날 연자燕子 날아들고 호접蝴蝶은 편편 나무, 나무 속잎 나 꽃피었다. 춘몽을 떨쳐~" 하며 소리판을 짜나갔다.

"새가 날아든다. 온갖 잡새가 날아든다. 새 중에는 봉황새~" 하고 상하청을 달아가며 부르던 새타령의 목청이 새로이 흥을 돋우자 남원 농악단 출신 젊은 총각이 벌떡 일어나 장구를 매고 중중모리 장단을 타고 양팔에 흥을 잔뜩 실어 갖은 교태를 다 부린다.

"얼씨구~" 하자, 장구채는 신기神氣가 올라 옥구슬이 쏟아졌다.

전 회원의 박수를 받으며 끝나자 조성남 선생이 다시 말했다.

"오늘 수고하신 유사 목구성을 들어봐야지." 하자, 이화선 유사가 일어나 웃으며 말하기를

"시집간 날 등창 났어. 목이 부어 못허는디 어쩌냐?" 하며 뚱뚱한 몸을 단정히 추스르고 서더니만

"천생 아재 쓸 곳 없다. 세상 공명을 하직허고~" 하며 목을 나직이 내놓았다. 목은 좋지 않으나 소리 구석구석에 깊은 맛이 녹아 있어 소리가 제법 짭짤했다. 광주 회원들이 모두 입을 모아 역시 남원 소리는 과연 남원 소리라고 감탄했다.

이렇게 남원, 광주 번갈아 가며 판소리 감상을 끝내고 남원 국악원 출신의 한 젊은이가 아쟁을 들고 나왔다. 옥색 두루마기에 하얀 버선까지 신고 청수하고 과묵하게 보이는 청년이 얼마나 백옥처럼 피부가 곱게 생겼는지 요즘 말하는 꽃미남이었다. 얄궂은 광주 회원 한 분이 빙긋 웃으며 나의 얼굴을 힐끗 쳐다보더니 가까이 귓속말로

"어느 년놈이 콩떡 주무르듯 저렇게 잘 만들어 놨을까?" 하며 '하하하' 웃어 나도 따라 웃었다. 금수정 높은 정자에 귀티 나게 앉아 언뜻 아쟁 줄을 골라 다스름^{연주 전에 음률을 고르기 위하여 짧은 곡조를 연주하는 일 또는 그것을 위한 악곡}을 내는 솜씨가 보통이 아니었다. 분위기가 조용해지자 이 청년은 진양조로 산조를 시작했다. 웅심하면서도 구슬픈 계면조 가락이 얼마나 애절하게 사람의 심간^{心肝}을 뒤집자 옆자리에 앉은 광주 소리꾼 향선^{香仙}이가

"아이고 날 죽이네. 날 죽여! 어느 놈 회간^{속; 전라도 방언}을 건드려 죽일 일 있는가? 나 죽어 …" 하고 외치자, 모두가 배꼽을 잡고 한바탕 웃었다. 그 옆자리에서

"얼씨구 그려~" 하며 굼뜬 추임새를 넣자, 모두의 시선이 그 얼굴에 집중되었다.

금방 눈물이라도 쏟아질 듯한 슬픈 감정이 그처럼 무겁고 진지했으나, 다시 우조^{羽調}로 건너가 중중모리 휘모리에서는 꾀꼬리가 버들가

지를 꽤 놀듯 연자가 춘풍을 휘감고 재롱을 떨듯, 흥겨운 선율을 타고 펼쳐지는 광풍제월光風齊月; 시원한 바람과 밝은 달의 아름다운 분위기야말로 명실공히 오천 년 전통의 위대한 우리 예술이었다.

이렇게 소리판이 끝나자, '남원집' 회장 마님이

"남원골 이 잔치에 언니조성남 춤이 빠질 수 있겠는가?" 하자 옆자리에 앉은 이름 모를 노기老妓가

"가무歌舞 아닌가. 노래에 어찌 춤이 빠질 수 있나? 차라리 농악에 태평소가 빠져야지." 하자, 주위에서 모두 손뼉을 쳤다. 조성남 선생은 빙그레 웃음을 짓고 가볍게 일어섰다. 백설 같은 한산모시로 두른 몸맵시는 학처럼 가벼워 경경여부輕輕如浮 구름 속에 떠 있는 듯 가벼웠다. 갑자기 노인 한 분이 장구를 끌어당기며

"조성남 장단은 내가 잡아야 해~" 하면서 장구 궁손을 치고 '타당탕' 체 손을 시험해 보더니 '나누나니~ 너' 하며 궁체를 다루는 솜씨가 그 옛날 화려한 전성기를 말해 주는 듯 능달能達했다. 구음이 비록 노기의 지친 목구성이나 조성남 명무는 양팔을 학처럼 곱게 펴 짓어 오르는 모습이 그처럼 곱고 무거울 수가 없었다. 더욱 금상첨화 격으로 아름다웠던 검은 머리 위에 황금 비녀와 매화잠 한 쌍이 간들 한들 춤을 추었다. 그날 명무名舞의 흥은 너무도 진지했다. 그리고 명무의 갖은 춤사위는 장단을 타고 자기 흥에 도취 되어 깨어날 줄 몰랐다. 운중미월雲中美月의 말없이 짓는 미소는 동풍을 희롱하는 매화런가, 그처럼 무거운 버선 맵시를 보고 장구재비는 더욱 흥을 얻어 목청껏 구음을 높여

"어느 뉘의 애간장을 녹이려느냐?" 하며 궁손을 힘 있게 '쿵쿵' 쳐주자 무거운 허리를 살며시 들면서 세류영풍細柳迎風으로 두 팔을 놓을

듯 안아 접는다. 이때 박수갈채가 쏟아졌다.

호남 명무의 깊은 실력을 유감없이 과시한 것이다. 조성남 선생의 춤사위야말로 남원골을 유유히 지켜온 장롱 속 보물을 선사한 것이다. 그 밖에 어느 사찰에서 전승되었다고 하는 승무와 젊은이의 소고춤은 다른 곳에서 볼 수 없는 독특한 춤사위로 너무도 경쾌하고 진지했으며, 자진모리장단에 그처럼 길고 많은 소고 놀음은 처음 보았다.

광주 회원들은 모두가 남원 회원의 수준 높은 품격과 뛰어난 실력에 서로 얼굴만 쳐다보면서 묵묵히 말문을 열지 못했다. 시간 가는 줄 모르고 웃고 즐기던 금수정 놀음에도 어느덧 저녁노을이 찾아 들었다.

회장 '남원집' 마님이 일어서면서

"자, 금강산도 식후경이여~ 은어회, 은어 죽 언제 다 먹을 것이여?" 하자, 노기老妓 한 사람이

"그래, '남원집' 말이 맞아, 우리 모두 쉬어~" 했다. 광남 풍류회 여러분들은 다시 자기 자리를 찾아 앉으며 다시 하얀 술잔을 권하면서 윤기가 넘치는 은어 죽을 올려놓고 모두 배 속을 채웠다. 회원 일체가 자기 흥을 못 이겨 군목으로 흥얼거리다가 어느 노기가 장구를 메고 일어서 말하기를 이제 우조 판으로 돌리자.

"노다 가세, 노다나 가세, 저 달이 떴다 지도록 노다 가세." 하고 목청을 높여 부르기 시작하면서 두 팔을 들어 젓기 시작했다.

유서 깊은 남원골 금수정 풍류회가 이렇게 아쉬움을 안은 채 끝나자 장장하일長長夏日도 어느덧 서산에 기울었다. 취흥이 도도한 풋내기 총각 얼굴에도 석별의 노을빛이 붉게 타고 있었다. 타오르는 감흥을 어찌하랴! 이때 나는 목청 높여 읊었다.

"청산아 말 물어보자 고금사를 내 알리라 / 만고에 영웅호걸 뉘뉘 가 지났더냐 / 일 후에 묻는 이 있거든 나도 함께 일러라" 하고 목청을 다듬어 평시조를 읊은 다음 광주로 향했다.

애닯도다. 그날의 풍류여! 인걸人傑은 간데없고 … 서산 낙조를 굽어 보며 무상한 지난날의 춘풍추우春風秋雨에 한숨짓노라.

| 이매창李梅窓 추모와
| 백마강 선유船遊 이야기

백아伯牙 절현絶絃이 생각난다

운림만영雲林謾詠 한시집漢詩集을 꺼내 보니 옛 친구 생각이 간절하다. 내 나이 40대 우연히 만나 사귀어 지냈던 국재菊齋 이종득李鐘得이란 친구가 있었다. 지금 헤아려보면 근 30여 년간 서로 아꼈던 친구다. 그러나 나는 불행히도 이 친구를 먼저 보내고 말았다. 흡사 옛 백아절현伯牙絶絃 격格이 되고 말았다. 인생살이란 얽혀 살다 보면 너무 우울하고 답답할 때가 있다. 이때마다 친구 생각이 간절하다. 옛 친구를 말하고자 하니 부득이 백아 이야기를 하지 않을 수 없다.

옛 춘추전국시대에 백아伯牙와 종자기鍾子期가 있었다. 백아는 거문고를 좋아하여 항상 그를 벗 삼아 살아가는 터라 매일 거문고를 안고 즐기는데 오직 그 소리를 누구보다 잘 알아듣고 즐겨주는 친구가 종자기鍾子期였다. 거문고 곡조를 듣고 옆자리에 있던 종자기는 감탄을 하여 말하기를 "아! 멋있다. 어찌 하늘 높이 솟아오르는 느낌은 마치 태

산 같구나." 하고 조금 있다가 "아! 그렇지, 넘쳐나는 듯 흐르는 곡조
는 도도히 흐르는 황하수^{黃河水}인 듯." 하면서 무릎을 쳤다. 그때마다
백아는 더욱 흥이 솟았다. '백아는 종자기에게 어찌 저렇게 나의 마음
과 곡을 이토록 잘 읽을 수 있을까?' 하며 그를 유일한 친구로 삼아 매
일 같이 한 자리에서 거문고를 즐기는 일일불가무야^{日日不可無也; 하루도 없을}
^{수 없다}였다. 그러나 불행하게도 종자기가 갑자기 병으로 세상을 떠나자
그 후 백아는 '이제 나의 거문고를 들을 사람이 없구나.' 하며 실의 절
망한 나머지 거문고 줄을 끊고 다시 거문고를 잡지 않았다고 한다.

그 후 세상 사람들이 다정한 친구를 지음^{知音}이라 하고 마음이 통하
는 친구를 고산유수^{高山流水} 혹은 백아파금지간^{伯牙破琴之間}이란 말을 쓰게
되었다고 전한다. 지금도 많은 사람이, 특히 화가들이 자기 그림 가치
를 남이 알지 못할 때 '백아절현^{伯牙絶絃}'하고 싶다고 말한다. 이처럼 나
에게는 그 친구가 우리 전통문화에 대한 애착과 관심이 너무나도 크고
동정 공감하는 바가 많았다. 그리고 죽마고우도 아니면서 사귄 지도
얼마 되지 않았으나, 지기^{志氣}가 상합^{相合}하여 막역한 친구가 되었다.

키는 조금 크고 얼굴빛이 약간 붉은 편이며, 얼굴이 갸름한 동자^{同字}
상^相으로 티 없이 맑고 준수한 미남이었다. 경기도 안성 출신으로 부드
러운 경기도 말씨를 썼으며, 항상 한복차림에 버선까지 갖춰 우리 지
역에서는 보기 드문 선비 차림이었다. 우리 조상들의 문화와 정신을
극히 존숭하며 즐기는 모습이 그처럼 의지 의기투합^{意氣投合}할 수가 없
었다. 그러므로 자주가 아니라 날마다 보고 싶은 친구다.

조상들의 생활 속에 살아 숨 쉬는 모든 문화를 그처럼 속속들이 잘
알 수 있을까? 서민들의 사소한 문화부터 사대부 양반 댁의 깊고 높

| 국재 이종득 화백(左側부터 세 번째 한복차림, 첫 번째는 필자)

은 생활의 백경百景을 눈앞에 그리듯 말한다. 전통문화 백과사전이 되어 있어, 의심스럽거나 잘 모르는 것이 있을 때 물으면 하나도 빠지지 않고 척척 대답하여 감탄을 자아냈다. 모르거나 궁금하여 물으면 즉석 대답이었다.

하루는 엄연히 아는 사실을 은근슬쩍 물어보았다. 친구를 시험해 보는 못된 꼼수였다. 그러나 그 친구의 대답은 내가 아는 상식 이상으로 일목요연하게 대답했다. 나는 깜짝 놀랐다. '어찌 이처럼 알 수 있을까?' 나는 항상 궁금했다. '오직 체험과 경험 속에서 얻어지는 지식인데 …' 하며 생각에 생각을 거듭해 보아도 불가사의할 뿐이다. 다만 잘못 이해하는 것은 한문과 한시였다. 물론 그밖에도 전혀 없는 것은 아니었으나 그처럼 박식할 수가 없었다.

그는 어린 나이에 소정小亭 변관식卞寬植 선생의 문하에 들어가 그림을 익힌 제자로서, 그 시대 이당以堂 김은호金殷鎬 화백 등 서화계에 얽힌 이야기들을 잘 말해 주기도 했다. 아마 국재菊齋 이 친구 역시 나처럼 사주에 오황살五黃殺; 상수 5가 들어간 궁으로 부패 파괴와 전통과 골동품을 상징한 살 화개성華盖星: 학문과 예술 종교 등을 상징, 화개살이라고도 함이 들었는지 알 수 없는 일이다. 국재와 나는 항상 동정 공감하는 바가 너무도 크고 많다. 희귀한 옛것을 조상 모시듯 항상 소중히 여겼다. 모두 나라 사랑 아니겠는가.

초가을 비가 부슬부슬 내리는 어느 날이었다. 갑자기 국재에게서 전화가 왔다. 낮 12시에 한성 음식점에서 만나자는 것이다. "공주 친구인데 우리 문화에 밝아 춘곡春谷 자네하고 앉으면 술맛이 날 것일세." 하였다.

시간을 맞추어 찾아갔다. 청수한 얼굴에 우리보다 몇 살 더 들어 보였다. 첫인사에 김성태金成泰라면서 명함이 없어 죄송하다고 했다. 그리고 술을 권한다. 우리는 세상사는 이야기로 꽃을 피우며 이말 저말을 하다, 우연히 부안 이매창李梅窓 이야기가 시작되었다. 별로 아는 바는 없었지만, 부안의 매창 이야기를 너무 많이 들어서 나 역시 깊은 관심이 아닐 수 없었다. 그러나 그에 대한 글을 보지 못하고 다만 시를 잘하는 기생이란 말은 들었으므로 이매창의 시가 그토록 그리웠다. 여류 한시인漢詩人이란 호기심에 더욱 그러했으리라.

이분은 컬컬한 목청으로 말했다.

"시제를 규중원閨中怨이라 했는데 …" 하면서 술술 시를 외웠다.

瓊苑梨花杜宇啼경원리화두우제　　옥 같은 동산에 배 꽃은 피어 두견새 울고
滿庭蟾影更悽悽만정섬영갱처처　　들에 가득한 달빛 보니 내 마음 서러워라
相思欲夢還無寐상사욕몽환무매　　꿈에 만나려 해도 도리어 잠마저 오지 않아
起倚梅窓聽五鷄기의매창청오계　　창가에 기대어 새벽닭 울음 들노라

　처음 보는 시였으나 티 없이 맑아 너무 좋았다. 흡사 어두컴컴한 산골 마을 뒷동산에서 말없이 둥근 달이 솟아오르듯 마음을 환히 밝히면서 너무도 신선하고 원만한 이미지였다. 나와 국재 형은 같이 눈을 맞추며 공주 김 선생님께 "좋은 시 한 수 얻었습니다." 하고 웃으며 국재가 덥석 술병을 잡고 술을 권했다. 술잔을 받아 들고 다시 말하기를 허균의 글을 살펴보면 당시 허균이 매창을 만나본 소감을 적은 글이 있다며, 그 글 내용을 말했다.

협슬음시挾瑟吟詩　　　　　　거문고를 타며 시를 읊으니
모수불양貌雖不揚　　　　　　외모는 비록 뛰어나지 못하나
유재정가여어有才情可與語　　재주와 정감 많아 더불어 이야기할 만하여
종일상영상창화終日觴詠相唱和　　종일토록 술잔을 들고 서로 시를 읊는다

　나는 여기서 큰 수확을 얻었다. 주옥같은 〈규중원閨中怨〉의 시와 부안 이매창이 거문고와 시를 잘한 천하절색으로 믿었던 그가 그처럼 예쁘지 않았다고 하는 것도 나로서는 새로운 지식이요, 달콤한 정보가 아닐 수 없다. 나는 입에 군침이 돌아 앞에 놓인 술을 마시고, 다시 김 선생께 술잔을 권하면서 다시 말하기를
　"이매창 묘소가 어디쯤 있습니까?" 하자,

"부안읍에서 그리 멀지 않습니다." 하면서

"〈증 취객贈醉客〉이란 시를 보면, 더욱 재미있습니다."라고 했다. 남아가 술이 거나하게 취했을 때, 여자를 안아보고 싶은 마음은 고금이 다를 바 없었던 모양이여."라고 하며 '하하하' 하고 웃었다.

국재가 말하길 "그 시 한 번 들어 봅시다."라고 하자, 김 선생은 허리를 펴고, 눈을 지그시 감더니만, 높은 목으로 읊조렸다. 나와 국재 형은 조용히 술잔만 내려다보면서 듣는다.

취객집나삼醉客執羅衫	취한 손님이 비단 저고리를 잡으니
나삼수수열羅衫隨手裂	비단 저고리가 손길 따라 찢어졌네
불석일나삼不惜一羅衫	비단 저고리 하나쯤 아까울 것 없지만
단공은정절但恐恩情絶	다만 은혜의 정마저 찢어질까 두렵구나

읊조린 것을 들은 뒤에 우리는 "아! 좋다."라고 하면서 흐뭇해했다. 과연 삼월 앵두 같은 시였다.

우리는 시와 술에 취해 시간 가는 줄 모르고 웃다 보니 어느덧 창밖에는 비가 부슬부슬 내리고 있었다. 박학다식한 공주 선생님과 즐거운 술자리를 모두 마무리하고, 일어서며 나와 국재 형은 "우리 부안 이매창 묘소를 꼭 한번 참배하자." 하고 단단히 약속한 다음 세 사람은 석별의 정을 남기고 서로 헤어졌다.

그 후 나는 집으로 돌아와 즉시 여러 문헌을 살펴 이매창에 대한 기록을 찾아보기로 했다. 여기저기 편전 엽서를 모아 정리하다 보니 많은 사실을 알게 되었다.

신석정시인이 번역한 시집도 찾았다. 이매창의 한시는 다소 남아 있

| 이매창 묘소(출처: 문화재청)

으나 시조는 유일하게 한 수가 남아 있다.

　이화우梨花雨 흩날릴 제, 울며 잡고 이별한 임
　추풍낙엽秋風落葉에 저도 날 생각하는지
　천 리에 외로운 꿈만 오락가락하노라

　주옥같은 시조가 유일하게 남아 있어 후학들의 그리움을 더욱 간절하게 한다.

　이매창李梅窓은 부안 출신 기생으로 본명은 향금香今이오, 자字는 천향天香이며, 호號가 매창梅窓이다. 이 외에도 호가 많았는데 계유癸酉년에 태어났으므로 계생癸生, 계생桂生, 계랑癸娘, 계랑桂娘이라고 불렸는데 스스로는 매창梅窓이라 했다. 1573년선조 6 부안현扶安縣 아전衙前 이탕종李湯從의 서녀庶女로 태어났다. 한시집漢詩集은 그간 구전口傳으로 내려오던 것을 1668년현종 9에 고을 아전들의 도움으로 평소 자주 들렸던 개암사開岩寺에서 목판본으로 간행되었다. 애석하게도 37세의 젊은 나이로 요절했다 한다. 전라북도 부안군 부안읍 봉덕리567 공동묘지에 안장했는데 이때가 1610년광해군 2이다.

그 후 묘비는 45년이 지난 1655년효종 16에 '명원이매창지묘名媛李梅窓之墓'라 새겼다. 1917년 부풍시사扶風詩社에서 옛 비가 잘 보이지 않아 다시 세워 전라북도 기념물 제65호로 지정되어 있다. 시조가 청구영언靑丘永言 등에 실려 있고, 『조선해어화사朝鮮解語花史』에 시조 10수가 실려 있다고 전한다. 지금도 매년 음력 4월 5일이면 부안의 율객律客 모임인 부풍률회扶風律會에서 이매창 추모제 즉 '매창제'를 올리고 있다.

이상과 같이 여러 문헌을 살펴보면 하나 같이 이매창은 이탕종李湯從의 서녀로 기록되어 있다. 추측건대 어머니가 혹 관비官婢 출신이 아닌가 생각된다. 그는 시와 가무, 그리고 거문고를 잘 탔다고 기록되어 있다. 특히 글재주가 좋아 서울 등 원근에 명성이 높아 문사들이 방문하여 글을 짓고 마음을 논했다고 한다.

유희경劉希慶, 백대붕白大鵬, 허균許筠, 권필權韠, 한준겸韓浚謙, 이귀李貴, 그밖에 심광세沈光世, 임서? 등등 명사들이 시기詩妓인 매창에 호기심을 가졌다고 전한다. 그중 천민 출신인 유희경劉希慶과 가장 가까운 사이가 되었다고 하는데 그 이유인즉 두 사람의 신분이 모두 천민이란 점과 다 같이 시를 좋아했고, 시취詩趣가 서로 통하여 뗄 수 없는 연인이 된 것으로 추측할 수 있다고 말한다. 그러니 임을 그리는 여러 편의 시가 모두 유희경을 그리는 시일 것이다.

유희경은 서울 사람으로 헤어져 자주 만나지 못하고 살았다. 그때가 1607년이라고 기록된 것으로 보아 어언 10년을 그리며 살았다. 그후 다시 이귀李貴라는 선비가 있었는데, 명문의 후예로 글재주가 뛰어났다. 그를 다시 정인情人으로 맞았다. 정부情夫인 이귀에 대한 기록은 자세하지 않다.

여러 문헌에서 말하기를 이매창은 천성이 고고하고 절개가 있었으며, 음탕한 것을 좋아하지 않고, 서로 담소로만 친했을 뿐이다. 막역한 사이가 될지라도 어지러움에 미치지 않았으므로 오래도록 서로 변치 않았다고 한다. 그녀는 고고한 심성과 맑은 지조를 가진 여자로서 뭇 남성과 함께하는 기방 생활에서도 의義와 도道를 무겁게 지켰으므로 항상 변함없이 사귀며 살았다.

뒷날 신석정辛夕汀은 유희경과 이매창 그리고 부안에서 유명한 직소폭포를 부안삼절扶安三絕이라 칭했다고 했다. 이매창과 교류했던 많은 사람 가운데 홍길동전을 쓴 허균許筠의 〈조관기행漕官紀行〉에 이매창이 등장한다. "임자1601년년 7월 23일 부안에 도착했는데 비가 심하게 내려 하룻밤을 머물렀다. 고홍달高弘達이 와서는 이매창이 이귀李貴의 정인情人이라 했다. 거문고를 타고 시를 읊는데 면목은 예쁘지 않지만, 재주와 정감이 말벗이 될 만하여 종일 술을 마시며 서로 창화唱和했다壬子 到扶安 雨甚留 高生弘達來見 倡桂生 李玉汝情人也 挾瑟吟詩 貌雖不揚 有才情可與語 終日觸詠相唱和"라고 했다.

나는 지금까지 이매창의 문집을 보지 못했으나, 시조 1수와 시 58

수를 찾아 부안^{扶安} 아전들이 그녀가 세상을 떠난 60년 후에 부안 개암
사^{開岩寺}에서 유집^{遺集}을 발간했다 한다. 그처럼 뛰어난 시기^{詩妓}였으나,
천민이란 오명 때문에 양반들의 홀대는 사후에도 여전히 인색했던 모
양이다. 겨우 부안고을 아전들의 주머닛돈으로 『매창유집^{梅窓遺集}』을 발
간한 것이다. 당시 천민이나 다를 바 없이 홀대받았던 개암사 스님들
의 도움을 받아 『매창집』이 서럽게 간행되었던 것으로 생각된다. 동병
상련^{同病相憐}으로 시기^{詩妓} 매창은 생전에 자주 개암사를 찾았다. 황금기
옥^{黃金奇玉}이 진흙에 묻혔으니 이 안타까움을 어찌하랴.

이매창 이야기를 부안에서 다시 광주 서석산^{무등산} 아래 춘곡 약헌^春
^{谷藥軒}으로 옮기고자 한다.

어느덧 그해 가을이 되었다. 하늘은 유난히 맑고 앞산이 유달리 가
까워 보이면 가을이 찾아온다는 말이 있듯이 서쪽 하늘에는 조개구름
이 높이, 높이 은하수에 다리라도 놓듯 장관을 이루고 들에는 벼가 황
금빛으로 점점 물들어 오곡백과가 결실하는 음력 칠월칠석이 다가오
는 어느 날이었다.

나는 국재 형께 전화하면서 안부를 물은 다음, "오는 칠월 십오일
이 생각나?" 하고 다시 말하기를

"국재, 추칠월^{秋七月} 기망^{旣望}에 소동파처럼 적벽 놀음은 못 할망정
이매창 묘소 참배와 부여 백마강 뱃놀이나 한번 가 보세!"라고 했다.
국재 형도 반갑다는 듯이

"좋은 말일세, 그렇게 해보세. 무미건조하게 우리만 가는 것보다
부드러운 말벗이 하나 있어야 하지 않겠는가?" 하며 녹산^{綠山} 술집 여
주인에게 물어보겠다고 했다. 이틀 후에 다시 전화가 왔다.

"춘곡, 칠월 십육일 기망^{旣望} '백마강 뱃놀이'에 녹산^{綠山}이 같이 가기로 했네." 하는 것이다. 나는 은근히 기뻤다.

"그럼 모든 것을 국재 자네가 녹산과 상의하여 차와 음식, 숙소까지 결정하시게." 하며 무거운 한 짐을 지웠다. 그러나 국재는 흔쾌한 기분으로

"녹산과 함께 상의하겠네." 하는 것이다. 사각형 봉고차에 진도 출신 진영^{眞英}이란 소리꾼 하나를 데리고 가기로 했다. 국재 형의 친구 한 분과 녹산 여주인 친구 한 분도 함께 가기로 했다. 소리꾼^{진영}까지 여섯 사람인데 여기에 기사를 더하면 모두 일곱 사람이다.

우리는 음력 칠월 십육일 오전 일찍 소문 없이 조용히 출발하여 부안 이매창 묘소를 참배한 다음 점심을 먹기로 하고, 오후에는 부여 박물관과 시내를 구경하고 달밤에 백마강 뱃놀이를 하기로 했다. 모두가 여름 가벼운 옷차림으로 나섰다. 녹산^{綠山}이란 주점을 하는 분은 조용하고 단정하며 서툴지만 서화^{書畫}를 하는 분으로 우리와는 오랜 교분이 있었다. 예술적 소양을 갖추고 있어 말을 던져 보면 '서로 간이 맞다'. 녹산이 동행한 소리꾼도 처음 보았으나 얼굴이 곱고 야무진 눈, 코에 목청도 역시 얼굴과 같이 맑고 힘찬 소리꾼 품세였다. 말솜씨가 따뜻해 나이는 어리지만, 설컹설컹 덜 익은 것이 아니라 원숙한 태도가 마음에 들었다. 국재가 모시고 온 친구는 과묵한 분으로 말로 표현은 없으나, 우리 예술에 많은 관심이 있어 국재 친구가 그처럼 좋아한다고 했다.

창 밖의 김제평야는 점점 황금색으로 변해가는 모습을 보면서 금년도 어느덧 반년을 훨씬 지나 시원한 가을바람을 안고 달리는 차는 어

느 사이 부안이 가까워졌다. 인심이 순후하고 산수가 빼어난 고장 부안읍에 도착하여 우리 모두 처음 길인지라 길가에서 물어, 물어 이매창李梅窓 묘소를 찾았다. 부안읍에서 조금 떨어진 곳에 있었다. 과연 공동묘지처럼 여기저기 많은 묘가 보여 명성에 비해 묘가 너무 초라하게 보였다.

나는 천만 가슴이 아팠다. 조선 여류 3대 시인이요, 시기詩妓로서 그의 명망이 일세에 회자가 되었던 명인의 묘소가 어찌 이처럼 쓸쓸하단 말인가? 이는 우리 후인들의 큰 부끄러움이 아닐 수 없다. 우리는 조용히 묘 앞에 주과포혜酒果脯醯를 갖춰 놓고 녹산에게 말했다. 내가 먼저 헌시獻詩하고 다음에는 옛 황진이 묘에서 불렀던 임백호林白湖 선생의 시조를 소리꾼 진영이가 남도창 흥타령으로 헌창獻唱하자고 했다. 경건한 마음으로 졸시拙詩지만 읊어 올렸다.

남국정령명원출南國精靈名媛出   남국 정령 받아 이름 높은 여인 낳았도다
만심랑객백회선晩尋浪客百懷先   늦게 찾은 한 나그네 많은 감회 먼저 하네
매창명월서산진梅窓明月西山盡   매화 창에 밝은 달 서산에 떨어지니
촌은고금애절전村隱孤禽愛切傳   산마을 외로운 새는 간절한 사랑 전하더라

촌은村隱은 유희경의 호號로, 이 시에서 매창梅窓 이계향李桂香과 촌은村隱 유희경柳希慶을 대對로 삼았다. 이렇게 축문을 대신하여 부끄러운 졸시拙詩로 예를 갖추고 다시 우리 모두 참배를 마쳤다. 그리고 난 다음 소리꾼 진영이 컬컬한 목소리로 "삼가 헌창하겠습니다." 하고 단정한 모습으로 흥타령을 불렀다.

청초靑草 우거진 골에 자느냐 누웠느냐
홍안은 어디 가고 백골만 누웠어라
잔 잡아 권할 리 없으니 그를 설워 하노라

하고 헌창獻唱을 마친 다음 모두 일어서 재배를 드렸다. 아! 만고 변함없는 청풍명월이던가. 이매창의 애절한 마음을 위로라도 하듯 때마침 서쪽 바다를 건너온 맑은 바람이 우리를 반갑게 맞아 주었다.

주위에 묘소가 많아서 자리를 옮겨 앉아 국재와 나는 명원名媛 이매창 일화를 읽고 들었던 것들을 몇 마디씩 주고받으며, 국재가 고향 안성에서 가지고 와서 제주祭酒로 쓴 두견주杜鵑酒를 한 잔씩 하면서 서로 덕담을 나누었다. 국재 형은 갖은 멋쟁이였다. 한복에 버선까지 갖춰 신고 예쁜 은장도에 검푸른 가지색 주머니까지 허리띠에 차고 있어 술잔을 들고 다니며 술을 권할 때마다 은장도와 가지색 꽃주머니가 달랑거려 고상한 한복의 품위를 한껏 높였다. 술잔을 권할 때마다 따라다니며 달랑달랑, 앉고 서면 달랑달랑, 처음에는 멋스럽고 귀티가 났으나, 잠깐 보이고 감춰지는 것이 아니라 항상 따라다니며 달랑거리니 평상복으로 온 내 처지에서는 은근히 시기 질투가 났다. 조금 밉직하게 말했다.

"국재 자네, 형님 앞에 불손해서 안 되겠네."

"왜 그려?"

"은장도와 꽃주머니를 찰라거든 형님께 먼저 올린 다음 차고 다니는 것이 아니라, 형님 앞에 자네 멋대로 차고 다니니 불손不遜스러워서 보겠는가?"

그랬더니 국재가 껄껄 웃으면서

"옛말에 못난 계집년은 제 서방 굿도 못 본다더니 이게 무슨 소리여. 이 사람아, 좋아서 돈 주고 샀는데 어찌 못 차고 다녀?" 한다.

"점잖은 형님 앞에서 그놈의 은장도 꽃주머니가 달랑거리니 그 요망스러워 어찌 보겠는가?"

국재가 다시

"말허는 소리 들어 보니 놀부란 놈 흥부 화초장 욕심내듯 장도가 욕심났구먼?"

"그럼, 백 년 우리 형님이라고 한 번만 불러봐! 그러면 내일 집에 가서 벗어줄 테니."

모두 한바탕 웃고 끝났다.

주과포혜를 모두 내려놓고 제상 앞에서 서로 마주 보며 한 잔씩 마시던 황금빛 두견주는 일품이었다. 취흥에 나는 저절로 흥타령이 흘러나왔다.

"아깝다. 내 청춘아~ 헐 일도 못 하고, 철 따라 봄은 오고 봄 따라서 청춘가니 오는 이 백발을 어찌하리."

이렇게 소리를 내놓자, 소리꾼 진영이가 기다리기라도 한 듯, 갑자기 힘을 주어 상청목을 내기 시작했다.

"꿈아~ 꿈아~ 무정헌 꿈아~ 자는 나를 깨우지 말고 가는 임을 붙잡아 주소."

애절한 계면조로 절규를 한다. 그렇지 않아도 주기가 올라 감정이 은근히 흔들리는데 뜻밖의 애절한 목구성이 단숨에 듣는 사람의 심간(心肝)을 휘감아 흔들었다. 특히 사랑의 감정 묘사에는 남도창이 아니던가? 나는 마음이 통쾌했다. 애련哀戀의 한을 안고 부안 땅에 묻혀 있는 이매창에게 바치는 선물로는 알심기생은어; 마음을 알아줌 있는 노래가 아닐 수 없다. 구구절절 흐느껴 천추명원千秋名媛 이매창의 한을 어루만져 주는 흥타령이 나는 너무도 흐뭇했다.

우리는 다시 부안읍 어느 음식 명가로 자리를 옮겼다. 은행나무 아래 조용한 옛 고가였다. 외부에서 여러 사람이 찾는 명가라고 한다. 오래된 고가에 정원수를 살펴보니 영산홍, 자산홍, 수선화, 자목련, 석류가 서로 어우러져 고상한 자태를 자랑하고 검은 먹물의 오죽이 휘어져 짙은 녹색으로 창취蒼翠를 자랑했다. 벽간조월碧澗照月; 푸른 시내에 비친 달의 완당阮堂 글씨가 사슴뿔처럼 뒤틀려 있었다. 만고명필萬古名筆의 혼백이 서린 파란 청대靑黛로 쓴 글씨가 빨간 목판木版과 대조를 이루고 있어 너무 멋있었다.

이때 행주치마를 입은 젊은 부인이 나와 우리를 안내했다. 우리보다 앞서 국재가 먼저 들어가 자리를 정하고 뒤따라 녹산이 올랐다. 그놈의 은장도인가 옥장도인가 허리춤에 찬 손칼 꽃 주머니는 가는 곳마다 불살스럽게점잖지 못하게 달랑거리고 새신랑처럼 차려입은 비단 바지저고리에 장감장감조심조심 오금을 죽여 가며 걸어가는 하얀 버선 맵시는 언뜻 보아 날라리 한량 아니면 부잣집 귀공자 품세였다. 얼굴이 티 없이 곱게도 생긴 미남인데다 말씨가 경기도 말씨로 부드럽고 정감 있어 그런지 주인마님과 말 몇 마디를 주고받더니만 서로 보고 웃는 눈 맵시가 금방 서로 통한 듯 부드러워 보였다.

그사이 말 없는 녹산이 들랑날랑하더니만, 생각보다 빨라 큰 교자상 두 개가 우리 앞에 놓였다. 서해가 가까워 그런지 마른 민어는 갖은

양념에 절이고 생조기는 구웠고, 위도 섬 석화전과 싱싱한 어회가 돋보였다. 빨간 옥돔, 낙지, 주꾸미, 홍옥 빛 육회와 싱싱한 은빛 어회 그리고 백합찜, 조개탕에 서해 갖가지 구색을 갖춘 젓갈을 오첩으로 예쁘게 놓인 주안상은 부안 고을 성세를 자랑하는 명품이었다.

이윽고 주인마님이 술을 손수 가지고 왔다. 맑은 가양주는 황금빛이 아니라 옅은 녹색으로 처음 보는 특이한 술이었다. 주인이 말하기를 오늘 용수에서 처음 떴다고 한다. 처음 맞은 손님에 그처럼 따뜻할수가 없었다. 이 집에만 전래 되는 송죽주松竹酒란다. 이때 국재가

"주인마님께서 우리에게 한 잔씩 권해주시면 어떻겠소?"

"제가 술잔을 권한 일이 없는데 …" 하면서 우리 모두에게 술을 부어주었다. 짙은 솔향과 함께 술을 마시고 술잔을 놓을 때 기분이 너무 상쾌했다. 국재가

"이 집에 북은 없습니까?" 하자, 주인이

"북도 있고, 소리꾼도 있습니다." 했다. 녹산과 국재가

"그럼 부안 소리를 들어 봐야지." 하며 환영했다.

남원 국악원 출신 소리꾼이 바로 옆집에 살고 있어 소리꾼을 찾으면 즉석에서 불러 항상 분위기를 살린다고 한다. 북과 함께 소리꾼이 금방 도착했다. 나이가 한 오십 세쯤 보이는 소리꾼이었다. 인사를 나누고 서툰 북이지만 내가 북손을 잡았다.

"천생 아재 쓸 곳 없다. 세상 공명을 하직허고 인간영화 몽중사라~" 하며

단가를 당차게 끌고 가는 솜씨가 큰 스승 밑에서 닦은 소리다. 다음 우리 소리꾼 진영이도 시샘이라도 한 듯 목을 나직이 가라앉혀 단가로

목을 축였다.

"운담풍경근오천雲淡風輕近午天; 구름 맑고 바람 하늘거리는 봄날에 소거小車에 술을 신고 방화수류과전천訪花隨柳過前川; 꽃을 찾아 버들 따라 앞 시내를 지난다 십리사정十里沙汀 나려가니 넘노나니 황봉백접黃蜂白蝶~" 하며 사설을 또렷또렷 소리를 감칠맛 나게 잘했다.

깔끔한 부안 음식에 부안 소리까지 듣고 나니 술 생각이 저절로 났고, 서해 바다 갖가지 진미珍味를 맛보니 국재, 녹산에게 고마웠다. 일반 일식집에서는 잡아먹을 개밥 주듯 두 점, 석 점 요망부린 음식만 보았던 터에 이처럼 인심 좋게 수북수북 아끼지 않고 올려놓은 음식을 보니 부안 고을의 인심과 풍류 그리고 그의 멋과 맛을 가히 알만했다.

다시 남도창 민요로 판을 바꾸어

"산이로~구나, 헤~" 부안 소리꾼 춘도春桃가 나직이

"내 정헌 청산이오, 임의 정은 녹수로다~"

육자배기의 구슬픈 계면조를 곱게 뽑아가는 솜씨가 보통이 아니었다. 아마 몇 잡아 눕혔으리라. 얼굴은 별 볼품이 없었지만 상하청 목이 그처럼 고와 비단을 깔아 놓은 듯 나는 너무도 마음에 들었다. 그러나 우리는 다시 아쉬움을 남기고 술자리를 마치기로 했다. 절절한 아쉬움을 뒤로한 채 따뜻한 주인마님과 덕담으로 석별의 정을 나누며 다음을 약속했다.

이제 우리는 백제의 고도 부여로 향했다. 때는 어느덧 오후 3시가 지났다. 인심人心은 조석변朝夕變이나 산색山色은 고금동古今同이라 초가을 산천은 유달리 맑고 하늘은 더욱 높아 가을이 완연했다. 우리는 취흥

에 젖어 봉고차 안에서 소리꾼 진영이에게 첫소리를 내라 했다. 그러
자 "헤~" 하더니만 높은 목으로

"구름같이 오셨다가 번개처럼 가시는 임아~" 하며

좌우 산천을 둘러보며 부안 땅을 떠나 부여를 향해 가는 길이다. 지
붕 위에 하얀 박통과 빨간 고추가 한가로이 초가을 농촌 풍경을 그리
고 있었다. 말 없는 녹산도 서툰 흥타령이지만 나직한 목으로

"사랑도 거짓말, 임이 날 사랑도 거짓말~" 하며 벽조壁調; 방 안 놀이판에서
벽 쪽에 등을 대고 앉은 차례대로 부르는 노래를 때우자 나도 부득이 사양할 수 없었다.

"사람이 늙으면 마음조차 늙느냐 신로심불로身老心不老라. 몸은 점점
늙어가는디 마음은 어쩐지 젊어지네" 하며 주고받다 보니 어느덧 천
년고도千年古都 부여扶餘에 도착했다.

울창한 부소산扶蘇山과 유왕산留王山이 그 옛날 백제의 역사를 안고
의연히 누워있었다. 아! 애달픈 천년 사직이여! 백제의 패망으로 백제
마지막 임금 의자왕과 백제인들의 한이 서려 있는 유서 깊은 이곳은
서기 660년의자왕 20 18만의 나·당 연합군에 의해 백제가 무너지고, 당
나라 장수 소정방蘇定方이 의자왕 및 태자 효와 93명의 대신 그리고 1
만2,800명의 백제인을 포로로 삼아 당나라로 끌고 가는데, 왕을 잠시
라도 더 머물게 하려고 이 산에서 붙잡고 눈물을 흘리며 시간을 더 늦
춰 머물게 했다는 유왕산留王山을 바라보며 우리는 부소산扶蘇山으로 올
랐다.

우리는 안내판을 따라 백제 충신 성충, 홍수, 계백의 3위를 모신 사
우祠宇에 참배하고, 백제왕이 매일 부소산 정상에서 국태민안을 빌었
다고 하는 영일루迎日樓에 올라 옛 백제를 회상하면서 흥망의 무상을

절감했다. 다시 자리를 옮겼다. 삼천궁녀가 꽃처럼 몸을 날렸다고 하
는 백화정百花亭과 낙화암落花岩을 구경하며 궁녀들의 망국 한을 생각하
자 만감이 교차해 눈을 감았다. 우리는 다시 배를 타고 수북정水北亭으
로 갔다. 수북정은 백마강의 전경이 다 보이는 명소로서 광해군 때 양
주목사楊州牧使였던 김흥국金興國이 후학을 양성하면서 음풍농월한 곳이
며, 지금도 신흠申欽의 〈팔경시八景詩〉가 높이 게시되어 있다. 그리고 자
온대自溫臺가 있다. 백제시대에 임금이 경관이 좋아 자온대를 자주 찾아
자연을 즐기자 이때 신하들이 바위를 따뜻하게 불을 피웠다고 하여 자
온대自溫臺이다.

　　우리 일행은 구경을 모두 마치고 난 다음 붉게 타오르는 오색 노을
빛을 안고 부여 시내로 향했다. 천년 역사의 향기를 자랑하는 부여에서
하룻밤을 보낸다고 생각하니 너무 감격스러운 추억이 아닐 수 없다.

　　녹산과 국재가 우리를 안내한 곳은 조용한 여관이었다. 주위에 고
목들이 감싸고 백마강이 건너다보이는 배산임류背山臨流한 포근한 집이
었다. 우리는 여장을 모두 풀고 부여 옛 백제의 향기를 찾아 박물관을
찾았으나 시간이 늦어 모두를 접고 시내 곳곳을 살피다가 문득 옛 추
억으로 중학교 시절 수학여행이 떠올랐다. 그때 친구들은 지금쯤 모두
소소한 반백이 되었으리라 … 무상과 허탈이 교차하는 순간이다.

　　그뿐인가 27세 때, 즉 지금부터 50년 전 무더운 여름 어느 날이었
다. 처음으로 어머니를 모시고 둘째 동생과 함께 꿈에 그리던 부여 백
마강 여행길에 올라 이곳 백화정百花亭에 앉아 빨간 얼음과자아이스께끼를
빨아 먹으며 쉬었던 기억이 더욱 새롭게 떠오른다.

　　우리는 시내 구경을 마치고 저녁 식사를 위해 부여 '한솔'이란 한정

식 집을 찾아갔다. 역시 손님들이 많았다. 마당에는 예쁜 반송盤松이 있어 과연 '한솔'이었다. 화려한 교자상에 육肉고기보다 역시 서해바다 진미들이 모두 올라 무엇이 무엇인지 고기 이름도 모르고 보는 눈에 군침만 돌아 먼저 눈으로 먹고 참기름, 들기름으로 만든 음식의 향기를 코로 먹고 서산에서 내려온 두견주, 한산에서 올라온 소곡주가 교자상 양쪽에 수문장처럼 대령하고 있었다.

"자, 먹어 보세." 하며 국재가 웃었다. 이때 내가

"눈으로 세어보고 먹세."

"먹으면서 세어봐~" 말하며 다시 국재가 퉁명스러운 말투로

"황달 든 놈 어항 붕어 쳐다보듯 보고만 있으면 뭘 해." 하자, 녹산이

"나는 두견주를 먹을까?" 하자,

소리꾼 진영이 옆에 있던 소곡주를 들어 나에게 권했다. 서로 잔을 주고받으며 유서 깊은 옛 백제 수도에서 조선시대 선비들이 즐겼던 명주를 주고받으니 술잔을 드는 순간 모든 것이 너무도 기뻤다. 술이 거나하게 오르자 소리꾼 진영이는 제 흥에 겨워 군목 소리가 저절로 나왔다. 그러나 우리는 모두 일어서 자리를 옮겼다.

전망 좋은 곳의 다방을 찾았다. 부소산 자락 한적한 전통찻집을 요행히도 찾아 이곳에서 차를 들면서 부소산에 달 오르기를 기다렸다. 이윽고 부소산 위에 달이 솟았다. 이때 녹산과 국재는 말없이 나가 돌아오질 않는다. 답답했다. 지금처럼 핸드폰이라도 있다면 얼마나 좋았을까? 막연히 한참을 기다려도 오지 않았다. 우리는 서로 쳐다보며 농담으로 퉁명스럽게

"이 사람들 서울로 밤 봇짐 싼 것 아니여?" 하고 있는데, 밖에서 들

기라도 한 듯 다방 문을 활짝 열면서 두 사람이 들어섰다.

"어딜 갔다가 이제 와?" 하자, 국재가 웃으며

"두견주 사러 갔었어. 백제의 달밤에는 두견주를 먹어야 제 맛이지." 했다. 역시 멋쟁이는 달랐다. 몇 병의 두견주를 나누어 들고 부소산을 올랐다.

가을풀벌레 소리가 요란하고 창창한 숲 사이로 쏟아지는 달빛은 은분을 뿌린 듯 찬란하고 싸늘한 가을밤은 오감을 상쾌하게 했다. 조심스럽게 바위를 돌아 백화정百花亭에 올랐을 때는 다행히도 텅 비어 있었다. 녹산이 준비한 자리를 펴고 집에서 가져온 안주를 놓고 우리 일행 7인이 한자리에 앉았다. 모두 술잔을 들고 무사했던 오늘 하루를 축하한 다음 백제문화 탐방을 기념했다. 달빛 아래 서로 나누던 두견주에 두견새 소리가 빠져 섭섭했다. 그날 밤 두견새를 기다려 보았으나 영영 들리지 않자, 진영 씨가

"헤~ 적막공산에 슬피 우는 저 두견아! 촉국蜀國 흥망興亡이 어제오늘 아니어든 슬픈 울음이 무삼일고~" 하며 두견이를 대신해 소리로 때우자, 나는

"내 정은 청산이요 임의 정은 녹수로다. 녹수야 흐르건만 청산이야 변할 손가~" 하고 불렀던 육자배기는 다른 때보다 유달리 목청이 곱고 맑아 흡족한 감정이었다.

이때 옆에 있던 국재가 얼굴이 벌겋게 주기가 올라 우리를 쳐다보면서 '하하하' 웃더니

"나는 뭘 하나, 경기민요나 하나 하지~" 했다. 이때 나는 얼른 그 말을 받아

| 백마강의 황포 돛대 / 낙화암과 백마강(출처: 부여군청)

"아니리 필요 없어. 빨리해~" 하자

"앞동산에 봄 춘 자요, 뒷동산에 푸를 청靑 자字, 가지가지 꽃 화 자요, 굽이굽이 내 천川 자字라. 동자야! 술 부어라 마실 음飮 자字가 이 아니냐~" 녹산이

"얼시구~ 얼시구 좋다~" 하더니 이어받아

"간밤에 꿈 좋더니 임에게서 편지 왔네. 편지는 왔다마는 임은 어이 못 오시나~" 하며 목청껏 부르자,

국재가 벌떡 일어서 주의周衣; 두루마기 자락을 흔들며 덩실덩실 춤을 춘다. 이어 소리꾼 진영이도 취흥이 올라

"말은 가자고 네 굽을 치는디, 임은 꼭 붙들고 아니 놓네~" 하며 진도아리랑으로 마무리를 했다.

우리는 다시 달빛 아래 검은 나무 그늘을 피하여 조심조심 뱃전으로 내려갔다. 우리뿐만 아니라 다른 손님들도 있었다. 서울에서 온 손님이었다. 뱃사공이 돌아오기를 기다리고 있었다. 고요한 부소산 아래는 조용히 일렁이는 물결 위에 밝은 달이 현란하게 부서지는 백마강은 너무나도 감상적이었다.

이윽고 검붉은 구릿빛 얼굴의 40대 청년이 달빛 아래 노를 저으며 천천히 들어왔다. 우리뿐만 아니라 달 아래 뱃놀이를 찾는 사람들이 많이 있었다. 건장한 청년이 배를 뱃전에 대자, 우리는 서울 손님과 함께 탔다. 서울 손님들 얼굴에도 주기가 있었다. 보아하니 인품이 깨끗한 신사숙녀였다. 우리는 광주에서 왔다고 인사를 나눈 다음 배가 조룡대를 향해 도는 순간 국재가

"우리 술 좀 먹어~" 하자, 녹산이

"안주 여기 있습니다." 했다. 서울 손님들에게도 권하면서

"조선시대 천하 명주였던 면천 두견주입니다." 하고 국재가 술 자랑을 하자, 서울 손님이 귀가 솔깃했는지 찾아들어

"술맛이나 볼까요." 하며 한 분, 두 분 찾아들었다.

우리 술을 서울 손님과 서로 권하며 들었다. 우리는 남녀 모두 하나 되어 서로 웃어가며 덕담으로 즐거워했다. 이때 체구가 크고 건장한 몸매에 목청까지 좋은 서울 손님 한 분이 나직한 목소리로

"백마강 달밤에 물새가 울어, 잊어버린 그 옛날이 애달프구나~" 하자 배에 탄 손님들이 모두 약속이나 한 듯

"저어라, 사공아~ 일엽편주 두둥실, 낙화암 그늘 아래 울어나 보자~"

합창으로 목청껏 불렀다. 그러나 백마강은 달 아래 말이 없었다. 다시 서울 손님 여인이

"고란사 종소리 사무치는데 구곡간장 올올이 찢어지는 듯, 누구라 알리요 백마강 탄식을, 깨어진 달빛만이 옛날 같구나" 하고 백마강이 떠내려가도록 서울, 광주가 하나 되어 노래 부르며 두견주를 마셨다.

다시 국재는 술에 취해 수북정에서 먹을 술까지 모두 꺼내며

"먹자 먹어." 하면서 안주도 찾지 않고 술을 권했다.

이때 조용히 있던 국재와 동행한 친구가 다시 목청을 높여

"두만강 푸른 물에 노 젓는 뱃사공~ 흘러간 그 옛 임은~" 하며 노래가 시작되자 또다시 남녀가 함께 손뼉을 치면서 합창이 시작되었다.

이렇게 저렇게 하는 동안 사공은 조룡대를 돌아 백마강 일주가 끝났다. 이때 모두 뱃놀이를 다시 하자며 서울 손님들이 한사코 보채는 것이다. 우리 일행들 역시 백마강 달구경이 목적이었으므로 서울 손님의 말이 거슬리지는 않았다. 처음 만난 손님이었으나 인정미 넘치는 교양인으로 우리들의 마음을 너무 편안히 해 주었다. 그리고 유행가를 멋스럽게 잘해 모두가 좋아했다. 다시 배를 타고 일주를 시작하자 술 취한 서울 손님들이 다시 목청껏 노래를 부르기 시작했다.

흘러간 옛 노래의 구슬픈 가락이 그토록 우리들의 마음을 설레게 했다. "으악새 슬피 우는 가을인가요~" 하며, 감정을 담아 힘차게 부르자 뒤이어 어떤 손님은

"황성 옛터에 밤이 깊어~" 하며 그칠 줄 모르는 옛 노래는 들어도, 들어도 싫증이 나지 않아 옆에 손님이 부르기만 하면 모두가 함께 다

시 부르고 또 부르며 그칠 줄을 모르는 백마강의 달밤이었다.

　말 없는 부소산 밝은 달은 유유히 흐르는 백마강과 천지가 고요한 가을밤과 함께 남녀가 부르짖는 청춘의 호기도 아랑곳없이 백제의 밤은 깊어만 갔다. 나는 국재, 녹산과 함께 몇 년 전부터 그리고 그리던 오늘이 아니었던가. 모두가 흡족한 얼굴빛이었다. 나는 취흥을 지울 수 없어 절운 한 수를 지었다.

백마장강칠월유白馬長江七月遊	백마 장강에서 칠월 뱃놀이하니
부소무어수공류扶蘇無語水空流	부소산 말이 없고 강물만 속절없이 흐르네
천년왕사하수론千年往事何須論	천년의 지난 역사 논한들 무엇하랴
취영동소만곡수醉詠同消萬斛愁	취흥에 시 읊어 온갖 시름 잊을레라

　부소산 아래 배가 다다랐을 때는 모두 술이 대취하여 수북정인지 국재, 녹산인지 가릴 것 없이 모두 다 버리고 비틀거리며 숙소로 향했다.

　오호嗚呼라 애재哀哉 애재哀哉여! 형이 가신 지도 어언 강산이 한 번 변하고도 반이 넘었네. 내 나이 팔순 되어 먼저 간 국재 형의 생각이 간절할 뿐이다. 술이 거나하게 오르면 꼭 빠지지 않고 부르던 서도창 소리에 부드러운 춤사위를 보였던 모습이 엊그제 같다. 전국 명인 명창은 모르는 분이 없었고, 그분들에게 그림으로 정표를 남겨 모두 기억하게 했다. 평생 남에게 거친 말을 하지 않았고, 청빈한 삶에도 예의가 밝았으며, 항상 우리의 전통과 민족혼이 담긴 물건은 그토록 소중히 여겼다.

　병석에 누워있을 때 아침 일찍 찾아가 문병하며 용기를 잃지 않게 했다. 아침마다 문안이 일주일이 넘어가자 병석에 누웠던 그는 부인을 부르더니 장롱 속에 있는 '마고자'를 가져오라고 했다. 검푸른 고급비단으로 만들어진 마고자였다.

"어느 분께 선물 받은 것인데 자네에게 선물함세. 어느 형제가 자네처럼 하겠는가." 하면서 예쁜 종이가방에 넣어 주는 것이었다. 나는 깜짝 놀라 거절했다. 완강히 거절했으나 부인이 문밖까지 가지고 나와 할 수 없이 받았다.

그 후 계속 찾아가 병세를 살폈으나 좀처럼 호전되지 않고 거의 1개월이 다 되어가던 때쯤, 친구는 쇠약한 몸을 일으켜 서랍을 열더니만 아주 작고 예쁜 술병 하나를 내놓았다.

"그 무엇인가?"

"내가 중국 항주에서 어느 서예가에게 선물 받았던 것일세. 항주杭州 특산 명주로 귀빈에게 올리는 술이라네." 하며 나에게 건네주었다.

"좋은 친구 있으면 같이 들게. 나는 좀처럼 술을 먹지 못할 것 같네. 무슨 소용 있겠는가?" 한다. 작은 상자에 예쁜 리본까지 달아 있었다. 사양했으나 끝까지 거절할 수 없어 받았다.

국재 형은 광주로 이사 왔을 때 서예가 현곡峴谷 선생의 소개로 사귀어진 친구로 막역지간莫逆之間이 되었다. 지기志氣가 상합相合하여 조석이 없었다. 서로 만난 지는 오래되지 않으나 이처럼 좋은 친구가 먼저 떠난 것은 천고통한千古痛恨이 아닐 수 없다.

아! 참으로 사봉사별한무궁乍逢乍別恨無窮; 잠깐 만나 잠깐 이별인데 한은 무궁하구나이 아니던가? 형을 보낸 지 벌써 15년이 되었다. 나는 국재 형이 보고 싶을 때는 형이 주신 합죽선을 펴보며 형의 얼굴을 그려보곤 한다. 우리나라에서 선면화扇面畵로는 국재菊齋 형을 능가할 사람이 없다고 말하고 싶다. 비록 재야작가였으나 그처럼 격이 높은 화조기명절지花鳥器皿折枝 산수, 인물화까지 못 하는 부분이 없었다. 영정 묘사 등을 보면 현실감 넘치는 진영을 탄생시켜내는 실력은 이 시대에 보기 드문 화가였다.

　이젠 그의 고향인 경기도 안성 정자마을 선영하에 말없이 누워있다. 아! 국재 형, 자네가 주신 그 술 지금도 고이 보관하고 있네. 그립고 그리운 형이여, 꿈에라도 다시 만나 형이 주신 그 술병 열어 같이 마셔보고 싶네. 형! 그립고 그리운 형이여 …

삼남의 승지 적벽의
낙화落火놀이 이야기

어두운 적벽산 위에 불 떴다

지금부터 40여 년 전이다. 무더위가 모두 지나고 하늘에는 예쁜 흰 구름이 피어나고 앞산이 더욱 가까워지면서 날씨가 시원해진 초가을 어느 날이었다. 낮에는 뜨겁고, 밤이면 청량淸凉한 기운이 감돌아 어쩐지 마음이 허전해지는 오후 2시였다.

전화가 걸려 왔다. 나는 무심코 전화를 받았다.

"동원인가?"

"예."

"자네에게 미처 전화를 못 했네. 지금 화순 적벽 가세." 하였다.

전화하신 분은 다름 아닌 춘담春潭 최병채崔炳釵 선생이었다. 갑자기 주신 말씀이라 조금 당황하기는 했으나, 평소 우리 업계에서 가장 존경받는 큰 어른인지라 감히 다른 말을 드릴 수가 없어 나는 하는 수 없이

"예." 하고 대답을 했다.

"차를 준비했으니 남광주 다리 앞으로 빨리 오너라." 했다.

나는 급히 옷을 주워 입고 걸음을 재촉하여 약속한 남광주 다리 밑으로 찾아갔다. '서석약우회' 여러 어른께서 모두 승차하여 나를 기다리고 있는 모습이었다. 나는 이를 보고 깜짝 놀라 다시 뛰어 급히 차를 타고 화순 동복을 향했다.

열두 구비길 너릿재를 넘어가는 길이었다. 오랜만에 서로 만나자 반가워 손을 잡으며 안부를 살폈고, 화기 넘친 덕담으로 서로 인사를 하며 위로했다. 나는 '서석약우회' 회원 중 가장 나이가 어려, 나와 나이가 가깝고 항상 나를 사랑해 주는 장천석 형 옆에 앉았다.

뒤편에는 처음 보는 여자 한 분이 손님들에게 과자를 나누어 드리면서 봄날 복사꽃처럼 웃고 있었다. 조용히 옆자리 앉은 장천석 형께 누구냐고 물었더니 춘담 선생이 데리고 온 여자란다. 춘담 선생은 항상 여자 한 분씩을 지팡이처럼 앞세워 다니신 분이라 우리는 서로 얼굴을 보며 웃었다. 여러 어른께 과자를 골고루 나눠 주고 난 다음 그 여자는 뒷자리 송병두 선생 옆에 앉았다.

송병두宋炳斗 선생께서는 항상 술을 좋아하신지라 가만히 말하기를

"술 없습니까?" 하자, 그 여자가

"술 있습니다." 하며 술과 안주를 가져와 잔을 올렸다. 송병두 선생님은 술잔을 받자마자 기분이 너무 좋은 듯

"여자가 술을 따른께 손에 전기가 찔찔 온다." 하자, 여자는 수줍은 듯 술을 따르다 말고 고개를 한편으로 돌리고 손으로 얼른 입을 가리며 웃는다. 송 선생님은 다시 힘주어

"왜 웃어." 하며 눈을 부릅뜬다. 이 여인은 다시 어이없다는 듯 더

힘주어 웃다가 실수로 방귀가 '뽕'하고 터쳐 나왔다. 옆자리와 앞자리에 있던 노인들이 모두 쳐다보면서

"무등산이 무너지는 줄 알았네."

"누가 그렇게 힘이 좋아?" 하자,

이 여자는 얼굴이 홍당무가 되어 웃는 것인지 우는 것인지 아예 술병까지 놓고 차 바닥에 주저앉아 두 손으로 얼굴을 가린 채 고개를 푹 숙이고 일어설 줄을 몰랐다.

감초당甘草堂 김 선생님께서 자리에서 일어나 뒤를 돌아보며 큰 목소리로

"뒤에는 양동시장 돼지 전廛이 섰는가? 뭣이 그리 시끄러워?" 하고 웃었다. 그러자 옆자리에 앉은 김원표 선생은 빙그레 웃으며

"불은 수인씨燧人氏: 중국 고대 삼황제三黃帝 중 한 사람, 불 쓰는 법을 전했음가 내더라고 송병두가 원인 제공을 했어." 하며 웃자,

그 옆에서 아무 영문도 모르고 있던 귀 어두운 기영명 선생은

"송병두가 무엇을 잘못했어?" 그러자 옆 김원표 선생이 고개를 돌려 말하기를

"괜히 전기가 쩔쩔 온다고 해 갖고 저 지경이여." 하자, 영문도 모른 기영명 선생은 심각하기라도 한 듯 보청기를 꺼내어 급히 귀에 끼고

"전기가 어디서 합선되었단 말이여." 하고 눈이 휘둥그레지자 김원표 선생은 천식증이 있어 숨이 가쁜 분이 다시 힘을 주어 헐떡거리며,

"그것이 아니고, 송병두가 농담했어."

"누구한테 했어?"

"여자한테, 여자한테."

"어디 여자가 있었간디?" 하고 되묻자,

"아이고 숨이 가빠서 나 말 못 허겠네. 어이! 회장^{장천석} 어서 와서 말 좀 허소. 숨 가빠서 나 죽겄네, 나 죽어." 하던 사이 어느덧 차는 동복 적벽에 다 달았다.

조선^{朝鮮} 10경의 하나요, 삼남^{三南}의 승지^{勝地}인 화순^{和順} 보산적벽^{寶山} ^{赤壁}은 금방 신선이 학을 타고 내려올 듯 문자 그대로 태고의 신비가 묵 묵히 서 있다. 깎아 세운 붉은 석벽 사이사이 파란 나무들이 천창만취 ^{千蒼萬翠}의 푸르름을 자랑하고, 층암절벽 끝에 파란 소나무들은 천고절 ^{千古節}을 자랑하며 '송풍금외보^{松風琴外譜; 소나무 바람은 거문고 밖의 악보}'라 시원한 솔바람 소리가 나그네의 마음을 휘감아 놓지를 않았다. 수려한 경관은 지난 천년의 신비를 간직한 채 묵묵히 서 있어 이곳 적벽을 찾는 시인 묵객들은 진주 같은 선물이 아닐 수 없다.

우리는 모두 망미정^{望美亭} 앞에 내려 정자에 올랐다. 정자를 오르내 리던 섬돌은 모두 윤기가 흘러 오백 년 역사의 흔적이 선연했다. 망미 정^{望美亭} 옆에는 술집과 여관을 겸한 집이 하나 있어 여기에는 금행^{金杏} 이란 노기^{老妓}가 살고 있었다. 키가 크고 얼굴빛이 검어 기생으로 칭할 만한 미모는 아니었으나, 전성기에는 전주에서 널리 알려졌던 이름 높 은 기생이었다고 한다. 활 쏘는 태도가 너무나 멋있어 남무사^{男武士}들이 금행이의 활 쏘는 모습을 보고자 먼 곳에서도 찾아왔다 한다. 여관 · 음식점을 하면서 활과 소리를 모두 패하고 요즈음은 조용히 장사에만 힘쓴다고 귀띔해 주었다.

망미정^{望美亭}은 적송^{赤松} 정지준^{丁之雋} 선생의 만년 은거처^{隱居處}다. 병 자호란으로 인조 대왕이 청 태종 앞에 항복하자 분통함을 달랠 길 없어 이곳에 정자를 짓고 의분을 삭혔다고 한다. 망미정望美亭의 정호亭號는 소동파 적벽부의 한 구절인 '망미인혜望美人兮 천일방天一方'을 우의寓意하여 정호亭號로 삼았다.

선현들의 기록을 살펴보면 동복 현감 황진黃進께서 이곳을 병마兵馬 훈련장으로 삼아 조석을 가리지 않고 말달리기 훈련을 했다는 기록이 있다. 고경명高敬命의 〈유서석록遊瑞石錄〉에도 빼어난 풍광을 말하였고, 당시 기묘사화로 동복에서 유배 생활을 했던 신재新齋 최산두崔山斗와 석천石川 임억령林億齡이 함께 이곳을 찾아 즐기면서 중국 양자강에 있는 적벽赤壁을 닮았다고 하여 적벽이라 명명名命했다고 한다. 그 후 석천石川 임억령林億齡이 다시 적벽동천赤壁洞天이라 했다.

적벽은 '제일강산第一江山이오, 조선십경朝鮮十景의 일승지一勝地'가 된 것이다. 선비로서 소동파蘇東坡 적벽부赤壁賦를 읽었다면 모두 중국 적벽에 대한 향수鄕愁가 있어 많은 선비가 이곳을 찾았다. 그러므로 동국 명현들의 문집을 읽어 보면 동복 '적벽 시'가 빠지지 않았다. 이곳에는 중국 고사에 있던 지명과 유적의 이름들이 많다. 창랑천滄浪川, 고소대枯蘇臺, 한산사寒山寺, 환학정喚鶴亭, 강선대降仙臺 등등 옛 중국 고사의 향기를 자아내는 동복 적벽은 항상 전국의 명현名賢 달사達士와 고관高官 거작巨爵들이 불시에 찾아오므로 동복현감同福縣監의 이마 관자에는 땀이 마를 날이 없이 날마다 시중들기에 바빴다.

남국풍류진차루南國風流盡此樓; 남국의 풍류가 이 누대에서 다 하노라 이곳을 자주 찾았던 하서河西 김인후金仁厚, 송강松江 정철鄭澈, 면앙정挽仰亭 송순宋純, 재봉霽峯 고경명高敬命, 다산茶山 정약용丁若鏞, 매천梅泉 황현黃炫 등등 이루 다 헤아릴 수가 없다. 그러나 그 가운데 난고蘭皐 김병연金炳淵은 이곳 동복에서 영면永眠 길에 든 곳이기도 하다.

  나는 그처럼 많은 적벽 시를 접해 보았으나, 항상 입에 오른 것은 계곡谿谷 장유張維의 시이다. "소선일거무소식蘇仙一去無消息; 소동파 신선은 한 번 가 소식이 없고하니, 만고청풍명월추萬古淸風明月秋; 만고의 변함없는 청풍명월이로다"라. 이 시를 읊조리고 나면 한더위에 시원한 석간냉수石間冷水를 마신 듯 그처럼 시원할 수가 없다. 아마도 문충공文忠公 장 계곡谿谷께서 나주목사 羅州牧使로 부임하여 적벽을 찾았으리라 생각된다. 문충공文忠公 장유張維 는 명실공히 당대 명문세가였다. 아버지는 판서 장운익張雲翼이고, 어머니는 판윤 박숭원朴崇元의 따님이다. 우의정 김상용金尙容의 사위였으며, 효종비 인선왕후仁宣王后의 친아버지로 호는 계곡谿谷 또는 묵소黙所이고 김장생金長生의 문인이다. 이괄의 난과 정묘호란 때 왕을 호종하였으며, 대제학, 대사헌, 이조판서 등을 역임하였고, 병자호란 때는 공조판서로 최명길崔鳴吉과 함께 강화론을 주장하기도 했다. 예조판서를 거쳐 우의정에 임명되었으나, 어머니의 상喪을 당하여 18회나 사직소辭職疏를 올려 거절했다고 하는 유명한 일화가 전한다. 박학다식한 그는 천문지리, 의술, 병서 등등 각종 학문에 능통하였고, 시·서·화에도 뛰어나 이정구李廷龜, 신흠申欽, 이식李植과 함께 조선 4대 문장가의 한 분이다. 이처럼 화려한 가문에 화려한 인품이요, 화려한 문장가였다. 나는 많은 문인과 우리 고향 적벽을 말할 때는 반드시 장 계곡張溪谷의 적벽 시 한 구句를 소개하면서 고향 자랑을 시작하고, 난고蘭皐 김병연金炳淵이 마지막 삿갓을 벗어 놓고 영면에 들었다는 것으로 고향 적벽 자랑을 마무리한다.

  망미정望美亭에 올라 푸른 강물에서부터 시점視點을 세워 오색찬란한

석벽을 우러러보면 파란 하늘과 흰 구름은 적벽과 하나가 되어 조용히
말이 없다. 나는 이에 고금사古今史를 생각하면서 만감이 교차한다. 찌
든 도시를 벗어나 수려한 경관에 도취 된 듯 처음에는 태고시절을 저
혼자 찾아가는 기분이오, 고요한 정적靜寂과 함께 삼매에 들면 마음속
의 만상을 모두 비워버린 도선道仙을 연상케 한다. 그 얼마나 많은 명현
달사名賢達士와 시인묵객詩人墨客들이 적벽 강에서 적벽부를 높이 읊조리
면서 무상한 세월을 영탄詠嘆했을까?

　잠시 눈앞에 청산의 백운白雲처럼 그려본다. 푸른 적벽 강상江上에
쿵쿵 울리는 북소리며 그날의 젓대 소리가 귓가에 들리는 듯 나는 조
용히 눈을 감았다.

　젓대 소리가 구슬퍼서 그 소리가 마치 그 뉘를 원망하는 듯, 간절한
마음을 바쳐 사모하는 듯, 가슴을 열어 놓고 흐느끼는 듯, 정을 참다못
하여 하소연을 하는 듯, 젓대의 너울지는 여음餘音이 실 가닥처럼 길게
이어져 끊어지지 않으며, 깊은 골짜기에 잠겨있는 용을 춤추게 하고,
외로운 배에 타고 있는 쓸쓸한 여인을 흐느끼게 한다.其聲嗚嗚然 如怨如慕如
泣如訴 餘音嫋嫋 不絶如縷 舞幽壑之潛蛟 泣孤舟之嫠婦 소동파 蘇東坡 〈적벽부赤壁賦〉에서

　나는 크게 감탄하지 않을 수 없다. 젓대 소리를 이토록 사실적으로
기술하면서도 섬세한 감상을 묘사한 솜씨가 어찌도 그리 원숙한지.

　어찌 그뿐이랴.

　천지지간天地之間에 물각유주物各有主거늘 오직 강상지청풍江上之清風과
산간지명월山間之明月만은 귀로 소리를 듣고 눈으로 그 빛을 백번 보아
도 취지무금取之無禁; 취해도 금함이 없음이요, 용지불갈用之不竭; 써도 다함이 없음 아니

던가?〈적벽부赤壁賦〉에서

써도, 써도 다함이 없는 천지 일월이여! 아! 대우주여. 그 고마움을 그 무엇으로 다하랴.

나는 노을빛이 붉게 물든 적벽을 우러러보며 필설난기筆舌難記에 치미는 감흥을 이기지 못해서 벌떡 일어나 격에 어울리지 않는 가사를 외쳐 불렀다.

"층~암~절~벽이 험~하다 해도 꽃은 피어 웃음 짓고 양춘~가~절~호시절도 새는 울~고 간다네. 혜~에" 하자, 옆자리에 있던 장천석 형이 "아! 좋다~"며 손뼉을 치니, 옆에 계신 선생님들도 모두 함께 박수로 함박웃음을 웃었다. 그런데 사람은 보이지 않았으나 나무 그늘에서 누군가 내가 불렀던 〈흥타령〉을 이어받았다. 나는 깜짝 놀랐다. 나의 소리와는 비교할 수 없을 만큼 좋은 목이었다. 나는 놀라 즉시 일어서 찾아가 보았더니 반늙은이로 수척한 몸매에 소박한 범인이다. 서로 인사를 나누고 보니 그는 다름 아닌 화순 남면 장선리에 거주한 시조 명창 김귀렬金貴烈 선생이었다. 두 손을 맞잡고 이끌어 망미정望美亭 여러 분과 자리를 같이하며 노기 금행金杏이의 집에 술상을 부탁했다.

이윽고 술상이 왔다. 화순지역 여러분들의 입에 전하기를 김귀렬 선생은 시조 명인이라는 말은 많이 들었으나 처음 뵈었다. 겸손한 태도가 수양이 깊은 듯 마음을 사로잡았다. 푸짐한 은어회와 시골 된장에 무쳐 놓은 물썽한 박나물 그리고 물외나물의 향이 별미였다. 독특한 향기의 방앗잎 전煎과 한들거리는 도토리묵, 그리고 남도 명물 기정떡술떡과 검붉은 홍어가 쾌쾌한 매운 냄새로 코를 찌른다.

조금 지나 금행金杏이란 노기가 파란 큰 술병을 손에 들고 걸어온다. 얼굴빛이 하얗기만 하면 외국 사람을 똑 닮았는데, 얼굴이 좀 검어 평범한 시골 부인의 품위^{品位}이었다. 솔잎 술밥에 누룩과 버무려 만든 술이라며 골고루 모두에게 술을 권한다. 먼저 춘담 최병채 선생 앞에 술잔을 놓고 권하면서

"춘담 선생님은 어찌 늙을 줄을 모르고 무장, 무장^{점점} 젊어지셨네. 지금도 병풍치고 신방 차려도 되것구만.~ 하하하." 하자, 춘담 선생은 빙그레 웃으며

"부처님 밑바닥은 삼검불^{마른 삼이나 낙엽, 지푸라기 따위의 부스러기}뿐이여, 밖으로만 그렇지, 배꼽 밑으로는 다 죽어, 고자배기여." 하며 웃고 있었다.

이때 큰 차 한 대가 망미정 앞에 섰다. 그는 다름 아닌 오늘 밤 낙화^{落火}놀이에 함께 할 '사물놀이패'였다. 여기에는 국악에 박학다식한 박학주^{朴鶴柱} 선생도 함께 있었다. 차에서 박학주 선생이 태평소를 들고 내렸다. 속담에 때마침 모춘^{暮春}이라 했듯이 오늘의 놀음판이 잘 어우러지는 것이었다.

박학주 선생은 화순 도암 명문의 후예로 풍류를 즐기다 말년에 직업이 되었다고 한다. 대금, 피리, 단소, 태평소까지 국악 관악기에는 두루 능달^{能達}한 명인이었다. 국악계의 원로요 양반 출신인지라 우리 자리에 모셔도 손색이 없었다. 자리의 여러분들이 먼저 인사를 하며 반겼으므로 술자리가 더욱 빛났다. 어차피 낙화^{落火}놀이는 밤에 해야 하므로 여유로운 시간이었다. 과연 술맛이 달고 시고 쓴맛이 솔 향기와 어우러져 은근히 당기고 은근히 취한 술이다.

어느덧 서산에 저녁노을이 가로질러 곱게 물들었으니 나그네는 뱃속이 텅비어 저 건너 술병을 바라보기만 해도 군침이 돌아 눈독이 오

를 판에 술을 가지고 와 친히 노기 금행이가 술을 권하니 그 반가움을
무엇에 비하겠는가? 모두가 뱃속이 허허한 판이라 참붕어 물 먹듯 꿀
떡꿀떡 한 잔씩을 단숨에 시샘이라도 하듯 말없이 마신다. 이렇게 마
시다 보니 삽시간에 모두 마시고 다시 술을 불렀다. 순배巡盃로 돌려가
며 몇 잔씩 들고 나자, 눈두덩부터 불그레하기 시작했다. 약우회 여러
분은 모두 주기가 올라 서로 쳐다보며 웃기 시작했다.

이때 춘담 선생께서

"우리 오랜만에 박 한량박학주 소리 한 번 들어 보세." 하자, 박학주
선생이

"주인금행 북 가져와요." 하자, 금방 북을 가져와 대령했다. 키는 작
고 대머리로 수염이 없어 흡사 스님 상像인 박학주 선생은 허리를 펴고
목을 바로 세어 무거운 자태로,

"운담풍경雲淡風輕 근오천近午天~ 소거小車에 술을 싣고 방화수류訪花隨
柳 과전천過前川 십리사정十里沙汀 나려가니~ 넘노나니 황봉백접黃蜂白蝶~"

하면서 박학주 선생은 모든 것이 반가웠다는 듯이 호방한 목청으
로 양반광대의 위풍을 놓치지 않았다. 그리고 그 소리 자체가 우조羽調
인데다 고상한 사설로 엮어진 단가이다. 다시 말하면 소동파 적벽부의
금장옥구金章玉句만 모아 놓은 가사로서 경쾌하고 웅심한 멋이 넘치는
단가로 양반 선비들이 가장 좋아할 사설이다.

이 자리에 안성맞춤으로 어울린 소리를 내놓은 것이다. 그 소리 가
운데 〈적벽부〉의 구절인 '청풍淸風은 서래徐來허고 수파水波는 불흥不興이
라' 하자 모두 손뼉을 치면서 좋아했다. 그뿐인가 '종일위지소여縱一葦
之所如하여 능만경지망연凌萬頃之茫然이로다' 하자, 모두 기쁨을 감추지 못

하고 모두 "얼씨구" 하면서 "어디 저런 노래 사설이 있어~" 하며, 젊은
시절 그 옛날 〈적벽부〉를 읽었던 추억이 상기되어 기영명 선생은 덩실
덩실 춤을 추었다.

　다음은 김귀열 선생의 차례가 되자 단정한 자세로 앉아 사설시조를
즉시 내놓았다.

　"죽장망혜竹杖芒鞋 단표자單瓢子로 천리강산千里江山 들어간다~" 하며,
사설시조를 시작하자 박학주 선생이 금방 밖에서 대금을 들고 들어와
시조창에 반주를 놓아 시조 가락을 받치는데, 솜씨가 보통이 아니었
다. 구슬피 배어나는 계면성界面聲은 소상야우瀟湘夜雨가 이토록 추연惆然
하랴. 옥구슬이 떨어지듯 맑고 고운 젓대 소리가 약우회藥友會 여러분의
마음을 환히 밝혀주는 행복한 순간이었다. 주인이 옛날 생자生란 귀
띔을 들었는지 송병두 선생이

　"우리 주인장도 한 곡 올려봅시다." 하며 한사코 보채자, 참다못해
빙그레 웃으며

　"저런 큰 선생 앞에서는 오금이 저려서 못해~, 시골 또랑광대 앞에
서나 허제." 했다. 이때 약우회 여러분이 호기심이 돋쳐 더욱 이구동성
으로

　"한 번 해봐~"

　"모든 사람이 원하는디 어찌 못 헌다고만그려"

　"황천 해원경을 읽어 죽은 사람 한도 푸는디, 산生 사람 한을 못 풀
어 주어서 되겠어?" 하자, 할 수 없다는 듯이 나직한 목소리로

　"내 정은 청산이요, 님의 정은 녹수로다." 하며 육자배기를 곱게 뽑
는데, 얼굴은 검어 태국 사람처럼 생겨 볼품없었으나 깊이든 소리를

내놓으니 어찌 비단을 깔듯 한눈에 반할 만큼 여유로웠다. 백운청산白雲靑山인 듯 선명하고 도화유수桃花流水처럼 유려했다. 곰삭은 목구성이 먹물처럼 스며드는 애련哀戀의 정한情恨을 소리로 풀어 내리는 그 솜씨가 일품이었다. 그 멋과 맛에 도취 되어 한참 말문이 막혀 숙연한 분위기였으나 소리가 끝나자 모두 박수가 우레처럼 쏟아졌다. 옛 전주 권번 소리를 선보인 것이란다.

한편 술상 윗자리에 앉아 있던 송병두 선생이 문밖을 바라보며 말하기를

"밖에 낙화놀이 구경꾼들이 많이 모인 것 같은디, 우리도 일어서 봅시다." 하며 자리에서 먼저 일어섰다. 이에 공감이라도 한 듯 모두 자리에서 일어서기 시작했다. 어느덧 초저녁 어둠이 내려앉아 먼 곳 사람을 알아보지 못할 정도였다. 이때 박학주 선생은 즉시 사물놀이패를 불러 모아 뱃전으로 내려가며 노 젓는 사공, 즉 주인을 불렀다.

7~8명의 사물패는 놀이 북, 장구, 쟁, 꽹과리, 태평소, 피리 등과 소고춤 잘하는 무동舞童 5명이 배 한 척에 모두 타고 우리는 다른 배에 15~6명과 동북 군자정 무사武士들이 함께하여 20여 명이 동승하여 사물놀이 배 뒤를 따랐다. 이때 적벽 야경은 평소 적벽이 아닌 새로운 별천지였다. 적벽의 단애斷涯는 어둠과 함께 구만장천九萬長天을 가로막아 놓은 듯 웅장한 기세는 새삼 나의 가슴에 무겁게 다가오고 창랑천 물소리는 밤이 되어 그토록 맑고 시원할 수가 없었다.

드디어 사물패 수좌 박학주 선생의 태평소가 울리자 함께 사물패 꽹과리와 북이 옛 삼국지 적벽대전에서 승전고를 울리듯 장중하게 '낙화놀이'를 고한다. 어두운 적벽강에 울려 퍼지는 태평소와 북소리가

| 화순군 이서면에서 본 옛 적벽 모습.

층암절벽 기암괴석에 부딪혀 되돌아오는 메아리가 얼마나 장쾌한지 우리들의 마음을 시원케 했다. 춘담 선생은 오서각 지팡이로 땅을 치면서 "얼씨구 좋다." 하시더니 적벽산을 바라보며 큰 목소리로 "어서 불 놔라." 했다. 말이 떨어지기를 기다렸다는 듯이 어두운 적벽산 위에서 "불 떴다." 하고 외치는 소리가 아련히 들렸다.

우리 관중은 모두 적벽산 제일 봉 석벽에 약속이라도 한 듯 시선이 집중되었다. 옹성산 위에서 빨간 불 한 점이 솟아올라 다시 내리기 시작한 것이다. 적벽산 어둠 속에 나타난 불덩이는 더욱더 커지면서 적벽 야경을 더욱 신비롭게 했다. 불덩이가 갑자기 커지자 물 건너 적벽산을 바라보는 수많은 관중은 "와~ 와~ 와~" 하며 모두 함성을 질렀다.

조선 십승의 하나인 적벽 상봉에서 내리는 낙화落火는 천하 장관이었다.

이에 가세라도 하듯 관중들의 함성에 힘을 얻은 태평소의 우렁찬 나팔 소리가 태평성세를 자랑하듯 적벽산을 장쾌하게 쩡쩡 울렸고, 이어 쟁과 꽹과리, 북의 구정놀이는 흥이 넘쳐 도취 되지 않을 수 없었다. 귀엽게 생긴 무동들의 구성진 소고춤은 귀티가 흘러, 보고 보아도 매혹적으로 아름다웠다.

술기가 거나하게 올라 적벽부를 독송하던 송병두 선생께서 갑자기 일어서며 큰 목소리로 "아! 좋다. 얼씨구~" 하자, 사물놀이패들은 좁은 배 안에서 여덟 팔八자, 갈 지之자로 발을 모아가며 장단을 타고 갖은 교태를 다 부리며 놀이판을 짜가고 있었다. 이를 시기라도 하듯 어린 무동들도 좁은 공간에서 소고춤의 갖은 장단에 갖가지 소고 놀음을 하나도 빼지 않고 노는 모습은 귀엽다 못해 꼭 안아주고 싶었다.

춘담 선생께서 다시 흥이 솟아 "어! 좋다. 얼씨구~" 하며 다시 벌떡 일어서 서각犀角 검은 지팡이를 '쿵'하고 힘줘 놓으며 "어얼씨구나 절씨구", "아~ 좋다 좋아" 하시며, "학산김기섭, 안 좋은가?" 묻자, 학산 선생은 빙그레 웃음 짓고 물끄러미 바라보며 "춘담, 작년 설악산에서 놀았던 광기狂氣가 또 도졌구나." 한다.

갑자기 얼굴이 불그레한 김원표 선생도 벌떡 얼어나 '반 곱사춤'으로 팔을 벌리고 춤을 추며 "얼씨구 곱사등이춤이라도 춰보자~ 얼씨구" 옆에 앉아 있던 우리 일행은 모두 함박웃음을 웃었다. 그 순간 하늘에서 불덩이가 내려올 때마다 적벽강을 바라보는 관중들의 함성은 그칠 줄 몰랐다. "와~ 와~" 하며 박수 소리가 우렁차게 들렸다.

나는 의아했다. '무엇을 보며 저처럼 박수 소리가 우렁찰까?' 다시 고개를 돌려 자세히 살펴보았다. 그것은 흥겨운 구정놀이에 보내는 박

수가 아니었다. 하늘에서 내려오는 낙화燃火의 큰 불덩이가 적벽강 물에
반사되어 물속에서도 나타난 불덩이가 점점 올라 하늘에서 내리는 불
덩이와 함께 적벽강 수면 정점에서 크나큰 두 불덩이가 마주치는 황홀
한 광경은 고금을 통해 볼 수 없는 일대 장관이다. 적벽 낙화燃火놀이는
우리 고장 전통 민속놀이의 백미로 자랑스러운 풍류 문화인 것이다.

　이렇게 자정이 가까워지자 하나둘씩 모두 해산하고 박학주 선생의
사물놀이패와 우리 배 여러 손님도 모두 아쉬운 석별의 인사를 나누었
다. 우리는 모두 적벽강 여관으로 들어가 자리를 잡고 적벽 동천 신선
으로 하룻밤을 즐겼다.

백발에 넘친 청춘의 호기던가?

금년은 무더위가 빨리 올 모양이다. 일찍부터 이처럼 날씨가 무덥고 찝찝하다. 며칠 전 일기예보에 10일이 지나면 장마가 온다는 소식에 나는 작년 엽葉부채를 꺼내어 부치면서 책을 읽고 있었다.

갑자기 모과나무에서 반가운 매미 소리가 들려오더니만, 그 소리가 그치자 도로 건너편 무용학원에서 어떤 분이 승무를 추는지 나직한 반주곡이 흘러나왔다. 장중하면서도 은은한 승무 반주곡을 듣노라니 지금부터 40년 전 한진옥韓振玉 선생님에게 배웠던 한량무 생각이 나면서 그날의 추억을 눈앞에 그리게 한다.

그때 함께 했던 여러분들이 삼삼히 떠올라 감회가 새롭다. 과묵하신 선생님과 항상 예의범절로 대했던 나이 많은 제자들의 모습은 강산이 네 번이나 변한 오늘에도 더욱 그립고 새로울 뿐이다. 나는 듣고 있던 승무곡僧舞曲이 그치자 다시 책을 폈다. 요즘은 등산도 하지 않고 그렇다고 운동을 하는 것도 아니어서 몸이 점점 굳어가는 느낌에 은근히 고민이 많아진다. 책을 읽고 글을 정리하다 보면 건강이나 운동이란 단어를 잃어버리게 된다.

옛날에는 책을 보면서도 운동을 틈틈이 빼지 않아 건강을 지켰으나 요즈음은 그렇지 못하여 이따금 산길을 찾아 오르다 보면 그 옛날 등산길은 인적이 드물어 잡초만 무성하고 같이 등산했던 친구들은 먼 나라로 떠났다는 소식과 함께 찾을 길이 없다. 그리고 정든 등산 친구들은 모두 흩어져 어느 곳에 사는지 알 길이 없다. 나는 생각다 못해 등산을 포기하고 궁여지책으로 길 건너 5층에서 들리는 무용학원의 장구 소리를 들으며 갑자기 새로운 생각이 떠올랐다.

나의 건강을 무용에서 찾기로 한 것이다. 전신 체조하는 기분으로 무용을 하다 보면, 그 옛날 춤사위도 다시 찾고 팔다리 전신운동과 호흡법까지 터득되면 일거양득으로 심신 평화를 찾을 수 있을 것 같아, 나는 다음날 조용히 무용학원을 찾아가 보았다.

10여 년 전 이 학원에 다녔으므로 모두가 설지 않았으며 학원 문을 열고 첫발을 놓은 순간 학원 분위기는 예전과 변함이 없었다. 나는 원장님과 인사를 나눈 다음 말했다.

"무용을 배우기보다 전신 몸을 푸는 운동으로 건강을 찾고자 한다."라고 말했다. 원장은 웃으며

"하다 보면 건강도 찾고 자연 명무名舞가 됩니다." 하면서 일주일에 월月, 수水, 금金 3일을 1시간씩 공부하여 집에서 많은 연습을 하면 자연 건강과 무용을 함께 찾을 수 있다고 했다. 이 모든 것이 현명하고 이상적인 건강 처방이라 생각하니 나의 마음은 은근히 기뻤다. 오늘의

| 무용학원 강순자 원장

결심을 소홀히 할 수 없어 나는 당장 입학과 동시에 무용을 시작하게 되었다. 선생님의 지도를 하나하나 흐트러짐 없이 열심히 하니 원장님도 칭찬을 아끼지 않았다.

나는 월, 수, 금을 찾아 무용을 배우면서 또 다른 생각을 했다. 그는 다름 아닌 아내와 함께하고 싶은 마음이 있었기 때문이다. 그간 아내를 황소처럼 부렸고 항상 집안일에 매달려 몸을 혹사한 나머지 허리와 다리가 아파 멀리 걸어가기를 싫어하고 높은 곳을 무서워하며 옛날과 달리 일을 하자면 짜증을 내는 아내가 건강이 항상 염려되어 문득 떠올랐다. 나 혼자 하는 것보다는 아내와 함께하면 나보다 암기력이 좋은 편이므로 무용 학습에서도 도움이 될 듯싶고, 공부하다 보면 권태기가 찾아오는데 이때 옆에서 보완 역을 해 줄 수 있으며 열심히 하다 보면 등산 이상의 효과가 있어 자연 건강도 회복될 것으로 믿어 나는 아내를 설득하기로 했다. 저녁 밥상이 끝난 다음에 나는 합죽선을 들고 아내를 부쳐주면서 진지한 분위기로 말을 시작했다. 성격이 깔끔하여 모든 일에 깊이 생각하고 대답하는 성격인데다가 이 일이 생소할 것이라 설득하는데 신경을 써야 할 것 같아서 조심스럽게 말을 꺼내 권했다. 그런데 어찌 된 일인지 의외로 환영했다. 나는 한순간에 무거운 짐을 벗었다.

다음날이 월요일이 되어 당장 아내와 함께 무용학원을 찾아가기로 약속하여 즐거운 분위기 속에 아내의 입학금을 내고 월, 수, 금 오전 8시 30분부터 9시 30분까지 무용 수업을 받기로 하고 무용에 대한 전반적인 설명과 함께 기초 공부를 시작했다. 무용의 기본 수칙에서 가장 중요한 것은 바른 자세라고 강조하면서 흉허복실胸虛腹實과 비정비팔非正非八이다. 즉 가슴은 항상 텅 비운 듯 배 즉 단전아랫배은 힘을 주어 꽉 찬듯해야 하며 비정비팔은 발걸음 즉, 발을 바른 걸음도 아니요, 여덟 팔 자 걸음도 아닌 걸음으로 항상 태극을 상상하여야 한다는 것이다.

아내와 나는 눈과 귀를 기울여 한 걸음 한 걸음을 조심스럽게 놓아가며 선생님의 지도에 따랐다. 원장강순자님도 기뻐하시며 열심히 하면 명무가 될 '끼'가 있다고 난쟁이 꼴마리허리춤 추듯 한참 칭찬을 아끼지 않았다. 아내는 참으로 자신이 잘하는 줄 알고 더욱 용기를 얻어 선생님의 지도에 성실히 따르면서 일거수일투족에 열과 성을 다하므로 무용 수업은 갈수록 더욱더 즐겁고 고마운 시간이 되었다. 나 역시 옛날에 배웠던 무용 순서인지라 점점 새로워 가는 춤사위에 기쁨 또한 새록새록 하여 무용학원 발걸음이 날이 갈수록 신나고 가벼워 행복하기만 했다.

그러던 어느 날이었다. 무용 수업을 모두 마치고 물 한 컵을 마시며 쉬고 있었는데 어떤 손님이 학원 문을 조용히 열고 들어오는 것이었다. 나이가 많은 할머니였다. 우리는 잘 모르는 분이었으나 원장님은 잘 아는 사이였는지 익숙한 분위기로 먼저 일어나 할머니를 맞아들여 우리 옆에 모시는 것이었다. 우리도 함께 일어서 자연스럽게 인사를 나누었다. 키가 작아 보이는 할머니는 깡마른 몸매에 청수한 인상이 귀^貴티가 몸에 배어 있는 양갓집 귀부인 할머니였다. 말씀도 다정스럽고 호기^{豪氣}가 진진^{振振}하여 노소를 가리지 않고 환영받을 품위의 귀부인이다.

나는 할머니의 나이가 궁금하여

"할머니 춘추가 어찌 되셨어요?" 하자, 잘 못 알아듣고

"뭐?"하고 되묻는다. 아마 귀가 어두우신 모양이다. 다시

"나이가 몇이냐고요?"

"응, 내 나이 여든일곱이여." 우리는 모두 눈을 크게 뜨며 웃었다. 할머니께서

"어찌 웃어? 몸은 늙었어도 마음은 청춘이여." 하신다. 우리는 모두 또 웃고,

"무엇을 배우시겠습니까?" 하고 여쭈니,

"민요 장단, 그리고 춤을 배우고 싶어 왔어." 한다. 원장님이 옆에 앉아 있다가 말씀하시기를 할머니께서는 지난달 "먼저 오셔 입학했습니다."라고 했다. 우리는 그제야 알았다는 듯 다시 인사를 드리고 앉았다.

이렇게 할머니와 우리는 자연스럽게 무용반 원생이 되었다. 이렇게 우리와 함께 월, 수, 금이 되면 학원에서 만나 즐거운 덕담으로 꽃피우자 학원은 이제 화기만당^{和氣滿堂}의 즐거운 꽃밭이 되었다.

무용학원이 좀 낡은 옛날 5층 집이다. 그러므로 높은 곳이지만 엘리베이터가 없어 항상 걸어 올라가야 하므로 한참을 오르다 보면 무용할 기력이 모두 이곳에서 소진되어 땀을 닦고 다시 한참 쉬었다가 무용을 시작한다. 그러나 할머니는 그처럼 높은 곳을 자연스럽게 올라,

지친 기색도 없이 더욱 씩씩하고 의연한 모습을 볼 때 우리가 모두 놀라지 않을 수 없었다.

할머니는 무더운 삼복이지만 몸에 땀이 별로 흐르지 않아 우리는 모두 신기한 듯 우러러보곤 했다. 그럴 뿐만 아니라 할머니는 문 열고 들어서기가 바쁘게 학원생들에게 90도로 허리 굽혀 인사한 다음에 젊은 여인들에게 시원한 물컵을 들고 다니면서 골고루 냉수를 권하고 덕담까지 하면서 손수 만든 음료수와 정성스럽게 빚은 만두를 펴놓고 모두에게 권하는 것이다. 어떤 날은 꿀호박찜을 해와 모두에게 골고루 나누어 주면서 재치 있는 덕담을 하여, 무용학원은 할머니의 풍요로운 인심에 화기춘풍和氣春風이 동하고 옥토끼가 방아를 찧는 달나라 별천지인 양 인간의 향기가 넘쳐난다.

할머니는 이처럼 오실 때마다 공수空手로 오시는 예例가 거의 없다. 항상 손엔 선물꾸러미를 들고 5층 높은 곳도 아랑곳없이 여러분들에게 사랑을 나누고 싶은 마음으로 가득 차 있었다. 딸보다도 어린 여인들에게 할머니께서는 깍듯한 존칭어를 써가면서 인정 넘치는 유머humor와 함께 극진한 예의 법도에 저절로 머리가 숙어진다. 할머니는 이 모두 아랑곳없이 얼마나 공부에 열중하는지 젊은이들이 무색할 지경이다. 할머니께서는 학구열이 높아 무용만 배우는 것이 아니라 경기민요와 장구까지 여러 공부를 함께 하므로 학원에서 거의 한나절을 보낸다. 그뿐인가 공부를 마치고 떠나는 회원들을 보면 학원 문밖에까지 나와 작별 인사를 그토록 공손하게 할 수가 없었다.

우리 내외는 항상 늦을 때가 많다. 어제 일요일을 보내고 월요일이 되어 아침부터 학원에 갈 준비를 철저히 하고 있던 중에 갑자기 손님이라도 오게 되면 부득이 수업 시간이 늦어 바쁜 걸음을 재촉하여 5층을 올라 헐떡이며 학원 문을 열었을 때가 많았다. 이때 할머니께서는 항상 빨간 무용복을 곱게 차려입고 무용을 시작하고 있었다. 할머니에게는 너무 화려한 듯 보이기도 했으나 무용복인지라 신선감이 들었다. 옆에 있던 젊은 학원생들이 모두 바라보고

"할머니 무용복은 너무 잘 어울립니다." 하자, 할머니께서는

"제자로서 무용 수업에 무용복이 없으면 스승에 대한 실례여." 하시면서 정색을 하셨다. 우리는 철없이 모두 웃었다. 그러자

"웃지 마. 이왕이면 노기老妓 홍상紅裳 아니여." 할머니도 다시 함박웃음을 웃었다. 할머니의 노기 홍상 즉 늙은 기생이 붉은 치마 입는다는 격담格談은 늙은 호랑이 어금니처럼 항상 우리가 잘 써먹는 사자성어이다. 우리는 모두 한바탕 웃었다. 그러자 다시 말씀하시기를

"나는 늙었어도 노인 좋아 안 해 젊은이가 좋지 …" 하고 웃으시며 옆에 놓아둔 컵의 물을 마신다.

정말 할머니 말씀은 금과옥조金科玉條다. '공부하는 학생이 공부 도구가 없이 스승 앞에 공부하겠다는 것은 학생의 자세가 아니다.'란 말씀은 참으로 고귀한 훈교訓教다. 할머니의 말씀은 금방 정수리에 대침大針을 꽂듯 우리를 깜짝 놀라게 하면서 나를 은근히 부끄럽게 했다. 나와 나의 아내 역시 도로 건너편이란 단순한 생각에 학원에 올 때는 항상 평상복 차림을 하고 부담 없는 발걸음으로 찾아와 무용이 끝나면 생각 없이 나가, 시내 곳곳을 무소불입無所不入으로 출입했다. 오늘 할머니 말씀을 듣고 나자 미처 생각지 못한 큰 부끄러움이었다.

이렇게 월요일이 가면 다시 하루 지나 수요일이 오고 또 하루 지나

면 금요일이 가난한 집 제삿날처럼 찾아와 바쁜 일과 속에 보통 신경 쓰이는 일이 아니다. 그러나 건강을 찾는 도장이라고 생각하여 무용 학원은 평생 찾기로 다짐하고 열심히 5층을 오른다. 우리 부부는 바쁜 아침 일과를 정리하고 무등산 서석대를 연상하면서 오늘도 한발 한발 5층까지 오른 것이다. 겨우 올라 냉수 한 컵을 마시고 아내와 함께 서로 쳐다보며 "무등산 장불치 옹달샘 물맛이 좋다."고 하며, 빙긋이 웃고 원장님께 아침 인사를 올렸다.

이때 어김없이 할머니께서 우리들의 뒤를 이어 들어오신다. 우리는 모두 기다리기라도 한 듯 반가워하며

"할머니, 안녕하십니까?" 하자, 할머니께서는 대답과 함께 또 음식 꾸러미를 들고 들어와 앉으시며

"오늘 나는 별꼴을 다 봤네." 하시는 것이다. 우리는 함께 할머니를 바라보며

"무슨 일이 있으셨어요?" 하니 말씀하기를

"내가 올라오며 젊은이에게 인사를 했더니 말은 고사하고 인상을 쓰며 보더라니까" 하시며 매우 섭섭한 표정이었다. 우리도 할머니의 마음을 동정하여 다 함께 젊은이의 행동에 불쾌한 심정을 표했다. 할머니는 그 자리에 다시 정성껏 준비한 음식을 내놓으며 모두 앉으란 다. 우리는 함께 모여 앉아 분위기를 바꾸어 음료수와 음식을 서로 나 누는데 옆에 앉아 있던 젊은 학원생 한 분이 웃으며

"할머니 길거리에서 미친개가 짖어 놀랐다고 생각해버려 …" 해서 옆에 있던 사람들이 모두 '하하하' 하고 웃었다. 또다시

"그렇지 않아요? 그렇다고 그 일로 고소할 수도 없고 … 그렇다고

우리가 모두 찾아가 왜 그랬냐고 할 수도 없는 일 아니여? 그 일로 시비해 봐야 모기 앞에 칼 빼든 격이지 뭐여." 하시니, 모두 다시 '하하하' 웃고 할머니도 어이가 없다는 듯 체념하고 함께 웃었다.

도덕과 예의염치가 사라지고 금수처럼 이욕^{利慾}이 만연한 우리 사회의 한 단면이다. 참으로 참담한 현실이다. 이웃 어른이 지나면 반듯이 인사를 올렸고 서로 처음 만난 자리에서는 "인사합시다." 하고 성명을 자칭했던 그 옛날 미풍양속이 그처럼 그립다. 마을 사람이 별세하면 온 마을 남녀노소가 일손을 놓고 참여했으며, 부녀자들은 마을 우물에 가는 것조차도 새벽이나 저녁에 가며 모두 함께 애도의 뜻을 표했다.

나는 문뜩 어린 시절 마을 앞 야구장에서 여러 친구와 함께 놀았던 추억이 생각났다. 초등학교 1학년 때 일이다. 기억으로 지금부터 70년 전 일이다. 어린 친구들이 모여 공치기^{지금의 야구}를 하다 장난기가 동했던지 싸움이 벌어졌다. 나이는 거의 같았으나 한 친구는 키가 큰 편이었고, 한 친구는 신체가 왜소하고 허약한 몸에 키가 작았다.

키가 작은 친구에게 키가 큰 친구가 머리와 목을 누르고 있으니 키 작은 친구는 힘이 없어 큰 메뚜기가 작은 메뚜기를 덮친 모습이었다. 보는 우리도 작은 친구에게 동정이 갔으나 싸움을 말릴 생각도 없이 막연히 보고만 있었다. 이 광경을 저 건너편에서 보고 있던 할아버지께서 지팡이를 끌고 급히 오셨다.

할아버지는 지팡이를 놓고 주위를 살펴보더니 큰 돌 하나를 들고 오시더니, 어린 친구를 눕혀놓고 등위에 앉아 있는 몸집이 큰 친구에게 그 돌을 주면서,

"이 돌로 저놈 죽여라." 그리고 다시

"이 돌로 저놈 죽여 버려 이놈아!" 하니 자연 싸움이 진정되었다. 그러나 이때 할아버지는 화가 풀리지 않은 듯 다시 "이 돌로 저놈을 패 죽여 부러, 왜 못 죽여 이놈아!" 하신 것이다.

그 자리에 있던 여러 친구는 숙연히 말을 잊지 못하고 모두 고개를 숙인 채 묵묵부답으로 서 있었다. 할아버지는 마음이 다소 진정된 듯 말소리를 낮추어 말씀하기를 "큰 놈이 저렇게 작은놈을 동생으로 생각해야지, 힘세다고 작은놈을 마구 때려 이놈아!" 큰아이를 꾸중한 다음, 작은아이를 어루만지면서 따뜻한 어조로 "앞으로 사이좋게 지내라. 잉?" 하면서 부드러운 말로 타이른 다음 떠나셨다.

나는 그때 그 기억과 그 감동은 지금도 생생하여 머릿속에 감돈다. 소복에 등 굽은 할아버지의 지팡이 소리가 귓가에 들리는 듯하다. 할아버지의 기지^{奇智}가 얼마나 아름다운가? 싸움은 자연스럽게 말리면서 큰 가르침을 주신 것이다.

우리 조상들은 그 옛날 순박한 인심 속에 서로 아끼며 살았다. 마을마다 부잣집 사랑방에서는 이름 모른 과객들이 매일 몇 명씩 쉬어 갔으며 인심 좋은 부잣집은 떠날 때 노자^{여비}도 주었다고 한다. 옛 『산해경_{山海經}』에 '동방에 군자국_{君子國}이오 예의지국_{禮儀之國}이다.'라고 했거늘 아름다운 조국 강산에 서구의 음풍^{淫風}이 노도^{怒濤}처럼 범람하고 잔인무도_{殘忍無道}가 먹물처럼 번져 5천 년의 미풍양속이 어느덧 자취 없이 사라지는 것을 볼 때 통탄을 금할 길 없다. 슬프다! 조국 앞에 이 강개_{慷慨}를 어찌 다하랴!

샘물처럼 생각나는 그 옛날은 모두 접고, 앞에서 언급한 청주 한 씨

한효순韓孝順 그 할머니 이야기로 다시 찾아가자. 명문세가의 맥을 이은 할머니!

　고산유수高山流水 초목 속에 숨어 조용히 피고 지는 고귀한 향초런가? 우아한 자태 청초한 지성의 향초여! 애석하다 무성한 잡초 속에 숨었으니 그 뉘가 알아주랴. 나는 할머니를 우러러보며 입을 열지 못하고 마음으로 말했다. 나는 문뜩 '내일 지구의 종말이 온다 해도 한 그루 사과나무를 심겠다.'라고 했던 네덜란드 철학자 스피노자가 생각났다. 88세 노인으로 나이를 숫자로 접고 하루하루를 알뜰한 희망과 보람 속에 황혼을 새 아침으로 장식하는 할머니! 생각과 몸가짐이 그토록 맑고 아름다울 수가 있을까? 옛글에 말하기를 '겸수익謙受益이요 만초손慢招損이라. 즉, 겸손하면 이익을 받으나 오만하면 손해를 부른다.' 했다. 인자하신 그 미소를 볼 때 나는 저절로 고개가 숙어진다.

　오늘도 진한 인간애人間愛를 나누면서 살아가는 자랑스러운 할머니! 나는 일상에서 한가한 여유만 있으면 어두운 방 안에 말없이 찾아드는 햇볕처럼 자꾸자꾸 할머니 생각이 마음 한구석을 비집고 자리한다. 어제도 오늘도 어두운 나의 마음을 환히 밝혀주는 할머니 … 옛글에 인무백세人無百歲란 구절은 전설일 뿐이다. 120세 천수天壽를 다하는 그 날까지 할머니의 비췻빛 꿈 나래를 마음껏 저어가며 항상 복된 날이 되기를 두 손 모아 빌고 또 비는 바이다.

남도 소리꾼
놀이판 이야기

청실홍실 꽃밭에 벌 나비가 춤을 춘다

1969년 12월 8일^{음, 시월 열아흐레}에 내가 결혼했으니 금년^{今年}이 52주년이 된다. 십 년이면 강산도 변한다는데 강산이 다섯 번이나 변했지만, 그 날의 기억은 80이 넘은 오늘도 눈앞에 선하다. 그날 결혼식에 찾아와 손잡고 축하해 주셨던 어른들은 이젠 모두 청산에 누워 계시리라. 엄한 세월 앞에 어느덧 옛이야기가 되어 버린 그 날의 감회가 늘 새롭다.

이곳저곳에서 청혼이 있었으나 전혀 마음이 움직이지 않았다. 오직 부족한 의술로 환자를 보는 것이 부담되어 열심히 공부하고, 어머니와 함께 어려운 가정을 보살피는 데 전념하고 싶은 생각뿐이었다. 그러던 어느 날 나를 항상 아껴 주신 선생님이 찾아와 따뜻한 말씀으로 결혼을 권유하시는데 감히 거절할 수가 없었다. 더욱이 이분의 말씀이 어머니께 전해지자 어머니의 성화에 견딜 수 없어서 끌려가듯 그분을 따라간 곳이 지금의 광주^{光州}시 양동 하천가에 있던 '백조다방'이었다.

처음 만난 자리였으나, 단정한 인상뿐만 아니라 모든 면이 겸손하고 청순하게 보여 특별히 이렇다 할 핑계가 없어 망설이고 있는데 주위의 강권에 밀려 자연스럽게 결혼을 결정하고 말았다. 이렇게 결혼을 약속한 지 열흘 만에 예식장 문을 밟게 되었으니 얼마나 불같이 이루어진 결혼인가. 길일을 택했다는 어머니의 뜻에 따라 이처럼 촉급하게 이루어졌다. 그러고 나니 예식장과 주례를 결정하는 일이 가장 급했다. 예식장은 처가 측에서 국제예식장을 고집하여 그곳으로 결정하였으나 주례 선생님을 정하는 일이 급했다.

근원槿園 선생께 상의하자, 취영翠英 홍남순洪南淳 선생을 추천해주셨다. 그분께 말씀을 올리자 흔쾌히 승낙하셔서 주례도 순조롭게 결정되어 나는 처가댁에 주례 소식을 알리고자, 광주시 구동 처가댁을 찾아뵙고 사실을 전한 다음 다시 금남로를 향해 나오는 길이었다.

이때 단산丹山 안채봉安彩鳳 명창을 그곳에서 우연히 만났다. 너무 반가워 인사를 드리자, 역시 반가워하며 대뜸

"얼굴 좋네." 어찌 그 집에서 나와? 하며 눈을 크게 떴다. 나는 빙그레 웃으며

"저 집 규수가 제 처가妻家가 될 것 같습니다." 하자,

"그럼 우리 집하고 이웃집이네. 저기 저 빨간 집이 우리 집이여." 내 손을 꼭 잡고서 한사코

"집에 가서 차 한잔 들고 가소." 하며 나를 끌었다.

나는 마음이 급했지만 말씀을 거절할 수가 없어 할 수 없이 단산의 뒤를 따라 빨간 대문을 밀고 들어가자, 찬모가 나와 반갑게 맞아 주었다. 아늑한 정원과 문 위에 걸린 소전素筌 손재형孫在馨 선생 글씨가 너

무 힘차 보여 눈길을 끌었다. 안내를 받아 방으로 들어서자 황금빛 유
자차에 파란 녹차 다식을 곁들여 풍류 넘친 상이 금방 나왔다. 차를 마
시며 그간의 적조한 정담을 나누었는데 분홍저고리에 가지색 치마는
귀티가 넘쳤고, 머리에 꽂은 나비잠에는 남도 명기 품새와 향기가 은
근히 배어 있었다. 단산이 내게

"이 부근에서 그 집이 부자라고 소문났어. 자네 부잣집으로 장가
잘 가네. 나는 예식장으로 갈까, 아니면 자네 화순 집으로 갈까?" 하며
물었다.

"참석해 주신다면 영광이지요. 저는 단산 선생의 뜻에 따르겠습니
다." 하고 조심스럽게 말씀드렸다.

"그럼 나는 화순 집으로 가지." 하더니, 나를 다시 쳐다보며

"고수가 있어야 헌디. 아! 문남구文南九가 있구나! 화순和順에서는 문
남구가 북을 잘 친께, 꼭 오라고 해. 잉?" 하고는 "동상동생은 바쁜께
어서 가." 하며 등을 밀었다.

역시 남도 명인의 품위가 분명했다. 몇 해 전 단산께서 몸이 불편해
누워 있을 때 자주 찾아 약을 지어 보살폈던 의義를 잊지 않고 마음에
각인해 두었던 모양이다. 아무튼 나의 바쁜 발길을 알아 도와주는 그
알씸마음, 기방 은어이 너무 감사하며 무척 기뻤다. 더욱이 화순지역의 국악
동호인들이 모아 만든 서양계瑞陽契에서 나는 판소리와 북을 배우고 있
었으므로 그날은 화려한 잔치가 될 것 같아 기대와 꿈이 풍선처럼 부
풀어 올랐다.

어느덧 그날이 내일로 다가왔다. 오늘은 내일 행사를 위해 종형님
을 모시고 제반 준비를 점검하던 중 원근을 가리지 않고 일가친척들이

찾아오자 너무 반가웠다. 그 가운데 생각지도 않았던 전북 익산 족숙族叔 내외가 오셨다. 나의 마음을 녹여주는 구세주 같은 어른이 오신 것이다. 인사를 나눈 다음 모든 것을 하나하나 물어 살피면서 따뜻이 지도해 주셨다.

이윽고 나의 생에 새 역사가 시작되는 12월 8일 아침이 밝았다. 아침 일찍 신흥택시 사장한테서 전화가 왔다. 화순에 처음으로 문을 연 택시회사로 전화기를 귀에 대자,

"결혼을 축하하네. 오늘 신랑을 국제예식장까지 모셔 드리겠네." 했다. 너무 뜻밖의 일이다. 나는 감사한 마음으로 전화를 끊고 일어서는데 다시 밖에서 인기척이 났다. 삼우三友 강병원姜炳遠 큰 어른께서 한복으로 정장을 하고 들어오신 것이다. 이를 본 가족들은 모두 일어나서 정중히 인사를 올렸다. 저를 평소 친 가족처럼 아껴 주신 큰 어른이다. 곧 방으로 모시자 정색을 하며

"오늘 너의 결혼식이 염려되어 찾아왔다." 하신다. 이처럼 따뜻한 배려에 나는 뼈에 사무치도록 감사하고 감사했다. 차를 나누고 있는데 약속이라도 한 듯 신흥택시 임 사장의 깨끗한 새 차를 대문 앞에 대기하며 나를 찾았다. 나는 일어나서 임 사장과 서로 인사를 나누던 중에 평소 친아우처럼 아끼던 후배 최상식崔相植이 갑자기 나타나 인사를 한다. 웃음 띤 얼굴로

"형님 오늘 행사가 궁금하여 찾아왔습니다." 했다. 너무 반가웠다. 그렇지 않아도 동행할 사람이 없어 고민하던 차였으므로 고기가 물을 만나듯 반가워 의사를 물을 겨를도 없이

"오늘 자네 광주까지 같이 가세." 했다.

일찍 아버지를 여의고 백부님마저 몇 년 전에 별세하여 집안에 웃어른이 없어 참으로 외롭고 초라한 결혼이 될 것을 걱정했는데, 삼우 선생과 후배 아우가 아침 일찍 찾아와 좌우에서 나를 다정히 감싸 안고, 임 사장의 배려 속에 최신형 택시를 타고 너릿재를 넘어 국제예식장에 도착했다.

우선 삼우 선생을 예식장 앞 다방으로 모시고 후배 아우와 함께 처가댁으로 향했다. 예식장이 건너편이었으므로 예복을 처가에서 입고 참석하기로 되어 있었다. 막상 처가 대문을 열고 들어서려니 어쩐지 어색하고 발길이 무거웠지만, 후배 아우가 동행해주어서 이내 마음이 편안했다. 대문을 열고 들어서자 처남 되실 분이 기다리기라도 한 듯 반갑게 맞아주었다. 여러분의 도움으로 새로운 정장 차림을 하고 예식장을 들어섰을 때는 이미 하객들이 만장의 성황을 이루어 지인들끼리 서로 정담을 나누며 좀 소란스러웠지만, 이렇게 하객이 많을 줄 생각지도 못했다. 물론 신부 측 하객이 많았다.

안내자의 도움을 받아 대기석으로 가자, 주례석에는 벌써 홍남순洪南淳 선생이 앉아계셨고, 귀빈석에는 근원槿園 구철우具哲祐 선생과 삼우三友 강병원姜炳遠 선생 그리고 오남烏南 조정기曺正基 전교 그밖에 화순지역을 대표하는 배영수裵榮洙 읍장 강영석姜永錫 소장 등 여러 어른이 자리하고 있었다.

이윽고 송암松庵 정남鄭楠 형의 사회로 결혼식이 시작되었다. 호남의 대 의인大義人 취영翠英 홍남순洪南淳 선생의 주례사로 시작된 엄숙한 식전은 삼우三友 강병원姜炳遠 회장의 따뜻한 친족대표 인사와 만취晚翠 위계도魏啓道 선생의 축시 낭송으로 만장의 축복을 받으며 결혼식을 모두 마쳤다. 내 고장 화순지역에서도 많은 분이 불편한 교통에도 불구하고 찾아와 자리를 빛내주신 사랑을 생각하면 감사의 정이 샘물처럼 넘쳐 오늘도 정역불가극情亦不可極; 정 또한 다할 수가 없음이다.

그날을 눈앞에 그리자 무상과 허탈이 엄습하며 깊은 사념에 잠겨 나는 겨울밤이 이토록 깊어도 잠을 이루지 못했다. 그처럼 향기가 넘친 큰어른들의 그늘에서 익힌 몸이 야박한 세정과 숨 막히는 사회를 볼 때, 옛 어른들의 사랑이 그리워지면서 마음이 더욱 쓸쓸해진다. 그 옛날을 회고해 보면 철없고 부족한 소견이 다시 가슴을 채워준다.

화촉의 첫날밤은 구동 처가에서 소박하게 보냈다. 처가에서 저녁 식사를 마친 뒤에 광주지역 친구들의 축하연에 참석하기로 했으나, 처가 측의 반대로 부득이 취소하고 대신 처가에서 조촐한 자리를 마련해주었는데 예기치 않았던 일이 일어났다. 처가와는 긴밀한 사이인 듯 몇 분의 여인들이 국악을 좋아한다는 신랑의 소문을 들었다면서 만나보고 싶어했다는 말을 처형되는 분이 했다.

그 자리에 참석한 여인 중에는 국악을 배워 호기심이 많은 분이 있었고, 또 어떤 분은 내게 양해를 구하면서 어렵게 간청했다. 나는 이왕지사 일이 이렇게 되었는데 주저 없이 허락했다. 대답이 끝나기도 전에 처형되신 분과 함께 예쁜 여인 몇 분이 방으로 조용히 들어오는데 분위기가 조금 어색했다. 인품도 잘 갖추지 못한 주제에 신랑이란 명분으로 앉아 있는데, 더욱 여자들이 찾아와 심사평을 하겠다는 것이 좀 부담스럽기도 했다. 그러나 이미 허락한 일인지라 흔쾌히 대처하는 방법밖에 없었다.

나는 밝은 인상으로 손님을 맞았다. 인사를 나누면서 둘러보니 어딘가 인상이 낯익은 분이 있었다. 얼굴빛이 맑고 깨끗하면서 갸름하여 귀티가 흐르는 상이었다. 처음 대화에서 그 여인의 말소리가 옛날 많이 들었던 목소리가 아닌가 싶어 다시 생각해 보았다. 내가 저분을 아는 사람인데 하고 또다시 생각해 보니 바로 생각이 났다.

"선생님 혹시 옛날 '민족예술학원'에서 공부하신 일 없으세요?" 하자,

"예. 정광수丁珖秀 선생님께 공부했었습니다." 한다. 나는 깜짝 놀랐다. 하필 오늘 이렇게 만날 수 있을까?

내 나이 20세 때 민족예술학원民族藝術學院에서 판소리 공부를 했었다. 그때 같이 판소리와 무용을 열심히 하면서 은근히 서로 사랑을 알아가는 처지였다. 풋 총각 풋 처녀인지라 말없이 서로 좋아했던 처지였다. 요즈음처럼 개방된 시대가 아니므로 쑥스러워하며 같이 북을 치고 소리 춤을 배웠던 왕초보 입학생으로 다른 사람들과는 어울릴 수가 없었으니 항상 마지막으로 남은 것이 두 사람이었다.

그것이 지금부터 60년 전 일이다. 모두가 어렵게 살던 시절 광주시 구동에 호남국악원湖南國樂院과 민족예술학원이 있었는데 모두 남산공원에 자리를 잡고 있어서 거리가 서로 멀지도 않았다. 호남국악원에서는 공대일孔大一 선생이 판소리를 가르쳤고, 민족예술학원에서는 정광수丁珖秀 선생이 가르쳤다. 호남국악원생은 80명 정도이고, 민족예술학원생은 60명 정도였다. 학생의 나이는 8세 10세의 어린애부터 40세까지 다양했다. 오전에는 어린 학생들이 배웠으므로 예술학원은 온통 개구리울음 소리판이었다. 어찌나 고래고래 소리를 지르는지 시끄러워 귀청이 떨어질 지경이었다. 북이 많이 있어 이곳저곳에서 북을 치며, 얼굴이 뻘겋게 달아오르고 울대 심줄이 붉어지면서 미친 듯이 연

습을 한다. 부엌에서 마당에서 혹 뒤뜰 방안에서 목이 터지도록 상청 목을 질러댔다. 선생님 앞에는 항상 공부 수준에 따라 3명 5명 7명씩 조를 정하여 〈심청가〉, 〈춘향가〉 등등 하루에 몇 장단씩 배워간다. 그 들 모두는 나이가 우리보다 어렸지만, 급이 다른 우등생이다.

우리는 '생목'이었지만, 10세 이상 아이들만 되어도 내공이 있어 목구성이 열려 이미 소리목이 되어 있었다. 북이 배우고 싶어서 북을 잡고 어린애들에게 소리를 청하면, 북이 너무 서툴러 소리 망친다면서 소리를 하다 말고 모두 일어나 도망쳐 버리니, 마지막엔 홀로 북채만 들고 남아 있을 때가 한두 번이 아니었다. 이처럼 열 살 어린아이들에 게 망신당하면서 배웠다.

지금 생각해 보면 그들은 뒷날 요정으로 팔려 갈 기생 후보생들이 었다. 나는 그때 갑자기 불가피한 사정으로 부득이 2개월간의 공부를 마치고 다시 집으로 돌아올 수밖에 없었으므로 두 사람 사이에 은근한 연정을 심어 놓고 말도 기약도 없이 헤어진 것이다.

그런데 어찌 하필 오늘 만나게 되었을까? 뜻밖의 일이다. 그 후 10 년이란 세월에 성장기 변성기를 겪으면서 무상한 세월에 서로 잊었던 기억을 더듬어 오늘 다시 만난 것이다. 지난 아름다운 추억은 보자기 에 쌓아놓고 우리는 다시 옛날로 돌아가 단가를 들어 보자고 내가 먼 저 말했다. 옛날 선생님께 공부하던 모습 그대로 두 무릎을 곱게 꿇더 니만,

"천생 아재 쓸 곳 없다. … 세상 공명을 하직하고 인간 영화榮華 몽 중사夢中事라." 하며 콧등을 찡그리며 소리하는 모습이 그 옛날 민족예 술학원에서 공부하던 그 모습이었다. 추억을 더듬어 소리와 술잔으로

아쉬운 옛정을 나누며 부득이 다음날을 기약하고 보냈다.

인생 새 역사의 밤을 광주시 구동에서 보내고 어느덧 12월 9일 우귀于歸날이 밝았다. 신부와 함께 집으로 돌아갈 준비에 온 가족이 일찍부터 분주했다. 무등산 위로 떠오르는 아침햇살이 유난히 밝았다. 엊그제까지 겨울 날씨로 싸늘했는데 오늘은 아지랑이가 피면서 춘삼월 날씨다. 이때 어디서 전화가 왔다. 임동선 선생의 전화다. 따뜻한 어조로

"우리 모두 단산 댁에 모였어. 잉?" 한다. 소리꾼이 모두 단산 댁으로 모였다는 소식이다. 나는 반가우면서 약간 불안한 심정이다. '백조다방'에서 처음 만났을 때 처남이

"북장구 좋아한 사람치고 주색으로 망하지 않는 사람 없다."라고 하면서 꺼렸다는 말을 등 너머로 들었던 바가 있기 때문이다. 즉시 그 말이 생각나 전화가 부담되어 조심스러웠다. 처가댁은 근면 성실로 자수성가 한 사업가였다. 직원 50명을 이끈 사장으로 신망이 높아 업계의 존경을 받았다. 그러다 보니 갑자기 하룻밤 자고 처가 눈치를 봐야 하는 처지가 되었다. '장가든 날부터 기생을 챙기는 녀석이라고 할는지.' 아니면 '참으로 멋있는 놈이라고 할는지.' 한참을 생각하다가 이실직고以實直告하고 양해를 구하는 길밖에 없었다. 할 수 없이 처남께 자초지종을 말씀드렸다.

지난번 아버님께 인사차 방문하고 돌아가던 길에 문전에서 단산을 만났는데 자청하여 결혼 다음날 화순으로 오시겠다고 말한 사실을 말하자 처남이 먼저

"그렇다면 차를 준비해야 할 것 아닌가!" 하면서 명쾌한 대답으로 끝났다. 너무 다행스러웠다. 조용히 밖으로 나와 단산 댁을 바라보자,

이미 택시가 문전에 대기하고 있었다. 신부를 중심으로 처족과 단산 댁에 모인 일행들과 함께 택시로 신혼의 화려한 꿈을 싣고 새 출발이 시작되었다.

지금의 터널길이 아닌 그 옛날 나그네가 쉬어 넘든 옛 선교 모퉁이를 돌아 굽이굽이 너릿재 정상 검문소에 이르자, 하얀 안개구름이 점점 걷히기 시작했다. 짙은 안개가 서풍을 타고 사라지자 파란 하늘은 다시 하얀 뭉게구름이 곱게 피었다. 그때 저 멀리 보이는 천운산天雲山의 풍광은 너무나 아름다웠다. 우리 일행이 어언 집에 도착했을 때는 오전 11시쯤으로 뒤따라온 차에서 피리 명인 임동선 선생이 재빨리 내려, 오진석 선생을 이끌고 바쁜 걸음을 재촉하듯 가면서 우리에게 손을 저으며 천천히 나오란다.

영문도 모르고 천천히 기다려 나가자, 집 안에서 갑자기 피리와 젓대 소리가 요란하게 들려 우리는 당황스러웠다. 그것은 다름 아닌 신랑 신부 환영례로 연주한 약식의 삼현육각이었다. 오재민 선생이 장구 대신 북으로 집박執拍을 하면서 우리를 맞아 드렸다. 마당에 들어서자 집안에 앉아 있던 하객들이 일어나 손뼉을 치면서 환영했고, 어머니께서는 신부 측 손님을 맞아들이며 신부 자리를 정하고 환영연을 베풀었다. 밖에서는 집안이 넓어 마당과 뒤뜰 그리고 샘 옆 밤나무 그늘까지 멍석을 펴고 어머니 친구 분들이 많이 모여 뒤뜰에서 장구를 치며 노장파 잔치가 벌어졌다.

"노들강변 봄버들이" 나오고, "놀다 가세 놀다 가세. 젊어 청춘에 놀다 가세." 하며 보릿대춤판이 벌어져 우줄우줄 춤을 추며 흥이 넘쳤다. 앞마당에는 화순읍과 각 면에서 찾아오신 손님들이 모여 앉아 서로 안부를 살피며 정담과 축배를 들고 있었다.

날씨가 너무 따뜻해 콧등에 땀방울이 맺힐 지경이 되어 광주에서 오신 손님들은 낙엽 진 밤나무 아래 반그늘을 찾아가 멍석을 폈다. 오재천吳在千 선생은 소리꾼 주안상 심부름을 맡아 하면서도 그사이 마당 가운데 큰 멍석과 인초 화문석을 펴 놓고 소리판 무대준비를 하고 있었다. 북과 장구 그리고 꽹과리 소고를 준비하여 놓고 고수 방석과 북 방석까지 만반 준비를 다하며 소리꾼이 먹을 냉수 상까지 차려 놓았다.

이 자리에는 광주에서 온 단산丹山 안채봉安채鳳 벽도碧桃 박정순朴貞順 초향草香 신경님申敬任과 화순 청아淸娥 임선례任善禮 장흥長興 금화琴華 김영자金永子 그리고 대금 오진석吳鎭錫 피리 임동선林東宣께서 참석했다. 또 오재민吳在珉 명고와 문남구文南九 고수, 좀 늦게 하재옥河在玉 소리꾼이 왔다. 단산은 저쪽 노인들이 앉아 있는 곳을 찾아가 어른들에게 술을 권했다. 우리 집 오신 손님들에게 호남 명창이 손수 술을 부어 권했다면 그처럼 큰 영광이 어디 있겠는가? 여러 하객이 집으로 돌아가면 시골 사랑방 자랑거리 덕담이 되었으리라.

"나 오늘 잔치에 가서 채봉이한테 술 한 잔 받았네."

"허어! 자네 출세했네. 하爲시골 사람이 명창 안채봉이한테 술잔을 받았다니 … 이 사람아! 눈이 번쩍 띄네."

모두 "하하하" 하며 좋아했다. 친구 앞에 만담 거리가 되기 때문이다. 당시 남도 사람 모두가 안채봉이란 인물을 보지 못했어도 명창이란 말은 귀에 익었다. 비록 체구는 작았지만 단정하고 물에 뜬 수련水蓮처럼 청수한 인상에 어느 자리에 앉아도 화기춘풍이 감돌았고, 해학 재담 또한 일품으로 당대에 손꼽을 만한 인물이었다.

단산이 갑자기 여러분께 술을 대접하다 말고 일어서 큰소리로
"너희들 모두 오너라." 하며 손을 저었다. 밤나무 큰 멍석으로 가면서
"금강산도 식후경이다." 하자,

즉시 소리꾼 권속이 모두 자리에 앉으니, 대기하고 있었던 듯이 큰 교자상이 줄줄이 나왔다. 옆자리 초향이가 하얀 잔으로 여기저기 여러분께 술을 올렸다. 고수 문남구 선생이

"와 술 색깔 좋다. 무슨 술 빛이 그렇게 좋아." 하자, 소리꾼들이 모두 하얀 잔을 들고 서로 부으라고 조른다.

"오늘 이 술 들고 꾀꼬리 목, 한 번 써봐." 하자, 한 잔 든 벽도가

"술맛이 참으로 좋네, 좋아." 하며 웃는다. 단산이 옆에서 눈을 높이 뜨고 흘겨보며,

"너희들 오늘 술 조심해라. 잉? 이 술은 오늘 큰일 낼 술이다." 했다.

일찍 출발하여 화순까지 오는 순간 정오가 가까워지자 뱃속이 텅 비어 기자감식飢者甘食; 배고픈 자가 달게 먹음으로 음식이 모두 맛있었던 모양이다. 나는 오신 손님들께 인사드리며 술 권하기에 바빴다. 이때 음식과 술을 나르던 어떤 아이가 달려와서

"밖에 큰 손님이 오셨다고 합니다."라고 전했다.

급히 밖으로 나가 보니, 이게 무슨 일인가 천만 뜻밖에 일우一宇 박민기朴珉基 의원님이 화순노인회 어른 열다섯 분을 모시고 찾아오신 것이다. 박 의원은 양복으로 정장을 하고, 뒤에 따른 조주환曺主煥 선생은 회색빛 한복 주의周衣; 두루마기를 입으셨다. 그 외 여러분도 모두 하얀 두루마기 한복에 흰 고무신을 신었으며, 모두 80이 가까운 춘추로 만연산 아래서 삼천리까지 도보로 걸어오신 것이다. 일우 박민기 의원께서

는 제2대 국회의원 경제부 차관을 역임하신 어른으로 취영翠英 홍남순 洪南淳 선생과 함께 남도를 지키는 큰 어른이다.

나는 몸 둘 바를 모르고 오재민 선생과 상의하여 잘 모시도록 부탁했다. 계속 오는 손님을 맞아야 했기 때문에 부득이 한곳에 오래 머무를 수가 없었다. 전주대사습에서 장원한 명고名鼓 오재민 선생께 일임하고 다시 나왔다. 오재민 선생은 즉시 어른들을 응접실 큰방으로 모셨다. 하얀 한복 두루마기를 입은 어른들이 배석 되자 금방 위엄과 귀티가 넘쳐 빛나는 자리가 되었다. 이어 교자상이 나오고 시조 명창 벽도碧桃와 오진석吳鎭錫 선생은 대금을 들고 들어와 여러 어른 앞에 조심스럽게 앉자, 갑자기 분위기가 조용한 가운데 엄숙해졌다.

소리꾼 벽도가 한 무릎을 세우고 두 손을 짚고 올리는 인사는 그처럼 엄숙하고 공손할 수가 없었다. 평소 말이 없던 백발노인 오진석 대금도 머리를 무릎까지 숙여 인사를 올린 다음 무릎을 꿇고 대금을 들어 입에 대는 모습이 조금은 애처로워 보였다. 그 자리 하객들의 나이가 모두 동년배 아니면 오히려 더 젊기라도 한 처지에도 말없이 예를 갖추는 것을 보니, 조선시대 팔천인八賤人의 피가 오늘날까지도 흘러서 저런가 보다 하는 생각이 들었다. 여러분들에게 벽도가 술잔을 올리며 정담을 꽃피운 사이 일우 박 의원께서 좌우를 살피면서

"자! 우리 축배를 들었으니 축가를 들어야지 …" 하자,

오진석 대금이 허두로 '다스름'을 내는데 은은히 울리는 대금 소리가 얼마나 청아한지 정신을 매혹해 순간 선계仙界의 분위기로 바꿔 놓았다. 이때 벽도가 숙였던 머리를 반듯이 세우고 청학의 울음인 양 맑은 목청으로

"청산靑山이 불로不老하니 미록麋鹿이 장생長生하고 강한江漢이 무궁無窮하니 백구白鷗의 부귀로다." 하며 노인들을 공경하는 송수가頌壽歌를 올렸다. 이 시조가 끝나자 여러 어른께서 박수로 화답했다. 다시 벽도가 다니면서 술을 권하자, 웃음소리가 그칠 줄 모르고 한참 동안 환담과 정배情盃를 주고받았다. 그날 나의 기쁨을 어찌 다 말하겠는가!

이렇게 즐거운 화순노인회의 화기진진和氣津津한 영광의 자리도 시간이 지나자, 할 수 없이 다시 감사한 마음과 석별의 인사를 모두 마치고 떠나셨다. 다시 돌아와 주위를 살피자, 소리꾼들도 제각각 여러 하객의 멍석에 앉아 손님들과 재담으로 웃기며 술을 권하자 곳곳에서 웃음꽃이 피었다.

'생자기생을 일컫는 기방은어' 노릇을 하려거든, 먼저 '변재치 있는 말, 기방은어'을 잘해야 하는데 이런 해학 만담과 은어는 주로 선배들한테서 자연스럽게 배운다. 어린 '얼간이초보' 생자들은 큰 생자의 변을 귀로 듣고 눈으로 배우지만 그것도 순차적으로 배우는 '족보'가 있다. '족보'란 결혼이나, 회갑 같은 축하 행사나 제사 때에 알맞은 소리와 변을 적어 둔 것이다.

생자가 인기를 끌기 위해선 소리도 잘해야 하지만, 재미나는 해학 또한 없어서는 안 될 재주다. 말솜씨가 분위기를 좌우하기 때문이다. 처음 모인 자리에 상호 간 어색한 분위기를 화기가 돌게 하는 약藥은 소리보다는 해학이 훨씬 효과적이다. 단산 안채봉은 소리와 재담을 잘해 주위 분위기를 이끄는 데는 귀재였는데 그분의 재담 하나를 소개해 본다.

"아! 옛날에 어떤 놈이 시골에서 돈냥이나 있어 바로 양반 행세를 허든갑 데. 그런디 나처럼 건망증이 좀 있었어. 그래, 밤새도록 아이고, 아이고 하며 곡을 하더니 아침이 되어서는 '지금 누가 죽었어?' 허드라네." 하자,

"하하하" 하고 모두 웃었다.

이렇게 해학풍자로 튀밥 튀듯이 한차례 "빵" 하고 튀어놓으면 모두 배꼽을 잡고 웃는다. 구변口辯이 좋은 생자가 전주비빔밥처럼 감칠맛 나게 잘하면, 그 해학이 서럽고 고달픈 서민 생활에 활력소가 되어 큰 인기를 끌었다.

생자들이 시샘이라도 하듯 이렇게 벽조방 안 놀이판에서 벽 쪽에 등을 대고 앉았다가 차례대로 노는 것로 돌려가며 해학으로 사람을 웃기었다. 각양각색 흥미진진한 재담을 한마디씩 던지면 배꼽이 등에 붙도록 웃게 된다. 지나치게 웃다 보면 눈에서 쩡 눈물이 나고 배가 갑자기 아프기도 한다. 아랫배에 힘을 너무 많이 주어 압박을 하면 창자가 경련을 일으켜 경직되면서 일어나는 현상이다.

"초선아! 그놈의 재담 좀 그만해라 내 배 아퍼 나 죽것다." 하하하.

월선이가 다시 눈을 부릅뜨더니만

"허고 싶은 것을 왜 못허게 해. 서방질도 제멋에 취해서 허는디. 듣기 싫으면 귀 막고 나가부러."

"그만, 그만해야."

익살스러운 금추錦秋가 또다시 시작허자,

"워매 웃다가 나 죽는다. 이것들아! 왜 쩽生 사람 죽이냐." 생자 세계에서는 비록 소리는 잘했으나, 해학 재담을 못 하면 상급 기생이라도 인기가 떨어졌다.

저 건너편 오재민^{吳在珉} 선생 문남구^{文南九} 선생 등등 화순 한량 고수들이 술이 거나하게 취해 모두 얼굴에 도화가 피었다. 단산 안채봉 명창도 구기자로 빚은 명주를 먹었는지 두 눈 주위가 불그레하게 화색이 완연했다. 광주 소리꾼과 화순 장흥 소리꾼이 모여 낯설은 자리가 되었지만, 호남 명창 단산 앞에서는 모두 복종이다. 광주 소리꾼들이 보이지 않자 단산이 일어서서

"너희들 모두 모여라." 하자, 다시 모였다. 벽도^{碧桃}, 초향^{草香} 청아^{淸娥}, 금화^{琴華}를 한자리에 모아 놓고

"너희들 술 취해 높은 자리 먹물 뿌려서는 안 된다." 하며 단단히 경계를 주었다. 아! 애석하다 지금처럼 비디오가 있었다면 얼마나 좋았을까?

그날을 생각하면 새삼 목에 걸린다. 단산의 분홍빛 누비저고리와 진한 가지색 치마에 허리띠는 빨갛게 두르고 머리에 나비잠을 꽂아 단정한 맵시는 날듯 가벼워 범안^{凡眼}이 보아도 제비 상이다. 그날의 감회를 어찌 다하랴.

이윽고 단산께서 "이제 시작해 보자." 하면서 화문석 첫머리에 섰다. 그리고 벽도와 초향이가 나란히 선 다음, 화순^{和順}의 청아와 장흥^{長興}의 금화가 들어서자 단산이 큰 목소리로 하객을 향하여,

"안녕하십니까? 오래 기다리셨습니다."라고 했다. 그러자 앞에 앉은 하객들이 일시에 우렁찬 박수로 맞았다. 이분들의 웃음소리가 오늘도 귓가에 들리는 듯하다.

앞자리에는 멀리 동복에서 찾아오신 정창문^{鄭昌文} 면장, 배종백^{裵鍾伯} 면장, 조민택^{趙民澤} 선생, 배영수^{裵榮洙} 면장, 최영학^{崔泳鶴} 전교, 강영석^{姜永錫} 소장, 특히 최병호^{崔炳鎬} 노인회장께서는 80세가 넘었는데 백동기

선생과 함께 시골길 버스를 타고 구봉산에서 찾아와 축하해 주셨으니 그 사랑 뼈에 사무치도록 잊을 수가 없다. 이뿐만 아니라 동복同福에서 오신 강종기姜宗基 족장, 최병옥崔炳玉, 조방환曺邦煥 등 지역의 원로들께서 앞자리에 자리하였다. 이처럼 화순지역 유지 여러분들의 사랑과 감사를 어찌 이 붓으로 다 하겠는가! 한 분 한 분 그토록 귀한 어른들 … 어린 내게 그처럼 큰 예우를 베풀어 주셨다.

단산은 벽도와 초향을 보며

"잡가부터 시작하자." 조용한 어조로 말하자 목청을 높여

"삼월 삼짇날 연자鳶子 날아들고, 호접蝴蝶은 편편片片 나무, 나무 속 잎 나 가지 꽃피었다. 춘몽春夢을 떨쳐 원산遠山은 암암暗暗 근산近山은 중중重重 기암은 촉촉矗矗 …" 하며 신나게 중중모리 소리를 모두 마치고 , 다시 새타령이 시작되었다.

신나게 중중모리 소리를 모두 마치고 다시 새타령이 시작되었다.

"새가 날아든다. 온갖 잡새가 날아든다. 새 중에는 봉황鳳凰새 만수문전滿水門田; 물 가득한 문 앞의 논 풍년새 산고곡심무인처山高谷深無人處; 산 높고 계곡 깊어 사람이 없는 곳 출림비조出林飛鳥; 숲속에서 나온 나는 새 뭇 새들이 쌍거쌍래雙去雙來; 짝지어 날아가고 날아옴 날아든다." 하며 단산을 선두로 오인五人 일색一色이 되어서 지어가는 소리판은 보기 드문 가관可觀이었다. 오인五人 오색五色의 깔끔한 옷맵시, 세련된 발림, 오인五人의 합창이 오늘 잔치를 더욱 우아하게 했다.

이렇게 한참 동안 열창을 하던 중 익산益山 족숙께서 가벼운 꽃바구니를 가져와 상 위에 올려놓고 파란 돈 다섯 장을 놓았다. 이를 본 주위 사람들이 마치 기다리기라도 한 듯 여기저기서 붉은 돈, 푸른 돈이

쏟아져 나왔다. 안채에서 일을 돕던 부녀자들까지 찾아와 시샘이라도
하듯 사이로 끼어들어 한참 구경을 하고 조용히 허리춤 주머니에서 돈
을 꺼내놓고 일어서 돌아갔다. 이렇게 허두 잡가를 마치고 나자, 단산
이 장흥에서 온 금화에게

"너 나와 한마디 해봐라." 하자, 금화는 치마폭을 걷어잡고 바로 고
수 앞에 섰다. 소리는 항상 어린 초립동부터 시작하는 법이다

화순 고수로 이름 높은 문남구文南九 선생이 북을 잡았다. 장흥에서
온 금화는 키가 작아 어린 소녀처럼 보였으며, 시골 처녀티가 나는 품
세였으나 목청이 높고 소리가 무거웠다. 이때 단정히 서서 단가로 목
을 푸는디,

"공도公道난이 백발이오. 면치 못할 것 인생 늙어 주검이라. 천황天皇,
지황地皇, 인황人皇씨며, 신농神農, 황제皇帝, 복희伏羲씨, 요순우탕堯舜禹湯
문무주공文武周公, 도덕이 관천貫穿하되 한 번 죽엄 못 면허고 …" 하면서
카랑카랑한 목소리로 엮어가는 솜씨가 보기보다는 대단했다.

그리고 춘향이 〈사랑가〉를 "사랑, 사랑 내 사랑아! 어허둥둥 내 사
랑아!" 사랑가를 느린 진양조에서 자진중중모리까지 하는데 일당청풍
一堂淸風 시원한 부채 바람은 아니었으나, 곰삭은 묵은김치 맛으로 많은
박수를 받았다. 어느 사이 땀방울이 여기저기 맺혀있었다. 아마 장흥
소리꾼이 인사도 없었던 단산 앞에서 소리하기란 무거운 부담이 되었
으리라.

다음은 단산이 다시 청아 임선례에게 시선을 옮겨 상하를 살피더니
만 "니가 나가거라." 하자, 말없이 말뚝처럼 불쑥 일어나 여러분 앞에
인사도 하지 않고 나선 것이 아마도 긴장되어 단산 앞에 오금을 펴지

못하고 놀란 모양이다. 부채를 들고 고수 앞에 빙그레 웃으며 "문 선생님 오랜만입니다" 하며 다시 한 번 쳐다보고 단단히 각오라도 한 듯이 허리를 곧 세우고 저 건너 손님들에게 시선을 옮겨 쳐다보며 아니리를 놓는다.

"강남 제비가 보은표報恩票 박 씨를 입에 물고 해동 조선 흥부 집을 찾아오는디 꼭 이렇게 오는 것이었다" 하며, 허두를 당차게 내놓고 몇 발 뒤로 물러서서 한사코 저 건너편 청중을 바라보며 〈제비 노정기〉를 시작했다 빠른 소리가 북과 함께 어우러져 겨누는 멋과 맛은 영광굴비 알재비알이 가득 듦로 가장 멋진 대목이다. 그렇지만 뜻밖에 단산 왕초가 좌정하고 있으니, 그 앞에서 허리를 못 펴 속마음은 벙어리 냉가슴이었을 것이다. 그러나 비록 처음 만난 호랑이지만 물려 죽을지라도 한 번 짓고 죽자는 듯 눈동자를 곧게 세워 북을 보며, 오뉴월 소낙비 퍼붓듯 '노정기' 사설을 쏟아낸다.

"흑운黑雲 박차고 백운白雲 무릅쓰고 그중에 둥실 높이 떠 두루 사면을 살펴보니 서촉西蜀은 지척이오 동해東海는 창망쿠나."

"회양봉을 넘어 황릉묘黃陵廟 들어가 이십오 현二十五絃 탄야월嘆夜月에 반죽지 쉬어 앉아 두견성杜鵑聲으로 화답하고, 봉황대鳳凰臺 올라가니 봉거대공강자류鳳去臺空江自流; 봉 鳳 이 날아가 대 臺 는 비었고 강만 저절로 흐른다라. 황학루黃鶴樓를 올라서니 황학일거불부반黃鶴一去不復返; 황학 黃鶴 이 한 번 간 뒤에 다시 돌아오지 않으니 백운천재공유유白雲千載空悠悠; 흰 구름만 천 년 동안 속절없이 흐르는구나라."

"금릉金陵을 지내 주사촌週駟村 들어가니 공숙창외도리개空宿窓外桃李開라 낙매화落梅花를 툭 치니 무연舞筵에 펄렁 떨어치고 이수離水를 건너 종남산終南山을 지내어 계명산鷄鳴山에 올라서니, 장자방張子房은 간곳없고 연경燕京을 들어가 황극전皇極殿에 올라앉아 만호장안萬戶長安 구경허고, 요동遼東 칠백 리를 순식간에 지내어 압록강을 건너 의주義州에 다달아 영고탑寧古塔 통군정統軍亭을 구경허고, 평양平壤 연광정練光亭 부벽루浮碧樓를 구경허고, 대동강大同江 장림長林을 지내어 송도松都로 들어가 만월대滿月臺 광덕전廣德殿 선죽교善竹橋 박연폭포朴淵瀑布를 구경허고, 임진강臨津江을 시각에 건너 삼각산三角山을 올라보니 도봉道峯 망월대望月臺가 높이 솟았구나. 문물이 빈빈彬彬허고 풍속이 희희嬉嬉하야 만만세지금탕萬萬歲之金湯이라. 경상도는 함양咸陽이오, 전라도는 운봉雲峰이라 운봉 함양 두 얼품에 흥보가 사는지라. …"

청아 임선례의 허약한 몸으로 빠른 사설을 힘 모아 토해내는 솜씨가 돋보였다. 지금까지 〈제비 노정기〉를 하지 않고 두었다가 오늘 문남구 큰 고수를 만나자 깊이 둔 보따리를 풀어 거풍擧風한 것이다.

소리가 끝나자 모두 박수갈채가 쏟아졌다. 자리에서 고수가 일어나며 꽃바구니에 푸른 돈 다섯 장을 올려놓자 주위 사람들이

"명 고수가 고생하고 돈까지 놓아!" 하면서 주위 사람들이 꽃바구니에 돈을 담아 옆으로 돌리자, 모두 돈을 넣어 옆으로 돌려 이곳저곳에서 쌈짓돈을 꺼내 놓았다. 등 굽은 노인이 한마디 하기를

"소리를 어찌 잘헌지 돈을 안 놓을 수가 없구만." 하며 일어섰다. 청중이 많아지면서 소리판이 점점 더 커지자 단산도 긴장된 듯 좌우를 살펴보고

"이번은 초향草香이다." 지적하며

"너 술 깼냐" 하자,

"염려 말어." 하며 일어섰다. 초향이가 목에 두른 개나리색 수건으

로 허리를 휘감아 묶고 당당히 고수 앞으로 나간다.

이번 고수는 전주대사습에서 장원한 명고 오재민吳在民 고수다. 원래 동복이 고향으로 판소리와 북에 연륜이 깊어 많은 소리꾼이 찾아와 오 선생 북에 소리를 메겨 갔다. 이처럼 북이 명고였다. 그뿐만 아니라 활이 명궁으로 동복 군자정君子亭 사수를 지낸 명무사名武射였으며, 서울 황학정黃鶴亭 전국 궁술대회에서 장원을 할 만큼 궁도에도 조예가 깊다. 이처럼 남도 명인 오吳 고수鼓手가 북을 잡자, 초향이 소리꾼도 북 솜씨를 알아차린 듯 무언중 마음이 무거웠을 것이다. 초향 신경님 소리꾼은 키가 작고 몸이 가을 메추리 모양 속살이 어지간히 쪄 약간 비만형이었으나, 소리가 보기보다는 맑고 우조 소리를 잘했다. 엄한 스승으로부터 잘 받았는지 소리바디가 좋았다. 항상 해학 재담으로 사람을 잘 웃기는 장기가 있어 가는 곳마다 웃음바다가 된다. 오늘도 웃음판이 될 자리에 인왕산 호랑이가 좌정하여 꽥 소리 못허고 초주검을 당헌 꼴이 되었다.

그러나 단산이 그처럼 무서워도 벙어리 되어 입 막고 있을 사람은 또 아니다. 합죽선을 들고 아장걸음으로 들어오면서

"신랑이 좋게 생겼덩만 날씨까지 좋네." 건너편 술 취한 사람을 쳐다보며

"저 빨간 우체통이 어찌 점점 더 많이 생겨." 하자, 모두 한바탕 웃었다.

"자! 여러분! 강남에서 제비가 보은표報恩票 박 씨를 물고 왔은께, 나는 그 박을 한 통 타볼까?" 하며 고수 앞에 당찬 맵시로 다가섰다. 이때 고수가 "얼씨구" 하며 북채 가락을 부드럽게 넣자 나직한 목청으로

"스르르렁 슬건 톱질이야."

"예."

"이어 허루 당거주소. 톱질이야. …"

"이 박을 타서 박속은 끓여 먹고, 바가지는 부잣집에 팔아 우리 식구 목숨도생이나 허여 보세."

"예."

"이어 허루 당거주소. 톱질이야." 구슬픈 진양조를 초향이가 애절한 장탄식으로 청중의 심간心肝을 흔들어 놓자, 여기저기서

"옳채옳지! 그리여." 하며 탄성이 흘러나왔다. 초향은 더욱 신이 났는지 목청을 높혀

"여보게 마누라."

"예."

"어서 이 톱을 잡아주소."

"톱을 잡자 허니 배가 고파서 못 잡것소.".

"배가 그리 고프거든 치마끈을 졸라매고, 어서 와서 당겨주소."

"예."

"이어 허루 당겨주소. 톱질이야."

봄날 물엿처럼 늘어진 소리가 가슴을 애절하게 파고들자, 멍석에 앉아 있던 눈물 많은 노인이 그 옛날 춘궁기 보릿고개에 나물죽 보리개떡으로 연명했던 서러운 가난이 떠올라 갑자기 눈물이 쏟아지기 시작했다. 한참 지나 다시 눈물을 닦고 슬그머니 옆자리 친구 얼굴을 쳐다보자, 그 친구도 말없이 두 눈이 빨갛게 부어 내일 '홍안과' 병원에

갈 지경이 되어 있었다. 점잖은 처지에 울고 나니 어색했던지 빙긋이
웃으며

"소리 참 잘허네. 잘해." 하자, 옆자리 친구도

"참 기가 막히게 잘하네." 하고 같이 웃는다.

초향이는 청중들의 시선이 모두 집중되자, 더욱 열이 올라 목에 핏
대가 서도록 열창을 한다.

"이 박을 타거들랑 아무것도 나오지 말고 밥 한 통만 나오너라. 평
생 밥이 소원이구나." 하며 한 맺힌 목청으로 하소연을 하자, 청중이
모두 숙연해졌다. 이때 고수도 덩달아 신이 났다. 초향이의 소리 함배
가 너무 좋고 감칠맛 나게 끌고 가는 솜씨가 마음에 들었는지 북채가
시끄럽지도 않으면서 무겁고 정중한 자태가 전주대사습 명고란 존칭
이 과연 명불허전名不虛傳이었다. 진양조 소리가 끝나자, 막간 아니리로
초향이가 손에 쥔 합죽선을 칼자루 쥐듯 잡고 바삐 밀어 당기면서

"실건실건 실건실건 실건실건 박이 두 쪽으로 짝, 벌어지는디, 이
것이 웬일인가!"

"박통 속에서 나오라는 밥은 안 나오고, 누런 황금돈 꾸러미가 쏟아
져 나오는 것이었다. 박흥보가 좋아라고 돈 한 꾸러미를 손에 들고 춤
을 추는디 꼭 이렇게 추는 것이었다." 하고, 초향이가 '아니리'를 짜 놓
고 다시 상큼한 목청으로 소리를 낸다.

"박흥보가 좋아라고. 돈 한 꾸러미를 손에 다 들고, 얼씨구나, 얼씨
구나 좋네. 지화자 자자자아자 좀도 좋네. 이 돈을 눈에 대고 보면 삼
강오륜이 다 보여도, 만일, 돈이 없고 보면 삼강오륜은 끊어지고, 보이
는 것 돈밖에 또 있느냐. 여보시오, 부자들! 부자라고 자랑 말고, 가난

한 사람 괄세^{괄시} 마소. 오늘날 박흥보가 부자가 될 줄을 어느 뉘가 알
겠는가."

중모리를 마치고 중중모리로 들어가기 전에 아니리로

"박흥보 입이 함박이 되어 돈 꾸러미를 손에 들고 우줄우줄 춤을
추는디,"

"얼씨구나. 돈 봐라. 돈 돈 돈 돈 돈 보소. 돈 돈. 얼씨구 절씨구 지화
자 좋네. 어얼씨구나 절씨구. 잘난 사람은 더 잘난 돈, 못난 사람도 잘
난 돈. 없든 정도 생긴 돈, 있던 정도 끊어진 돈. 맹상군의 수레바퀴처
럼 둥글둥글 생긴 돈. 이리저리 둥근 돈. 생살지권^{生殺之權}을 가진 돈, 부
귀공명^{富貴功名}이 붙은 돈. 얼씨구 절씨구 지화자. 어얼씨구나 저얼시구.
이놈의 돈아! 아나 돈아! 어디를 갔다가 이제 오느냐. 얼씨구 절씨구.
얼씨구나 좋다! 얼씨구 절씨구 칠씨구 팔씨구 구씨군들 못할소냐. 어
얼씨구 저얼씨구."

초향이가 흥이 올라 씨암닭 걸음으로 우줄우줄 엉덩이를 흔들고 옥
색비녀 매화잠이 살래살래 춤을 추며 소리를 허더니만 흥이 오를 대로
올랐는지 다시 오리 궁뎅이가 되어 아그작 바그작 흔드는 꼴싸구니<sup>꼬락
서니</sup>가 얼마나 웃겼는지 보는 관객들이 모두 "와" 하며 손뼉을 치고 웃
는다.

이때 동복에서 오신 정창문 면장도 취흥이 도도하여 벌떡 일어서서

"얼씨구" 하며, 두 팔을 벌려 한 발을 놓는 춤 솜씨가 얼마나 세련
되어 보이는지 보는 사람들이 모두 놀랐다. 배종백 면장도 황금색 지
팡이로 땅을 쿵쿵 치면서

"얼씨구 좋다. 십 년만 젊었으면 …" 하면서 앉아서 추임새를 넣었다.

이때 이 굿을 보고 그저 갈 수가 있느냐는 듯 여기저기서 꽃바구니에 파란 돈이 쏟아져 나왔다. 꽃바구니가 시골머슴 밥그릇처럼 고봉으로 소복이 쌓였다. 멀리 서 있는 분들이 돈을 들고 흔들자, 어떤 청년이 급히 옆에 있던 꽹쇠^{꽹과리}를 들고 돈을 따라 한 바퀴 돌자, 다시 꽹쇠에도 파란 돈이 소복이 쌓였다. 이때 옆자리에 부처님처럼 묵묵히 앉아 구경만 하던 어떤 반늙은이가 갑자기 큰소리로

"우리 단산 명창 소리 한 번 들어 봅시다! 해 지고 달 뜨면 할 것인가." 했다. 모든 사람의 박수갈채에도 웃지 않고 앉아 있는 걸 보면, 그의 마음은 조심석사^{朝心夕思; 아침에 마음먹고 저녁에 생각함} 오직 단산 소리만 기다리는 사람이었다.

이렇게 초향이 소리판이 끝나자 단산이 건너편 할아버지 퉁명스러운 불평을 듣기라도 한 듯 머리단장과 옷매무새를 다시 살피고 초향이의 뒤를 이어 들어섰다.

이때 '서양계^{瑞陽契}' 장^長인 김사갑^{金士甲} 씨가 일어서며 큰 목소리로

"여러분, 우리 조용히 합시다. 호남 대명창 단산께서 나오십니다." 하고 외치자, 다시 여기저기서 모두 굿판으로 모여들었다. 단산이 합죽선을 들고 단정한 맵시로 들어섰다. 미인상은 아니었으나 눈 속 매화처럼 고고한 듯 다정한 듯하면서도 은근한 위엄이 풍겼다. 제비처럼 작고 가냘픈 몸매에 분홍 누비저고리와 남색치마가 선명한 대조를 이뤄 돋보였고 하얀 버선이 사뿐사뿐 경경여부^{輕輕如浮; 가볍기가 떠 있는 것 같음}였다.

그뿐인가 머리에는 나비가 나는 듯 호접잠^{蝴蝶簪; 나비비녀}과 백매^{白梅}, 홍매^{紅梅}가 어우러진 매화잠 황금색 호박잠 파란 옥잠까지 꽂아 검은 머리가 그처럼 호사스러울 수가 없었다. 명실공히 남도 소리꾼의 수장

이 분명했다. 그 앞에는 벽도, 초향이, 화순 청아, 장흥 금화가 한자리에 앉았다. 단산이 서서 갑자기 고개를 사방으로 두리번거리며 누구를 찾는 듯 오재천 선생께

"신랑 어디 갔소?" 하자,

"저쪽에 있습니다."했다. 다시

"신랑 빨리 불러와" 하자, 나는 영문도 모르고 급히 왔다.

인초 화문석에 섰던 단산은 내 손을 덥석 잡으면서

"오늘 신랑 북 솜씨를 한번 봐야제." 하며 매가 꿩 채듯 끌어 앉혀버렸다.

나는 오신 손님과 가신 손님을 모셔야 하기에 극히 사양했으나, 단산뿐만 아니라 주위 모든 분이 박수로

"옳소." 하며 이구동성 외치자, 할 수 없이 나는 그 자리에 앉고 말았다. 이때 초향이가

"보기도 좋은 떡은 먹기도 좋다더니 북까지 잘 쳐." 하며 방긋 웃었다.

친구 김성남金成南이 북을 내 앞에 놓자, 나는 여러분 앞에 인사를 드리고 단산께 조심스럽게 말했다.

"제 북은 '또박북'입니다. 대장단 소리로 몇 마디만 해 주십시오."

"글쎄 잡아봐." 하면서 나직이 단가를 시작했다.

"천생 아재 쓸 곳 없다. 세상 공명을 하직허고 인간영화 몽중사라." 하며 소리가 신선하고 경쾌하며 마음이 편안했다. 나는 단산의 소리에 처음 북을 잡아 은근히 마음이 조였으나 생각보다는 너무 편안했다. 소리꾼이란 북이 불안하면 소리를 마음 놓고 할 수가 없으므로 일고수一敲手 이명창二名唱이다. 오늘 북은 단산께서 소리를 북에 맞추어 부르

기 때문에 북이 그처럼 편안했다. 단가를 마친 단산은 빙긋이 웃으며

"오늘 신랑 북이 바로 멋이 잔뜩 들었네. 언제 그렇게 배웠어."

"그런 북이라면 춘향모 〈상봉가〉로 우리 한 번 겨뤄볼까? 장비는 만나면 싸우드라고 응?" 하면서 묶여있던 허리끈을 다시 풀어 단정히 묶은 다음 합죽선을 힘주어 쥐고 북 앞에 서서 시선을 북에 집중한다. 혹 장단이 긴장되어 북채가 잘못 통영 삼천포로 빠질까 봐 합죽선 끝으로 장단 귀를 열어 주면서 중중모리를 시작했다.

"춘향 모친이 나온다. 춘향 어매가 나온다. 백수 흰머리 파 뿌리 된 머리 가닥가닥 걷어 얹고 아장아장 나오더니

"그 뉘가 날 찾아 …"

"자네가 정령 모른다고 허니, 내 성이 이李, 이가. 그래도 자네가 날 몰라."

"성 안, 성 외 많은 이李가 어느 이李가인 줄 내가 알어. 이李가라면 이 갈리네. 이가 때문에 내 딸 죽는디, 듣기 싫네. 어서 가소." 하며, 단산이 의성 의태법을 써 월매 흉내를 내면서 다시 이몽룡의 거드름을 떨며 사실적 감동을 주자, 그처럼 소란했던 청중의 분위기가 조용히 가라앉아 눈과 귀가 모두 단산에 빠져 있었다.

이렇게 월매月梅와 이몽룡李夢龍을 대화체 사설로 아기자기하게 끌고 가는 기발한 문학적 향기야말로 우리 선조들의 지혜와 정령精靈이 생동하는 감탄스러운 명장면이다. 이처럼 단산의 성태聲態가 청중을 감동으로 사로잡자, 여기저기서 탄성이 터져 나왔다.

"아이고 그리어. 그러고 말고." 감정 넘치는 어떤 노인은

"아이고 기가 맥히네." 하면서 단산의 얼굴을 넋을 놓고 쳐다보았

다. 단산이 소리 도중 갑자기 고수 앞으로 다가와 앉더니만 소매 속에 든 손수건을 꺼내 고수인 나의 이마에 땀을 닦아주면서

"아이고 이 사람아, 어찌 이제 왔는가? 이 사람아." 땀 닦던 수건을 다시 소매에 넣고 벌떡 일어나면서

"왔네, 왔어. 우리 사위 왔어. 서울 삼청동에 사는 이~~몽룡." 하자, 청중 일체가 손뼉을 치면서

"와! 얼씨구" 하며, 환호성을 질렀다. 이때 상 위에 있던 꽃바구니에는 다시 파란 돈을 여기저기서 놓아 시골 소박한 인심과 진솔한 단면을 유감없이 보여주었다.

그날을 생각하면 지금도 땀이 난다. 빠른 박자인지라 장단이 삐엿나^갑면 소리꾼과 청중에게 큰 실망과 실례가 된다는 강박감에 땀이 줄줄 흘렀으나, 전혀 감지하지 못하고, 북에만 몰입한 제 모습이 안타까웠는지, 동정으로 닦아 주었던 것이 오히려 가관이 되어 청중이 한바탕 웃음바다가 되었다. 그 후 소리는 계속 이어 높은 상청소리로

"하늘에서 떨어졌나, 땅에서 불끈 솟았나. 하운夏雲이 다기봉多奇峰터니 구름 속에서 쌓여 왔어." 하며, 춘향 모 월매가 이몽룡을 보고 좋아 두 팔을 저어가며 춤을 추자, 취한 노인네들이 함께 일어서 보릿대 청개구리 춤을 추며 웃었다. 이렇게 소리가 모두 끝나자, 피리를 들고나온 임동선 선생이 일어서서

"오진석! 어디 있소! 어서 오시오. 판이 식어버리면 안 돼. 가무歌舞 아닌가."라고 하면서

"어서 춤판으로 돌려." 하고 다그치자 초향이가

"옳소, 옳아." 하며 앞장을 섰다. 얼큰하게 취한 초향이가 먹던 술

잔을 놓고 벌떡 일어서면서 벽도 언니가

"굿거리 춤으로 문 열어." 하면서 장구 옆으로 가 앉았다. 허리에 힘을 주어 장구를 안고 구성진 구음으로

"나누 너 나니 너 니나노나 니너 너니노나 니어" 하며, 능란한 구음 솜씨로 굿거리 다루는 궁채 솜씨가 보통이 아니었다.

"에라, 만수. 에라, 대신이야. 놀고, 놀고 놀아보세, 아니 놀고 무엇 하리." 하자, 드디어 밖에서 벽도가 춤판으로 들어섰다.

갸름한 얼굴은 우리 전통 미인상으로 이목구비가 분명하고, 얼굴이 백옥같이 맑고 허리가 날씬한 품세가 명실공히 남도 색향色鄉을 대변 했다. 연당에 핀 우아한 홍련紅蓮의 자태런가! 앞뒤를 다시 살펴도 속기 俗氣가 없었다.

권번券番에서 받았던 계율인지 말씨가 조용하고 단아한 자태는 생 자로 손색이 없을 뿐만 아니라 참으로 미인이었다. 그러나 단산처럼 대중의 분위기를 화기로 몰아가는 재주는 없었다. 흥겨운 초향이 장구 채가 신 내린 듯 기교를 부리자, 벽도가 가벼운 미소로 팔을 올려 접는 춤사위가 그처럼 무거워 마음을 사로잡았다. 춤 또한 그 성격을 닮았 는지 많이 만들어 짓지 않고, 정중하면서도 무인공산無人空山에 붉은 도 화桃花가 웃듯 청초한 느낌으로 춤사위가 고상했다.

그간 소리판이 길어 흩어졌던 손님들이 노래가 끝나고 춤판이 되 자, 먹던 술잔을 놓고 다시 모이기 시작한 것이 입추지여入錐之餘; 송곳 들어 갈 틈가 없이 판을 짜고 있었다. 초향이는 사람들이 갑자기 구름같이 모 이자, 흥이 났는지 궁 채를 힘주어 '더덩 더덩 덩덕궁' 하면서 벽도를 쳐다보며 상청목으로

"청천에 뜬 저 기럭아 어디로 행하느냐." 하며 갑자기 성주풀이를 까토리 목으로 부르자 멀리 앉자 술 마시던 손님들이 술자리에서 벌떡 일어서서 초향이의 구음 소리에 합창이라도 한 듯

"소상동정蕭湘洞庭: 중국 소상강 동정호 어디 두고 여관한등旅館寒燈:여관의 찬 등불 잠든 나를 깨우느냐." 하자, 이곳저곳 술자리에서 일어나 춤을 춘다. 벽도의 화사한 춤사위가 관객을 매혹해 호기에 찬 남아들의 은근한 색정을 끌 만했으리라. 이렇게 벽도의 춤이 끝나자, 기다리기라도 한 듯 단산이 단정히 서 있었다. 이때 오재천吳在千 선생이 갑자기 나타나면서 큰 소리로

"호남의 명무 단산이 나오십니다." 하자, 단산 안채봉이 춤을 춘다 는 바람에 부엌에서 일하던 부녀자들까지 모두 모여들었다. 옆에 있던 초향이가

"언니 경사에 살풀이는 못헌께 〈민살풀이〉합시다." 하자,

즉시 피리 임동선 선생이 젓대 오진석을 불렀다. 다스름으로 피리를 불어보면서 오진석 대금과 함께 소리를 맞추었다. 이때 단산이 단정히 눈감고 감정을 잡아 인초 화문석에 서 있는 모습은 흡사 달 아래 소복 미인이었다. 초향이 장구가락이 조용히 시작되자, 정중동靜中動으로 무겁고 무겁게 접어 다시 펴는 두 팔은 십 리 장강을 비상하는 백구런가 멈춘 듯 움직이며, 구성진 구음을 타고 노는 아름다운 자태야말로 우리 춤의 진수였다. 갑자기 울려 퍼진 임 피리임동선 오 젓대오진석와 초향이의 구성진 구음과 장구가락이 어우러져 보기 드문 가경佳景이오, 장관이었다.

단산은 옛 권번에서 맵고 쓴 스승으로부터 익힌 춤사위로 돌며 짓는

운중미월雲中美月; 구름 속의 아름다운 달의 미소는 요즈음 춤에서 찾기 힘든 춤사
위다. 양팔로 짓는 세류영풍細柳迎風; 가는 버들이 바람을 맞이함.의 숙련된 내공이
며, 비정비팔非正非八; '바를 정' 자도 아니고 '여덟 팔' 자도 아님.로 놓아가는 발 맵시는
동풍을 희롱하는 수선화인 양 그처럼 고아한 자태였다. 아마도 대선배
단산의 춤인지라 초향이도 피리도 젓대도 모두 하나가 되어 화문석에
놓는 약지도승弱枝渡乘의 멋진 버선코는 춤꾼들만 아는 실력이다.

초향이도 더욱 흥이 올라 "얼씨구" 하더니만 양팔이 무너지도록 장
구에 흥 풀이를 하며, 삼산반락청천외三山半落靑天外; 삼산의 봉우리 푸른 하늘 밖으
로 반쯤 솟아있고요, 이수중분백로주二水中分白鷺洲; 두 강물은 나뉘어 백로주로 흐른다.로다.
구성진 구음口音이 관중에게 더욱 더 진한 감흥을 주었다.

이렇게 단산의 춤이 모두 끝나자, 빨간 허리띠를 풀어 다시 묶고 옆
에 있던 소고를 얼른 손에 들고 초향이에게 눈을 깜박이며

"어서 삐자"기방은어; 시작하자 하고 말을 던지자, 초향이가 재빨리 알아
차리고

"벽도 언니 장구 잡아." 하고 일어서더니 즉시 초향이가 꽹쇠꽹과리
를 들고 '깨갱깽깽' 시험해 보았다. 이때 단산이 소고를 들고 빵긋빵긋
웃으며 삼태극 소고를 머리 위로 휘돌리며 뛰자, 초향이가 발맞추어
깡쇄를 들고 '깨갱 깨갱 깨갱 깽깽깽' 하며 소고에 장단을 주자, 단산
소고가 더욱 흥을 실어 뛰면서 가진 기교로 소고춤을 추기 시작했다.
갖가지 묘기를 선보이며 일부러 멍석 갓을 타고 소고 놀음을 하자, 좁
은 판이 점점 넓어졌다. 춤판을 넓힐 속셈으로 몇 바퀴 돌자 좁은 굿판
이 갑자기 김만경김제 만경 들판이 되었다. 춤판이 이처럼 넓어지자 단산
은 고개를 농악패 상모 돌리듯 머리를 좌우로 돌리며 소고춤이 절정에

이르렀다.

이때 익산益山 족숙께서 갑자기 옆에 있던 소고를 들고 춤판으로 뛰어들어 같이 놀기 시작했다. 흥이 나셨는지 단산 소고를 따라 하얀 이를 내놓고 웃으면서 소고 놀음을 하자, 단산 역시 웃으며 족숙 옆으로 가까이 가서 하던 각양각색 소고 놀음을 족숙께서 하나도 빠지지 않고 같이 웃으며 같이 뛰는 기교만발奇巧滿發은 천하가관天下可觀이 아닐 수 없었다. 아마추어가 프로를 능가하며 기교를 부리자 모두 깜짝 놀랐다. 관중들이 모두

"와 얼씨구" 하자, 초향이가 얼마나 흥이 났는지 아예 깡쇠를 땅에 놓고 같이 뛰면서 구음으로

"네 궁뎅이궁둥이는 은 궁뎅이 내 궁뎅이는 금 궁뎅이 이 궁뎅이를 두었다가 논을 사랴, 밭을 사랴. 오늘같이 좋은 경사 흔들대로 흔들어 보세." 하며 요망 교태를 부리자

"좋다 얼씨구" 하며 관중들이 모두 손뼉을 치고 같이 춤을 추며 웃음꽃이 만발했다. 이때 단산이 숨을 헐떡거리며

"신랑 좀 잡아 와" 했으나, 관중 모두가 넋을 잃어 듣는 척도 하지 않았다. 장구재비 벽도 또한 뒤질세라 흥이 뒤 터져 높은 목으로

"천증세월인증수天增歲月人增壽; 하늘이 세월을 더해 가니 사람은 수명을 더해감. 요, 춘만건곤복만가春滿乾坤福滿家; 봄이 천지에 가득하니 복이 집에 가득함. 라. 어지타 우리 인생 …"

이때 농악 상쇠 김봉룡金奉龍 마을 이장이 재빨리 농악 북과 큰 징을 들고 와 함께 뛰면서 농악 지신밟기가 시작되었다. 농악 구정놀이판으로 분위기가 다시 바뀌고 이젠 모두 하나 되어 흥이 절정에 이르자, 종형께서 그사이 어머니를 모셔와 종형님과 어머니하고 나는 손을 맞잡

고 춤을 추었다. 단산이 다시 쫓아와서 내 두 손을 맞잡고 구정놀이 장
단에 춤을 추더니 다시 어머니 손을 잡고 춤을 추자, 온 마을 사람 일
가친척들과 부엌 노인들조차 나와 함께 춤을 추면서 마당밟기 놀이로
즐거운 하루를 모두 마쳤다.

제 2 편

사람의 향기

香氣

仁 · 義 · 禮 · 智 · 信

경천애인敬天愛人
청백리淸白吏 이야기

삼우三友 선생의 선덕善德이 그립다

나는 고향 화순에서 광주光州로 떠나온 다음에도 한 달에 한 차례는 연동화순읍 연양리 1구마을을 찾아 이곳 삼우三友 姜炳遠 선생 댁에서 항상 아침 식사를 하고 돌아왔다. 삼우 선생은 한 달에 한 차례 내가 찾아뵙지 않으면 은근히 나를 기다리신다.

| 삼우(三友) 강병원(姜炳遠) 선생

말하자면 삼우 선생으로부터 나는 이처럼 각별한 사랑을 받았다. 내가 찾아가면 어찌나 그리 반가워하는지 주옥같은 말씀이 아침 식사와 함께 시작하여 그칠 줄을 몰랐다. 항상 시간에 쫓기는 생활을 하다 보니 아침 일찍 능주 행 첫차를 타고 연동蓮洞 길 앞에서 내려 찾아가 문안 인사를 드

렸다. 혹, 한 달을 넘기면 다음 달은 반드시 전화를 주신다. 그리고 자상히 온 가족 안부를 묻는 것이다.

신정新正이 가까운 세모歲暮 어느 날 아침이었다. 그날 아침은 유달리 추웠다. 날씨가 매우 차가워 두터운 옷차림으로 아침 일찍 삼우 선생 댁 큰 대문을 밀고 드는 순간 선생은 아침 세수를 하던 중이었다. 이때 우렁찬 대문 소리와 함께 들어서는 나를 보고 삼우 선생은 세수하던 수건을 놓은 채 갑자기 일어서 큰 목소리로 "나주 댁부엌 찬모" 하고 부른다. 나주 댁이 부엌에서

"예." 하고 대답을 하며 밖으로 나오자 삼우 선생은

"나주 댁, 내 말이 맞제?" 하며 웃는 것이다. 나는 영문도 모르고 나주 댁과 함께 웃었다. 삼우 선생을 따라 큰방으로 들어가 인사를 올린 다음 마주 앉자 이때를 기다리기라도 한 듯 나주 댁이 밥상을 들고 방으로 들어왔다. 나주 댁이 다시 웃으며

"아침 일찍 삼우 선생께서 엊저녁 꿈에 춘곡을 보았으니 오늘 아침에 올 것이오." 하며 아침 식사를 부탁하셨다고 말한다. 평소 삼우 선생께서는 『불설고왕경佛說高王經』을 수천만 편 독송하여 불력佛力을 얻은 터라 신통한 영험이 비일비재非一非再하다 한다. 항상 내가 방문할 때는 반드시 현몽한다고 말씀하셨다.

삼우 선생을 극진히 모시는 나주 댁은 음식 솜씨가 좋았다. 일찍 제주 양씨 가문으로 출가하여 가문의 법도를 이은 음식 솜씨로 주위의 칭찬이 자자했다. 그래서인지 나는 나주 댁의 음식 솜씨를 잊을 수가 없다. 항상 겨울철이 되면 소 미자尾子탕을 정성껏 고아 상에 올렸다. 소 미자를 잘게 썰어 넣고 여기에 햅콩으로 만든 청국장을 풀어 만

든 미자탕^{尾子湯}은 청국장 향기가 군침을 돌게 하고 한눈에 보아도 국이
윤기가 흘러 콜라겐이 어려 있었다. 그리고 남도 별미 즙장^{汁醬}은 별미
중의 별미였다. 보릿가루로 뜸들여 만든 즙장에 찹쌀 조청을 가미하여
금상첨화 은행, 잣, 밤, 대추, 고춧잎 등등 갖은 호사를 부린 토속음식
으로 이 즙장은 그 맛이 새콤달콤하면서도 깊은 맛이 환상적이다. 특
유의 향이 있어 정신을 매료시키는 남도에서만 맛볼 수 있는 전통음식
이다.

집집이 그 맛이 달라 양반집 가풍을 상징하듯 서로 자랑하고 시샘
으로 예쁜 그릇에 담아 선물하며 사돈 간 양반 품위를 과시하는 무언
의 자존심 대결이기도 했다. 이처럼 즙장이 가진 독특한 향기는 필설
로 다하기 어렵다. 타 지역에서 보기 드문 음식으로 요즈음은 맛보기
어려운 음식이 되어 버려 참으로 안타깝다. 이밖에도 나주 댁 솜씨로
만든 시원한 동치미와 고들빼기김치며 오첩 젓갈 등등 모든 음식이 옛
양반 댁의 규방 솜씨였다.

진지한 말씀과 함께 아침 밥상을 다 마치고 난 다음 선생의 말씀은
다시 청년 시절 도청에서 근무할 무렵의 이야기로 시작했다.

어느 해 정월 삼우 선생이 세배 차 무송^{撫松} 현준호^{玄俊鎬} 선생 댁을
들렸을 때 무송 선생께서 서랍을 열고 꺼내어 주신 글이라면서 나에게
일러 주셨다.

"처세^{處世}에 유위귀^{柔爲貴}요, 강강^{强剛}은 시화기^{是禍基}"란 글을 무송 선
생이 친히 써 주며 "세상을 살아가는데 거울로 삼게." 하였다고 한다.
나는 어두운 동산에서 달이 솟아오르듯 금방 마음이 환해지는 것 같았
다. 너무나 고귀한 금장옥구^{金章玉句}로 즉석에서 외워 나는 지금도 자주

되새기곤 한다. "처세유위귀處世柔爲貴요 강강시화기强剛是禍基 라." 처세에
는 부드러움이 고귀하고 너무 굳센 것은 곧 재앙의 근본이라는 처세훈
處世訓으로 우리 모두 본받아야 할 글이다.

생전에는 우리 모두 삼우 선생의 큰 자리를 실감하지 못했으나, 세
월이 지나면서 그 빈자리가 절절히 그리워진다. 어려울 때마다 구세주
처럼 찾아오셔서 구해주신 큰 은혜는 평생을 통해 잊을 수가 없다. 저
뿐만 아니다. 화순지역 어려웠던 사람들이 찾아가 인사를 올리고 사정
을 말하면 누구에게나 따뜻하게 보살펴주신 큰 어른이었다. 언뜻 외모
에서는 위엄이 넘쳤으나 남을 배려하는 마음은 항상 봄날처럼 따뜻했
다. 위풍당당하고 음성 역시 금성金聲으로 탁한듯하나 높이 울렸으며,
항상 화기가 만면하고 홍안으로 밝았다. 안광이 빛났으며 곧은 자세,
바른 걸음으로 멀리 보아도 출중한 인물이었고 하정下停을 긴 수염이
곱게 감싸 윤기가 더함으로 청수 준걸 한 인품은 범인이 아님을 분명
히 했다.

어느 곳이나 삼우 선생과 함께한 자리는 화기가 돌고 빛났으며, 지역
을 대표하는 인품이었다. 한생을 새벽에 일찍 일어나 분향하고 유가儒家
의 경전經典과 불가佛家의 법구法句를 독송하신다고 했다. 그중에도 『고왕
경高王經; 관세음보살의 이름을 부르는 내용으로 구성된 경전. 원제는 '고왕관세음경 高王觀世音經'』을 많
이 독송하여 때때로 남이 모르는 불가사의의 묘력妙力을 몸소 체험하였
다 한다.

그 예로서 무고한 누명으로 전란 중 화순경찰서에서 수감 중일 때
가 있었다. 이때 선생은 지극한 마음으로 『고왕경高王經』을 독송하자,
눈앞에 갑자기 불佛보살이 화현하여 공손히 인사를 드리면서 "오늘 오

후 5시에 출감하십니다." 하였다고 한다. 과연 말과 같이 오후 5시에 갑자기 불러 대답하자 출소 명령을 받았다. 그 후 1950년庚寅 6 · 25의 피바다 환란에도 자녀 11남매와 전 가족 57인이 모두 무사 평안하였 으니, 이는 참으로 인의仁義를 실천한 적덕積德의 여경餘慶이요 눈에 보이지 않는 신도神道의 보우保佑가 아니겠는가? 이는 옥구슬이 진흙 밭에 묻혀 세상에 아는 사람이 많지 않았을 뿐이다.

내 청년 시절의 기억이 어렴풋이 떠오른다. 배 모 씨와 삼우 선생의 대결이었다. 민선 면장선거가 처음으로 있었던 시절의 일이다. 당시 치열한 경쟁이었으나 투표 결과 삼우 선생이 전남에서 최다득표로 당선되자 각 언론으로부터 찬사를 받기도 했다. 그 후 선생은 면장 재임 기간 5년 7개월 동안의 봉급을 모두 불우한 면민들에게 바쳤다. 그리고 면장실에서 근무할 때는 항상 한복을 고집하였다고 한다. 이는 다름 아닌 면민을 대할 때 항상 거리감을 주지 않고 관민官民 친화를 위한 지혜로운 마음과 자세였다.

어느 날 삼우 선생 댁에서 하룻밤을 보낸 기억이 있다. 무서리가 내리는 가을밤이었다. 밤이 깊도록 여러 말씀을 하던 중 선생의 60년 즉, 회갑 때 있었던 이야기를 들려주었다. 성균璟均 씨가 온가족의 결의를 얻어 소를 잡기로 한 것이다.

삼우 선생은 이 말을 듣고 놀라면서 말하기를 "이게 웬일이냐, 나의 생일 때문에 소 한 마리가 억울하게 목숨을 잃다니 사람으로 할 일이냐?" 하며 적극 만류했으나, 가족 모두가 묵묵부답으로 불응하자 밤새도록 고민하며 생각한 끝에 궁여지책을 찾았다. 그것은 다름 아닌 회갑일 자애원慈愛院 고아 80명에게 학용품 등 선물과 각종 음식을 준비하여 찾아가 손수 대접하는 것이 인간으로서 예禮가 아닐까 생각하여 그날 새벽에 일찍 일어나 목욕재계하고 『고왕경』 3편을 독송한 다음 자애원을 찾아가 어린이들에게 선물을 모두 전하고 돌아왔다고 말하며, 그러나 마음은 변함없이 많이 아팠다고 그날을 회상해 말씀하셨다.

삼우 선생의 미담은 한이 없다. 그밖에도 3일, 8일 즉 화순 장날이 되면 큰길가 대문 옆에 술 항아리를 놓고 막걸리를 채워 굶주린 옹기장수와 지나가는 나그네의 쉼터를 만들어 놓고 허기진 배를 채워주었다.

옛글에 부창부수夫唱婦隨라 했듯이 사모님 역시 삼우 선생 못지않게 베풀기를 좋아하는 적선가積善家였다. 지금도 면장 부인댁이라 말하며 따뜻한 정에는 모두 입을 모은다. 이처럼 항상 주위를 살필 줄 알았다. 마을의 원근을 생각지 않고 생활이 어려운 집에서 아이를 낳으면 미역과 쌀을 안고 사모님이 직접 찾아가 산모를 위로하고 전해주었다.

며칠 전 남화토건 최 회장님을 내가 찾아뵙게 되었는데, 우연히 최 회장을 모시고 삼우 선생님의 말씀을 시작했다. 최 회장님 역시 잔잔한 목소리로 나에게, 삼우 선생이 면장 때 화순 면사무소 신축공사를 맡아 하게 되어 그 공사를 모두 마치고 난 다음, 회사 답례품으로 '은주전자'를 선물로 올렸으나, 단호히 거절하며 따뜻한 위안의 말씀으로 "군수 도지사의 지원금으로 지은 집이지 내 돈으로 지은 집이 아닌데 무슨 선물인가?" 하시며 절절히 사양해서 할 수 없이 돌아왔다고 했다. 그러면서 최 회장님은 "우리 고장 진정한 청백리셨네." 하시면서 그날을 회고했다.

예로부터 명불허전名不虛傳이라 했다. 그 어찌 헛된 이름이 세상에 전하겠는가? 삼우 선생은 항상 면사무소에서 퇴근과 동시에 집으로 돌아와 날이 어두워지면 주조장의 남은 술과 안주 식량 등을 모아 머슴과 함께 가까운 거리에 자리한 죽청리^{竹靑里} 나환자^{문둥병} 촌을 찾아가 항상 자식처럼 보호하자 감동한 그들이 세 차례나 집을 찾아와 송덕비^{頌德碑}를 세우겠다고 간청했으나 퇴임 후에 세워주라고 따뜻이 달래면서 거절했다 한다.

아! 이제 삼우 선생이 가신 지도 어언 20년이 지났다. 그 옛날 죽청리 나환자들이 모여 살던 곳은 잡초만 무성하여 찾을 길 없고, 지난날의 주조장 앞길 옹기장수는 플라스틱에 밀려 발길이 끊어진 지도 30년이 지났다. 무상한 세월인가! 내 나이 희수^{喜壽}를 넘어 팔십에 다다른 오늘, 이제 모든 것이 무상할 뿐이다. 그처럼 나를 아껴 주신 삼우 선생의 사랑이 절절하게 생각난다.

나는 오늘도 조용히 다짐해 본다. 앞산 위에 곱게 피어오르는 흰 구름을 바라보며, 큰 어른들께서 그토록 나를 아껴 주셨던 사랑만큼 나도 내 고향을 꽃밭 가꾸듯 씨 뿌리고 호미질하며 정성껏 가꾸고 싶은 충정^{衷情}뿐이라고 … 외치고 싶다.

박학다식博學多識했던
나의 독선생 이야기

그립다, 청오靑鳥 조曺 선생님

찬바람이 세차게 불어 도로가 조용하리만큼 추운 겨울 어느 날이었다. 바람이 자주 불자 열렸던 대문이 스스로 닫히면서 손님도 끊어져 나는 조용히 방 안에 앉아 고전 책을 읽던 중이었다. 갑자기 개가 짖고 대문 소리가 요란하여 나가보니 그처럼 추운 날씨에 허리 굽은 노인 한 분이

"여기가 강동원 씨 집이요?"

"예, 제가 강동원입니다."

"뵙고자 찾아왔습니다." 하며 마루로 올라왔다. 나는 방으로 모시고 정중히 인사를 나누자, 노인께서

"나는 유문동에 삽니다." 하며 첫 말씀이

"익자삼우益者三友; 도움이 되는 친구 셋 손자삼우損者三友; 손해가 되는 친구 셋가 있는 데 나는 오늘 익자삼우를 찾아 여기까지 왔소." 하며 말씀하신 태도가 분명 박학다식博學多識한 큰 어른이다. 나이는 많아 보였으나 말씀이 조

용하고 인자한 모습이 전형적인 선비의 자태였다. 다시 말하기를

"내 어제 신문을 읽고 찾아왔소." 하였다.

그건 다름 아닌 며칠 전 어머니의 61년 회갑을 맞이하여 천혜 경로원의 어려운 분들을 찾아가 음식과 국악 공연으로 위로하며 기념행사를 했는데, 이를 천혜 경로원에서 신문사에 알려 미담으로 소개한 것이다.

지금부터 벌써 35년 전의 일이다. 덧없는 세월은 화살처럼 지나가 그날의 감회는 어제처럼 새로워 무상한 춘풍추우가 더욱 그립다. 아! 슬프다. 이 또한 천명天命이런가? 아버지께서는 모진 병으로 37세의 나이로 세상을 여의셨다. 그때 어머니께서는 35세였으니, 지금은 그 나이의 처녀들도 많지만, 그때는 그렇지 않았다. 아버지를 잃고 가세가 기울어 그간 어려운 가정에서 만난萬難을 극복하고 우리 오남매를 오늘까지 길러 주셨으니 어머니의 하해河海 같은 은덕은 어떤 말로 다 하랴! 어머니의 61년 회갑이 가까워지자 2년 전부터 어머니 회갑을 기념하는 작은 뜻을 펴고자 남모르게 꿈을 키웠다.

제일 먼저 통장에 돈을 모았고, 회갑연을 위하여 광주 국악예술인들과 함께하는 '광주 풍류계'에 가입하기도 했다. 이뿐만 아니라 근원槿園, 장전長田, 금봉金峰 선생 등 남도 서화의 거장들에게 부탁하여 여러분의 작품으로 회갑 기념 병풍을 제작하는 등 조용히 계획을 세워 하나하나 준비하고 있었다. 어느덧 어머니께서 태어나신 임술壬戌년 즉, 회갑의 해가 찾아온 것이다. 나는 그해 5월 어느 날이었다. 7월 3일 어머니의 회갑이 가까워지자 어머니께 조용히 말씀을 올렸다.

"어머니! 금년 어머니 회갑을 기하여 지역 어른들을 초청해 대접하

며 기념하는 것이 어떻겠습니까?" 하고 말씀드리자, 어머니는 깜짝 놀라며

"어떤 점술인이 말하는데, 나는 회갑 잔치를 하면 죽는단다." 하시며 단호히 거절하는 것이다. 나에게는 너무 황당하고 허탈한 낙담이 아닐 수 없었다. 그러나 주인공 어머니께서 싫다고 하는 데는 방법이 없었다. 몇 차례 다시 말씀을 드려 보았으나 도무지 마음이 없어 막무가내莫無可奈였다. 조심석사朝心夕思 쌓아 올린 천년 성이 하루아침에 무너지듯 원대한 꿈이 한순간에 물거품이 된 허무실의虛無失意를 가눌 수가 없었다. 그러나 마음을 가다듬어 혼잣말로 "어머니의 뜻을 거역하면 '예禮'가 아니다." 하고 큰 용기를 냈다. 혹시 이 일을 고집하여 강행한다면 이는 위선僞善이 되므로 마음을 접을 수밖에 없었다.

그해 7월 3일 어머니 회갑은 말씀과 같이 조촐한 생신으로 기념하고 말았다. 너무나 큰 꿈이 무너지고 모든 것이 수포로 돌아가자, 7월이 다 지나도록 허무 속에 우울한 기분을 이기지 못해 자주 누워있었다. 평생 한 번밖에 맞이할 수 없는 소중한 임술壬戌년 7월 3일을 생각하면 홀로 앉아 있는 나의 빈방이 너무 쓸쓸하고 괴로웠다.

어느덧 세모歲暮에 가까운 어느 날 밤이었다. 어머니 61년인 임술壬戌년, 다시 만날 수 없는 이 해가 저물어 간다고 생각하니 더욱 괴로웠다. 이때 잠자리에서 갑자기 한 생각이 떠올랐다. 그것은 다름이 아니라 어머니 회갑 기념을 불우양로원에서 해야겠다는 생각이었다. 나는 다시 어머니께 말씀드리기를 "어머니, 61년 기념을 양로원에 계신 여러분과 함께하면 어떻겠습니까?" 하고 말씀드렸다. 다시 설득에 나선 것이다. 옛 성경현전聖經賢傳의 글에 남에게 베풀면 공덕이 되어 본인은

건강 장수하고 자손들도 복을 받으며 천신天神의 가호를 받는다는 성인의 말씀을 인용하여 한참 동안 설득하자, 자손들이 복을 받는다는 말에 어머니께서 조용히 마음을 열어 겨우 승낙하셨다.

　나는 다시 용기를 내어 구정 20일을 남겨 놓고 조심스럽게 조촐한 기념행사를 시작했다. 판소리 남도 명인 단산丹山 안채봉安彩鳳 명창과 설장고 김오재金五才 명인대통령상을 초청하고, 노인들에게 필요한 선물과 위로금 그리고 상비약과 음식을 성심껏 준비하여 여러분들에게 골고루 선물을 드린 다음, 인사말과 함께 공연을 시작했다.

　안채봉 명창의 애절한 심청가 판소리를 시작으로 신명 난 남도창 민요로 위로하자 80여 명의 할아버지, 할머니 모두가 일어서 박수로 기뻐했다. 다음은 김오재 명인의 설장구가 무대에 올라 갖은 기교와 교태로서 흥을 일으켜 어른들을 위로했다. 그리고 마지막 구정놀이 가락이 극치를 이루자 천혜 경로원 할아버지, 할머니들이 모두 일어나 덩실덩실 춤을 추며 함박웃음을 짓는 모습은 너무나 기쁘고 아름다웠다. 그뿐인가 극노인으로 몸이 불편하신 원장님께서도 갑자기 일어나 함께 손을 흔들며 춤을 추자, 주위 사람들이 모두 붙잡으며

　"넘어지면 안 됩니다." 하자, 큰 웃음으로

　"애야! 나 오늘은 넘어져도 좋다" 하시며 흥이 더하여 더욱더 높이 뛰며 춤을 추었다. 경로원에 계신 여러분들은 모두 고독과 회한의 아픔뿐으로 여겼으나, 이분들의 세계에도 그처럼 아름다운 흥과 멋이 있었다는 것을 생각할 때 나는 너무도 흐뭇하고 보람을 느껴 그날의 환희는 평생토록 잊을 수가 없다.

　그날 어머니의 기념행사는 천혜 경로원학동을 시작으로 이일 성로원

| 천혜경노원에서 어머니 회갑기념 공연. 안채봉 · 김오재 선생이 좌측에 보임.

^{지원동}과 전남 경로원^{방림동}을 차례로 방문하면서 어머님과 함께 오후 늦게까지 모두 마쳤다. 너무나 행복하고 보람찬 하루였다. 이제 와 생각하면 이 모두가 지난날이다. 아! 통쾌한 추억, 불망의 기억, 그날의 주옥같은 사실이 선연히 눈앞에 다가선다.

각계 신문들이 이날의 행사를 미담으로 소개했던 것을 나는 전혀 몰랐으나 청오^{靑鳥} 조^曺 선생은 신문을 읽고 너무나 깊은 감동과 감격을 이기지 못해 그처럼 추운 날 물어물어 나를 찾아왔다. 그 후부터 선생은 3일이 멀다 하고, 내 집을 자주 찾아오셨다. 많은 경전^{經典}에서 가장 아름다운 금장옥구^{金章玉句}만을 골라 적어 가지고 왔다. 그리고 적

어 온 글을 하나하나 나에게 읽어주신 것이다. 그밖에도 생각나면 즉석에서 아무 곳에나 적어 놓고 그 자리에서 상세한 해설과 함께 들려주신 글은 모두 주옥이었다. 지금까지 듣지 못했던 문장과 말씀인지라 듣는 순간 눈과 귀가 번뜩 열리며 모두가 감탄사였다. 수용산출水溶山出로 이어지는 청오 선생의 자자구구字字句句는 모두 평생 처음 듣는 명강의다.

　나는 아내에게 인사를 올리도록 하고 다음 날부터는 점심 식사를 집에서 같이 하며 공부를 했다. 항상 집에 오실 때는 종이에 붓으로 글을 써왔고 집에서는 주위에 종이가 보이면 즉석에서 볼펜으로 써놓고 일러준다. 이렇게 세월이 쌓이다 보니 자연 글도 쌓여 선생님의 옥고는 적성권축積成券軸이 되어 나의 서고書庫 한 곳에 곱게 정리하여 모아 놓았다. 평소 한시漢詩에 간절한 꿈을 가졌던 나에게는 천우天佑의 기회였다. 이처럼 다양한 지식을 안방에서 조용히 이어받을 수 있다는 것은 참으로 다행이 아닐 수 없다.

　이렇게 세월이 몇 해를 흐르다 보니 청오 선생을 모신 분들이 나뿐만이 아니었음을 알게 되었다. 남녀노소 할 것 없이 여러분이 있어 때로는 한 분씩을 데리고 와 나에게 소개를 해 주기도 했다. 청오 선생님의 제자들이 서로 왕래가 이루어진 것이다. 그분들과 서로 만나면 선생님의 박학다식과 팔순의 총력聰力 그리고 담박한 선비정신에 다함께 고개를 숙이고 이구동성異口同聲 감탄사로 입을 모았다.

　어느 날 선생님께서 "오늘은 좀 일찍 가야겠네." 하신다. 나는 문뜩 예전에 먼저 가신 사모님의 제사를 선생님께서 손수 모신다는 말씀을 들은 기억이 생각났다. 나는 적은 금액이나마 봉투에 담아 올렸다. 선생님께서 "무슨 돈을 이렇게 주시는가?" 하며 조용히 담고 가셨다. 그 후 3일 후에 선생님은 새 옷차림으로 예전과 같이 붓으로 써오신 글을 보며 시흥에 도취 되어 홀로 읊조리고 계셨다. 나는 하던 일을 마치고 옆에 앉으며

"안녕하십니까." 인사드리자,

"며칠 전 자네가 준 돈 봉투 다시 드리네."

"왜 이렇게 주십니까?"

"이 돈이 나에게는 아무 소용이 없네." 하였다. 그리고 다시 말하기를

"식량 있어 밥해 먹고, 수도가 있어 물 먹고, 호롱불을 켜고 사는데 석유 큰 병 하나면 1년을 쓰는 데 무슨 돈이 필요하겠는가? 지난번에 예의로 받았을 뿐이네." 하며 다시 내놓은 것이다. 나는 적극 사양했으나 완고한 어른의 말씀을 끝까지 거역하면 오히려 불손不遜이 될까 두려워 끝까지 거역할 수가 없었다. 드렸던 돈을 다시 받으려니 몹시 심기가 불편했다. 그러나 어찌하겠는가. 그 후에도 집에 오셔서 옛날처럼 날마다 가르쳐 주신 새로운 가시경장嘉詩瓊章: 아름다운 시, 주옥같은 문장은 그칠 줄을 몰랐다.

그 후 이처럼 함께 몇 해를 지낸 어느 날이었다. 끊임없이 사랑을 베풀어 주신 선생님께서 갑자기 10여 일이 지나도록 오시지 않았다. 하루하루를 기다렸으나 도무지 소식이 없었다. 그러나 전화가 없어 연락할 길도 없고, 연고자를 모르니 찾을 길이 없었다. 며칠이 더 지나, 옛날에 전해 들었던 말을 따라 선생님 댁을 물어물어 찾아가 보았으나 문이 굳게 닫혀 있었다. 주위는 적막이 감돌고 모두가 쓸쓸해 보였다. 이웃 사람 한 분을 겨우 만나 물어보니, 그분 주위에 사는 사람 말이

"수일 전에 서울에서 아들이 찾아와 모셔갔다."라고 했다는 것이다.

나는 너무나도 허탈하여 말문이 막히고, 눈물이 핑 돌았다. '어찌 이럴 수가 …' 하며 빛바랜 문창살만 바라보며 빈 마루에 한참 동안 앉아 있었다. 저 멀리 높은 나무에서 뜰람매미 소리가 허탈한 가슴을 더욱 조여주고 서쪽 산 위에 핀 저녁노을은 어찌 그리도 붉게 타는지. 나는 무거운 발걸음으로 오던 길을 향하며 '어찌 이럴 수가 …'를 자주 중얼거렸다. 다음날 선생님과 함께 자주 만났던 어느 분을 찾아 물어보았으나 모두가 처음 듣는다며 깜짝 놀랐다. 백방으로 알아보았으나 길이 없었다. 소식이 막연히 끊어진 것이다.

선생님께서 어느 날 나의 책상 위 신문지에 적어 놓은 글을 나는 간절한 마음으로 다시 읽고 또 읽었다. "백일白日은 **최인명**催人命이오, 청산靑山은 **대아귀**待我歸라. 세월은 사람 목숨을 재촉하고 푸른 산은 내가 돌아오기를 기다린다네" 우리 인간의 마지막을 엄숙하고 안타깝게 밝힌 **명구**名句라 하시던 말씀이 오늘도 귓가에 들린다.

선생님! 정말 다시 뵙고 싶습니다. 선생님을 그리는 간절한 마음이 오늘도 남해바다 거센 파도처럼 때때로 찾아옵니다. 때로는 가슴에 둥근달이 되어 떠오르기도 합니다. 선생님! 선생님께서 그날 하얀 봉투를 내놓으셨던 큰 가르침을 잊지 않겠습니다. 말없이 저의 정수리 백회百會에 침놓아 가르쳐 주신 청렴과 결백을 깊이 간직하겠습니다. 오늘도 북녘하늘 흰 구름을 바라보며 저 멀리 아니 삼각산, 한강 물을 그리면서 어느 청산에 누워 계시는지?

청오靑烏 조曺 선생님 삼가 구천九泉의 명복을 빌어 올립니다.

고을의 큰 어른
덕헌德軒 선생 이야기

옥편玉篇에서 가장 고귀한 자字가
뭔지 알어?

나는 나이 35세 때에 고향 화순읍 광덕리를 떠나 광주光州로 이사하게 되었다. 결혼하여 딸 수진이, 담연이를 얻었고 영업도 어려움 없이 잘 되는 편이었으나, 어느 분의 권유로 영업장소를 광주로 이전할 기회를 얻어 부득이 이사할 수밖에 없었다. 그러나 이곳 남산 아래 광덕리廣德里는 할아버지 때부터 지켜왔고 나의 태를 묻고, 나의 잔뼈를 길러 준 곳이다. 여기서 결혼까지 하여 자식을 낳아 4대를 이어온 정든 땅을 등지고 떠난다고 생각하니 어쩐지 마음이 무겁고 은근히 괴로웠다. 지난날들이 영화 속 화면처럼 눈앞을 스치며 그날의 추억들은 모두 새로운 감회로 다가 왔다.

그중에도 아주 어린 나이에 있었던 일이 지금도 역력히 기억되어 감동을 준다. 아마 다섯 살 때쯤이 아닐까 생각된다. 어머니께서 잠간

집을 비운 사이 나 혼자 마당에서 놀며 빈집을 지키고 있었다. 우리 집에는 바가지 샘이 있었는데, 물이 맑아 이웃집에서도 아침, 저녁밥 지을 때는 공동 우물로 썼다. 샘이 옅어 모두 바가지로 물을 떠 마시는 우물이라서 이웃 사람들의 사랑을 받았다.

내가 우물 위에서 혼자 소꿉장난을 하며 집을 지키고 있을 때, 이웃에 사는 영신 댁이란 분이 샘에 물동이를 들고 찾아와 나를 보며 말하기를

"너희 어머니 없지?"

"예."

"아까 중이 등에 업고 뒷길로 도망가더라." 하며 심각한 표정을 지었다.

"에엣, 거짓말" 하며 나는 웃었다. 그러나 그분이 표정을 바꾸지 않고 중이 업고 도망쳤다고 고집하는 바람에, 불안을 못 이겨 그만 방성통곡하고 말았다. 때마침 엿장수가 가위소리를 내며 지나가자, 영신 댁이 엿을 사주며 달래주었던 기억은 지금도 잊히지 않는다.

아주 어려서는 오동색 바지에 색동저고리를 입었고, 설날 할아버지께 세배를 드리고 난 다음 무엇 때문인지 한 번 울었던 기억이 있다. 조금 자라 10세쯤까지 설날이면 검정색 바지에 색동저고리를 항상 입었던 기억은 지금도 생생하다. 어렸을 때 동네 빨래터를 지나가면 마을 처녀들이 빨간색 댕기 머리를 길게 늘이고 빨래와 나물을 씻으면서 내게 예쁘다면서 한사코 말을 붙여 웃겼던 기억은 지금도 아련한 추억으로 찾아온다.

그때의 추위는 어찌 그처럼 혹독했는지, 겨울이 지나고 봄이 찾아

오면 남산 꽃등에 벚꽃들이 만발한다. 이때 광덕리 부녀자들이 5~60명이 모여 '화전놀이'를 했다. "노들강변 봄버들~ 휘휘 늘어진 가지에다가~" 하며 엄동설한에 참았던 울분을 토하기라도 하듯 "남산 꽃등이 떠내려가라." 하고 부르던 노래와 장구 소리가, 지나던 모든 사람의 눈길을 사로잡아 한참 동안 발걸음을 멈췄었다. 어린 시절 못 잊을 추억들이 영롱한 구슬처럼 눈앞에 다가선다.

6·25 환란을 겪고 난 후, 서민들은 모두 누구나 할 것 없이 함께 배고팠던 그 시절, 가난한 집안 제삿날처럼 해마다 찾아오는 춘궁기는 다 함께 겪는 국민의 아픔이었다. 남에게 줄 수도 없고, 팔 수도 없는 잡곡의 쭉정이^{돌이나 빈 껍질이 많았던 곡식들}를 모아 두었다가 춘궁기 곡식이 귀할 때, 들에서 나물을 캐 죽을 쑤어 연명했던 그 시절에는 먹었던 음식 이름도 갖가지였다. 쑥으로 만든 쑥개떡, 보릿겨로 만들었던 보리개떡, 밀로 만든 밀개떡, 나물을 넣고 만들어 먹었던 나물죽, 쌀겨로 만든 쌀겨 죽, 방앗간에서 부서진 쌀로 만든 싸라기 죽은 그중 고급 죽이었다.

들에서 캤던 나물 이름은 이루 다 헤아릴 수 없는데 그 이름도 갖가지여서 쑥, 쑥부쟁이, 미나리, 하네비, 물래쟁이, 광대쟁이, 달래, 냉이, 씀바귀, 고들빼기, 매웅개, 나숭개, 보리풀씨^{자운영} 등의 이름이 기억난다. 그때는 들에 나가 눈에 보이는 대로 캔 다음에 샘가에서 깨끗이 씻어 된장을 풀어 국을 끓이면 금방 부엌은 봄나물 향기로 가득했다. 또 버리기 직전 곡식 끝부분을 모아 두었다가 솥에 증기로 쪄서 발효시켜 만든 장^醬이 있었는데 바로 요즘 발효식품이다. 이때 소금과 메주로 만든 장의 이름 또한 갖가지로 진간장, 깨묵장, 신건장, 담북장,

된장, 고추장, 즙장, 덥장, 묵장 등등이다. 50년이 지난 오늘도 그날의 봄 나물죽 향 내음이 코끝을 스쳐 간다.

내 나이 12~3세 때 들었던 속담이다. 어떤 어른께서 "봄 떡은 써^苦서 못 먹는다."라고 말씀하셨다. 그 후 나는 사람들에게 머리를 갸우뚱하며 물었다.

"봄 떡은 어찌 씁^苦니까? 떡을 먹어 보면 항상 달기만 하던데 …" 어른들께서 함박웃음으로 웃어댔다. "금년 봄 떡만 특별히 쓰^苦단 말인가?" 하면서 금년 봄에는 아직 떡을 먹어 본 일이 없어 궁금할 뿐이다. 이 말이 화두^{話頭}가 되어 앉은 곳마다 여러분들에게 물어보았다. 어떤 분이 웃으시면서 일러주었다. "야, 이놈아, 무슨 떡이 쓰겠냐? 배고파 굶주린 봄날 떡은 써서 '없어서'를 '써서' 말한 것임 못 먹는단 말이란다. 하하하" 이렇게 지난날의 추억들은 어제처럼 다가선다. 천진무구^{天眞無垢}했던 그 시절 비록 가난했지만 지금도 그립다.

다시 이야기를 처음으로 찾아가자.

나는 이사 문제로 동분서주하다 보니 하필 마을의 큰어른이신 덕헌^{德軒} 조갑환^{曺甲煥} 선생님께 인사를 드리지 못하고 이삿짐을 모두 보내고 말았다. 나는 부랴부랴 작별 인사를 드리고자 선생님 댁을 방문했다. 이날 비가 부슬부슬 내리기 시작했다. 내가 조용히 대문을 열고 들어가자 선생께서는 때마침 마당에서 머슴과 함께 말씀을 나누고 계시던 중 나를 보더니 반갑게 맞아 주면서 거실로 안내해 들어갔다. 앉자마자 말씀하시기를 "그렇지 않아도 자네의 이사 소식을 듣고 가족들에게 꾸중하였네. 어제쯤 저녁을 대접했어야 마땅한 예^禮를 왜 잊었느냐며 야단을 쳤다네." 하셨다.

| 덕헌 조갑환 선생을 위해
쓴 백범 김구선생 친필

덕헌德軒 선생은 비록 작은 화순고을 출신이나 그 명망은 일국一國을 떨쳤다. 어렸을 때 천재 소년으로 전라도 관찰사 윤웅렬이 호남을 대상으로 강학대회를 열었다고 한다. 그처럼 많은 선비가 모였으나 당당 장원을 하여 윤웅렬 관찰사의 총애를 받아 외국 유학을 권하기도 했다고 한다. 일찍 백범 김구 선생을 비롯하여 법무부 장관 조병일과 국방부 장관 박병권, 내무부 장관 박경원, 송호림 지사 등등 많은 애국지사와 정·관계 거물급 인사들이 자주 찾아 침식을 같이하였으며, 전국의 기인奇人, 재사才士들이 명망을 듣고 찾아와 며칠씩 묵고 가기도 했다. 그리고 음양 술수에도 밝아 국운國運과 시운時運을 물어보는 자도 많았으며 덕헌 선생님께 많은 것들을 배워갔다고 들었다.

덕헌德軒 선생의 외모와 앉은 자태는 중국 태산泰山이 두 팔을 벌린 듯 웅건雄建하고 무거웠다. 안광사인眼光射人; 눈빛이 사람을 쏨이라 눈빛은 번쩍였고, 외모에서 풍기는 압인지세壓人之勢; 사람을 누를 기세는 누구나 처음 대하면 정면에서 감히 우러러보기가 어려웠다. 범안凡眼으로 보아도 출중出衆한 인물임이 분명했다.

근대 신의神醫요, 도인道人으로 일컬었던 인산仁山 김인훈金仁勳 선생의 어록語錄에 보면 "화순 조갑환曺甲煥 선생은 무등산 산신이 화현化現하여 탄생하였다."라고 말했다. 선생께서는 앞에서 말한 바와 같이 문사철 文史哲 학문뿐만 아니라 만물에 박학다식하였고, 음양 술수陰陽術數에도 아주 밝았으며, 달변가達辯家요, 해학가諧謔家였다. 많은 대중도 능히 움직일 수 있는 설득력과 감화시킬 수 있는 지략적 예지의 소유자였다. 간혹 비약적 공담空談으로 치부하는 오해도 받았다. 그러나 범인의 경지를 초탈한 혜안으로서는 모두가 가능한 사례였다.

　내가 바쁜 시간을 나누어 망중한忙中閑으로 선생님의 거실에 앉아 말씀을 경청하고 있는 동안 마당에는 제법 비가 부슬부슬 내리기 시작했다. 이때 춘포春圃 유우현柳宇炫 선생께서 나를 만나기 위해 이곳까지 찾아오셨다. 우리는 삼인동석三人同席을 하게 되었는데 술상 앞에 앉아 술을 자주 권하면서 재미있는 해학이 끊이지 않았다.

　덕헌德軒 조 선생께서 나에게 말씀하기를

　"자네 명의名醫라고 명성名聲이 자자한데, 오늘, 자네에게 물어봐야겠네. 과연 자네가 천하 명의라면 나에게 오는 놈은 막고 가는 놈을 붙잡아 줄 수 있겠는가?" 하신 것이다. 나는 빙그레 웃긴 웃었지만, 도무지 무슨 말씀인지 알 수 없어 말문이 막혔다.

　"무슨 말인지 잘 모르겠제?" 하시며 자문자답自問自答을 하신다.

　"가는 놈이란 잘 들리던 귀가 갑자기 안 들려 귀에 소리가 가버리고 잘 보이던 눈이 점점 안 보여 눈이 가버리고 잘 걸어 다니던 다리에 힘이 갑자기 가버리고, 오는 놈이란 머리에 하얀 백발이 갑자기 찾아오고 깜박깜박 잊어버리는 건망증이 찾아오니, 이놈을 오지 못하게 막고 가는 놈을 꼭 붙잡아 가지 못하도록 할 줄 아는 이가 명의名醫지. 그렇지 못하면 명의라 말할 수 없어. 자네 고칠 수 있겠는가?" 하시는 것이다. 춘포春圃 유 선생을 비롯한 우리 세 사람은 함께 함박웃음을 웃고 말았다.

선생님께서는 다시 정색하고, 나를 쳐다보며 말씀하시기를

"옛글에 앵천교목鶯遷喬木이라했네. 즉, 꾀꼬리가 처음에는 버들가지에서 살다가 다음에는 높고 좋은 나무로 옮겨 가는 법이이란 말로 곧 자네가 광주로 가는 것은 환영할 일이나 우리 화순으로서는 크나큰 손실이 아닌가?" 덕헌德軒 조 선생께서는 내가 광주로 떠나는 것을 못내 아쉬워하여 자주 술을 권하면서 석별惜別의 정을 더했다. 다시 말씀하시기를

"자네 강희자전康熙字典에서 가장 고귀高貴한 글자 두 자가 있는데 어떤 글자인지 알겠는가?"

"제가 어떻게 알 수 있습니까?"

"이 세상에서 사람들이 이 글자를 알지 못하여 처세에 실패한 것이네."

"그 글자가 어디에 있습니까?"

"천자문에도 있지." 나는 더욱 궁금했다. 한참 뒤에 말씀하시기를

"그 글자는 다름 아닌 '아래 하下'와 '뒤 후後' 두 글자라네. 항상 자신을 윗사람보다 아랫사람으로 앞자리보다는 뒷자리로 그리고 앞사람이 아닌 뒷사람으로 낮추면 주위로부터 존경을 받을 것이네."

나는 깜짝 놀랐다. 과연 그렇다. 옛글에 만초손慢招損; 거만하면 손실을 부르고 겸수익謙受益; 겸손하면 이익을 받는다이라 했던 구절과 같이 겸손만이 처세處世에 열쇠요, 지름길이다. 참으로 주옥珠玉과 바꿀 수 없는 좋은 말씀을 주신 것이다. 항상 윗사람보다 아랫사람으로 앞자리보다 뒷자리에 앉

아주면 주위로부터 존경의 대상이 될 것이다. 나는 지금도 항상 후배들과 술자리에서 겸손을 말할 때는 덕헌德軒 조갑환曹甲煥 선생의 진주 보석 같은 처세훈處世訓을 거울삼아 말했다.

　참으로 무상하다. 그 옛날 선생 댁의 고색창연한 고택古宅의 대문에는 입춘 일이 돌아오면 새봄을 경축하여 어김없이 기오복箕五福; 기자箕子가 주청한 다섯 가지 복으로 수壽, 부富, 강령康寧, 유호덕攸好德, 고종명 考終命 화삼축華三祝; 화봉인華封人 이 요堯 임금에게 수壽, 부富, 다남多男 세 가지로 축복했으나, 요堯는 이것이 양덕養德이 아니라 해서 사양했음이란 입춘첩을 써 붙여, 다음 해 입춘 전날까지 대문을 지켜 주었다. 이듬해 입춘 일에는 그 위에 다시 붙여 작년 재작년 글씨 위에 다시 붙이고 또다시 붙여 세월을 재촉하는 연륜年輪의 무상이 덕지덕지 엉켜 있었다.

　세월歲月이 유수有數하니 만월대滿月臺도 추초秋草런가! 선생 댁 앞에 가로놓인 철길에 그처럼 울리던 기적소리도 이젠 끊어지고 그 옛날 문전성시를 이루었던 화기춘풍도 선생님께서 가신 이후 이젠 간데없이 정적만 감돌뿐이다. 철도변에서 구슬치기했던 어린아이가 이젠 80을 앞둔 반백斑白이 되었다. 그 옛 회화나무, 전나무는 고목이 되어 이제 찾을 길 없고, 옛날 높은 느릅나무에서 귀청을 째는 듯 울어대던 대 매미 소리는 강산이 일곱 번이나 바뀌었어도 오늘도 역력히 귓가에서 들리는 듯하다. 그립고 또 그립다. 그 옛날 친구들은 지금쯤 어느 산 아래 있을까? 다시 한 번 만나 그 옛 기억과 추억으로 알사탕 같은 정을 나누고 싶은 마음 간절하다.

그 얼굴에 시詩 한 수 못하다니 …

나는 매년 음력 3월 7일이 되면 마음이 움츠려진다. 어쩐지 마음이 허
전하고 가을밤처럼 쓸쓸해지면서 하루 종일 마음이 편안치 않다. 음력
3월 7일은 나를 그토록 아껴 주시던 묵재黙齋 이승수李承洙 선생님께서
세상을 떠나 영면에 드신 날이기 때문이다.

　선생님께서 가신 지 4년째 되는 해였다. 나는 아침 일찍 일어나 세
수를 한 다음 책을 읽고 있는데 갑자기 이름 모를 새 한 마리가 모과木
瓜나무 위에서 목련 나무 위로 다시 동백나무 정상까지 옮겨 다니면서
목청껏 재잘거렸다. 정원에 높은 나무가 많아 가끔 작은 굴뚝새가 떼
지어 지나가고 이름 모를 몇 마리의 새들이 잠깐 앉았다가는 때는 있
었으나, 이처럼 특이하게 온 가족이 놀라워 한 일은 거의 없었다. 그것
도 3월 7일이 다가오면 찾아온다.

　나는 매년 3월 7일이면 선생님의 가족들과 함께 선생님 제사를 모

셨다. 그러므로 이날 아침 일찍 새를 만나면 나는 선생님 기일忌日의 계재戒齋를 더욱 다짐하게 된다. 이처럼 3월 7일에 찾아온 문안객問安客, 이름 모를 산새 한 마리는 금년에도 명년에도 어김없이 찾아와 2~3일간 나타난다. 이처럼 기특한 새의 문안은 1년, 2년, 3년이 아닌 그 후 계속 찾아왔었다. 참으로 기특한 일이었다.

그러던 어느 해 선생님 댁 가족들이 이사 가게 되었다. 선생님 댁 가족들과 멀리 헤어지자 신기하게도 그처럼 한 해도 빠지지 않고 찾아와 목청껏 재잘거리던 귀여운 새가 자취를 감춘 것이다. 나는 다정한 친구가 말없이 떠난 듯 너무도 허전했다. 그 후에도 3월 7일이 되면 은근히 기다려진다. 그러나 그 후에는 그토록 기다려도 소식이 없어 지금도 3월 7일이 되면 옛일이 생각되어 허탈한 심정을 지울 수 없다.

선생님은 한생을 수불석권手不釋卷; 손에서 책을 놓지 않음으로 글공부에만 전념하셨다. 고희古稀를 넘긴 나이에도 조석으로 책을 보셨다. 성현의 말씀을 좌우명으로 삼고 올곧게 사셨던 선생님. 나를 친자식처럼 아껴 조석으로 불러 모르는 것을 익히고, 가르치기에 촌각을 늦추지 않았던 큰 스승이셨다. 항상 겸양의 미덕은 빈부귀천 남녀노소를 가리지 않았고, 예禮가 아니면 행하지 않았으며, 어떠한 사람이 찾아와도 따뜻하게 맞아 주었다. 즉, 불가佛家의 보살행菩薩行을 하신 분이다. 모든 사람으로부터 항상 흠앙欽仰을 받았다.

선생님은 조선 선조 때 문관으로 당세 명망이 높았던 광산 이씨 명문세가의 후손이시다. 비록 청빈한 생활에도 학자들이 자주 찾아와 학문으로 문답을 하며 자주 모여 시회詩會를 열기도 했다. 나는 그때마다 심부름하며, 선생님의 일거수일투족一擧手一投足 거동에서 모든 것을 배웠다. 선생님은 나를 자식처럼 아끼며 어려운 처지를 동정해 주시고, 공부에도 채찍질을 늦추지 않아 볼 때마다 한시작법漢詩作法에 대한 좋은 말씀을 많이 들려주었다.

어느 해 여름비가 오는 날이었다. 사모님께서 뜨거운 감자와 옥수수를 작은 상에 차려 내왔다. 선생님과 나는 감자와 옥수수를 먹어가면서 고금 명현들의 시와 일화로 담소자약談笑自若 하며 어둡고 부족한 마음을 열어가는 행복한 한나절이었다. 그러나 선생님 말씀에 대답으로만 일관하기에는 너무 무료함을 느껴 마음으로 선생님께 무슨 말씀을 드려야 할지 한참 동안 생각해 보았다. 나는 평소 시詩에는 별로 아는 바가 없고, 다만 얄팍한 김삿갓 시집 한 권을 읽고 또 읽어 머릿속에 담고 있는 터라, 부족한 대로 김삿갓 시와 일화를 짤막하게 말씀드렸다. 이때 선생님께서 말씀하기를

"옛 어른들은 김삿갓 시詩를 시詩로 예우하지 안했는데 희롱하는 글이 많아 높이 보아주지 않았단다." 하면서도 선생님은 그러나 김삿갓 시에 대해 높은 칭찬을 아끼지 않았다.

"김삿갓이 글 짜는짓는 재주는 신神이여 신神" 하면서 김삿갓 시를 나에게 외워 보이기도 했다. 나는 한시 공부를 시작할 때 김삿갓 시집을 처음 읽고 발심發心하게 되었고, 그 뒤 한시에 대한 절절한 동경 속에 꾸준히 노력해 왔다. 그러므로 간혹 사람들에게 한시를 자랑할 때 김삿갓 시를 인용하면, 모두 한바탕 웃고 감탄사를 연발하며 좋아했다. 이러한 매력을 못 잊어 웃어른들 앞에 조심스럽게 김삿갓 시를 한 수 외워 드리면 파면대소破面大笑하시면서 기특하다는 듯이 "너 어디서 읽었느냐? 어디 적어 놓고 보자." 하면서 종이에 붓으로 적어 놓고 재삼

읊조려 보며 웃으셨다. 이는 무더운 여름날 피로를 풀어 주는 청량제
가 되어 정신을 훤히 맑혀 주었다.

별빛이 곱게 내린 어느 날 밤이었다. 선생님 댁을 찾아가 뵙고 밝은
달빛 아래 앉아 있었다. 선생님 앞에 나는 한참 동안을 말없이 앉아 여
러 가지 생각을 하다 문득 생각이 났다. 선생님께서 좋아하실 소재를
찾아낸 것이다.

다름 아닌 〈문관文官 김득신金得臣〉 이야기다. 김득신은 임란 3대첩
의 하나인 진주대첩의 주인공 김시민金時敏 장군의 손자로 그의 시에 관
한 이야기이다. 나는 선생님 앞에서 어렵게 이야기를 시작했다. 김득
신 선생은 평소 시를 좋아하여 시인묵객들이 그의 집에 문전성시를 이
루었다 한다. 많은 시를 지어 친구들과 교류하며 지냈는데 하루는 우
연히 길을 걸어가면서 시상詩想이 떠올라 시구詩句 하나를 얻었다.

그는 다름 아닌 "풍지조몽위風枝鳥夢危; 바람 부는 가지에 새의 꿈이 위태롭구나"였
다. 이 구절을 지어 놓고 대구對句를 찾지 못해 밤낮으로 고민에 빠졌
다. 이른 봄에 지어 놓은 시의 대구가 생각나지 않고 어언 가을이 찾아
온 것이다. 조심석사朝心夕思 대구를 찾았으나, 떠오르지 않아 고민하던
중 싸늘한 가을밤에 조부 김시민 장군의 제삿날이 되었다. 온 집안 일
가친척들이 함께 사당에 모여 엄숙하고 절도 있는 행사로서 집례執禮
가 홀기笏記를 부르며 정중한 예禮가 진행되고 있었다.

헌관 김득신은 좌우 집사의 도움으로 잔대에 술을 부어 올리던 순
간 갑자기 큰소리로 "아하, 이럴 수가!" 하며 할아버지께 올릴 술잔을
번뜩 들어 마시면서 "할아버지께서도 기뻐하시겠지." 하더니 "하하하"
하고 통쾌한 웃음을 웃었다. 갑자기 황당한 일이 일어나 좌우 집사와

집례가 눈이 휘둥글해지면서 깜짝 놀라 서로 얼굴만 바라보고 있었다. 이때 집사가

"이게 무슨 일입니까?"

"너희들도 모두 기뻐할 일이다." 하며 그 술잔을 물리치고 다시 새로운 잔대에 술을 올려 제사를 모셨다. 참으로 선세미문先世未聞의 장면에 아연실색啞然失色으로 모두 말을 잃었다. 그러나 제즉치기엄祭則致其嚴; 제사는 그 엄숙함을 드림인지라 모두 조용히 제사를 마친 후, 일가친척들이 모두 모여 앉아 음복飮福으로 술잔을 나누며 다시 물었다.

"헌관獻官께서는 어찌 전작奠酌에 술을 마셨습니까?" 하며 묻자,

"나의 근심을 할아버지께서 풀어 주셨다. 너무나도 기뻐서 할아버지 앞에서 음복한 것이다." 하며 더욱 크게 웃었다. 이렇게 헌관이 웃자 옆에 있던 제관들도 모두 영문도 모르고 헌관 입만 보며 같이

"하하하" 함께 웃었다. 한참을 웃다 옆에 앉았던 집례가 다시 물었다.

"도대체 무엇이 어떻게 되어 할아버지 앞에 음복이란 말입니까? 어찌 그렇게 말이 안 되는 말씀을 하십니까?" 하자, 김득신이 허리띠를 풀고 말문을 열어 말하기를

"내가 '풍지조몽위風枝鳥夢危'를 지었으나 그 짝을 채우지 못하고 반 년을 지나 1년이 다 되어도 대구對句를 못 찾았다. 그러던 중 하필이면 오늘 밤 사당 앞뜰 이슬 맺힌 풀잎에 벌레 소리가 귀에 들리면서 '노초충성습露草虫聲濕; 이슬 맺힌 풀잎에 벌레소리가 젖어든다'이라고 할아버지께서 내게 조용히 일러주시지 않겠느냐? 이는 할아버지께서 내가 시 때문에 노심초사勞心焦思하는 걸 보고 가만히 일러주신 것이다."라고 하였다. 즉 '露草虫聲濕'이란 시구로 염대고저廉對高低; 대구와 소리의 높낮이가 명확하여 명

작名作이 된 것이다. 김득신이 말하기를

"할아버지께서 글을 일러주셨으니 손자가 기뻐 할아버지 술잔에 음복한 것이 어찌 욕되겠느냐?" 하며 통쾌한 듯 기뻐하자 모두가 다 함께 다시 웃었다는 이야기이다.

이 이야기를 하면서 나도 선생님과 함께 밝은 달빛을 안고 가가대소呵呵大笑로 웃었다. 다시 선생님께서

"이 시詩가 추구推句에 있는 글귀 아니냐? 이 글이 뉘 글인지 잘 몰랐더니, 지금 보니 김득신 선생 글이로구나."

하시며 '노초충성습露草虫聲濕이오, 풍지조몽위風枝鳥夢危'라 하시면서 다시 한 번 큰 목청으로 높이 읊으셨다.

"글을 이렇게 짓는 법이다. 너는 이 글 내력을 어디서 읽었더냐?" 하고 물으셨다. 그리고 나의 얼굴을 보고 빙그레 웃으면서

"어언상유여語言常有餘; 말이 항상 여유로우니하니 수소불칭거雖少不稱渠; 비록 어리지만 너라 칭하기 어렵구나라. 허어 참, 네가 지금 말하는 걸 보면 능히 글 한 수 할 것 같은디 어찌 글이 안 되는지 알 수가 없다. 네 그 얼굴로 시詩 한 수 못 헌다면 천고에 한恨 될 일이다. 어쩔그나." 하시며

"안 된다고 포기하지 말고 열심히 해라.", "공부란 수불원手不遠 심불리心不離란다. 즉, 책을 손에서 멀리하지 않고 마음에서 떠나지 않아야 하는 것이다." 하셨다.

그날 밤 조용히 타오르는 모깃불을 바라보면서 나는 새로이 다짐했다. 선생님께서 "그 얼굴에 시 한 수를 못 한다면 천고에 한 될 일이다." 하시며 탄식하신 말씀에 등에서 땀이 흐르는 부끄러움을 느꼈다.

나는 어떠한 경우라도 한시 공부를 해보아야겠다는 결심을 하면서

나름대로 방법을 생각했다. 가장 이해하기 쉬운 시집을 택한 것이 공부의 첩경이 될 것 같아 먼저 오언시 『추구집推句集』과 『김삿갓 시집』을 재독하기로 했다. 추구의 자자字字 구구句句를 재음미하고 김삿갓 시집으로 한시의 운율법과 선경후정先景後情, 기승전결起承轉結의 묘妙를 원숙하게 익히면서 심오한 한시의 멋과 맛을 자연 체득하고자 했다.

그리고 우리 정서에서 멀지 않고 소박한 서민 생활 속에 피어나는 동정 공감을 그린 시가 빨리 이해될 것으로 생각되어 『김삿갓 시집』을 선택하고 다시 이를 통독이라도 할 듯 주야로 외웠다. 우리 서민의 정서를 너무나도 잘 묘사해 놓아 이해뿐만 아니라 암기가 잘 되는 일거양득의 실리가 있어 모든 것이 너무도 기뻤다. 그밖에 고금 명시를 듣거나 보았을 때는 반드시 수첩에 기록하여 자주 읽어 보았으며 여러 선생님이 한 자리에 모여 시회를 할 때는 꼭 참석하여 선생님들의 시에 대한 말씀을 귀담아 듣고 암기에 힘썼다.

어느 해 무더운 여름이 지나고 싸늘한 초가을 밤, 선생님 댁에서 선생님과 저는 부채를 한 자루씩 들고 모기를 쫓으며 성현의 글로 문답을 하고 있었다. 이때 오성산 위로 조용히 솟아오른 둥근달이 그날 밤엔 유달리 밝기도 했다. 여기저기서 귀뚜라미 소리와 이름 모를 풀벌레 소리가 가을을 재촉하는 듯 들렸다. 선생님은 항상 나에게 한시漢詩에 관한 좋은 말씀을 많이 들려주셨으니 이 또한 무언의 회초리였다. 때마침 멀리서 두견새 소리가 들리자 선생님은, 부채질을 멈추고

"오늘 밤에는 두견이가 운다." 하시며,

"단종께서는 일곱 살에도 시를 지었단다." 하며 다시 말씀하기를

"영월 귀양살이 때 두견새 소리를 듣고 이처럼 좋은 시를 지었단

다.” 하시면서 높은 목청으로

　“성단효잠잔월백聲斷曉岑殘月白; 두견의 목매인 울음소리는 밤새도록 울다 지쳐 하얀 조각달이 서산에 걸친 새벽에야 그치고이요, 혈류춘곡낙화홍血流春谷落花紅; 한 맺힌 피멍울을 토하니 골짜기는 피가 흘러 떨어진 진달래가 핏물 들어 붉었어라이라” 이렇게 읊조리고 난 다음에 “시는 이렇게 짓는 법이다.”라고 하셨다.

　“염簾과 대對를 남이 고칠 수 없이 명확히 짜야지어야 명시名詩라 한단다.” 하며, 이 시는 “참으로 만고 명작이다.” 감탄을 연발하며 읊조렸다. 단종의 시야말로 이는 곧 신神의 목소리요 영혼의 흐느낌이다. 한시에서만 맛볼 수 있는 독특한 함축미含蓄美로서 찬탄을 넘어 신의 흐느낌이라 말하고 싶다. 단종 대왕의 비통한 심경을 이토록 절실하게 그릴 수 있을까? 나는 잠시 이 시를 읊조리면서 지금부터 500년 전 영월 청량포의 단종 대왕 적소를 눈앞에 그리면서 환상에 젖어 보았다.

　성단효잠잔월백聲斷曉岑殘月白이요, 혈류춘곡낙화홍血流春谷落花紅이라. 단종 대왕의 심경을 그린 14자의 표현은 범인凡人으로 감히 접근하기 어려운 신의 경지인 것이다. 이 미묘美妙함이여. 이를 두고 시성읍귀신詩成泣鬼神; 시가 이루어지면 귀신도 운다이라 했든가? 나는 이따금 영월 장릉을 찾아 인사를 올릴 때마다 이 ‘두견시’를 읊으며 발길을 옮겼다.

　선생님과 함께 나누었던 이야기는 샘물처럼 끝이 없다. 장마가 그치지 않았던 무더운 여름 어느 날 저녁이었다. 선생님 댁 앞마당에는 누군가 낮에 베어 모아 두었던 ‘쑥 잎 더미’를 한 아름 안아다가 보릿짚 위에 놓고 불을 붙여 큰 부채로 바람을 일으키니 쑥 연기는 안개를 이루었다. 이렇게 하면 모기들이 모두 사라진다. 선생님과 나는 한참 동안을 쑥 연기 속에 앉아 서로 얼굴이 보이지 않을 만큼 매운 쑥 연기를 맡으며 말문을 닫고 연기가 사라지기를 기다렸다. 안개를 이룬 쑥 연기는 이윽고 사라졌다. 쑥 연기로 목욕을 한 셈이다. 선생님께서 부채를 부치면서 "옛사람들이 이 광경을 말하여 "송연장군送烟將軍하야 파문성破蚊城이라연기 장군을 보내어 모기떼의 성城을 부수다" 하시며, "모기떼가 물러가니 통쾌하다." 하셨다. 선생님과 사모님 그리고 저와 세 사람은 불도 켜지 않은 채 각자 부채만 한 자루씩 들고 부쳐가며 선생님으로부터 옛이야기를 들으며 여름밤을 보내고 있었다. 이때 늦은 밤 문 앞에서 인기척이 있었다.

"묵재黙齋 계신가?" 하며 지팡이 소리가 들렸다. 선생님은

"뉘시여?"

"나 죽사竹史 일세." 하였다. 선생님은 반갑게

"어서 오시소." 하며 재빨리 방문을 열고 방으로 들어가 석유 호롱불을 켰다. 죽사竹史 선생은 앉으며

"인언당함등초기人言當檻燈初起; 사람의 말소리가 툇마루에 이르니 등잔불이 처음 켜지고 요수영사창월이부樹影斜窓月已浮나무 그림자가 창가에 비꼈으니 달은 이미 떴구려라" 하며, 죽사竹史 조 선생이 높은 목으로 읊으니 선생님은 옆에 앉아서

"수영사창월이부樹影斜窓月已浮가 참 좋네. 우리 죽사 글이 좋아." 하며, 사모님이 내온 술상에 밤이 깊은 줄 모르고 옛 선현들의 일화로 밤을 새웠다. 나는 그 옆에서 심부름하는 척 뒷자리를 지키며 마음으로 공부를 한다. 두 선생님은 나를 퍽 고맙게 여겼는데 밤늦게까지 가지 않고 선생님 심부름하는 것을 그렇게 생각한 것이다. 그러나 나의 속셈은 다른 곳에 있었다. 오직 한시 공부에 대한 야심 찬 욕망으로 두 선생님의 대화를 각인이라도 하듯 암기하면서 대화에서 옛 선현들의

시를 말씀하시면 즉시 뒷자리에서 수첩에 적었다.

그러나 안타깝게도 한시에 대한 이해는 더욱더 어려워져 삼월 안
개 속이었다. 도무지 알 수 없고 더욱더 답답하기만 했다. 여러 선생님
께서 모여 앉아 웃으며 시詩가 잘 되었느니 말이 안 되느니 하는 것을
보고 들을 때마다 도무지 알 수가 없어 남모르는 속앓이였다. 과연 어
떻게 공부를 해야 한시 공부가 될 것인지, 나는 절망의 문턱에 있었다.
이때마다 선생님은 "네 얼굴에 시 한 수를 못 한다면 …" 하시던 탄식
이 떠올라 이마에 땀이 솟구치면서 마음이 더욱 조급해졌다.

그런데도 특별한 방법이 없고, 절집佛家 목공나무꾼이 부엌에서 불 지
피다 우연히 득도得道하듯 오래 하다 보면 자연 성가成家 하는 것이라고
말해 주던 어느 선생님의 말씀만 믿고 막연히 걸어가는 길이다. 이처
럼 한시 또한 예술이므로 오묘한 세계, 즉 묘법입신妙法入神의 경지가 열
리기 위해서 나름대로 많은, 노력에 노력을 더했으나 앞이 보이지 않
으니 요즈음 아이들 말로 스트레스Stress가 아닐 수 없었다. 그러나 나
는 그때마다 불광불급不狂不及을 상기想起했다. 모든 공부가 한 곳에 미
치광이처럼 집중, 몰입하지 않으면 성취할 수 없다는 진리를 생각하면
서 스스로 끓어오르는 울기鬱氣를 자위하는 것이었다. 이처럼 막연한
한시 공부는 아침에도 저녁에도 오늘도 내일도 한결같이 다사多思 다
독多讀 다작多作이라고 말하여 조심석사朝心夕思 염염불리심念念不離心; 생각하
고 또 생각하여 마음에서 떠나지 않음으로 마음의 영원한 화두話頭일 뿐이다.

그러던 어느 해 봄날이었다. 남도 서예가들의 모임에서 전국 서예
가들과 한자리에 모이는 기회를 얻었다. 전국 서예가들이 모인 자리였
는데 충청도 서예가 창암蒼庵 정진한鄭鎭漢 선생과 함께 술잔을 나누게

되었다. 고금 명현들의 시詩 이야기를 주고받으며 주흥酒興이 도도하자
서로 고향을 물었다. 이때 나는 전남 화순和順이라고 말하자, 창암 선생
은 반갑게 맞으면서 나주 출신 임백호林白湖 선생 일화를 한참동안 입이
마르도록 말하고 난 다음 다시 술잔을 권한다. 나는 조용히 듣고만 있
었다. 임백호 선생에 깊이 아는 바가 없어 조심스러웠다. 이때 다시 술
을 권한 다음 창암 선생은 진지한 태도로 이야기를 시작했다.

"백호白湖 임제林悌 선생은 명 시인이요 풍류객이었습니다. 과송경過
松京이란 시를 보면 백호 선생의 진면목을 뵐 수 있습니다."라고 했다.
나는 한시란 말에 귀가 솔깃하여 물었다.

"과송경過松京이란 시가 어떤 시입니까?" 하자, 반갑다는 듯이 단숨
에 임백호 선생의 시를 낭송했다.

"한양귀객과송경漢陽歸客過松京; 한양으로 돌아가는 나그네 송경(개성)을 지나노니 하니 만
월대공수요성滿月臺空水繞城; 만월대는 텅 비었는데 물은 성을 감돌아 가네이라. 고려오백
년간사高麗五百年間事; 저 고려 오백년의 역사여!여 진입청산두우성盡入靑山杜宇聲; 이 모두
청산 두견이 울음 속에 들었구려이라."

나는 이 시를 듣는 순간 너무나 감동적이었다. 흡사 맑은 산수를 거
느리고 자적하게 살아가는 순백한 촌로村老의 대화처럼 … 평이하기 또
한 천자문 읽은 어린 학동學童의 글처럼 안이유려安易流麗; 편안하고 쉬우며 아름
다움이 흐르는한 글이 어찌 그처럼 '큰 울림'을 줄까 …

이는 천재 시인 임백호 선생만이 누릴 수 있는 경지이다. 나는 마지
막 끝 구절을 읽는 순간 감탄에 감탄을 금치 못했다. 다시 끝 구절 '진
입청산두우성盡入靑山杜宇聲'을 읊조려 보는 순간 가슴을 안아주는 서정
의 향기는 참으로 감미로웠다. 나는 이 시를 처음 받아쓸 때 '고려오백

년간사^{高麗五百年間事}'란 시구^{詩句}가 도화유수^{挑花流水}로 이루어 내는 평측^平
^仄에도 옥구슬을 얻은 듯 매력적이지만 '진입청산두우성^{盡入靑山杜宇聲}'을
받아쓰는 순간 나는 갑자기 한시에 새벽이 열리는 순간으로 어두움 속
에서 광명천지를 만난 듯 두 눈을 높이 뜨며 감탄했다.

흡사 물안개 속에서 부산항 오륙도가 보이듯, 제주도길 망망대해에
서 저 멀리 탈관도^{脫冠島}가 보이듯, 아득히 보이던 눈이 갑자기 한순간에
로마 궁전을 보고 놀란 듯 눈이 열리면서 저절로 감탄사가 나올 수밖에
없었다. 나는 이 시에서 심오한 세계와 미묘한 철학과 그리고 한시가
내포한 함축미의 진수^{眞髓}를 확인한 것이다. 이날부터 나는 이 시를 더
생각할 수 없는 불후^{不朽}의 명시라 생각한 나머지 가는 곳마다 시인 묵
객을 만나면 임백호 선생의 시를 힘주어 자랑했다. 그러나 상대방은 오
히려 담담한 무표정으로 겨우 나의 말 따라 대답하기를 "그렇지요. 훌
륭하지요."라고 할 뿐 나의 말에 절대적 공감의 표정이 아니었다. 이를
볼 때마다 나는 무언의 유감이요 불만이었다. 나는 혼자 말로 '내가 한
시를 잘못 알고 있는 것인가?' 하며 자문자답을 할 때도 많았다.

그러던 어느 날 내가 항상 아끼던 후배 친구^{崔景天}가 갑자기 찾
아왔다. 반갑게 맞았으나 바쁘다면서 얄팍한 복사본을 내놓았다. "선
생님께서 좋아하실 것 같아 가져왔습니다. 읽어 보십시오." 하며 계단
을 올라 전해주고 바삐 되돌아갔다. 나는 한가한 시간을 얻어 조용히
읽어 보았다.

그런데 뜻밖에도 이매창^{李梅窓} 시와 임백호^{林白湖} 선생의 시평을 적은
글이다. 너무 반가워 임백호 선생의 시평을 꼼꼼히 읽어 가던 순간 깜
짝 놀랐다. 선생은 당대 '천재 소년 시인'이었다는 구절이 나온다. 나

는 너무 반가워 그 후 여러 문헌을 살펴보았다. 그의 스승인 대곡^{大谷} 성운^{成運} 선생은 제자인 백호 임재의 시를 극찬하여 말하기를

"소년 때 착실하게 공부하였고 시를 지으매 그 시가 땅에 떨어지면 쇳소리가 나고, 멀리 떠난 후에도 그의 시를 보면 서로 대면함 같으니 좋은 밤 밝은 달이 마음속을 찾아오는 것 같다"라고 했다.

병조판서 박계현은 평하기를 금석 같은 목소리와 유창한 말솜씨 그리고 굳센 시운^{詩韻}이 세상을 압도하니 노년에 그대를 만나 사는 것이 큰 보람이라 했다.

그리고 당대 천하 문장가였던 신흠^{申欽}의 서문에 말하기를 나는 백사 이항복을 만나 여러 번 임백호를 논하여 말하기를 '기남아^{奇男兒}'로 칭했고, 시에서도 백 리 길에서 구십 리나 훨씬 떨어졌으니 양보할 수밖에 없었다고 말했다 한다.

당대 명문대가들이 보는 바와 같이 임백호 선생 시^詩의 경지를 모두 견줄 수 없는 천재라고 평했다. 이를 보고 나는 얼마나 통쾌했는지 모른다. 10년 체증을 씻어 내린 듯했다. 너무도 통쾌한 나머지 요즈음은 임 백호선생 시를 자랑도 하지 않는다. 옥석을 가리지도 못하는 이목^{耳目} 앞에 시를 논한 자체가 헛수고이며, 자칫 임백호 선현께 누가 될 수 있기 때문이다. 감히 임백호 선생의 문학을 논한다는 자체가 경망불손함을 자인하면서 졸부인 나는 이처럼 한시에 대한 심미안과 지고한 가치관을 백호 선생의 〈과송경^{過松京}〉에서 체득했고, 시 문학의 유현묘도^{幽玄妙道; 사물의 아취가 헤아릴 수 없을 만큼 깊고 오묘한 도}를 희미하게나마 이해할 수 있었다. 나의 한시 공부에 마지막 문을 열어 인도해 주신 큰 어른이 백호^{白湖} 임제^{林悌} 선생이다.

시란 대우주와 교감할 수 있는 철학이 없이는 진정한 시를 이룰 수 없다는 어느 시인의 가르침도 이제 자연 깨닫게 되었다. 그러나 오늘날은 모든 것이 안타깝기만 하다. 옛 김 진사金進士 자탄시自嘆詩가 저절로 생각난다.

경중비여김진사鏡中非汝金進士   거울 속에 네가 김 진사 아니더냐?
아역소시여옥인我亦少時如玉人   내 또한 소년에는 옥처럼 예뻤단다
주량점대황금진酒量漸大黃金盡   술 먹는 양은 점점 늘었는데 주머니에 돈은 없고
세사재지백발신世事纔知白髮新   세상살이 맛을 겨우 알듯 하니 어느덧 백발이 됐네

내 나이 팔십을 바라보니 모든 것이 아픈 참회뿐이다. 이제야 모든 것이 안개 속에서 청산이 보이듯 지금까지 갈고 닦은 것들이 겨우 알듯하고 보일 듯하다. 힘겹게 오르고 또 올라 높은 문턱에 발 올려놓고 등 굽어 지팡이를 짚으니 참으로 안타깝다. 그러나 이 모두가 그간 헛되이 살았던 자업자수自業自受로 그 뉘를 원망하랴. 백발이 깊어질수록 어찌 지난날은 샛별처럼 선명하게 다가서는가?

선생님 댁과 나의 집은 한마을로 이웃집 사이였다. 쌀쌀한 어느 초겨울이었다. 오전 일찍 선생님께서 두건을 쓰고 마괘자馬掛子 차림으로 어떤 노인 손님 한 분과 함께 찾아오셨다. 그날따라 환자들이 많이 대기 중이었다. 환자들이 순서를 찾아 상담하고 있던 차에 어떤 환자 한 분이 죄송했는지 선생님을 가리키면서

"저 어른을 먼저 보시도록 하지요." 하자, 옆에 앉은 모든 분이 함께

"먼저 보십시오."라고 하였다. 이때 선생님은

"감사합니다." 하고 동행한 노인 손님에게 말하기를

"옛날에는 내가 가르쳤으나 이젠 내가 자주 물어보는 선생이 됐소. 오늘은 여기서 물어봅시다." 하는 것이었다. 그리고 손님에게 말하기를 가져오신 생년월일을 내놓으라 하며 나에게 성조成造 택일擇日을 하도록 부탁한다. 나는 바쁜 가운데 선생님의 뜻을 받들어 정성껏 모신 일이 있었다.

음양 술수에도 밝았던 선생님의 명망을 듣고 아주 먼 곳에서도 찾아오는 일이 자주 있었다. 나도 역시 선생님께 그 가르침을 받았다. 항상 성현의 가르침을 바르게 실천하도록 큰 가르침의 끈을 놓지 않은 선생님의 빙옥氷玉 같은 군자의 행行은 나에게 정신과 행의行儀를 바로 잡아주는 큰 가르침이 아닐 수 없다. 그처럼 많은 손님 앞에서 백발의 선생님께서는 어린 나를 두고 "옛날 내가 가르쳤으나 지금은 내가 물어봐야 하는 선생이 되었소." 하시던 말씀이 뇌리에서 떠나지 않는다.

아! 참으로 아름답도다. 참으로 순백한 군자의 향기여! 성현의 불치하문不恥下問을 몸소 실천하신 나의 큰 스승이시여. 해를 거듭할수록 사모의 정은 절절히 사무칩니다. 그리고 아픈 부끄러움과 시린 뉘우침뿐입니다. 조선 성리학자 이퇴계李退溪 선생께서는 26세 연하인 고봉高峯 기대승奇大升 선생께 돈수재배頓首再拜란 극존칭을 수십 차례 쓰셨고 조부의 비문까지 청하였으며, 전 서울대 총장인 이수성李壽成 총리께서도 처음 만난 초면의 자리요, 연하의 자리임에도 여러분 앞에 거침없는 말씀으로 "나는 학문만 했고 선생은 몸소 실천했으니, 나보다 훨씬 훌륭한 사람 아닙니까."라고 하였다. 이처럼 대현군자大賢君子는 한결같이 겸양謙讓을 하늘처럼 받들었다. 선생님은 과묵과 겸손을 평생 신조로 삼아 스스로 호를 묵재黙齋라고 하였으니 선생님의 평소 수신지행修身之

行을 가히 알 만하다 할 것이다.

　선생님, 죄송합니다. 오거서五車書를 읽었던들 무슨 소용이 있겠습니까? 그처럼 큰 사랑을 받고 자란 몸으로 보은의 예禮를 다하지 못하고 많은 가르침에도 실천하지 못한 주제에 참회란 단어가 얼마나 궁색합니까? 용서란 단어가 얼마나 무색합니까? 더 이을 말이 없습니다. 일구월심日久月深 기다렸던 글詩을 선생님 존전尊前에 올리지 못한 채 영면에 드셨으니 얼마나 게을렀습니까? 옛 공자께서 가난한 안연顏淵을 사랑하듯 나의 가난을 그토록 염려해 주셨던 선생님! 그날을 생각하면 오늘이 그토록 부끄러운 아픔으로 다가옵니다. 면목 없는 팔십 졸부拙夫는 초라한 모습으로 구봉산九峰山 자락에 서서 선생님께 삼가 인사 올립니다.

사심私心이 없으면 영靈이 생기는 법

나는 지역 어른뿐만 아니라 한약업계 어른들께도 많은 사랑을 받았다. 그중 춘담春潭 최병채崔炳釵 선생님의 사랑을 그 누구보다 많이 받았다. 사실 그렇지도 않았으나 주위 분들이 나를 말할 때, 어머니께 봉양을 잘하고 효심이 지극한 사람이라고 해서 그러셨는지 항상 칭찬하셨다.

우리 약업계의 원로모임이었던 '서석 약우회'에서 전국 일주 여행을 할 때, 모두가 부부 동반하였으나, 나는 항상 어머니를 모시고 다니면서 어머니의 시중을 들었더니만 그를 퍽 고맙게 생각하셨던 것으로 생각된다. 그리고 어머니께서 병환이 나면 나는 반드시 우리 업계 원로인 춘담春潭 선생님이나 학산鶴山 선생님께 찾아가 진찰을 받고 주신 처방으로 어머니께 약을 받쳤다. 춘담 선생님은 어머니를 모시고 먼 거리를 찾아오는 나에게 고맙게 생각하셨는지 그처럼 어머니와 나를 따뜻하게 대해 주었다.

| 춘담 최병채 생전 모습(중앙 지팡이 잡은 분, 좌에서 두 번째 필자)

춘담 선생님의 처방으로 약을 쓰면 반드시 효험이 있었으므로 설이나 추석에는 꼭 찾아뵙고 인사를 올렸다. 그때마다 어머니 안부를 묻고 "어머니께 전해라." 하시면서 흰 고무신을 준비해 두었다가 주셨다. 특히 설에 찾아가 인사를 올리면 "그래, 고맙다. 세뱃돈 줘야지" 하며 세뱃돈을 주셔 흔쾌히 받고 나면, "하하하" 웃으시며 "금년에 재수 대통해라." 하시던 말씀이 어제처럼 다가선다.

춘담春潭 선생은 호남의 명의名醫였다. 전남, 전북을 통틀어 호남 일대에서 '광주 양림洞 최병채 약방' 하면 모르는 사람이 없을 정도였다. 약은 직접 찾아가 짓지 않았더라도 이름만은 모두 기억하고 있을 정도였다. 시골과 도시 그리고 산간벽지 할 것 없이 도처到處에서 많은 손님이 찾아와 항상 문전성시門前盛市를 이루었다.

그 시절에는 어찌나 학질말라리아이 유행했는지, 마을마다 말라리아 전염병이 만연하여 어느 집 할 것 없이 집집이 어린이들이 한 번씩 모두 고통을 겪었다. 그 병을 앓고 나면 복학열腹瘧熱이라 하여 늑골 밑에 적積이 생겨 고생했다. 나도 어려서 학질로 고생을 했고, 그다음 늑골 밑이 돌덩이처럼 뭉쳐 있었는데, 자라처럼 은현출몰隱現出沒한다 하여 이를 '별복鼈腹' 또는 '자라 배'라고 말하며 대부분 침과 약으로 치료하던 때였다.

이때 대 유행병이었던 학질과 자라에는 춘담 선생이 명의라고 소문이 높았다. 이처럼 자라병鼈腹에 신침神鍼이란 소문에 모든 사람이 말하기를 "어린아이 자라병에는 광주 최병채가 제일이여 …"라고 하는 말이 시골 사람들의 보통 말이었다. 춘담 선생의 자라병 치료는 아침 공복에 침을 놓는다. 아침 해가 뜨면 영험이 없다 하여 자라 침은 아침에만 허용된 침이었다. 그래서 시골에서는 어린아이를 데리고 와 여관이나 여인숙에서 자고, 어두운 새벽에 어린아이를 등에 업고 찾아와 문 열기만 기다린다. 그러다 보니 춘담 선생 약방 앞 새벽 도로변에는 아기 울음소리가 그치지 않았다.

자라 침은 아시혈阿是穴 즉 직접 자라를 찾아 번개처럼 침을 꽂아 아침에 30명에서 50명을 삽시간에 치료를 마쳤다. 이렇게 자라 침 치료가 끝나고 쉴 틈도 없이 아침 식사를 하고 나면, 다시 환자들이 줄을 지어 대기하고 있었다. 병원처럼 큰 건물도 아닌 평범한 옛 한옥 마루에 줄을 서 기다리고 있다. 명망이 높다 보니 전국에서 희귀한 병을 가진 환자들이 찾아왔다. 선생님의 특징이 그처럼 희귀한 병을 보면 희귀한 방편을 동원하여 신속하게 치료하므로 그 명망은 불처럼 높이 퍼져 갔다.

영감靈感이 통명通明한 선생님은 얼굴만 보고도 바로 70% 이상 병세를 간파 또는 확인한 상태이기 때문에 환자의 상담이 사실상 필요가 없었다. 항상 환자에게 한두 마디 묻고 즉시 약제사에게 처방을 내린다. 그러므로 찾아온 손님들은 이구동성으로 환자의 말을 듣지도 않고 처방을 하므로 자주 시비를 하거나 불만을 토로하기 일쑤였다. 어떤 손님은 당돌하게 말하기를

"할아버지 저는 자세히 말씀드리고 약을 지어야겠는데, 제 말을 듣지도 않고 처방을 하십니까?" 하자, 춘담 선생님은 화를 벌컥 내면서

"어떻게 병을 알지도 못하고 처방을 내, 아니까 처방을 내지." 하면서 눈을 부릅떴다. 선생님은 환자에게 불친절하기로 소문이 났다. 그리고 심지어는 환자에게 욕설하는 것도 보통이었다. 환자들은 불쾌하기도 했지만, 노인이므로 크게 양보하여 웃으며 모두 예우로 보아주었다.

어느 날 멀리 남해 섬 지방에서 찾아온 환자가 약을 짓다 말고 항의하는 것이다.

"선생님 어찌 제 말을 듣지도 않고 약을 지어 주세요." 하자,

"당신 지금 몇 살 먹었어?"

"쉰여덟입니다."

"그럼 스무 살에 시집갔어도 삼십팔 년을 부엌에서 밥 지었구면."

"예."

"삼십 년 부엌에서 밥 지은 사람이 국이 끓으면 된장국인지 고깃국인지 냄새도 구별 못 해? 여자가 말이 많으면 집안이 망하는 법인디

어찌 말이 많어.” 하며 퉁명스럽게 말문을 막아 버렸다.

“다 알았으니 약 짓고 싶으면 짓고, 그렇지 않으면 어서 가.”라고 했다. 사람들은 줄지어 있는데 환자의 말을 모두 받아 처방을 내릴 수가 없었다. 몇 사람의 약제사가 모두 바빠 어찌할 바를 모를 만큼 항상 바빴다.

춘담 선생님은 시시각각 촉물점觸物占을 잘하여 방편으로 삼았다. 어느 해 선생님과 동행하여 가을소풍을 다녀오는 길에 전남 농악 경연대회에 참석했다. 각 시·군 농악 경연대회였다. 대회를 보시고 즉석에서

“구례가 장원한다.”

“어떻게 아십니까?”

“저기 농악 판 고깔모자의 꽃 빛을 보아라. 다른 모자는 모두 빨간색인데, 구례는 노랑 황금색 아니냐? 가을은 금왕지절金旺之節이다. 황금黃金색은 토土이므로 토생금土生金 상생, 합合이 되어 승리하나, 빨간색赤은 화火로 화극금火克金 상극, 파破가 되므로 실패한다.”라고 하셨다. 과연 구례 황금색 고깔 모 농악단이 장원을 하였다.

어느 무더운 여름날이었다. 에어컨도 없던 그 시절 멀고 먼 완도 금일면에서 부인 두 분이 몸이 아파 찾아왔다. 두 부인은 선생님 앞에 앉아 인사를 드리면서 날씨가 더워 심히 갈증이 난다며

“선생님, 물 좀 주십시오.” 하자, 약제사를 시켜 물 한 그릇을 가져오게 했다. 물을 먹고 반 그릇 남은 물그릇을 선생님 옆에 놓았다. 이때 파리 두 마리가 날아와 갑자기 하나로 엉켜 물그릇에 풍덩 빠져 빙빙 돌다 잠시 후 죽었다. 춘담 선생은 이를 보고 두 부인의 얼굴을 쳐다보며,

"어찌 제삿날이 한날이네." 했다. 두 부인은 깜짝 놀랐다. 남편들이 바다의 어부로 일하다가 배 사고로 같이 죽었다. 선생님의 일화는 한이 없다. 너무나 잘 알려진 일화가 있다. 김 모 육군 중장 부인이 몸이 아파 방문한 일화이다.

김 모 중장 부인이 밤이면 고통이 심해 잠을 이루지 못하므로 전국 명의를 찾았으나 모두 허사였다. 최병채 선생의 명망을 듣고 오후 퇴근과 함께 찾아왔다. 춘담春潭 선생은 항상 오후 2~3시면 업무를 모두 끝내고 외출하거나, 누워 주무셨다. 육군 중장 김 모 씨는 오후 5시에 찾아와 부인의 병 진찰을 청한다. 약제사가 오후 3시 이후에는 환자를 보지 않는다고 여러 차례 말했으나, 운전 비서가 간곡히 부탁하는 것이다.

약제사는 조심스러운 어조로 춘담 선생 침실을 찾아가 조용히 말씀을 드렸으나 거절했다. 운전 비서에게 거절하신다고 전하자, 깜짝 놀라며 먼 곳에서 찾아왔으니 한 번만 살펴달라고 통 사정을 하는 것이다. 그러던 사이 김 중장과 부인은 방으로 들어와 앉아 있었다.

약제사가 다시 선생님을 찾아가

"육군 중장 부인으로 귀한 분이라며 사정합니다." 하자, 화를 벌컥 내며

"어떤 사람이 예의염치를 몰라" 하며 할 수 없다는 듯 일어나 버선도 벗은 채 겨우 하의바지의 허리띠만 매고 비단옷 바지를 배꼽까지 내려 보인 상태로 진찰을 하려는 태도였다. 운전 비서가 깜짝 놀라 약제사에게 너무 무례하지 않으냐 하며, 선생님의 아래 배와 배꼽을 가려달라고 애걸 사정했다. 그러나 약제사는 말할 수가 없었다. 선생님의 평상 복장 차림이었기 때문이다. 곤히 주무시던 잠을 깨운 약제사에게

춘담 선생은 화난 표정으로 버선도 신지 않은 채 엉금엉금 걸어오면서
"어떤 사람이 가지도 않고 사람을 귀찮게 해?" 하고 방 안을 둘러
보았다. 방 안에는 김 중장과 부인이 앉아 있었다. 두 사람이 반갑다는
듯이 고개를 들어 인사를 하면서
"늦게 찾아와 죄송합니다."라고 했다.
춘담 선생은 대답도 하지 않고 대뜸 하는 말이
"새벽에 열 올라왔구먼. 삼 년 되었네. 그것도 못 고친 것이 병원인
가?" 방에 들어가지도 않고 마루에 서서 방을 바라보며 하는 말이었다.
김 중장과 부인의 얼굴을 바라보며, 춘담 선생은 말하기를
"어찌 늦게 찾아와 늙은이를 귀찮게 해? 내일 오라면 내일 오지."
하는 것이었다.
"죄송합니다. 자, 일어납시다. 내일 다시 오겠습니다." 했다.
두 사람이 이렇게 조용히 돌아갔다. 돌아가는 김 중장 부부는 서로
얼굴만 바라보았다. 선생님의 말씀과 같이 김 중장의 부인은 매일 밤
새벽 3시만 되면 어김없이 열이 올라 고통을 주어 지금까지 많은 병원
을 찾았으나 고치지 못했다. 김 중장 부부는 다음날 다시 찾아와 인사
를 올리고 진찰을 받아 약을 지었는데 약효 또한 신속했다. 복약한 지
3일 만에 열이 그치고 정신이 맑아지면서 김 중장 부인의 병이 씻은
듯이 나았다. 그 후 군인 가족들에게 입소문이 퍼져 전국에서 군인 가
족들이 찾아오기 시작하여 많은 군인 가족들이 문전성시를 이뤄 벌어
드린 돈으로 순천 쌍암 어느 절 중창 불사에 큰 보시를 했다고 한다.
춘담 선생의 기발한 지혜와 영감은 범인의 경지가 아니라는 것을
이미 아는 터라, 나는 기회가 있을 때마다 선생님을 모시고 말씀을 들

었다. 그때마다 눈을 크게 부릅뜨며 놀랄 때가 한두 번이 아니었다. 하나하나 생각해 보면 선생님은 항상 큰 병에는 신神의 계시가 있었던 것으로 추측된다. 모두 범인의 지혜로는 생각할 수 없는 일들이었다. 이시대에 찾기 어려운 신의神醫였다.

예를 들어 "당신 병은 3년 후 8월 15일 추석을 지나면 다시 재발할 것이다. 그때 다시 찾아오라. 그때 침 맞고 약 먹으면 재발이 없다." 하시면 과연 선생님의 말씀과 같이 정확히 적중하여 3년 후 추석을 지나다시 찾아와 치료받았다. 이처럼 병을 거울 보듯 보았으므로 모두가그 지시에 따르지 않는 사람이 없었다.

그밖에 세상에서 치료 못 하는 악질병, 고질병은 모두 찾아왔다. 그중 남원 처녀의 병 치료 이야기는 유명했던 일화이다. 나는 선생님께서 남원에 사는 어느 처녀의 병을 고쳐 '천하 명의'라는 명망을 받았다는 소문을 들었던 기억이 있다. 그에 대한 사실이 궁금하던 중 어느 해'서석 약우회'에서 울진 석류굴을 구경한 다음 그 부근에 있던 온천에서 숙박하고 아침 일찍 일어나 앉아 있었는데, 춘담 선생께서 "잘 잤는가?" 하시며 우리들의 숙소로 오셨다. 나는 온천장 주인께 식사 시간을 물었더니 한 시간쯤 지나야 식사가 되겠다고 했다. 나는 이 시간을이용하여 춘담 선생님께 말씀을 올렸다.

"선생님, 남원 처녀의 병을 고쳐 천하 명의 말을 들었다고 하던데선생님 말씀을 듣고 싶습니다." 했다. 그러자 여러분이 모두 듣기를 원했다. 입가에 미소를 지으며 춘담 선생님은 조용히 말씀을 시작했다.

어느 날 노부부 손님이 남원에서 찾아왔다. 결혼할 나이의 처녀가새벽에 일어나면서 두 팔을 올려 모으고 힘을 쓴 다음 갑자기 두 팔이 경직되어 내려오지 않은 것이다. 몇 달을 치료해 보았으나 전혀 효과가 없었다고 한다. 이때 지나가던 어떤 늙은이 한 분이 말하기를 광주 최병채 약방을 찾아가면 못 낫는 병이 없다고 말하였다 한다. 이때 딸의 부모가 즉시 남원에서 찾아와 왕진을 부탁하며 통사정을 한 것이다. "이처럼 많은 손님을 어떻게 하란 말이오." 하자, 눈물을 흘리며 자식을 구해 달라고 사정했다. 간곡한 사정을 저버릴 수가 없었다. 택시가 없던 그 시대에는 할 수 없이 다음날 야간을 이용하여 기차를 타고 남원까지 갔다. 남원 고을에서는 명망이 높은 최 부잣집이었다. 융숭한 아침 밥상을 받고 난 다음 환자를 보자고 말하자, 어머니가 딸을 데리고 나왔다. 20세가 못 된 요조숙녀였다. 손을 머리 위로 올려 경직된 상태가 너무 애처로웠다.

춘담 선생께서 명하기를 마당에 멍석을 펴고 처녀에게는 옷을 모두 벗고 치마로 앞 젖가슴만 가려 동여매고 멍석 위에 서도록 명했다. 오전 10시쯤 가족의 도움으로 마당 한가운데 펴 놓은 멍석 위에 처녀가 손을 번쩍 든 채 서 있는 것이다. 이때 온 마을 사람들이 소문을 듣고 담 넘어 몸을 감추며 멀리서 모두 보고 있었다. 춘담 선생은 손을 들고 서 있는 처녀 앞에 앉아 침통을 열고 침을 꺼내어 족삼리足三里 혈에 침을 먼저 꽂고, 다음 태충太沖혈과 견정肩貞혈, 곡지曲池혈에 침을 꽂아 유침留針 시킨 다음, 주위 사람에게 노인의 지팡이를 하나 가져오라고 명하자 지팡이를 대령했다.

춘담 선생은 이 지팡이를 들고 처녀 얼굴을 바라보며 빙그레 웃음을 짓고 난 다음, 지팡이를 치마 아래 끝부분에 대고 천천히 올리기 시작했다. 치마가 점점 올라가자 처녀는 부끄러움과 함께 불안과 긴장으

| 서석 약우회 울릉도 여행. 중앙에 지팡이 잡은 분이 춘담 선생.

로 온몸에서 땀이 흐르기 시작했다. 땀은 점점 더 많이 흘러 온몸을 흠뻑 적셨다. 그러나 선생님의 지팡이는 더욱 천천히 조금씩 올라갔다. 이때 처녀가 무릎까지는 참았으나, 더욱더 올라 결정적 순간까지 오르자, 더 이상 참지 못하고 깜짝 놀라 두 손을 번쩍 내리고 말았다.

　참으로 지혜로운 처방이었다. 경직된 몸은 땀을 흠뻑 흘려 굳은 몸을 이완시키는 좋은 방법으로 기발한 지혜의 방편이 아닐 수 없다. 이때 온 마을 사람들은 손뼉을 치며 눈물을 글썽였다 한다. 춘담 선생께서는 삼리, 태충, 견정, 곡지 혈에서 침을 뽑아 모두 침통에 담았다. 의자醫者는 이야理也라. 이렇게 하여 남원 처녀의 난치병을 고쳤다고 말씀을 마쳤다.

그밖의 해괴駭怪한 병들을 완치시킨 사례는 얼마나 많았는지 모두 기억할 수도 없다. 나는 조용히 말씀드렸다.

"선생님 동의보감에도 없는 처방을 어떻게 아셨습니까?" 하자,

"이는 무사즉영無私則靈이라 사심이 없으면 영靈이 생기는 법이다." 하셨다. 즉, 사심이 없으면 마음이 영명하여 얻어지는 지혜란 말씀이다.

평소 선생님은 관광을 좋아하여 생각나면 아무 때나 시간, 장소를 가리지 않고 며칠씩 다녀오기도 했다. 한번은 한약협회장 장천석張千石 형과 함께 어느 날 선생님 댁을 찾아 인사를 올릴 기회가 있었다.

이때 선생님은 우리에게

"우리 약우회에서 울릉도나 한 번 가자." 하신 것이다. 우리는

"예, 노력하겠습니다." 하고 대답한 다음 회장 장천석 형과 나는 여행사를 통해 울릉도 관광을 하게 되어 모두 부부 동반으로 한 분도 빠짐없이 울릉도를 갔었다. 물론 나는 어머니를 모시고 가서 울릉도 도동항 부근 산해관山海館이란 여관에서 머물게 되었다. 그러나 안타깝게도 도착한 다음 날 갑자기 일기가 변하여 폭풍과 폭우가 쏟아져 관광은커녕 밖에 출입도 할 수 없게 되었다. 춘담 선생님은 큰 목소리로 나를 불렀다.

"동원아! 어디 아픈 사람 있으면 잡아 오너라. 비는 오고 답답해 사람 죽겠다. 아픈 사람 있으면 침이라도 놓자." 하며 무료함을 토로했다. 나는 아는 사람이 없어 산해관 집 주인에게 말했다. 젊은 여주인은 자상한 분으로 매사에 친절을 베풀어 손님에 대한 배려가 가족처럼 따뜻했다. 나는 여주인에게

"광주에서 침을 잘 놓는 명의가 오셨습니다. 어떤 환자라도 무료봉사 할 테니 방문해 주십시오." 하자, 조금 지나서 산해관 여주인이

"제가 허리와 다리가 아픈 지 3년입니다." 하며 들어오자, 춘담 선생님께서 보더니

"10년 전에 허리를 다쳤어. 허리에 어혈이 칭칭 감고 있구만. 다리를 걷어 올려보시오."라고 하였다. 선생님의 존칭어도 처음 들어 보았다. 슬관절 뒤에 있는 위중委中혈에 침을 놓고 서 있도록 했다. 시간이 조금 지난 뒤에 여주인에게

"허리가 조금 어쩝니까? 허리가 시원하면서 가볍지오?" 하자, 여주인은 "예, 허리가 날아갈 것 같습니다."라고 했다. 그분은 즉시 울릉군 저동에 사는 중풍 환자 오빠를 불러들였다. 오빠는 반신불수의 불편한 거동으로 즉시 찾아왔다. 선생님은 양손을 맥진하고 혀를 살펴본 다음 말씀하기를

"이미 다른 사람들이 치료할 만큼은 모두 치료했구먼. 그 이상은 치료 못해. 쓸 것은 다 썼어. 원기가 약해지면 더욱 심해지니 소고기나 자주 먹어." 하고 끝냈다. 울릉도 환자는 그처럼 비가 오는 중에도 그치질 않고 늦게까지 찾아왔다. 산해관은 하루 내내 문전성시門前成市를 이루었다.

다음날 소문을 듣고 울릉 경찰서에 근무하는 서 형사가 찾아와

"저는 나주 출신입니다." 하며 저동 파출소에 김 경사가 있고, 울릉군 보건소에는 조선대 출신 최 소장이 있다고 소개를 했다. 그 다음 날 저동 파출소 김 경사와 보건소 최 소장이 찾아와 말하기를

"전남 광주에서 명의가 오셔서 무료 치료를 한다는 소문을 듣고 찾

아왔습니다." 하며 반가워 어찌할 줄을 몰랐다. 세 사람은 매일 찾아와 여러 어른께 인사를 드렸다. 관광을 마치고 마지막 출발 직전에 많은 분이 춘담 선생님께 선물을 가지고 찾아왔다. 보건소장은 박카스와 멀미약을 가지고 와 우리 모두에게 나누어 주면서 마지막 인사를 정중히 올렸다. 그 당시 박카스는 아무나 먹지 못했던 귀한 선물이었다. 시골 일반인들은 박카스란 피로회복제가 있는 자체도 잘 모르는 때였다.

오징어로 유명한 울릉도 추억을 어찌 다 말하랴. 울릉도 관광을 마친 마지막 밤이었다. 광주 출신 저동파출소 김 경사를 찾아갔을 때 정읍 출신이라며 손 경사를 소개했다. 그때 손 경사가 밖에서 살아 펄떡 뛰는 오징어 다섯 마리를 가져와 손수 회무침을 만들어 우리를 대접한다며 옛 우동 그릇에 담아 올려놓고 크나큰 소주병을 앞에 놓아 처음에는 겁에 질렸다. 그러나 말없이 세 사람은 웃어가며 서로 술을 권했다. 감칠맛 나는 생 오징어 회에 술을 먹자, 파란 한 되 병의 소주를 삽시간에 모두 마시고 말았다. 그런데 어찌 된 일인가? 마셔도, 마셔도 전혀 취기가 오르지 않았다. 그 추억은 오늘도 눈앞에 영롱하다. 그리고 울릉도 마지막 밤에 영화배우 백금녀 언니란 분을 만나 울릉도 달밤에 부둣가에서 파도 소리 들으며 장천석 형과 함께 '백마강 달밤에 물새가 울어'를 목청껏 합창으로 부르며 마셨던 맥주 맛은 지금도 잊을 수가 없다.

그뿐인가 요즈음 '유기농 한우 소고기'니 '참 고기가 소고기'니 하며, 소고기 자랑을 하지만 소고기 참맛은 따로 있다. 울릉도 섬^{무인도}에서 기른 소의 고기 맛은 우리나라 소고기의 진가를 말해 주는 참 맛이었다. 울릉 경찰서 서 형사가 베푼 소고기 파티에서 먹었던 소고기 맛을 어디서 다시 찾을 수 있을까? 울릉도는 오징어가 아니라 소고기다. 그 고기 맛은 말 못 할 그 맛이라고 말할 뿐이다.

장천석 형과 함께했던 그 밤의 추억을 어떻게 말해야 좋을지. 그처럼 멋있던 형, 인간의 참 멋을 갖춘 형, 어찌하여 이처럼 불귀객이 되었단 말입니까. 아마 형은 구천에서도 그날의 그 추억을 기억하고 계시리라. 형은 가고 나 홀로 있으니 그 뉘게 그 옛날을 감히 말할 손가. 어느덧 애달픈 추억이 되고 말았다. 이처럼 서석 약우회는 울릉도 관광을 끝으로 막을 내리고 말았다.

그립고 그리운 '서석 약우회瑞石藥友會'! 매년 단산 안채봉 명창과 함께 설악산, 제주도, 속리산, 홍도, 백도, 경주, 부여 전국 방방곡곡을 누비며 즐겼던 여러분들 중에서도 우리를 항상 자상히 아껴 주셨던 춘담 선생의 사랑은 샘물처럼 끝없이 이어지는 그리움이다.

매년 정월 초하루 날이면 회장 장천석 형과 함께 선생님 댁을 찾아 세배를 올리면 나를 자식처럼, 손자처럼 아껴 "우리 귀동貴童이 왔냐." 하시면서 세뱃돈까지 주시던 선생님, 그 미소가 그처럼 그립습니다. 광주 한약업계 최고 원로로서 중앙 한약회, 광주 한약회에 많은 경제적 지원을 아끼지 않았으며, 광주에 춘태여자고등학교와 화순신룡중학교를 건립하였고, 조선 의성醫聖 허준 선생의 구제사救濟祠를 건립하여 춘추향사를 올렸다. 그리고 남의 아픔을 내 아픔으로 보살펴주신 이 시대 큰 자선가였으며 한약계 큰 어른이었다.

그 옛날 문전성시門前成市를 이루었던 옛 양림동 최병채 약방인과원 한약방은 사라져 흔적이 없고 어느덧 새로운 건물로 단장되었다. 사동과 구동의 양반촌과 양림동 삼거리 그리고 사시절 풍류가 그치지 않았던 양

파정楊波亭과 함께 춘담 선생의 드높았던 명성도 조용히 사라지고 옛 전
설이 되어 버렸다. 선생님, 그토록 인자했던 선생님! 삼가 구천의 명복
을 … 두 손 모아 올립니다.

양반집 자식이 이해利害로 왕래하면 안 되네

아! 벌써 50년이 흘렀다. 옛사람 글에 세월歲月이 여류如流란 구절이 있다. 젊은 나이에는 귓가에 들리지 않았으나, 이제 나이가 더 할수록 마음속에 지난날의 옛 말씀이 절절이 새겨진다.

광주 시내 중심에 위치한 충장로에서 조금 비켜 완벽당完璧堂이란 표구점이 있었다. 남도 표구업계의 1번지로 역사와 전통을 자랑하는 명장名匠이 계셨다. 의재毅齋 선생님의 글씨로 각이 된 완벽당 표구사完璧堂 表具社란 간판을 보며 안으로 들어가면 좁은 공간이지만 아기자기한 정원이 있다. 모란, 목련, 수선화, 석류나무 등 갖가지 화초와 이름 모를 큰 나무가 서 있고, 그 아래 예쁜 반석이 있어 여름에 그 반석 위에 걸쳐 앉아 있으면 옛 매처학자梅妻鶴子로 살았던 고산처사孤山處士의 집은 아닐지라도 시끄러운 시내가 아닌 담아淡雅한 정서를 가꾸는 선비의 정원에는 부족함이 없었다. 한낮 밝은 정오가 되면 큰 나무 아래 맑은 그늘이 찾아와 주인께 문안 인사를 드리고 때때로 맑은 바람이 지나가며 찻잔을 어루만져 주는 곳. 이곳에는 선비의 짙은 향기가 살아 숨 쉬는 쉼터이다.

이곳에는 항상 남도 서화단書畫壇을 지키는 거목 의재毅齋 허백련許百鍊 선생을 비롯하여, 근원槿園 구철우具哲祐 선생과 목정牧亭 최한영崔漢泳 선생님, 그밖에 멀리 전북 부안 지운芝耘 선생 그리고 목재木齋 선생, 동강東岡 선생 등 남도를 대표하는 서화계 큰 어른들이 항상 찾아와서 모임도 하고, 시내 출입과 함께 잠시 들려 차를 나누며 담소하는 남도 명사들의 사랑방이기도 했다.

따라서 자연 이곳에 모인 남도 거장들의 많은 작품은 모두 이곳에서 표구하였으며, 진귀한 작품일수록 더욱 이곳을 찾았다. 이곳을 찾는 가장 큰 이유는 너무 오래된 고서화로 거의 버릴 작품이라도 여기를 찾아오면 선생의 뛰어난 실력으로 재탄생시킬 수 있었기 때문이다. 이처럼 표구사로서 남도를 지키는 큰 장인이었다.

고고한 선비의 향기가 넘친 이 어른은 해주海州를 본관으로 영사穎砂 최하길崔夏吉 선생이다. 평소 말씀이 없어 과묵한 편이었으며 작은 키는 아니었지만 큰 키도 아니었다. 수척한 몸매에 항상 한복을 입었고 예의염치를 강조하는 강직한 선비정신이 몸에 밴 어른이었다. 표구점을 경영하면서도 장사꾼 상인이란 냄새가 전혀 없었다. 찾아온 손님에게도 지나친 친절이나 호의를 베푸는 영업 수단과 사업 정신을 전혀 찾아볼 수 없는 분이었다. 기술을 익히고자 찾아온 젊은이들에게 항상 말씀하기를

"나에게는 표구 기술만 배워라." 하며 그밖에 서화상이 되는 것은 절대 가르치지 않았다. 영사 선생의 뜻에는 큰 가르침이 있었다. "그림을 사고팔면 인간이 사욕에 빠져 신성한 이성을 잃고 인품이 추악해질 수 있으므로 절대 접근하지 말고 표구 본업에만 충실하라."라고 항상 말하였다. 선생은 남을 배려하는 마음 또한 남달랐다. 항상 학교에 바치는 공납금을 준비하여 놓은 선생께서는 자녀들에게 자주 물어본다고 한다.

"학생들이 공납금을 얼마나 냈더냐?"

"절반쯤 냈습니다." 했을 때 주었다고 한다.

이에 큰 뜻은 공납금을 일찍 남보다 먼저 내면 어려운 학생에게 미안하고 자녀에게는 자만심을 키우게 되며, 너무 늦게 내면 자녀의 사기를 꺾게 되므로 중간쯤에 내도록 했다.

항상 사치를 멀리하여 검정 고무신을 신었으며, 주의周衣; 두루마기를 입었다. 언제나 걸어 다니는 습관 때문에 차타기를 싫어하는 분으로 화순 사위徐相룡 댁에서 걸어 너릿재를 넘어 충장로 완벽당까지 걸으셨던 분이다.

약속을 소중히 여겼으며, 혹 작품을 부득이 거래하게 될 경우, 상도商道를 준하여 착한가격에 더도 덜도 받는 법이 없었다. 혹 자리를 비웠을 때 손님이 찾아와 몹시 기다리다 갔다고 말씀하면

"그 손님은 나와 인연이 없는 손님이야. 어찌 내 없을 때 왔겠는가?" 하며 주위 사람들을 위로했다. 범사에 신의信義가 칼날처럼 견고했으므로 의재 선생께서 낙관을 맡겨 놓고 무등산에서 그림을 그려 완벽당으로 보내면 선생은 낙관하여 손님들에게 주었다. 그러므로 모든

| 의재((毅齋) 허백련(許百鍊) 선생(左) 영사(潁砂) 최하길(崔夏吉) 선생(右) 모습

거래가 완벽당 최 선생의 손에서 이루어졌다. 이처럼 서화계 여러분들에게도 높은 신망을 받았던 분이다.

　어느 해 봄날이었다. 완벽당에는 자목련이 곱게 피어 은근한 향기가 서풍을 타고 온 집안에 가득하여 봄의 정취가 너무나 호사스러운 정오였다. 이곳에는 친구가 표구하는 법을 공부하려고 근무하고 있는 곳으로, 나는 친구를 찾아 자주 들렀다. 그때 마침 친구가 출타하고 없어 기다리던 중이었는데 선생께서는 안에서 여러 작품을 살펴보고 계셨다. 나는 인사를 올린 다음 옆에서 좋은 작품을 감상하며 선생님께 궁금한 것들을 하나하나 물었다. 이때마다 선생님은 친절하게 작품에 대한 내력을 감미로운 말씀으로 많이 들려주었다.

그때 어느 손님 한 분이 석연石硯 선생 난蘭 병풍 10폭을 가지고 왔다. 그리고 따로 가져온 무명인 글씨 8폭을 이 난蘭의 뒷면에 대어서 전후 10폭 병풍을 만들어 달라고 부탁하는 것이다. 선생이 말씀하기를

"석연 선생은 격 높은 대가大家인데 이분의 작품에 무명작가의 글씨로 전후 면을 짓는 것은 먼저 가신 석연 선생에게 실례가 되는 행위이므로 감히 할 수 없습니다. 죄송합니다. 다른 곳으로 가십시오." 하며 손님을 거절했다. 이처럼 강직 결백한 최 선생의 정신은 시정배市井輩들의 누추한 상혼과는 거리가 멀었다. 평소에도 의재 선생의 산수화에 무명작가의 글씨를 뒷면에 배접하겠다고 하면 즉석에서 거절하곤 했다. 선인의 글씨와 그림에도 인격을 부여하여 극진한 배려를 아끼지 않았다.

예를 들자면 선조의 유묵遺墨이나 선현의 필적을 옆에 모셔 놓고 술자리를 하지 않았으며, 신혼부부의 침소에 선조 친필 병풍을 사용할 수도 없었다. 선인先人의 정령精靈이 깃들어 있으므로 먼저 가신 큰 어른을 친히 모시는 듯 받들었다. 이러한 병풍은 엄숙한 제례와 가문의 최고 경하스러운 행사 때에 감히 사용했다.

어느 날 완벽당을 찾아가 조용한 기회를 얻어 선생으로부터 옛 선현들의 좋은 이야기를 시간 가는 줄도 모르고 앉아 들었다. 너무나도 향기로운 말씀으로 어느덧 정오가 지나자 나는 조심스럽게 말씀을 올렸다.

"정오가 지났으니 식사를 나가 하시지요." 하고 말씀을 드리자, 한

참 동안 묵묵히 말씀이 없으시다. 이윽고 말씀하기를

"그럼 내가 가고 싶은 곳으로 가겠는가?" 하는 것이다.

"예."

"그럼 가세." 하며 자리를 일어섰다. 한참 동안 걸어갔다. 아주 허름한 식당이었다. 그곳에서 식사와 함께 반주飯酒 막걸리 한 잔을 상위에 올려놓고 저에게

"자네 외가가 어딘가?" 하고 물었다.

"예, 한산 이씨입니다."

"그럼 목은牧隱 선생의 후손이구나." 하시더니, 다시 진지한 표정을 지으며 말씀하기를

"양반의 자식이란 항상 이해利害를 두고 왕래해서는 안 되네." 하였다. 나는 태연히

"예." 하고 대답을 했다. 그러나 그 대답이 뒷날 그토록 어려운 일로 무거운 짐이 될 줄은 몰랐다.

지금부터 40년 전 일이다. 사직공원에 신록이 우거지던 어느 날이었다. 나는 완벽당을 찾아갔다. 그런데 어찌 된 일인지 분위기가 싸늘하고 너무 조용했다. 자리를 지키고 있던 영사 선생과 친구도 모두 말이 없이 무기력하게 보이면서 침울한 표정이었다. 나는 친구에게 조용히 물었다.

"어찌 너무 조용하네." 하자, 친구가 조심스럽게 말하기를

"손님의 작품 두 점이 없어졌네. 집 안 곳곳을 모두 찾아보았으나 찾을 길이 없어 모두가 고민 중이네." 하였다. 완벽당 개업 이래 없었던 일로 선생님의 고민이 이만저만이 아니란다. 더욱 손님이 말하기를

선조 유묵遺墨이라 하니 더욱더 큰 과실이 되어 영사 선생은 잠도 못 이루며 고통 중이라고 했다. 궁지에 처한 영사 선생은 작품을 가지고 찾아왔던 손님을 의심하게 되었다.

손님소장자이 글씨의 순서를 확인 차 두 차례나 찾아와 작품을 보고 순서를 다시 살펴본 바 있어 답답한 나머지 그때 본인이 고의로 가져간 것이 아닌가 하고 의심하게 된 것이다. 그러나 물적 증거가 없으니 개연성으로 말할 수도 없어 벙어리 냉가슴을 앓았다. 작품을 맡겼던 젊은 청년은 그 후에도 간혹 작품 찾았느냐며 찾아왔다. 그러나 찾아보고 있다는 말로 미루고 있을 뿐 다른 방법이 없었다.

어느덧 겨울이 지나고 봄이 왔다. 반년이 되도록 작품을 못 찾아 겪는 고통은 말로 다 할 수가 없었다. 양자 모두 이러지도 저러지도 못한 딱한 처지였다. 날이 갈수록 더욱 무겁고 큰 고통이다. 선조의 소중한 유묵이므로 배상으로 해결될 일이 아니기 때문이다.

그러던 어느 날 설상가상 갑자기 쥐가 문을 뚫고 들어와 귀중한 작품들이 소장된 방에서 종횡무주縱橫無住로 소란을 피웠다. 영사 선생은 깜짝 놀라, 가구 일체를 들어내고 쥐를 쫓기로 했다. 다음날 방문을 열어 놓고 모든 가구를 들어내기 시작하여 모든 물건을 하나하나 들어내던 중 어찌 된 일인가? 가구 뒤의 벽 사이에서 잃어버렸던 두 점의 작품이 나오는 것이다. 온 가족은 꿈같은 현실에 모두 어안이 벙벙했다. 세상에 이런 일이 있을 수 있는가? 하며 모두 기뻐했다.

영사 선생은 기뻐 말문을 열지 못하고 다시 자세히 살펴보았다. 이는 다름 아닌 작품을 감상할 때 한 장 한 장을 옮겨 놓는 과정에서 두 장이 벽 사이 공간으로 흘러 들어갔던 것으로 추측된다. 그러나 이 기뿜을 손님^{소장자}에게 먼저 전할 방법이 없었다. 집집이 전화도 없던 어두운 그 시대 어떻게 할 방법이 없어 최 선생은 너무 기쁜 나머지 하루는 서울 장안 김 서방 집 찾듯 작품 주인을 물어물어 찾았다. 그분 또한 깜짝 놀라며 기뻐했다.

이렇게 하루아침에 고통이 풀렸으나 최 선생은 어린 청년에게 미안이 아니라, 죄송한 생각에 최 선생은 옛 속담이 생각났다. '잃어버린 놈은 열 가지 죄, 도적놈은 한 가지 죄'란 말이 머릿속에 떠올랐다. 그간 많은 사람을 도적으로 의심했던 자신이 한없이 부끄럽게 되어 갑자기 영사 선생은 결백한 양심에 죄인으로 가슴을 조였다.

아침에 생각하고 낮에 그리고 밤에 다시 생각해 보아도 작품 주인 어린 청년을 도둑으로 의심했던 자신을 무거운 죄인으로 뉘우치신 것이다. 강직 결백한 선생은 그날 밤잠을 이루지 못하고 후회에 후회를 거듭했다. 그리고 아침이 밝아지자 일찍 일어나 옷을 주섬주섬 가려 입고 하얀 서리를 밟으며 추운 날 일찍 젊은 청년의 집을 찾아갔다. 대문 앞에 서서 선생은 어렵게 말문을 열었다.

"참으로 부끄럽네. 용서해 주게." 하고 말했다. 영문도 모르는 청년이

"무슨 말씀입니까?" 하자, 최 선생은 청년의 손을 잡으며 말했다.

"지금까지 자네가 나의 눈을 속여 작품을 가져간 사람으로 의심했었네." 하고 말하며 다시 청년의 손을 꼭 잡았다. 청년은 웃으며

"예, 무슨 말씀인지 알겠습니다. 그렇다고 이처럼 일찍 찾아오셨습니까?" 하자,

"후회막급으로 어제 밤잠을 이루지 못했네. 정중히 용서를 비네." 하며 말을 맺고 집으로 돌아갔다고 한다. 그러나 청년을 의심했던 죄

책감이 가슴을 눌러 도저히 잠을 이룰 수가 없었다. 다음날도 다시 찾아가 젊은이에게 용서를 구했다. 이렇게 3일을 사죄한 후 아침에 일어나 한숨을 "후" 하고 쉰 다음 완벽당의 일상으로 돌아가 근무를 시작했다 한다. 이는 그곳에서 근무했던 친구가 전해 준 이야기이다.

　항상 번화가인 충장로의 모퉁이 한적한 골목길에 자리한 완벽당完璧堂의 노장老匠은 고고한 선비의 향기가 넘쳤던 큰 어른으로 이처럼 아름다웠다. 실은 나의 막역한 친구徐相昱의 장인이셨다. 어언간 선생님이 가신 지도 몇 십 년이 되었다. 올곧은 지성과 철학으로 한 생을 사신 분이며, 성인이 가르친 청검淸儉을 몸소 실천한 분으로 평소 검정 고무신에 허름한 두루마기를 입고 항상 도보道步를 즐겼던 분이다. 남을 자신처럼 배려하였고 일거수일투족一擧手一投足에 예禮를 먼저 생각하였으니 어지러운 이 시대에 보기 드문 군자의 행이 아닌가?

　가족들에게 "예의禮義를 부모처럼 소중히 여겨라."라고 하였다고 한다. 한 생을 해동공자 후손답게 맑은 마음과 바른 삶을 외롭게 지켜온 강직한 일사逸士로써 우리 후학들에게 큰 가르침을 남겼다. 선생님! 선생님의 가르침을 명심하겠습니다. 사람이 "이해利害로 왕래해서는 안 되네."라고 하셨던 그 날의 그 말씀을 오늘도 내일도 내 마음의 지남指南으로 삼아 살아가겠습니다. 큰 가르침을 주신 선생님께 삼가 명복을 비옵니다.

진각국사眞覺國師 · 연담종사蓮潭宗師의
사적비 건립 이야기

중국의 자랑이 만리장성이라면
조선의 자랑은 선문염송이다

춘곡약헌春谷藥軒 앞에는 큰 모과나무가 서 있다. 모과꽃은 조금 늦게 핀
다. 이른 봄 진달래, 철쭉, 매화, 목련, 개나리, 수선화 등등 화사한 꽃
들이 모두 시샘이라도 하듯 천자만홍千紫萬紅이 되어 강산이 만화방창萬
化方暢하던 때를 지나 꽃이 지고 푸른 잎이 돋아 연녹색 산하가 될 무렵
이면 우리 집 모과나무는 분홍색 꽃망울이 입을 연다. 오엽五葉으로 된
꽃이 매화꽃인 듯 복숭아꽃인 듯 그사이에 태어난 분홍빛 꽃으로 푸른
잎 사이에 웃음 짓는 모습이 너무 귀엽다.

　이때쯤이면 산에 취나물, 더덕, 두릅이 선보일 때이므로 아내는 시
장에 가서 여러 가지 봄 향기를 가득 안고 와 밥상에 올려놓으면, 새봄
새로운 밥상으로 먼저 떠 오른 것은 우리 것만을 즐기는 친구들이 생
각난다.

녹두누룩으로 빚은 녹의주를 준비해 놓고 친구를 불러 덥지도 춥지도 않은 마루에서 모과나무를 바라보면서 황금빛 청주 잔을 들면서 늦봄의 정취를 만끽했다. 이때는 빠질 수 없는 국재菊齋, 죽산竹山 등등 좋은 친구와 앉아 한담을 나누노라면 어느새 섬돌 밑 마당에는 분홍빛 꽃잎이 곱게, 곱게 떨어져 낙화만점설落花萬點雪을 이루었다.

그때마다 내가 아끼는 친구 죽산 최경천崔景天을 전화로 불러 낙화만점설을 한참 자랑하고 "오늘 오후에 꽃 보며 술 한잔하세." 하고 말을 전한다. 그때마다 어김없이 동성상응으로 맞장구를 치며 꼭꼭 찾아와 취나물, 두릅 된장무침에 소박한 홍어 몇 점 놓고 단둘이 앉아 주고받는 정담만큼 마음을 살찌우는 즐거움이 없었다.

아내에게 낙화를 쓸지 못하도록 신신당부하여 둔다. 그리고 이후 또다시 다른 친구를 불러 낙화를 보며 오후의 한때를 즐기곤 했다. 그의 하나를 소개하자면 해마다 모과꽃이 피면 먼저 죽산을 불러 단둘이 앉아 낙화 연을 하므로 어느 해 연말 죽산이 보낸 연하장에 '금년에도 모과꽃이 피면 두릅에 술 한잔해야죠.'라고 적은 글을 읽으며 혼자 웃는 때도 있었다.

20년 전 어느 늦은 봄 모과 꽃이 서풍을 타고 날아와 마루에 분홍빛 꽃 점을 놓고 나무 위에는 이름 모를 새들이 모여 재잘거리는 오후 석양 무렵이었다. 책을 읽다가 역사적 사실에 대하여 알고 싶은 내용이 있어 국사대사전을 꺼내어 펼쳐 넘기다 우연히 '혜심慧諶'이란 단어가 보였다. 무심히 읽어가는 순간 화순 출신이란 기록이 나타나자 나는 깜짝 놀랐다. 너무 반가워 다시 눈을 크게 뜨고 읽어보았을 때 나는 즉석에서 새로운 호기가 용솟음쳤다. 혼자서 '내 고향에 이처럼 큰 인물이 있었구나!' 하며 다시 눈여겨 읽었다.

그 내용을 자세히 살펴보자 진각국사 혜심慧諶은 고려 중기 고승으로 성은 최 씨였다. 어머니 천도제薦度祭; 죽은 이의 넋을 극락으로 보내기 위해 행하는 불교 의식를 올리기 위해 수선사修禪社, 즉 송광사를 찾아갔었다. 이때 보조국사를 만나 스님이 됐다는 내용이다. 원래 속가俗家에서 사마시에 합격할 만큼 지식을 갖추고 불가에 입문했으므로 공부가 일취월장하여 선교禪敎에 밝았으며 당시 수선사에서 지눌知訥이란 큰 선사禪師의 가르침을 받아 뒷날 보조普照국사의 법맥을 이은 진각眞覺국사가 된 것이다. 고려 고종이 왕위에 올라 즉시 선사로 재수하였고, 다음 대선사로 격상되었다. 당시 시험을 치르지 않고 승려 벼슬에 오른 사례는 처음이었다고 한다. 1234년 음력 6월 26일, 상좌 마곡麻谷을 불러 유언을 남기고 가부좌한 체 조용히 미소 지으며 열반에 들었다. 국사의 나이 56세로 법랍 32년이었다.

고종이 매우 슬퍼하며 진각국사眞覺國師의 시호를 내리고 부도를 원소지탑圓炤之塔이라 사액賜額하였으며, 평소 거처하던 광원암廣遠庵에 부도를 세웠다. 고려 대문장가였던 백운거사白雲居士 이규보李奎報에게 비문을 명하였으며 후세 사람이 말하기를 "중국의 자랑이 만리장성이면, 조선의 자랑은 선문 염송禪門拈頌; 고려 후기 승려 혜심이 선종의 화두 1,125칙에 염과 찬송을 붙인 불교서이다."라고 말했다고 한다. 즉, 선문 염송 30권을 저술한 한국 불교사에 큰 별이었다.

이를 읽고 큰 감동과 감격의 순간으로 이처럼 내 고향 역사에 대한 새로운 정보를 얻어 보람을 느끼면서 환희와 충격에 빠지지 않을 수 없었다. 나는 조용히 눈을 감고 진각국사 선양에 대한 큰 꿈의 나래를 펼쳤다. 다시 나는 다짐했다. '앞으로 진각국사에 대한 많은 자료를 찾아야겠다.'라고 생각하며 책장을 넘겼다. 그 후 며칠이 지나서 순천 송광사를 찾아갔다. 수려한 조계산을 돌고 돌아 일주문을 들어서는 순간 승보僧寶 종찰宗刹답게 모두가 장엄했다. 진각국사에 대한 사실을 알고자 주지 스님께 인사드리고 묻자, 스님은 반갑게 맞으며 말하기를 "국사전國師殿에 모시고 항상 예를 올립니다." 하며 나를 인도하자, 스님을 따라 국사전으로 올라가 진각국사 진영 앞에 합장 인사를 올리고 그곳에서 『진각국사어록』 한 권을 받아 집으로 돌아왔다. 모두 한문으로 되어 있어 난해한 점이 많았으나, 자주 펴 놓고 자전을 살펴 가며 모두 읽자 너무나도 감격스러웠다.

그 후부터 화순 만연사와 이양 쌍봉사, 운주사, 개천사, 유마사 등을 찾아다니며 스님으로부터 연혁사沿革史에 대한 많은 도움말을 듣는 순간 부푸는 애향심과 타오르는 자긍심을 감출 수가 없었다. 때때로 궁금한 생각에 고향 선후배 어른들에게 진각국사에 대한 사실을 물어 듣고자 말을 꺼내 물으면 이구동성 "자치샘 참외 먹고 배 씨 처녀가 잉태하여 보조국사를 낳았다네." 하는 말이 고작이었다.

혼자 허탈한 웃음을 지었다. 그 후 많은 사실을 곳곳에서 찾아냈다. 진각국사의 태생지가 화순읍 향청리란 것도 찾아냈고, 배 씨 처녀가 참외를 주워 먹고 진각국사를 잉태했다는 '자치샘'의 본 이름은 자치가 아니라 '자취샘跡泉'이란 것도 『연담선사집蓮潭禪師集』에서 찾아냈다. 그밖에 진각국사를 버려 학이 길렀다고 하는 '학정자 터'와 학이 물을 쪼아 어린아이진각국사를 먹였다고 전하는 샘까지도 모두 찾았다. 그 샘물은 몇 년 전까지만 해도 그처럼 맑고 시원하여 여름이면 부녀자, 농부들의 목욕 터가 되었었다.

어느 날 고향에서 친구 아버님^{배동렬 옹}께서 찾아와 평소 지병을 논하면서 옛 고향 얘기를 말씀하시던 중 충격적인 사실을 알게 되었다. 지금부터 90여 년 전 즉 1927년^{丁卯} 5월 20일 오후 8시경에 발생했던 화재였다.

이곳 화순읍 대리^{2구 247번지}에는 학조천^{鶴爪泉}과 천년을 넘긴 노거수^{老巨樹} 즉 느티나무가 있었다. 직경 3미터, 둘레 9미터로 대리마을의 수호신이었던 '학정자' 나무가 있어 마을 사람들이 모두 신성시하였으며, 진각국사를 이 나무 아래 버렸을 때 학이 찾아와 샘을 파고 그 물을 쪼아다가 아이에게 먹였다고 하여 학조천^{鶴爪泉}이라 하였다. 이는 명천^{名泉}으로 전하여 몇 년 전까지 여름에는 목욕 터가 되었다.

대리^{大里}의 한 어른께서 말씀하기를 이곳 한골^{大里}이란 마을에는 김백만^{金百萬}이란 비천한 목동^{牧童}이 살고 있었다고 한다. 때마침 보리 이삭이 누렇게 익어가는 오월이 되어 농촌에는 춘궁기 주린 배를 달래기 위해서 들에 가득한 황금빛 보리 이삭을 불에 태워 그 알맹이를 손으로 비벼 먹던 풍습이 전해 내려왔다. 김백만이란 목동이 들에서 보리 이삭을 구워 먹던 중 갑자기 먹구름과 함께 소낙비가 쏟아지자, 당황한 나머지 보리 이삭과 풀 나무를 안고 이곳 천년 고목의 동굴 속으로 찾아와 비를 피하며 그곳에서 다시 불을 지펴 보리를 구워 먹었다.

비가 그치자 김백만 목동은 그 자리에 지펴 놓은 불씨를 없애지 않고 무심히 집으로 돌아갔다. 이때 그 고목 속에서 불씨가 다시 점점 번져 천년 고목 속이 타기 시작한 것이다. 어두워가는 밤인지라 모두 관심 밖이 되었던 이때 텅 비어 있던 고목 속으로 불길이 번져 모두 타고 있었으나 아무도 아는 사람이 없었다. 더욱 어두운 밤인지라 빨간 큰 불덩이로 보였다. 이를 본 마을 사람들이 모두 놀라, 온 마을을 돌며 '불이야', '불이야'를 외치자 남녀노소가 함께 모두 쫓아갔다.

소방차도 없던 그 시절 방법이 없었다. 주위에 있던 모판볍씨에 가득 차 있던 물을 바가지로 나르며 또 한편으로는 파란 볍씨가 자라는 모 판 진흙을 손으로 뭉쳐 나르며 불을 꺼 보았으나, 이미 고목은 거의 전 소된 상태였다. 천년 고목은 천지가 진동하는 굉음을 세 번이나 울리 며 쓰러졌다. 이렇게 진각국사의 학정자 나무는 애석하게도 천년의 자 취를 감추었고, 3일 후에 김백만이란 목동은 갑자기 심장마비로 급사 하고 말았다고 한다.

그 당시 '한골', '배바위' 마을 노인들에게는 귀에 익은 실화實話였 다. 그 이야기를 나도 여러 차례 들었다. 참으로 애석한 일이 아닐 수 없다. 그처럼 진귀하고 신령스러운 나무를 우리들의 소홀로 다시 볼 수 없게 된 것이다. 그 후 고향을 아끼는 지역 유지 여러분의 도움으로 함께 뜻을 모아 그곳에 다시 느티나무를 심고 아담한 정자를 지어 전 설의 현장으로 남겼다.

『화순읍지』에 "화순읍 대리 247번지보성 장흥 행 국도변 약 2백 미터에 '학조천'과 '노수老樹'가 있다. 그 후 1927년 정묘 5월 20일 오후 8시 경 목동 김백만이 실화하여 수목이 다 타버렸다. 수목의 나이는 약 1 천 년으로 추산되고 직경은 3미터 주위 둘레는 9미터 거목이다.和順邑大 里二四七番地大里二區前道路約二百米鶴爪泉老樹有之其後一九二七年丁卯五月二十日午后八時頃牧童金 百萬失火樹木燒盡樹木樹令約一千年推算直經三米周圍九米巨木也"라고 되어 있다.

그 후 나는 '서학정瑞鶴亭'이라 이름 짓고 손수 현판을 쓰고 비문을

| 진각국사를 학서도(鶴棲島)에 버렸다고 전하는 서학정(瑞鶴亭)

지었다. 옛글에 어진 사람이 지나가면 산천山川도 빛난다 했다. 하물며
어진 인물이 태어났다면 어찌하랴. 지령地靈은 인걸人傑이라 우리 고장
에는 만연산 정기를 받아 고려 진각국사眞覺國師가 태어났다.

옛 『오성지烏城誌』에는 "화순현和順縣 적천리跡泉里에 향공진사鄕貢進士
배 씨가 살았다. 그의 딸 배 씨 처녀는 추운 겨울 새벽 샘을 찾아갔다.
밥 지을 물을 바가지로 퍼 올리는 순간 그 물에 참외가 떠 있어 호기심
에 그 참외를 물에서 주워 먹고 말았다. 그 후 처녀의 배가 점점 불러
오더니 12개월 만에 아이를 낳았다. 처녀의 몸으로 아비 없는 아이를
낳은 것이 부끄러워 멀리 이곳 학서도鶴捿島에 아이를 버리고 말았다.

그러나 천륜天倫의 아픔을 참을 수 없어 다시 찾아가 보니 기특하게 학이 있었는데 한 마리 학은 아이를 품고 또 한 마리 학은 나무 아래 샘을 찾아가 물을 쪼아 어린아이에게 먹이고 있었다. 이를 본 배 씨 처녀와 어머니는 아이를 안고 집으로 돌아와 길렀으니 그가 뒷날 진각국사이다."라고 되어 있다.

고려 이규보李奎報가 지은 〈비명碑銘〉에는

"당시 국사國師가 길을 걸어가면 황소가 무릎을 꿇었고 두꺼비와 까마귀 등 미물들까지 찾아와 청법聽法을 하는 등 진기한 이적이 많았으나, 모두 기록하지 못한다."라고 하였다.

이처럼 진각국사는 한국 불교사를 빛낸 큰 인물이며, 그가 한국적 간화선看話禪; 불교에서의 선禪 수행 방법 중 화두話頭를 들고 수행하는 참선법을 정리한 선문 염송禪門拈頌은 해동 최고의 선가禪家 보전寶典이 되었다. 옛사람이 말하기를 "중국에 자랑이 만리장성이라면 조선의 자랑은 선문 염송"이라 말하였으니, 그의 진귀한 가치는 날이 갈수록 빛났으며 향기를 더하였다.

그 옛날 이곳에 봄이 오면 녹음방초綠陰芳草가 천 리를 잇고, 여름이면 맥파만경麥波萬頃에 남풍이 불며, 가을에는 황금옥야黃金沃野로 풍년을 기약했다. 그러나 이제는 화순 팔경의 하나인 '학야청풍鶴野淸風'도 사라지고 물환성이物換星移의 세월 속에 무상을 통감痛感하면서 옛 진각국사의 찬란한 업적과 영롱한 전설들을 영원히 간직하고자 옛 학서도鶴棲島에 다시 서학정瑞鶴亭이라 하여 정자를 지어 옛 사연을 더욱 새롭게 하였다.

어느 스님에게 연담집蓮潭集을 선물 받다

날이 가고 해가 바뀌어 갈수록 우리 역사에 관한 나의 호기심과 고향에 대한 애착이 더욱더 깊어지면서 다시 우리 고장 불교사를 연구하다가 우연히 불교 서점에서 『동사열전東師列傳』과 『해동고승전海東高僧傳』 등등 많은 문헌을 찾아 섭렵하게 되었다. 나는 다시 조선시대 큰스님 연담대종사蓮潭大宗師를 『국사대사전』과 『불교대사전』 등에서도 찾았다. 나는 너무 반가웠다. 거기에는 연담종사의 사실이 자세히 수록되어 있었다.

속성俗姓이 천千 씨로 그의 본명은 유일有一이다. 화순 출신으로 옛 진각국사가 태어난 적천跡泉리에서 태어났다고 기록되어 있었다.

그 후 다시 『연담집蓮潭集』을 읽기 시작했다. 이 책을 읽는 순간 만리 타향에서 고향 친구를 만난 듯 그처럼 반가울 수가 없었다. 옛글에 유지유로有志有路라, 뜻이 있으면 길이 있다고 했듯 그 밖의 여러 문헌을 여기저기서 구하다 보니 더욱 크고 넓은 화순 불교사를 발견하게 된 것이다.

연담종사는 조선 불교사에 샛별처럼 빛난 큰스님으로 고려와 조선을 통하여 오직 한 분이 태어난 화엄사상華嚴思想을 전공한 큰스님으로 천년에 유일무이唯一無二한 화엄종장華嚴宗匠이라 칭한다 했다.

이를 읽고 너무 기뻐 한참 앞산을 바라보며 환희에 도취 되어 모든 생각이 멈췄었다. 다음 다시 이곳저곳에서 조선 삼의三衣, 고승의 한 분인 동북 출신의 하의荷衣 대사를 찾는 등 대덕 고승을 아홉 분이나 찾았다. 우선 성급히 『화순의 고승』이라 하여 한 권의 책으로 묶었다.

나는 조용히 생각했다. 이처럼 『국사대사전』에 수록된 큰 인물이 지역에서는 등하불명燈下不明 되었을까? 원인은 분명했다. 우리 고장에서 탄생한 많은 인물은 모두 후손이 있어 후세에 그 위업이 높이 선양되고 있으나, 오직 스님은 후손이 없으므로 이처럼 문헌에만 겨우 전하게 되었으니 이는 참으로 안타까운 일이다. 한국 불교사에 법등法燈을 전하는 국사國師와 종사宗師가 출생한 고향에서 아는 사람이 없다는 것은 참으로 애석한 일이 아닐 수 없다. 나는 하루빨리 모든 사람에게 알릴 수 있도록 비를 세워서 우리 고장의 자존심을 높이고 어린 후학들을 위한 교육의 장으로 삼아야겠다는 생각을 혼자 다짐했다.

어느덧 여름이 지나 마당에 서리가 가득히 내려 싸늘한 어느 늦가을 이른 아침이었다. 하얀 노스님 한 분이 대문 안을 들어서면서 "선생님 계십니까?" 한다. 인기척에 방문을 열고 나갔다. 청수한 인상에 깨끗한 승복을 입은 큰스님께서 찾아오신 것이다. 자리로 맞아 서로 인사를 나눈 다음 스님께서 "저는 송광사에서 왔습니다." 한다.

깜짝 놀란 나는, 이처럼 일찍 노스님께서 먼 길을 … 그리고 승보종찰 송광사에서는 처음 찾아온 손님이었기 때문이다. 스님께서 말씀하시기를 "저는 약을 짓고자 온 사람이 아닙니다." 하시며, 품에서 봉투를 내놓았다. 그 봉투를 내 앞에 놓으면서 "며칠 전 선생님의 기사를 읽고 찾아왔습니다. 진각국사의 비는 우리가 세워야 할 사업인데 선생님께서 하겠다는 말씀에 너무 반가워 왔습니다. 적은 돈이지만 우리 진각국사 사업에 보태주십시오. 이 돈은 저의 뜻으로 가져왔으니 남에게 알려서는 안 됩니다." 극구 사양했으나 끝까지 두고 떠나셨다. 뒷날 그분을 알아보았더니 구산九山 큰스님의 법맥을 이은 보성 스님이었다. 이렇게 송광사 보성 큰스님께서 주신 1백만 원의 성금을 받아 안방으로 가져왔으나 막상 생각하니 놓아둘 곳이 마땅치 않았다. 고귀한 성금인지라 아무 곳에나 놓아둘 수가 없었다. 나는 깊은 장롱 속 결혼 이불 속에 깊숙이 넣어 놓았다. 이는 아내조차도 모르는 일이다.

몇 달이 지나 화순군청 공보실장으로부터 군청을 방문하라는 전화가 왔다. 내가 급히 찾아가자 공보실장 이병일은 취임한 지 몇 개월이라면서 친절히 맞아 주었다. 공보실장은 나와 차를 나눈 다음 말하기를

"자네가 맡긴 통장 금액이 너무 많아 부담스럽네. 이제 그 통장을 가져갔으면 하네." 하면서 통장을 내놓았다. 다시 말하기를

"이 통장에 불미스러운 사고가 발생하면 누가 책임지겠는가?" 하는 것이다. 나는 다시 더 이을 말이 없어 막연히 앉아

"그간 감사했습니다." 하고 끝낼 수밖에 없었다.

아! 감회가 새롭다. 통장에 대한 내력을 말하지 않을 수가 없다. 『화순의 전설』 발간과 도전道展에서 문인화 최우수상을 받고 초대작가로 추대되자 여기저기서 작품 요청이 많았다. 그때마다 손님들께서 주신 사례금을 받기에는 너무나 무거운 부담이었다. 미숙한 실력에 어린 나로서는 운필료運筆料란 핑계로 돈을 받는다는 자체가 어색하면서 부끄럽고 불손하기까지 했다.

그러나 모든 이에게 봉사하기란 그 또한 어려운 일로 고민하던 중 '통장' 하나를 개설하여 '향토문화사업'에 일조하기로 결심하고 사례금을 모두 통장에 넣도록 했다. 그리고 '화순 향토사'를 정리한 여러 책자를 읽고 그 도서를 요구하는 분들이 주신 대금 또한 이 통장에 모았다. 10여 년이 지나자 6천 8백만 원이 되었다. 이 통장마저 내가 소

지하기가 부담스러워 화순군청 공보실에 맡겨 놓았다. 그러므로 이는 많은 분이 성의껏 주신 다소의 성금이 모인 통장이다. 공보실에서 이렇게 통장을 주면서 관리를 사양하자, 나는 조심석사朝心夕思 많은 생각을 하지 않을 수 없었다.

나는 생각 끝에 이 통장으로 진각국사와 연담종사의 사적비를 세우기로 결심하게 되었다. 즉시 송광사를 찾아가 당시 주지였던 보성 큰스님을 찾아 합장 인사를 올리고

"스님, 진각국사 비를 세워야겠는데 장소를 스님과 함께 상의하여 정하고 싶습니다. 스님과 함께 현장을 살펴보는 것이 어떻겠습니까?"

하자 흔쾌히 승낙하면서 즉시 동행키로 하여 만연사와 남산을 둘러보고 난 다음 현 위치를 선정하였다.

며칠 뒤에 화순군수정병철에게 현 위치를 말하자 쾌히 승낙하여 즉시 사업을 추진했다.

먼저 유적비 비문을 선정해야 했다. 여러 생각을 해 보았으나, 진각국사 비문은 고려 백운거사 이규보李奎報 선생의 소작을 진각국사 어록에서 찾았다. 그리고 연담종사 비문은 종사의 일대를 기술한 연담집 뒤편에 〈연담 대사 자보행업〉이란 글을 발견하고 자세히 읽어보았더니 이 글은 연담종사께서 한평생의 행업行業을 스스로 자상히 기록한 글이었다. 나는 너무도 반가웠다. 이 글로 비문을 정하는 것이 가장 합당하다고 생각되어 마음이 너무 기쁘기만 했다. 흡사 지초와 난초의 향기를 혼자 취해 즐기는 기분이었다. 다시 생각해도 연담종사께서 손수 지은 글을 비문으로 새겨 세상에 내놓는다는 것을 생각할 때 너무나도 당연하고 흐뭇할 뿐이었다.

지금 생각해 보아도 지극히 현명한 판단이었다. 진각국사와 연담종사의 업적이 꿈을 깨고 세상 밖으로 나와 밝은 해와 달을 보게 되었다고 생각하니 참으로 감개무량했다. 조선시대 화엄사상華嚴思想의 종장이신 연담 대종사의 영혼이 담긴 육성을 듣는 듯 유려한 문체로 감동을 주는 금장옥구金章玉句를 연담종사께서 직접 쓰신 글이 비문이 되자 나는 너무도 기뻤다.

이렇게 비문은 결정되었으나 글씨가 더욱 어려운 결정이었다. 날마다 많은 생각을 했다. 어느 글씨체에 어느 분 글씨를 택할 것인가? 많은 생각 끝에 해서체로 정하고 당대 해서의 최고 권위자이신 운암雲菴 조용민趙鏞敏 선생을 선정했다. 글씨뿐만 아니라 인품 또한 글씨에 못지않게 훌륭한 선생님이다.

나는 정말 마음이 흐뭇했다. 당장 운암 선생님을 찾아가 말씀 올리자 쾌히 승낙하셨으며, 그 후 운암 선생께서는 조용하고 정결한 별실을 정하여 진각국사와 연담종사 비문을 35일에 걸쳐 주옥처럼 엮어써 내려갔다. 종종 찾아가 인사를 올리며 글씨를 볼 때마다 내 가슴에 환희가 넘쳤다. 해서처럼 어려운 글씨를 한 자 한 자에 정성을 담아 그처럼 미려美麗하고 우아優雅한 자획이 옥구슬을 이은 듯 빛났다.

아! 이는 하늘이 나에게 홍복弘福을 내리신 것이다. 항상 관음보살님처럼 미소를 잃지 않고 따뜻하게 맞아 주신 운암 선생은 불교를 숭상했던 가문으로 더욱 나를 항상 따뜻하게 아껴 주시던 터였다.

이제 다시 더욱 무거운 숙제가 다가왔다. 그는 다름 아닌 '비의 규모를 어떻게 할 것인가.'였다. 밤잠을 설쳐가며 생각에 생각을 거듭하고 결정했다. 전국 사찰을 다니며 요즈음 세운 비를 살펴보기로 했다.

대구 팔공산 동화사, 파계사에서 시작하여 남해 보리암, 수원 용주사, 치악산 구룡사, 월정사 등등 새로운 하얀 비가 서 있는 곳이면 두루 찾아가 보았다. 스님과 보살님의 소문을 듣고 찾아 이곳저곳에 큰비가 서 있다는 소식을 들으면 즉시 찾았다.

그러던 어느 날 전북 금산사에 좋은 비를 보았다는 어느 스님의 소식을 듣고, 다음날 찾아오는 환자를 외면한 채 금산사를 찾아갔다. 과연 금산사에 서 있는 귀부이수龜趺螭首; 거북 모양으로 만든 받침돌과 용이 서린 모양을 아로새긴 비碑 머리가 그처럼 정교하고 비신碑身과의 조형미가 아주 내 마음을 사로잡았다. 귀부龜趺가 특이하였으며 생동감 넘치는 이수螭首를 보고 또 보아도 마음에 들었다.

나는 주지住持실을 찾아가 불사의 노고를 덕담으로 위로하고 제작한 장인과 주소를 물었다. 익산군益山郡에 있는 남강석재 권오달權五達 선생을 소개해 주었다. 나는 즉시 찾아갔다. 과연 이분의 이력은 화려했다. 우리나라 유일무이한 큰 불사를 모두 권오달 선생의 설계로 이루어 한국 석조각石彫刻 예술계에 최고 명장으로 국가 지정 '인간문화재' 칭호를 받았다고 말했다. 즉석에서 언약했다.

그 후 운암 선생의 글씨를 품에 안고 전북 익산 남강석재를 찾아가 계약을 한 뒤, 3일~5일 만에 한 번씩 광주에서 전북 익산까지 찾아가 조각하는 각수刻手에게 주식酒食을 대접하면서 그간 노고를 위로하며 서체의 이탈을 막아 운암 선생의 영혼이 살아 생동하도록 간절히 부탁했다. 내 비록 졸필이지만 글씨를 쓰는 사람으로 비문의 사활과 필력의 생명이 모두 각수刻手의 손에 있다는 것을 너무나도 잘 알기 때문에 땀을 쥐고 각자刻字 하는 노인에게 간절히 부탁하고 또 부탁했다. 그래도 불안한 마음에 3일이 멀다 하고 익산 가는 버스를 타고 찾아다니 면서 몇 달을 거쳐 글씨 조각彫刻을 모두 마쳤다. 참으로 무겁고 어려운 일을 감히 시작한 것이다.『국사대사전』에 수록된 화순 6대 인물인 진 각국사와 연담종사의 비를 부족한 내가 감히 금석문金石文으로 재탄생 시킨다는 점에서 두려운 한편 너무 기뻤다.

우리 고장 출신인 양팽손, 최경회, 조대중의 큰 어른은 후손이 있어 후세에 그 명망이 퇴색되지 않고 더욱 빛나고 있으나, 진각국사와 연 담종사는 일찍 사문沙門으로 출가하여 후손이 없고, 지역사회에는 그 자취가 사라졌으므로 왜곡된 전설로만 몇 마디 전하고 있을 따름이다.

이렇게 위대한 인물이 우리 고장 출신이라는 긍지와 자부는 생각 할수록 통쾌할 뿐이다. 생각건대 시절의 인연을 같이하여 부족한 내가 성스러운 불사佛事를 감당하게 되었는지 천지신명과 불보살님께 천만 감사하고 감사할 뿐이다.

어려운 불사가 거의 완성되었다. 제막식을 앞두고 나는 순천 송광 사 보성 스님을 찾아갔다. 스님께서 반갑게 맞아 주며 행사의 모든 절 차를 운주사 법진 스님과 상의하도록 하겠다고 말하며, 화순 도암 운 주사 법진 스님께 전화로 말하기를

"여기 강 거사님이 오셨는데 모든 준비를 법진에게 문의하도록 하 였으니 함께 준비하도록 하시죠." 하시더니, 나를 보고 웃으며 "우리 법진이 잘 도와줄 것입니다." 했다.

나는 돌아와 다음날 다시 장성 백양사를 찾아가 운문암에 서옹전종정 큰스님께서 주석한다는 말을 듣고 운문암雲門菴을 찾아갔다. 전 종정 스 님이었던 서옹 스님은 연담종사의 8대 법손法孫으로 한국 불교계를 대

변하는 대덕 고승이다. 백양사에서 다시 걸어, 걸어 운문암에 올라 조실 스님이 계신 곳을 찾아 들어서자 시봉 상좌가 반갑게 맞으며 용건을 물었다.

"서옹 큰스님을 뵙고자 왔습니다." 하자, 시봉 상좌는 이윽고 스님에게 나를 안내해 주었다. 청수한 인상으로 왜소한 몸매에 맑고 밝은 눈빛과 음성은 천진무구한 선풍의 향기가 온 방 안에 가득했다. 나는 조심스럽게

"제가 화순 남산에 진각국사와 연담종사 사적비를 세워 제막식을 계획하고 있습니다."라고 말씀드렸다. 서옹 스님께서 깜짝 놀라면서

"화순군에서 세웁니까?" 하고 묻는 것이다. 나는

"아니요, 제가 세워 제막식을 준비합니다." 하자,

"우리가 해야 할 일을 거사님이 하시네. 그날은 제가 몸이 아프면 상좌 등에 업혀서라도 가겠습니다. 내가 연담종사 8대 법손입니다."라고 한다. 상좌가 내온 다과를 권하며 백양사 문중에서 여러분들을 동원하여야겠다고 말씀하셨다.

나는 너무 기뻤다. 전혀 경험이 없는 불교 행사였으므로 모든 것이 불안하여 조석을 가리지 않고 법진 스님과 상의하였고, 화순 군민께 홍보하는 문제부터 행사 초청 인원 등등 제반 준비는 나를 그처럼 따뜻하고 자상히 보살펴주시는 송암淸南 형님이 계셔서 수시로 함께하며 모든 준비를 원만히 할 수 있었다.

드디어 1993년 6월 10일 아침이 밝았다. 오늘은 진각국사와 연담종사의 사적비 제막식 날이다. 그날의 고마움을 어찌 다 말하겠는가. 사심 없는 불사는 반드시 불보살님의 가피력加被力; 부처나 보살이 자비심으로 중생

| 진각국사 · 연담종사 제막식에서 영산회상곡 연주

을 이롭게 하여 주는 힘이 있는 법이었다. 많은 사람들이 도움을 주었다. 광주 불교 청년회에서 찾아와 괘불을 설치해 주었고, 뜻밖에 경남 양산에 살던 재종제^{강동의}가 찾아와 법단 공사를 원만히 도와주었으며, 광주 여성 불교 합창단, 국악관현악단의 협조 아래 불보살 위신력^{威神力}을 찬탄^{讚歎}하는 음악 〈영산회상곡〉을 장엄하게 연주할 수 있었다. 그리고 송광사 문중과 백양사 문중 스님 300여 분이 참석했다. 사회단체와 많은 불자^{佛子}가 구름처럼 모여 합장으로 경축 인사를 나누었고, 구용상 도지사, 홍기훈 국회의원도 바쁜 가운데 참석하였으며, 전종정 서옹^{西翁} 큰스님은 여러 스님과 함께 오시면서 나의 손을 꼭 잡으시며 법복에

서 봉투를 꺼내 주었다. 그는 다름 아닌 "日日是好日일일시호일; 날마다 좋은
일만 있기를"이란 친필 글씨를 나에게 주면서 합장하며 미소를 지으셨다.

　송광사 승찬 스님, 보성 스님, 화순 만년사 정조 스님 등등 300여 명
스님의 점심 공양은 모두 운주사 법진 스님께서 맡아 보시布施를 했다.

　행사 전 어느 날 송광사 보성 스님과 현봉 스님을 만나 오신 손님에
대한 예우를 걱정하자, 보성 스님께서 저에게 말씀하기를

　"노래 부르고 북, 장구 치는 데는 많은 사람이 오지만, 절집 목탁
치는 데는 별 손님 안 옵니다." 하시며, "200~300명 오면 많이 오지
않겠어요? 너무 걱정하지 마십시오."라고 했다.

　그러나 어쩐지 많이 오실 것 같은 불안함에 팸플릿안내 책자은 1천 부
를 제작했으나, 참석인원이 훨씬 넘어 부족했다.

　이 행사의 주최를 편의상 문화원으로 정하였으므로 전남 문화단체
총재이신 최상옥 회장님을 비롯하여, 각 사회단체와 많은 불자佛子가
참석하였으며, 헤아릴 수 없는 각양각색 등燈이 남산 오르는 양편 길을
이어 제막식을 더욱 빛내주었다. 법단과 사적비 앞에는 많은 분이 보
내온 화환이 모여 100여 개가 성을 이루었다. 또한 진각국사 문중인
화순최씨 대표 최병태 씨와 연담종사 문중 천 씨 대표가 참석하여 더
욱 뜻깊은 행사가 되었다. 그리고 이서옹전종정 큰스님의 법어와 구용상
도지사, 홍기훈 국회의원의 감명 깊은 축사 또한 잊을 수가 없다.

　아! 그날의 환희와 장엄을 어찌 필설로 다하겠는가? 1천 명의 대중
이 모여 거행한 제막식으로 그날을 생각하면 구름처럼 밀려오는 감동
과 뼈에 사무치는 감격은 가슴을 가득 메워 진정하기 어려울 뿐이다.

　지면이 부족하여 모두 생략하고 오직 불보살님의 가호 속에 시종일

| 진각국사 · 연담종사 제막식 장면

관 모든 일이 원만 성취되었다는 말로 맺고자 한다. 미혹한 중생일지라도 순수 무구한 마음에는 불보살의 가피加被가 반드시 그림자로 따르는 법이라는 것을 확인했다.

그날 어린 상좌 스님의 양산 아래 법문을 맡아 하셨던 서옹 스님의 사자후獅子吼가 오늘도 눈앞에 선연하다. 그리고 그날의 법진 스님도 이젠 극노인이 되었으며, 땀을 뻘뻘 흘리며 불단에 공양을 올리던 보살님들, 구용상 지사, 정병철 군수 등등 제막식除幕式 행사를 고맙게 빛내주신 모든 분이 생각 속에 절절히 피어난다.

서옹 스님께서는 그 후 열반에 들어 백양사 사리탑으로 모셨고, 그처럼 열성을 바치셨던 보살님들은 모두 어느 산 아래 누워 계신지 …
적막공산의 물소리가 서럽기만 하다. 벌써 강산이 두 번 바뀌고도 남
음이 있어 진각국사와 연담종사의 거북 좌대와 높은 이수螭首는 지난
세월을 말해 주듯 이곳저곳에 이끼가 꽃 피우고 웅장한 양각은 아롱진
검붉은 점들이 무상한 세월을 조용히 말해 주고 있다.

자네는 내 마음을 어찌 그처럼 아는가?

내가 불교를 처음 접하게 된 것은 27세 때였다. 23세에 한약업사 시험에 합격하여 처음 개업할 때 상호를 신초당神草堂이라 했다. 겨우 동의보감과 방약합편 그리고 『의학입문 장부총론』과 『상한부』를 읽고 문을 열었으니 부끄러운 일이었다. 신농神農 본초本草에서 각각 한자씩을 따 옮겨 신초당神草堂이라 했는데, 주위 모든 분은 그것까지는 알지 못하고 다만 신기한 풀로 풀이하여 찾아오신 분마다 상호를 참 잘 지었다고 칭찬했다.

23세, 지금부터 55년 전 일이다. 『의학입문 장부총론』을 겨우 읽고 시험을 보는데 하필이면 수험 번호가 4번이었다. 시험 보기 하루 전날 약업계에 종사했던 많은 분이 광주에서 만나 서로 덕담하며 격려를 하는데 나는 수험 번호가 4번이라고 했더니, 누군가가 "어찌 하필 4번이냐?" 하니 죽을 사死자를 연상하면서 모두 섭섭해 했다. 어떤 분은

"14번만 되었어도 좋겠구만." 하면서 말끝을 흐렸다.

　그러나 나는 그까짓 번호에 신경 쓸 겨를이 없었다. 내일 시험을 어떻게 합격할 것인가? 처방학에 자신이 없어 부지런히 처방 외우기에 급급했다. 드디어 모든 것이 끝나고 발표할 날이 되어 도청 게시판을 찾아가 보았다. 게시판 합격자 첫머리에 1번, 4번, 12번 순順으로 합격자 명단이 있었다. 나의 번호가 두 번째였다.

　오늘날 헤아려보면 물 흘러가듯 지난 50년 전 이야기다. 이렇게 천박한 실력으로 손님을 본다고 앉아 있으니 마음이 불안할 수밖에 … 매일 오후가 되면 광주행 버스를 타고 광주역에서 내려 대인동에 거주하신 곡성 출신 김○○ 선생님의 명망을 듣고 찾아가 지도를 받았다.

　이렇게 겨우겨우 손님을 모셔가며 영업을 하던 중 어느 날 만연사 주지 인암忍菴 스님을 모시는 보살이라면서 찾아와 자기 위장병을 고쳐 달라고 애원했다. 오래된 숙질宿疾로 그간 고통을 호소하면서 통사정을 했다. 나는 아는 대로 정전가미이진탕正傳加味二陳湯을 지어 주었는데, 그처럼 오래된 위장병이 의외로 쉽게 나았다. 오래된 고질병을 고쳐주자 고맙다고 작은 선물을 들고 다시 찾아와 전하면서 말하기를

　"선생님, 우리 절 스님 병 좀 고쳐 주십시오." 하는 것이다.

　"어디서 오셨습니까?" 하고 묻자,

　"저는 만연사 부엌 보살인데 우리 스님께서 옆구리에 담痰이 붙어 아침 예불을 못 하십니다." 했다. 그때 나는 환자를 보지도 않고 가미加味 궁하탕芎夏湯 세 첩을 지어 드렸다.

　"담에는 잘 듣는 약이니 시험해 보십시오." 하자, 보살님은 기뻐하며 그 약을 들고 만연사로 올라가 바로 달여 올렸다. 이 세 첩약을 복

용한 스님은 다음날부터 병이 가벼워져 완쾌되었다고 한다. 주지 인암
忍菴 스님은 너무 기뻐한 나머지 몇 권의 책을 가지고 집을 찾아오셨다.
인암 스님은 책을 내놓으면서

"절에서는 보답할 선물이 없습니다." 하며 내놓았다. 책 이름은 〈반
야심경 강의〉, 〈천수경〉, 〈바른 기도법〉 등 얄팍한 책자로 지금 생각
하면 포교용 책자였다.

천수경千手經 칠언구七言句 법성계法性偈를 읽는 순간 너무도 감격스러
웠다. 처음으로 접한 불경佛經이므로 깊은 뜻은 이해하지 못하지만, '글
자풀이'만이라도 너무 마음을 훤히 열어주는 구절이다. 어떻게 이런
글이 있을까? 나는 그때 새롭게 불교에 관한 이해와 함께 동경심이 샘
솟았다. '막연한 관세음보살이 아닌 인간의 마음을 바르게 인도하는
참 가르침이 이곳에 있구나.' 하며, 불교의 오묘한 철학을 막연하게나
마 느끼면서 호기심이 생기기 시작했고, 이때부터 큰스님을 찾아 친견
도 하고 법회에 법문도 들어가며 명산대찰을 두루 찾았다.

그 후 인암忍菴 스님은 순천 송광사로 가서 그곳에서 오래 계셨다.
매년 입춘이 되면 새해 새봄을 상징하는 매화를 그려 연하장으로 보냈
다. 스님은 항상 책상머리에 나의 연하장을 붙여 두고 다음 해에 또다
시 오면 작년 연하장을 뜯어내고 그 자리에 금년 연하장을 붙였다고
뵐 때마다 말씀하셨다. 그 후 인암 스님은 소식도 없이 안타깝게도 입
적하셨다고 하자, 나는 옛정을 생각하며 마음이 아파 즉시 부도전浮屠殿
을 찾아가 허리 굽혀 몇 번이고 합장 배례를 올렸으나, 끝내 말씀이 없
었다.

그 후 설악산 봉정암에서 오세암 백담사, 신흥사, 월정사 등등 남쪽

으로 여수 향일암까지 명산 고찰은 거의 밟지 않은 곳이 없었다. 많은 스님 및 신도와 교분을 맺었으며 경전 강의도 들었다. 참으로 나의 삶에 크나큰 가르침이 되었다. 엊그제로 느껴지는 세월이 벌써 인암 스님께서 가신 지도 어언 35년이 지났다.

어느 날 고전 책을 구하기 위해 시내 충장로 칠엽굴七葉屈 즉 불교 용품상을 찾았다가 주인이신 김보열金寶烈 선생과 우연히 서로 인사를 나누고 난 다음부터는 충장로를 나가면 반드시 칠엽굴을 찾았다. 불교에 관한 여러 문헌을 살펴보고 물품을 사기도 하며 인사를 주고받는 사이가 된 김보열 선생의 인품과 취향이 담백·검소하여 너무나 사람을 편안케 했다. 내가 평소 지향하는 바에 동정·공감된 바가 많아 자연히 김보열 선생을 존경하게 되었고, 망년지교忘年之交가 되어 일일불가무지교一日不可無之交; 하루도 사귐이 없을 수 없었다로 매일 연락을 주고받으며 자주 만났다. 옛 성현의 도덕과 염치를 논하며 서로 배우고, 때때로 막걸리 한잔에 마음을 열어 서로 위로하며 사는 처지에 이르렀다.

어느 따뜻한 봄날 김보열 선생이 갑자기 말씀하시기를

"자네 일가一家에 큰스님이 계시는데 자네 잘 모르시는가?" 하며 의아스러운 듯 물었다. 나는 처음 듣던 말로 전혀 모른 말이었다. 다시 말을 이어 "이 시대 큰 도인이 자네 집 안에서 탄생했네." 하였다.

"저는 지금 처음 듣습니다." 하자, 다시 말하기를

"큰스님은 곡성 태안사에 계시는데 찾아뵙는 분은 모두 깜짝 놀랄 뿐이네." 하였다. 지금까지 스님은 참선에 전념하여 세상에 드러내지 않았으나, 스님의 법문을 한번 듣고 나면 흠모치 않는 분이 없다고 한다. 김보열 선생은 강청화姜淸華 큰스님을 자주 친견하였다면서 어찌 이렇게 만시지탄晩時之嘆이 되었느냐고 반문한 뒤 당장 내일 곡성 태안사泰安寺를 찾아 인사를 올리자고 나를 끌자, 쾌히 승낙했다.

망중한忙中閑으로 어렵게 시간을 만들어 곡성 태안사를 향해 출발했다. 이때 김보열 선생은 저에게 청화淸華스님의 약력을 소개했다. 전남 무안 출신으로 젊은 시절에는 교편을 잡았으나, 뜻한 바 있어 사업가로 투신하여 사업을 시작했다가 뜻을 이루지 못하고 실패하고, 큰 깨달음을 얻어 가족과 모든 인연을 끊고 불문佛門에 귀의하였다고 한다. 그간 방방곡곡 조용한 토굴을 찾아 뼈를 깎는 수행으로 용맹정진하니 이에 감복한 분들이 남모른 뒷바라지를 아끼지 않았다.

스님께서는 전국의 성지를 찾아다니며 용맹정진으로 수행에 몸 바쳤다. 해남 북암 토굴에서 시작하여 지리산 백장암, 구례 사성암, 청양 장곡사, 안성 청룡사, 오대산, 설악산 등등 전국 명산에 토굴을 짓고 홀로 자신을 이기는 큰 싸움을 시작하여 갈고 닦은 수행은 큰 깨달음을 얻어 천진으로 세상에 다시 나타나셨다고 한다. 이를 증명이라도 하듯 스님의 안색이 연꽃처럼 깨끗하고 행의行儀가 그처럼 맑을 수가 없다고 김보열 선생은 진지하게 말씀하였다. "이 시대 강씨姜氏 집안 큰 인물이 나신 것"이라면서 거듭 강조했다.

이러한 큰스님이 호남에서 태어나 여기에 머무르면서 중생들을 깨우쳐 주는 것은 우리 불자들의 큰 축복이라고 했다. 일찍 어느 스님이 말하기를 "우리 강문姜門 출신 큰스님은 서울 조계사 강석주姜昔珠 스님과 순천 천자암 강활안姜活眼 스님 두 분의 계행戒行이 높다."라고 말하여, 한 번 친견할 수 있는 기회를 얻어야겠다고 생각하던 중이었다. 그런데 갑자기 김보열 선생이 그분들이 아닌 강청화姜淸華 스님을 언급하며 당장 찾아가 인사를 드리자고 제안하여 나는 모든 일을 미루고 용기 내어 출발하게 된 것이다. 우리 강문에서 이처럼 큰스님이 탄생한 줄은 미처 몰랐다. 한편으로는 영광스럽기도 하다.

한국 조계종을 대표하는 강석주姜昔珠 큰스님은 찾아뵌 적은 없지만 불교신문에서 자주 읽었다. 어느 글에 만해卍海 한용운韓龍雲 스님의 심부름을 했다는 글과 함께 한 절간에서 수행했다는 글을 읽은 기억이 있다. 이 시대에 추앙받는 강석주, 강청화, 강활안 큰스님을 생각하니 은근히 우리 가문의 자존심이 새삼 샘솟는다.

김보열 선생은

"태안사 불교 신도회에서는 큰스님 법문을 듣고자 간청하여 정기 법회를 열고 있다."라고 하면서 들려준 이야기다. 김 선생도 잘 알고 지내는 어느 노 거사님 부부는 광주 계림동에 살고 있는데 평소 불심이 대단한 분으로 항상 곡성 태안사 청화스님 법회에 참석했다.

하루는 법회에 참석하고자 노부부가 준비하던 중 거사님의 양말 뒤꿈치에 구멍이 나 있었는데 이를 본 거사님이 노 보살에게 양말을 꿰매 놓지 않았다며 출발 직전까지 말다툼이 이어졌다. 그러다가 약속시간이 되어 두 분은 여러 신도와 함께 차를 타고 곡성 태안사에 도착하여 보제루普濟樓에 모여 앉았다.

오전 11시가 되자 법회가 시작하기 전에 참선 시간이 되어 전국에서 찾아온 신도들과 함께 눈을 감고 선정에 들어 있던 중이었다. 이때 청화스님께서 조용히 나오셔서 소리 없이 보제루를 두루 살피더니 광주 계림동에서 오신 노 거사님 앞에서 발걸음을 멈추고 소매 속에서 양말 한 켤레를 꺼내어 거사님 무릎 위에 놓고 지나갔다. 법회가 시작되어 눈을 떠 보니 생각지도 않은 양말 한 켤레가 무릎 위에 있자 거사님은 혼자 얼굴이 뜨거워졌다.

어떻게 알았을까? 그 양말을 주머니 속에 넣고 집으로 돌아와 주위 여러 보살님에게 양말을 보여주며 그 사실을 말하자 모두 감탄했다. 다음날까지도 보살님들은 소문을 듣고 찾아와 양말을 구경하고 돌아가면서 청화스님의 법력에 새삼 놀라 서로 한마디씩 하며 돌아갔다고 한다. 청화스님의 일화는 이뿐만 아니라고 김보열 선생은 쉬지 않고 다시 이야기를 시작했다. 담양에 사는 어느 보살님 이야기다.

고등학생을 둔 보살님이 학생의 진학 문제로 너무 답답하여 곡성 태안사 큰스님 토굴을 찾아왔다며, 방황하고 있는 학생의 진로를 큰스님께 상담코자 조용히 순서를 기다리고 있었다. 여러 손님과 함께 겨우 순서를 얻어 큰스님께 인사를 드렸다. 그런데 스님께서는 보살님의 인사를 받자마자

"보살님, 집에 아이 학생을 두고 오셨어요."

"예."

"어서 집으로 연락해 보시지요. 집에서 급한 일이 있다고 전화 연락이 왔습니다. 빨리 가 보십시오." 하자, 보살님은 겨우 찾은 순서에 상담도 하지 못하고 급히 집으로 돌아갔다. 집에 와 보니 아들이 배가 아프다고 했다. 이때 어머니께서는 아이에게

"혹, 곡성 태안사로 전화했더냐?" 하고 물어보았으나, 아이는 전혀 전화한 사실이 없다고 했다. 즉시 병원에 가 진찰을 받자 급성 맹장염이었다. 황급히 수술 받고 나서 어린 학생의 생명을 구했다고 했다.

김 선생님과 이야기를 주고받으며 한참 동안을 가다 보니 어느덧

산 높고 물 맑은 지리산 자락 압록鴨綠을 지나 태안사 길로 접어들었다. 나는 그 옛날 학창 시절의 소풍이 생각났다. 옛 감회가 새로워 좌우 산천을 감상하며 가다 보니 태안사 입구 6·25 순국 경찰 충혼탑 앞에 섰다. 다시 천년 고찰을 지키고 있는 능파교凌波橋를 지나 경내에 들어서자 옛날에 없던 연못이 생겼고 사리탑과 어우러진 전경이 명실공히 청정도량이었다. 오른편 산기슭으로 김 선생을 따라 발걸음을 죽이며 조용히 올라갔다.

이곳은 완전 출입 금지 구역으로 특별한 경우에만 찾아뵙는 청화 스님의 토굴土窟이란다. 나무로 엮은 징검다리와 약수터를 지나 움막집에 도착하자 향 내음이 은은히 풍겼다. 새로 지은 움막집에는 인적마저 끊긴 조용한 곳으로 청정한 기운이 감돌았다. 김 선생의 안내로 조심스럽게 토굴 문을 열고 들어가 인기척을 하자, 젊은 보살이 방문을 열고 나와 손님을 맞았으며 안방에는 어느 보살이 있었으나 우리가 들어서자 즉시 일어서며 나갔다.

방에는 청수한 인상에 온화한 기품이 감도는 노스님이 앉아 있었다. 스님은 김보열 선생을 보고 반가워하며 따뜻이 맞았다. 김보열 선생은 그 자리에서 인사를 드린 다음 나를 소개했다. 제 성이 강姜가라고 하자, 스님께서 일가一家라며 반가이 맞았다. 화순이 고향이라고 하니, 화순은 자고로 '우리 불가에 큰 도인이 많이 낳으신 곳'이라며 더욱 반가워했다. 시봉 상좌가 은은한 녹차 잔을 들고 와 마시며 한참 동안 담소談笑를 나눈 다음 조용히 그 자리를 물러 나왔다.

나는 큰스님의 고고한 인품에 고개가 저절로 숙어졌으며, 처음 자리였으나 흡사 고향 어른을 뵈었다는 기분이 들어 내일이라도 다시 뵙고 싶을 만큼 마음이 편안했다. 우리는 태안사에서 다시 광주로 발길을 향해 출발했다. 김 선생과 다음 법회에 참석하여 큰스님의 법문을 꼭 듣고 싶다는 말을 약속하며 헤어졌다.

그다음 어느 날 곡성 태안사에서 큰 법회가 있다는 소식을 듣고 나는 다시 김 선생과 함께 조용히 큰스님 토굴을 찾아 인사를 드렸다. 이때는 아무도 없었다. 스님께서는 『반야심경주해』라는 책과 함께 염주를 주시면서 말하기를

"절집에서는 줄 것이라곤 이것밖에 없어 …" 하며, 특별히 나에게만 주신 것이다. 나는 선물을 받으며 다시 일어나 인사를 올렸다. 그런데 스님 책상 위에는 무슨 그림이 있었다. 그를 다시 눈여겨 살펴보았더니 그는 다름 아닌 묵죽도墨竹圖였는데, 언뜻 보아도 초보자 솜씨였다. 나는 조용히

"스님, 저 작품 볼 수 없습니까?"

"보고 싶으면 보아야지." 하며 그림을 책상에서 내려주었다. 나는 그 그림을 펴 감상하고 책상 위에 올려놓았다. 이때 스님께서 말씀하시기를

"절집에는 찾아오는 손님이 많은 데 가는 길에 드릴 답례품이 없어 항상 미안할 뿐이네." 하면서 어느 보살님이 간혹 보내준다고 말씀하시며 좋아 보이면 가져가라 하였다. 이때 스님께 말씀드리기를

"제가 근원槿園 선생님께 문인화文人畵 공부를 하고 있습니다." 하자, 옆에 있던 김 선생은 즉시 말을 받아

"문인화로 최고상을 받고 초대작가 심사위원이랍니다."라고 했다. 그러자 눈을 크게 뜨면서

"언제 그렇게 공부를 깊이 했어." 하며 기뻐하셨다. 그 후부터 곡성 태안사를 갈 때는 졸작이지만 사군자 몇 점씩을 가지고 찾아갔다. 그때마다 반가워하며 감사하단 말씀을 아끼지 않았다.

어느 때 어떠한 사람이 찾아가도 모두에게 한결같이 대하면서 그처럼 따뜻할 수 없었던 큰스님은 항상 삼월 춘풍의 온화한 안색으로 부처님 무전칠보시^{無錢七布施; 돈 없어도 베풀 수 있는 7가지 '화안시 和顏施, 언시 言施, 심시 心施, 안시 眼施, 신시 身施, 좌시 座施 찰시 察施'}의 하나인 화안시^{和顏施}를 베푸신 것이다. 평소 덕담^{德談}으로 울타리를 삼고 살아가는 큰스님의 자비야말로 연꽃처럼 은은한 향기가 항상 넘쳤다. 그 후 나는 곡성 태안사를 찾아갈 때마다 졸작이지만 사군자 몇 점을 항상 휴대했다. 그때마다 큰스님께서는

"자네는 어찌 그렇게 내 마음을 아는가? 그렇지 않아도 자네 작품이 없어 몇 점 있으면 좋겠다고 생각했는데 이렇게 가져왔네그려! 참 고맙네. 긴요하게 쓰겠네." 하며 기꺼이 받아주셨다. 이 말씀은 한 번이 아니라 작품을 내놓을 때마다 하신 말씀이다. 이처럼 상대의 마음을 편안하게 그리고 따뜻이 안아주는 부처님의 행이었다. 참으로 청화 큰스님은 우매한 중생들을 깨우치기 위해 우리 지역을 떠나지 않고 계신 것이다. 다시 말하면 이 시대를 밝고 바르게 깨우치기 위해 오신 큰스님, 큰 어른이다. 큰스님께서는 선교^{禪敎}에 모두 해박하여 불법을 쉽고 바르게 전하고자 주야로 용맹정진하신 큰 스승이었다.

말세중생^{末世衆生}을 구하는 법등^{法燈}으로 고해^{苦海}를 제도하는 선지식으로 반야선^{般若船}이 되어 우매한 불자들을 구하기 위해 자주 법회를 열었다. 그때마다 전국 도처에서 구름처럼 모여드는 불자들은 보제루에서 청화 큰스님의 법문을 받아 일상의 행으로 옮겼다. 어느 때 어느 곳

이라도 법문을 청하면 눈비를 무릅쓰고 찾아가 간절한 마음으로 중생을 깨우쳤다.

어느 해 가을이었다. 광주시 학생회관에서 오후 2시에 청화淸華 큰스님의 법회가 있다는 벽보를 읽고 여러 불자와 함께 참석했었다. 각 사찰에서 신도들이 모여 입추지여立錐之餘가 없을 정도였다. 우리 일행은 자리가 없어 할 수 없이 제일 높은 곳으로 올라가 앉아 있었다. 인열人熱이 얼마나 솟구쳤던지 그처럼 넓은 공간이라도 높은 자리에 앉아 있는 우리 일행들은 공기가 너무 탁해 머리가 무거웠다.

이윽고 기다리던 법회가 시작되었다. 사회자의 안내 말씀과 함께 문하 스님들이 먼저 법석에 좌정하고 마지막 청화 큰스님이 들어오셨다. 그 자리에 20여 스님과 함께 큰스님께서 좌정하자, 우레 같은 큰 박수가 쏟아져 나왔다. 자리를 함께한 여러 스님의 얼굴빛은 한결같이 암갈색으로 어두웠으나 청화 큰스님의 얼굴빛은 백옥처럼 빛났다. 2층 높은 곳에서 보아 다소 거리감이 있었으나 흡사 검푸른 바다 위에 백조가 앉아 있듯 선연한 큰스님의 자태가 어쩌면 그토록 아름다웠을까? 물론 처음 보았고 처음 느꼈던 사실이다. 지금 생각해도 신비롭다고 할 수밖에 없다.

큰스님의 법문은 거의 세 시간에 걸쳐 진행됐다. 시종일관 흐트러짐 없는 사자후獅子吼였다. 옥구슬이 쏟아지듯 심금을 울렸던 큰스님의 법문은 탐진치貪瞋痴; 탐심貪心; 탐내는 마음, 진심瞋心; 성내는 마음, 치심痴心; 어리석은 마음 이를 불가佛家의 삼독三毒이라 함에 찌든 중생들의 마음을 씻어주는 법음法音으로 감로甘露였다. 앉은 자리가 그토록 높고 먼 거리였으나, 큰스님의 안색은 맑고 밝아 흡사 하얀 규옥珪玉이 윤이 나듯이 선풍

도골의 풍모로써 처음에는 혹 화장化粧을 하지나 않았는지 의심도 들었다. 양 관골에 불그레한 화색은 거리가 먼 2층에서 보아도 선연하여 참으로 신비롭다고 할 수밖에 없었다. 역시 도인과 속인의 차이는 이처럼 옥석지차玉石之差였다. 나는 다시 살펴보았다. 그 자리에 20여 비구니와 10여 비구 스님이 앉아 있었으나, 큰스님의 근경에 이르는 안색은 하나도 없었다. 모두 한결같이 검고 어두웠다. 올곧은 계행과 바른 수행에서만 얻을 수 있는 결정체가 아닌가 생각된다.

이듬해 일이다. 삼소동에 있던 정토사에서 청화스님 법회가 있다는 소식을 어느 보살님께 듣고 우리 내외는 그간 경수의 수능 실패로 다시 재수하게 되어 우울한 심정을 달랠 겸 큰스님을 뵙기로 했다. 우리 내외는 시간에 차질이 있어 좀 늦게 정토사에 도착했다. 많은 신도가 도보로 걸어 찾아오고 있는 것을 볼 수 있었다.

우리 내외가 겨우 정토사 일주문에 당도할 무렵, 그 순간을 참지 못하고 갑자기 소낙비가 세차게 쏟아져 한 걸음을 더 옮길 수가 없었다. 겨우 일주문 안으로 들어서 비를 피하면서 막연히 대웅전 쪽을 바라보고 있었다. 이때 많은 신도가 또한 대웅전 주위에서 갑자기 쏟아지는 비를 피하려고 밖을 보고 서 있었다. 그 가운데 어찌 된 일인지 청화스님께서도 신도들과 함께 서 계시다가 우연히 나와 시선이 마주쳤다. 멀리서나마 즉시 내가 먼저 합장을 올리며 인사를 드리자, 큰스님은 나를 보더니만 그처럼 쏟아지는 소나기를 가리지 않고 일주문을 향해 바삐 걸어오신 것이다. 신도들과 나는 함께 깜짝 놀랐다. 억수로 쏟아지는 비를 가리지 않고 큰스님께서 나오던 광경을 보고 많은 신도는 모두 놀라 당황하지 않을 수 없었다. 큰스님은 일주문으로 오더니만,

서 있는 나의 손을 덥석 잡으며 하는 말씀이

"얼마나 마음이 아팠는가?" 하며 안쓰러워하셨다. 나는 짐짓 태연히

"열심히 공부 더하라는 명령 아닙니까?" 하며 억지 미소를 지었다. 그리고 난 다음 나는 큰스님을 따라 주지 스님 방으로 들어가 어린 상좌가 올린 녹차를 함께 들고 난 다음 그날 법회를 원만히 마쳤다.

나는 돌아오면서 혼자서 많은 생각으로 자문자답해 보았다. 첫째, 오늘 주인공으로 모셔 온 큰스님께서 여러 대중과 함께 서 계신 것도 어색한 일이오. 둘째, 억수로 쏟아지는 비를 맞으며 일주문을 향해 불현듯 나오신 것도 어색한 일이오. 셋째, 내 손을 덥석 잡고 경수 수능 실패를 말씀하시며 안타까워하시는 것이 더욱 궁금증을 낳게 했다. 이뿐만 아니라 내가 찾아올 것을 어떻게 미리 알고 일주문을 바라보고 계셨을까? 밖에 나와 계시다가 우연히 나를 보게 된 것일까? 어떻게 경수^{내 아들} 수능시험에 떨어진 것을 알았을까? 모두가 궁금하기 그지없으나, 아마도 이 모두를 잘 알고 계셨다가 나를 보자 불현듯 빗속에 쫓아 나오신 것으로 생각된다.

일생을 수행과 포교에 몸 바친 큰스님께서는 남녀노소 빈부귀천을 가리지 않고 어느 때 어느 자리에서도 마다하지 않고 법좌^{法座}를 열어 중생을 깨우치셨던 큰스님의 보살도는 한국불교를 해외 곧 미국까지도 전파하기 위해 많은 포교 활동을 활발히 전개하신 분이다. 큰스님은 가족들에게도 불교에 귀의할 것을 권유하여 전 가족이 모두 불제자가 되었고, 무안 망운 고향집에 절을 지어 전법 도량으로 삼았다.

큰스님의 법문 속에서 나의 머리를 선명히 각인시킨 구절이 있다.

"대우주 공간에는 헤아릴 수 없는 많은 원소가 모여서 대기를 형

성하듯, 인간이 모여 사는 공간에도 많은 신^神들이 모여 같이 살고 있다."라고 말씀하면서 착한 사람에게는 선신^{善神}이 옹호하고 악한 사람에게는 악신^{마귀}이 따라 항상 유혹하여 불행으로 인도^{引導}한다고 말씀하셨다.

아! 애달도다. 돌이킬 수 없는 무상이여 엄숙한 일월이여! 청화스님 가신 지도 어언 강산이 두 번이나 변했다. 동리산^{桐裡山} 핏빛 단풍은 다정히 능파교^{凌波橋}를 휘감고 큰스님께서 만든 연못에 금잉어는 오늘도 수련 사이를 뛰놀면서 대우주를 희롱한다. 스님께서 저에게 전해 주신 경구^{警句}를 계송^{戒頌}으로 다시 한 번 읊어 올리면서 청화^{清華} 큰스님 앞에 삼가 삼배를 올리나이다.

瞋是心中火_{진시심중화}　　성냄은 모두 마음속의 불이니
能燒功德林_{능소공덕림}　　능히 공덕의 숲을 불태우노라
欲行菩薩道_{욕행보살도}　　보살의 도를 행하고자 할진대
忍慾護眞心_{인욕호진심}　　욕심을 참아가며 참 마음을 보호하라

대 우주 일부분을 쓸었을 뿐입니다

벌써 40여 년 전 일이다. 약업계 친구들과 함께 한라산 백록담白鹿潭 탐방 길을 나섰다. 늦가을 오색단풍이 곱게 물들어 산하를 온통 비단으로 수놓았다. 푸른 하늘에 흰 구름은 남녘 바람을 타고 한라산을 스쳐 간다. 나는 등산이라도 하는 산악인처럼 빨간 모자에 검정 지팡이를 짚고 한라산 중턱 주차장에서 내려 친구들과 당당한 발걸음으로 한라산 정상을 향했다.

서울, 부산 도처到處에서 찾아온 등산객들과 어울려 한 걸음, 한 걸음 오른다. 삼삼오오 짝을 지어 서로 '야호'를 찾는가 하면, 부부 동반자들은 오순도순 귓속말을 전하면서 조심스럽게 오르는 이도 눈에 띄었다. 별로 등산을 하지 않았던 우리 부부는 당당하기보다는 경건한 마음으로 모든 것이 조심스러웠다. 한 걸음씩 조심스럽게 걸어 오르면서 아내 역시 전혀 등산 경험이 없었던 터라 더욱 조심스럽고 걱정이 앞섰다.

우리 부부가 불도에 심취되어 한참 대구 팔공산 갓바위, 남해 보리
암 그리고 하동 칠불사 등의 사찰 행사에 가벼운 걸음으로 동참한 적
은 있었어도 이렇게 높은 산을 오르는 등반은 처음이다. 한라산 등반
이 그토록 가파른 길은 아니었지만 오르다 보니 저절로 얼굴에 열이
올라 땀이 나기 시작했다. 뒤따라오는 아내 역시 땀이 줄줄 흐르고 있
었다. 한참 오르다 보니 반가운 휴게소가 보였다. 참으로 그처럼 반가
울 수가 없었다. 휴게소에서 잠깐 쉬어 물과 과자를 사서 마시고 다시
한라산 정상을 향해 오르고 또 올랐다.

이름 모를 나무들이 산을 뒤덮고 있었으며 그 가운데 눈에 띄는 것
은 땅을 감싸고 뻗어 가는 향나무였다. 짙은 초록색 향나무 사이 이름
모를 나무들이 곱게 물들어 녹홍綠紅 찬란한 한라산 정상의 풍경은 지
금도 눈시울에서 떠나지 않는다. 걸어서, 걸어서 등산객들을 뒤따라
오르고 또 올랐다. 그렇게 가파른 길은 아니었으나 초행길인지라 걸어
도 한이 없어 노인들 대부분은 휴게소에서 머물고, 기혈이 넘치는 청
장년, 대학생들은 대부분 정상을 향해 오르고 있었다. 정상이 가까워
지자 바람이 세차게 불고, 갑자기 구름안개가 덮쳐 시야를 어지럽게
했다. 나는 지팡이를 의지하며 한 걸음, 한 걸음 정상을 향해 오르고
또 올랐다.

드디어 오르고 올라 은하수가 잡힌다는 한라산 정상에 섰다. 나름
대로 성취감은 대단했다. 우리 부부는 정상에 서서 남쪽 바다 북으로
우리 고향을 멀리 굽어보면서 그처럼 그리워했던 백록담을 굽어본 순
간 실망을 금치 못했다. 안타깝게도 파란 물은 구경할 수 없었고 거의

말라 시골 저수지를 연상케 했다. 나는 합장을 하고 천지신명께 빌었다. "무사히 이곳까지 인도해 주신 데 대하여 감사합니다. 가는 길까지도 무사 평안하게 이끌어 주십시오." 간절한 마음으로 기도를 했다. 정상에서 만난 우리 일행들과 함께 서로 웃으며 다시 하산 길을 나섰다. 천천히 휴게소에 도착하여 우리 일행은 함께 모여 점심식사를 하면서 보고 느꼈던 즐거운 덕담을 꽃피우면서 재차 하산 길을 나섰다.

이때 휴게소 직원이 스피커를 통해 "등산객 여러분! 자기 쓰레기는 자기가 가져갑시다." 큰소리로 독려하며 직원들이 돌아다녔다. 등산객 대부분은 쓰레기를 비닐봉지에 담아 휴대용 가방에 넣고 내려갔으나, 일부 여학생들이 빙글빙글 웃으며 나무 사이 웅덩이에 슬그머니 버리고 도망치는 경우도 적지 않아 나는 마음이 아팠다. 순수해야 할 학생들이 양심을 버리고 달아나는 태도를 보면서 너무 실망스러워하며 나와 아내는 우리 쓰레기와 옆에 있던 몇 개의 비닐봉지를 주어 등산 가방에 담고 하산 길을 나섰다.

어느덧 오후 3시가 넘었다. 아내가 지친 모양이다. 발걸음이 점점 늦어지는 것을 보고 자주 쉬어가며 천천히 내려가고 있었는데, 어떤 학생 하나가 땀을 뻘뻘 흘리며 큰 쓰레기 뭉치 두 개를 하나는 등에 메고 또 하나는 손에 들고 길을 내려가는 것이었다. 마음속으로 '화장실에 간 친구의 쓰레기 봉지를 대신 들고 가는 것인가?' 하며 무관심 속에 한참 동안을 내려왔다. 그 뒤에 다시보자 몹시 괴로운 듯이 땀을 뻘뻘 흘리며 여전히 쓰레기 뭉치를 메고 하나는 손에든 채 어렵게, 어렵게 내려가고 있었다. 나는 궁금하여 옆으로 다가가 물었다.

"학생, 무슨 쓰레기를 그렇게 많이 안고 내려가는가?" 하자, 학생은

가볍게 인사한 뒤에

"예, 주위 쓰레기를 주워 모았더니만 이렇게 많아졌습니다." 한다.

"학생은 학생 쓰레기만 주워가지 어찌 남의 쓰레기까지 모두 주워서 그렇게 고생하는가?" 학생은 빙그레 웃으며

"제가 한라산을 다시 오기 어려울 것 같아 봉사하는 마음으로 주웠더니 너무 많습니다." 하며 이마의 땀을 손으로 씻는다. 나는 그 학생 얼굴을 처음 보는 듯 또다시 한참을 보았다. 청수하게 생긴 얼굴에 경상도 말씨였다. 언뜻 보아도 아주 착한 인상이다. 다시 이름을 물어보자, 김창국이라고 했다. 어디 사느냐고 물었더니 "대구 삽니다." 하고, 어느 학교에 다니느냐고 다시 물어보자, '대구보건전문대학 2학년'으로 수학여행을 왔다고 했다.

나는 착한 학생의 심성이 그토록 마음에 들었다. 휴게소에서 많은 학생이 자기 쓰레기를 모두 버리고 가 버렸다. 더욱이 휴게소 직원이 그토록 스피커로 독려를 하는데도 슬그머니 양심을 버리고 가버린 학생이 많았는데, 이처럼 등에 한 짐을 지고 앞 손에 다시 큰 뭉치의 쓰레기를 들고 내려오는 모습이 정말 고맙고도 아름다웠다. 그 희생, 그 봉사 정신은 우리 사회에 우리 국민에게 빛이 되고 소금이 될 훌륭한 사람으로 혼탁한 연못에서 한 송이 분홍빛 연꽃을 보듯 너무 반갑고 한눈에 반할 만큼 장래가 촉망되는 청년이었다.

나는 친구처럼 같이 천천히 걸어오면서 이야기를 주고받고 마음의 거리를 더욱 좁혔다. 그 학생 역시 내 말을 고이 경청하면서 부담 없이 대답해주는 태도가 내가 그리 싫지는 않은 모양이었다. 너무나 무거운 짐인지라 자주 쉬면서 이마에 땀을 닦아내는 모습이 아주 고통스러운

표정이었다. 그러나 나에게는 의연한 모습을 보이고자 무척 애를 쓰는 태도가 안쓰러운 한편 아름다웠다. 나 역시 쓰레기 뭉치를 손에 들고 오는 터라 도와줄 수 없는 처지였다.

지루한 발걸음을 위로라도 하듯 문뜩 옛날이야기가 떠올라 나는 학생에게

"내가 옛날이야기 하나를 들려주고 싶은데 …"

"선생님, 너무 좋습니다. 들려주십시오." 나는 조용히 이야기를 시작했다.

옛날 어느 스님이 아주 깊은 산 높은 암자에서 수도를 하는데 생활이 어려워 매월 두 차례 마을로 탁발을 나가 구한 식량으로 연명하며 도를 닦고 있었다. 암자가 너무 깊은 산골 높은 곳에 있어 이집 저집으로 다니며 탁발을 하다 보면 그날 다시 절로 되돌아갈 수가 없어 항상 탁발을 마치고 난 다음 자고 가는 주막집이 있었다.

그 주막집에서 잠을 자고 새벽에 일찍 일어나 앉아 있으면 무료했다. 절에서는 예불을 올려야 할 시간인데 속가에 내려와 있으니 목탁을 치며 염불을 할 수도 없어 그저 답답할 뿐이다. 항상 자고 가는 주막집인지라 스님은 집안 구조를 너무 잘 알고 있어 답답한 마음을 달래기 위해 통싯간^{화장실}에 들어가서 마당 쓰는 비를 들고 나왔다.

머슴이 쓸던 비를 들고 집 주위를 쓸고 난 다음 마을 입구까지 쓸고 다녀도 날이 밝아지지 않자, 다시 마을 동구 밖까지 쓸고 나니 날이 밝아지기 시작했다. 날이 밝아서야 비를 제자리에 놓고 조용히 아침밥을 기다렸다. 스님은 이렇게 이 주막에서 잠을 자게 될 때는 항상 새벽에 비를 들고 집 주위에서 온 마을 입구까지 쓸었다.

어느 날 집주인이 이 사실을 우연히 알게 되었다. 스님이 주무시고 가는 날이면 온 집안과 밖을 깨끗이 쓸어 놓아 머슴은 아침 일이 없어 일손을 놓고 있었다. 주인은 스님께 미안했다. 스님은 아침 밥값을 내고 쉬어가는 내 집 손님인데 일을 하니 아침 밥값을 받기가 부끄럽고, 머슴은 할 일이 없어 쉬고 있으니 감사한 일이 아니라 사실 불편한 처지였다.

주인은 아침 밥상을 올리며 스님에게 말했다.

"스님, 앞으로는 절대 마당을 쓸지 마세요. 우리 머슴 아침 일이 없어져 버렸습니다."

스님은 조용히 주인의 말을 듣고 난 다음 다시 말했다.

"주인어른, 저는 대우주 일부분을 쓸었을 뿐 댁의 마당을 쓴 일은 없습니다. 그러니 마음에 두실 것이 없습니다." 하며 공손히 일어서 합장을 하고 길을 나섰다.

이렇게 김창국 군에게 걸어오면서 이야기를 하자, 김 군은 흔쾌한 얼굴로 "대우주 일부분을 쓸었을 뿐 결코 댁의 마당을 쓴 일은 없습니다. 그 말씀 참으로 멋있습니다. 하하하, 와~ 참, 감사합니다, 선생님 감사합니다. 좋은 말씀 들었습니다." 했다.

서로 웃는 순간 어느덧 하산 길을 마치고 오전에 출발했던 주차장에 이르렀다. 이제 헤어져야 할 순간이다. 나는 그처럼 착한 학생과 헤어지기가 아쉬워 다시 말했다. "나는 팔레스호텔 203호에 투숙하고 있으니 오늘 저녁에 찾아오면 기념선물을 주겠네." 했다. 이때 학생은 쾌히 대답하고 헤어졌다. 나는 우리 일행과 함께 저녁 식사를 마치고 숙소로 돌아와 있었다. 한 시간쯤 지나 과연 학생이 친구와 함께 찾아왔다. 나는 너무 반가웠다. 학생이 약속을 이행하는 태도가 고맙고 반가웠던 것이다.

가방에서 사군자蘭 두 점을 내어 두 학생에게 주면서

"대구에 가서 이 봉투사군자의 주소로 편지하게." 하자, 학생의 대답이 흐려졌다. 다시 학생에게

"꼭 편지를 부탁하네." 했다. 그러나 왠지 불안하여 다시 물었다.

"학생 다니는 학교가 어디였지?"

"예, 대구 보건전문대학교 2학년 김창국입니다." 그렇게 학생을 보냈다.

그 후 집으로 돌아와 그 학생만 생각하면 기분이 그토록 신선할 수가 없었다. 주위 학생들이 모두 기피 하는 일을 그토록 감수하는 착한 마음 아름다운 생각이 앞으로 이 나라를 지켜나갈 보배로운 존재란 점에서 더욱 애정이 샘솟았다.

때마침 대구를 자주 찾아다니던 때였다. 그 무렵 대구에 사는 윤상철 선생이 처음 기공기 수련을 가르치는 학원이 있어, 전남에서 유일하게 배우겠다고 자주 찾아가 공부하면서 친구가 생겨 자주 기공에 관한 토론도 하고 술잔을 나누며 수련을 열심히 하던 때였다. 내가 한라산에서 돌아와 거의 10여 일이 지났으나 대구에서 편지가 오지 않아 나는 아내에게 "어찌 대구 학생에게서 편지가 오지 않지?" 하자, 아내는

"망각했습니다! 며칠 전 오후에 전화가 왔었어요." 하는 것이다. 나는 학수고대 하던 차에 무슨 말인가? 너무 실망스러웠다. 학생의 전화번호도 없고 주소도 없으니 연락할 길이 없어 막연한 상황이 되어 버렸다. 허탈한 심정으로 한참을 혼자 생각해 보았다.

이 학생을 만나는 길은 학교 교무과를 통해 전화하는 길밖에 없었다. 부랴부랴 대구보건전문대학 교무과로 전화를 걸어 2학년 김창국 학생과 통화를 하고 싶다고 했다. 교무과 직원은 나의 신분을 물으며 신중한 언사로 김창국 학생을 찾는 이유를 물었다. 나는 "김창국 학생이 너무 착한 모범생으로 그 학생의 목소리가 듣고 싶어 전화 드렸습니다."라고 하자, 교무과 선생님이 다시 자세히 알아보더니 "오후 2시쯤 전화를 드리겠습니다."라고 하면서 전화를 끊었다. 나는 할 수 없이 오후 2시를 기다릴 수밖에 없었다.

과연 오후 2시쯤 되어 전화가 왔다. 전화를 받자 과연 제주에서 만났던 김창국 군이 전화를 받아 말하기를 "편지를 올리지 못하고 전화를 드려서 죄송합니다."라고 인사를 한다. 나는 그저 반가웠다. 김창국 학생이 말하기를 "앞으로 저에게 전할 말씀이 있으면 제가 하숙하고 있는 안집 전화번호를 알려 드릴 테니 오후 6시 이후에 전화 주십시오." 했다. 그 후 나는 항상 오후 6시 이후에 전화하면서 안부를 물었다. 그리고 가끔 대구를 가게 되면, 서로 만나 식사도 함께하면서 서로 마음을 열어 정담을 나누었다. 그리고 학생인지라 때로는 용돈도 주면서 따뜻한 격려와 정담으로 시간 가는 줄 몰랐다.

공교롭게도 누나가 광주 신창동에 살고 있다면서 광주를 오겠다고 약속했다. 그 후 광주를 찾아와 같이 누나가 사는 신창동을 찾아가기도 했고, 집에 와 같이 하루를 보내면서 가족들과 함께 증심사와 사직공원, 시립박물관을 돌아보고 시내 충장로를 구경하며 더욱더 따뜻한 정을 다지게 되어 그 후부터는 자주 전화를 하면서 대구지역을 방문할 때는 필수 동반자가 김창국 군이다.

이렇게 나이를 무시한 망년지교忘年之交가 되어 정을 나누며 즐기던 어느 가을이었다. 광주에서 출발하면서 오늘 밤 저녁을 함께하자고 약속을 했다. 그런데 어찌 된 일인지 대구에서 내가 내려 모든 일을 마치고 약속 시간이 지났으나 소식이 없었다. 어느 덧 밤 8시가 넘어 10시가 지나도록 소식이 없자, 나는 매우 궁금한 밤을 보내고 다음 날 아침 광주행 첫차를 타고 돌아왔다.

집에 들어서자 집에서 청소하던 아내가 나를 바라보며 말했다. 어젯 밤 9시경에 대구에서 전화가 왔었는데, 김창국 군이 교통사고로 병원에 입원해 있다는 것이다. 나는 그날 오후 다시 대구행 버스를 타고 찾아갔다. 다행히 가벼운 찰과상이었다. 그날 밤 나를 만나기 위해 급히 찾아오던 길에 접촉사고가 났다고 한다. 교통사고라니 마음에 무거운 부담이 아닐 수 없었다. 나는 3일마다 광주에서 대구까지 찾아가 병원에서 같이 자기도 하면서 병문안을 했다.

어느 날 병문안을 마치고 아침 일찍 광주행 6시 30분 첫차를 타고 구절양장 지리산 길을 돌고 돌면서 광주를 향해 오는 길이었다. 아침 햇살을 곱게 받은 지리산 88도로의 양지쪽 산비탈에 피어 있는 하얀 산국화는 너무나도 아름다웠다. 아침 찬 이슬을 머금고 환한 웃음을 짓는 청초한 자태가 신선한 감흥을 일으켜 나는 시조 한 수를 읊어 보기로 했다. 광주 터미널에 다다를 때까지 찬 이슬을 머금고 환히 웃던 하얀 산국화를 상상하면서 삼사조를 엮은 것이다.

　지리산 팔팔 도로 뜰 양지 질 양지에
　찬 이슬 달빛 먹고 환히 웃는 산국화여

먼 하늘 비췻빛 사연 꽃잎 새로 여울진다

시조 한 수를 엮어 놓고 읽고 또 읽고 읊고 또 읊어가며 다듬었다.

문득 옛 생각이 났다. 나는 항상 여행을 떠나면 『샘터』라는 책자를 터미널 문고에서 사서 여행길에 친구로 삼아 차창 밖의 새로운 풍경을 감상하면서 『샘터』의 좋은 글을 읽었다. 그 즐거움은 항상 감미로웠고 마음을 편안히 해주는 길동무였다. 그중에서도 시조 백일장에 30~50대까지 혹 60~70세 노인까지 전국 남녀노소가 없이 선정된 작품을 볼 때마다 나는 은근히 부러웠다. 30~40대 어린 청년, 주부, 공무원들이 소개될 때마다 열심히 노력하여 투고하고 싶은 생각이 있었으나, 부족한 의지는 항상 부질없는 꿈일 뿐이었다. '오늘은 이 시조를 샘터 사에 투고해 보아야지!' 하며 용기 내어 주소를 찾아 '독자 기고'라 표기하고 우편으로 보냈다.

『샘터』 10월호에 소개되기를 기대하면서 『샘터』 10월호를 기다렸다. 그토록 기대했던 10월호 『샘터』를 보았으나, 내 이름이 없자 허탈한 마음으로 책을 덮었다. 그리고 처음 투고하여 그처럼 큰 기대를 하는 것은 과욕이라고 생각되어 자신을 꾸짖고 스스로 자위하며 우울했던 마음을 모두 씻어 버렸다. "불로소득不勞所得은 없다.", "실패는 성공의 어머니"라고 했다. 조용히 마음으로 외치며 꾸준히 노력할 것을 거듭 다짐하면서 모두를 잊기로 했다.

어느덧 한 해가 저무는 12월 25일이었다. 거리에선 자선냄비의 종소리와 골목마다 울려 퍼지는 성탄 축가의 스피커 소리가 요란하고, 성탄 축전, 연하장 등이 오고 가면서 새해 선물까지 주고받아 사람들의 걸음이 모두 바쁜 나날이었다. 그 틈에 끼어 겨울철 노인과 학생들은 방학을 이용하여 보약을 찾는 이가 많아 나 역시 바쁜 나날이었다. 12월 25일 성탄절인데도 유달리 함박눈이 쏟아져 앞을 가리기 어려웠던 오후였다. 우편배달 아저씨가 눈을 맞고 마루에 무엇을 덥석 던지고 갔다. 얄팍한 소포였다. 나는 손님이 모두 끝난 오후 5시쯤 겨우 소포를 풀어보자 『샘터』란 책이었다. '어떤 분이 내가 좋아하는 샘터를 선물했네. 어떤 분이 내 취향을 이토록 잘 알았을까.' 하며 풀어보았다.

'샘터사'에서 12월호 세 권을 보내온 것이다. 다시 보아도 '샘터사'에서 보냈다. 이상히 여기면서 우선 내가 항상 보는 '시조 백일장'을 펴 보았다. 이게 무슨 일인가? 〈산국화〉란 시조 제목이 눈에 먼저 띄었다. 깜짝 놀라 다시 눈을 크게 뜨고 읽어보았다. '광주시 동구 학동 강동원'이란 이름이 또렷이 보여 나는 너무 기뻤다.

나는 이렇게 샘터 시조에 등단하게 된 것이다. 돌이켜 생각건대 벌써 30년 전 추억이다. 그날의 함박눈이며 지리산 자락 은물결의 산국화가 어제처럼 오늘처럼 떠오른다. 먼 한라산 백록담에서 만난 인연^김^{창국}이 그토록 정이 깊어 대구-광주를 서로 왕래하면서 다진 정이 샘터 시조의 등단으로 꽃피웠다.

의義를 좋아하는 나는 의가 있으면 원근을 가리지 않고 찾았다. 신문에서 경남 합천 어느 고등학생이 의로운 말과 의로운 일을 하여 신문에 보도된 바 있었다. 나는 너무 큰 감명을 받아 그 학생을 찾아 서신교환을 하며 서로 정을 다졌으며, 또 거창 선거 관리사무소에 근무하는 한 공무원의 의로운 생각과 의로운 실천을 보고 너무 감동한 나

머지 아내와 함께 거창 근무처^{선거 관리사무소}를 찾아갔었다. 나는 그날부
터 친구가 되었다. 아름다운 사람과 신의^{信義}를 함께 하며 지금도 서로
아끼는 마음으로 살아가고 있다. 즉, '군자는 의^義를 취하고 소인은 이
^利를 취한다.' 했다.

　나는 군자^{君子}는 아니지만, 군자의 행실을 본받고자 무척 노력하나
그토록 어려워 번번이 진심^{眞心}을 놓치고 만다. 내 주위에는 군자의 행
을 바르게 지켜나가는 훌륭한 친구가 있어 나는 항상 행복하다. 그리
고 그 친구를 부러워하며 존경하고 있다. 오늘도 내일도 그 친구 앞에
나는 많은 우^愚를 범하면서 부끄러움에서 헤어나지 못하고 있어 더욱
부끄러울 뿐이다. 그 밖의 의로운 좋은 인연이 전국에 있어 큰 사랑과
큰 은혜를 소홀이 하지 않고 배워가며 또 익혀 갈 것이다.

단감 장수 할머니의 온정

평생 학생이란 기분을 저버려 본 일이 없는 나는 23세의 어린 나이에 약업계에 투신하여 환자를 보는 시간 이외에는 의서를 많이 탐독해 왔으나, 마음은 항상 밖에서 새로운 지식을 얻고 싶은 충동을 받아 오후 3시 이후 환자가 좀 한가히 그치면 곧 광주행 버스를 타고 너릿재를 넘어 남광주역에서 내렸다. 이곳에서 하차한 즉시 발걸음을 재촉하여 시내로 걸어가다 보면 어느덧 도청 옆 석호당石湖堂 표구점 앞에 서게 된다. 이곳에는 의재毅齋 선생의 산수화를 비롯하여 각종 좋은 작품을 마음껏 감상할 수 있었다.

그리고 부근 골목에는 광주 국악원이 있어 이곳에서 가야금과 전통 무용을 아무도 모르게 배웠다. 고궁처럼 큰 기와집은 오 칸 대청으로 이곳에는 각종 악기가 모두 걸려 있다. 남도를 대표하는 풍류가객風流歌客들이 모여 매일 풍류 잔치를 열었다.

오후 5시쯤 되면 여름인지라 하얀 모시옷에 안동포 황금색 치마를 두른 노기老妓들이 아장걸음으로 찾아 들고, 풍류를 아끼는 한량閑良들은 푸른 옥색 주의周衣에 하얀 구두를 신고 손에는 상아象牙 지팡이를 흔들거리며 약속이라도 한 듯 모여들었다. 합죽선을 활활 부치며 사람 사는 세상 이야기를 한참 동안 나누다가 어느 한 분이 "우리 풍류나 한 바탕 타지" 하며 벽에 걸린 거문고를 들고 나온다. 그러면 원장 안치선安致善 선생께서도 벌떡 일어나

"그래 한번 해봐야지" 하고 대답하며 양금을 가지고 나온다. 그밖에 여러분들도 가야금, 대금, 피리, 해금, 장고가 각각 주인을 만나 대청 화문석 위에 모두 자리를 정하면 윗자리에 앉은 장구재비가 "떵" 하고 허두를 열면 관현管絃 일체一切의 악樂이 잔영산세영산 細靈山에서부터 시작하여 〈영산회상곡〉 48장을 모두 연주하는 것이다. 참으로 장엄하고 화려한 별천지가 펼쳐진다.

상청上淸은 맑아 창공 끝자락에서 흰 구름 타고 청학靑鶴이 울고 하청下淸은 웅심雄深하여 동해 깊은 물속에서 노룡老龍이 으르렁 이듯 오음五音이 어우러진 조화는 참으로 신선이 하강할 듯 심간心肝을 황홀케 했다. 아! 아쉽다. 석일풍류금하재昔日風流今何在; 옛날의 풍류는 지금 어디에 있는가랴! 그 옛날 풍류는 찾을 길 없고 그날의 추억만 새롭구려 …

이처럼 풍류를 논할 때는 간절히 생각나는 친구가 있다. 오직 내 마음과 함께했던 유일한 벗, 그리고 그토록 우리 멋을 소중히 아끼고 챙겼던 친구, 이 국재李菊齋 형이 생각난다. 지금은 그의 고향 경기도 안성安城으로 돌아가 청산에 누웠으니 그 친구를 생각하면 가슴이 짜고 아프기만 하다.

이렇게 광주 국악원의 풍류 놀음을 한참 구경하고 난 다음, 나는 이곳에서 한국춤^{전통무용}을 전담하여 가르친 한진옥^{韓振玉} 선생님께 한 시간쯤 무용을 공부하고 나서 다시 자리를 옮긴다. 이젠 국악원에서 가까운 충장로 순창지업사 2층을 찾아간다. 이곳은 남용 서예연구원^{南龍書藝研究院}으로 광주에 처음 탄생한 김용구^{金容九} 선생의 서예원이다. 이곳에서 서예 공부를 하는 것이 하루 일과의 마지막이었다.

이곳은 국악원처럼 동적^{動的}인 곳이 아니라 아주 조용하여 정적^{靜的}이다. 사면이 고요하여 선정^{禪定}을 방불케 하고 오직 묵향^{墨香}만이 가득했다. 이곳에서 붓을 잡고 글씨를 쓰노라면 남용 선생은 한사코 나에게 칭찬을 아끼지 않았다. "먼 곳에서 찾아와 열심히 잘한다."라고 하시며 손님들에게 자랑까지 하셨다.

그날은 바쁜 사정이 있어 한 시간쯤 글씨를 쓰고 난 다음 특별한 약재를 구하고자 발길을 재촉, 서예원에서 충장로 5가를 거쳐 동양당 건재약방을 찾아가는 길이었다. 충장로는 서울의 명동이라 할 만큼 화려하고 번잡했다. 광주시의 경제권이 모두 이곳에 집중되어 있으므로 퇴근 시간부터 야간에는 매우 번잡한 거리였다. 화려한 불빛 아래 오색 현란한 점포들이 자기 상품 자랑에 열을 올리고 서로 경쟁하며 말없이 호객^{呼客}하고 있었다. 나는 시원한 초저녁 바람을 안고 나름대로 원대한 희망 속에 아름다운 꿈과 화려한 이상의 나래를 저으며 홀로 활기찬 발걸음으로 걸어가던 참이었다.

이때 저 멀리서 흘러간 옛 노랫소리가 귀에 땅겼다. 아련한 추억을 상기시키는 구슬픈 가락들이 길손의 마음을 은근히 붙잡는다. 목포의 눈물, 황성옛터, 백마강 달밤에, 두만강 푸른 물이 … 발걸음을 멈추게 하여 나는 두 발을 멈추고 서서 충장로 길을 자세히 살펴보았다.

아! 이게 웬일인가? 하지 절단으로 불구가 된 한 젊은 청년이 엎드려 두 팔로 동전 바구니를 끌어가면서 등에는 스피커를 싣고 충장로 길바닥에 배를 맞대고 두꺼비 걸음으로 기어가며 애절한 노래로 구걸을 하는 것이 아닌가? 이처럼 안타까운 장애인은 처음 보았다. 나는 깜짝 놀라 당황한 나머지 발걸음을 멈추고 멍하니 정신을 놓아 한참 동안을 서 있었다. 그러던 사이 구슬픈 노래와 함께 그처럼 안타까운 장애인은 자라 걸음을 하며 어느덧 내 앞을 지나가 버렸다. 이때 나는 동전을 던져줄 생각은커녕 너무도 참혹한 모습을 보고 겁에 질려 말문이 막히자 막연히 서서 아무런 생각이 나지 않았다. '이처럼 참혹할 수가 …' 하며 지나간 뒷모습을 멍청히 바라보며 그저 말을 잇지 못하고 서 있을 뿐이었다.

그때였다. 저 멀리 단감을 거리에서 팔던 할머니가 갑자기 나타나 머리에 이고 있던 단감 바구니를 그 앞에 내려놓고 치마 옆의 주머니 끈을 풀고 돈을 꺼내어 장애인의 초라한 바구니에 돈을 넣어 주고 난 다음, 다시 단감 바구니를 머리에 이고 일어서 어디론가 걸어갔다. 나는 그때야 정신이 들어 그 할머니의 모습을 보았다. 아주 작은 키에 반 늙은이의 할머니로 머리에 비녀를 꽂고 허름한 무명 치마에 땀이 밴 저고리, 그의 남루한 행색은 전형적인 시골 할머니였다. 햇볕에 그을린 피부는 월남 사람처럼 검붉게 탔다. 팔다 남은 바구니를 머리에 이고 바쁜 걸음을 재촉하여 걸어가는 뒷모습을 보며 나는 깊은 사념思念에 잠겼다. 그처럼 구슬픈 유행가 소리도 단감 장수 할머니도 모두 자취를 감춘 뒤였다.

나는 충장로 거리를 홀로 걸어가는 내내 조금 전 전개되었던 두 사람의 모습이 좀처럼 머릿속에서 지워지지 않고 계속 떠올랐다. 그처럼 천진무구天眞無垢한 시골 할머니의 참사랑이 진정한 인간의 향기로 내 가슴속에서 흰 구름 피어나듯 다시 떠오른다.

당시 충장로는 남도에 명동거리였다. 온몸에 윤기가 넘치고 일세의 부귀를 자랑하는 신사 숙녀의 거리요, 밤에도 대낮처럼 밝은 형광등 아래 최신 유행의 거리일 뿐만 아니라 남도 경제를 과시하는 상징적 거리였다. 그러나 그처럼 눈으로 차마 볼 수 없는 불구의 모습을 하고 애절하게 호소하는데도 어느 한 사람 그에게 눈 돌려 동정하는 사람이 없었다. 화려한 우리 사회의 한 단면으로 인심은 그토록 냉정했다. 나역시 그중의 한 사람이다. 땀에 밴 무명 적삼, 검은 머리에 비녀를 꽂고 검게 타 남루하고 초라한 행색의 단감 장수 할머니!

온종일 팔아 모은 주머닛돈으로 장애인에게 나누는 진정한 사랑은 참으로 아름답고 고귀했다. 인품을 과시하는 이력이나 명함은 한갓 외장外裝으로 물건 싸는 보자기에 불과하다. 특별히 인의仁義의 도道를 배우지도 않았으나 실천할 줄 아는 단감 장수 할머니의 보석 같은 그 마음 앞에 우리 모두 부끄러울 뿐이다.

단감 장수 할머니. 진심으로 존경합니다. 그토록 큰 가르침 주셔서 감사합니다. 내 마음 큰 스승으로 모시겠습니다.

최 씨 할머니의 사랑

뜰 안에는 홍매화, 수선화, 백목련의 꽃 잔치가 어느덧 지나가고, 약헌藥軒이 조용해진 늦은 봄 어느 날이었다. 오늘은 웬일인지 손님이 많았다. 고향 화순에서 찾아온 할머니 손님들이 마루에 앉아 순서를 기다리고 있었다.

손님 중 한 분이 화순읍 신기리에서 왔다고 하는 백발 할머니였다. 아들의 병환을 위하여 조선대학교 병원에서 2년째 간병인 생활을 하는데 아들 간호에 지쳐 온몸이 아파 살 수가 없다며 눈물을 흘렸다. 그 앞에는 70세쯤 보이는 할머니 한 분이 앉아 있었다. 그저 조용히 앉아 순서만 기다리고 있었는데 나는 한눈에 보아도 범상한 할머니가 아닌 것을 직감하고 약을 지으면서도 할머니를 눈여겨 살피던 중이었다. 할머니는 키가 작고 이마 천정이 풍만하며 청수淸秀한 인상으로 분명 명문 세가의 부인 자태였으며, 옷차림만 보아도 고상한 치마저고리에 스웨터를 걸친 맵시가 여유 있는 가정의 귀부인이 틀림없어 보였다.

이윽고 범상치 않은 할머니의 순서가 되었다. 갑자기 할머니는 주위를 돌아보며 말하기를

"손님 여러분, 미안합니다. 모두 몸이 아파서 약을 짓는데 저는 오래 살겠다고 보약을 지으러 왔습니다." 하며 손에 들고 온 물건을 풀어 보이기 시작했다. 보자기 안의 물건은 다름 아닌 '녹용'이었다. 선물을 받은 거라고 말하며 보약 한 재를 부탁한다. 나는 녹용을 들어 저울에 놓고 중량을 살펴보았다. 꼭 두 냥이었다.

"할머니, 녹용은 두 냥입니다."

"녹용은 좋습니까?"

"예, 좋습니다."

"목포에서 사위가 녹용을 자주 구해 보냅니다." 하고, 어렵게 말하면서 다시 말하기를

"여러분, 참으로 죄송합니다." 하자, 자리에 있는 여러분이 말하기를

"무슨 말씀입니까, 당연히 약을 지어 드셔야죠." 하며 모두 합창이라도 하듯 이구동성異口同聲이었다.

조선대학교 병원에서 아들을 간병看病하고 있다는 백발 할머니가 이 모습을 지켜보고 있다가 말씀하기를 '저렇게 보약이나 먹어야 할 나이에 자식 간병에 몸살 병이니 …' 하며 혼잣말로 신세 푸념을 하고 있었다.

이때 녹용을 들고 오셨던 할머니께서

"저도 고향이 화순입니다. 그리고 친정이 해주 최 씨입니다." 하고 말한 다음 나를 불렀다. 내가

"예." 하고 대답하자, 할머니는 빙그레 미소를 지으며

"저기 조선대학교 병원에서 오신 할머니에게 약 한 재를 지어 드리십시오. 제가 약값을 드리겠습니다." 한다. 나는

"예, 그렇게 하겠습니다." 했다. 조선대학교 병원에서 오신 할머니는 깜짝 놀라면서

"할머니 무슨 말씀입니까, 무슨 염치로 약을 받습니까, 저도 약값을 가지고 왔습니다." 하고 말하자, 최 씨 할머니는 다시

"노인병은 치료가 잘되지 않습니다. 약을 계속 드십시오." 하였다. 옆에 계신 여러분들이 말하기를

"참으로 훌륭한 어른이시네 …" 하며 모두 존경하는 태도로 우러러보았다.

나 역시 생각해 보았다. 최 씨 할머니와 조선대학교 병원 할머니 사이는 오늘 처음 만난 자리이다. 그런데 오직 간병하다 온몸이 아프다는 딱한 사정을 듣고 남의 아픔을 내 아픔으로 받아들이는 최 씨 할머니의 뜨거운 사랑 즉, 인간애人間愛가 내 가슴을 뜨겁게 달구면서 오감五感을 엄습해 왔다. 나는 약을 부지런히 지으면서도 최 씨 할머니의 아름다운 마음을 다시 한참 동안 생각해 보았다.

잠시 후에 나는

"할머니, 저도 약 한 재를 지어 드리겠습니다."라고 하자, 아들을 간병한 할머니의 눈이 휘둥그레지면서

"무슨 말씀입니까. 제가 무슨 면목으로 약을 받습니까, 그만두셔요." 한다. 나는 다시

"저, 최 씨 할머니께서 처음 뵙는 할머니께 그처럼 큰 온정을 베푸

시는데 저 또한 부끄러워 어떻게 약값을 받겠습니까?" 하자, 자리에 앉은 여러분들이

"어찌 그런 생각까지 하십니까?" 하며 기뻐했다. 그리고 여러분이 말하기를

"우리를 도와주신 것보다 더욱더 고맙습니다." 하며 그 자리에 앉아 있던 모든 손님이 다 함께 기쁨을 감추지 못하고 금방 온 방 안에는 화기가 감돌았다. 봄의 끝자락에 서 있는 운림동천雲林洞天에 지란芝蘭보다 짙은 인간의 향기가 춘곡약헌春谷藥軒 빈집을 가득 채워주었다. 너무나도 행복이 넘치는 하루였다.

우리 사회 곳곳이 누추하여 발붙일 곳 없는 오늘날, 어찌 이처럼 아름답단 말인가! 지초芝草는 천년을 지나도 그 향기를 고이 간직한 법. 최 씨 할머니의 고귀한 마음씨는 탐욕으로 병들어 가는 우리 사회에 경종이오, 등불이 아닐 수 없다.

내 고향 화순 삼천리三川里와 다지리茶智里에 예로부터 해주 최 씨가 많이 살아 집성촌을 이루었다. 임란壬亂 구국 공신 오성烏城 삼충三忠으로 최경운崔慶雲, 최경장崔慶長, 최경회崔慶會 장군의 세가世家로서 화순을 빛낸 지절志節 높은 가문이다. 이처럼 세세世世 충효를 자랑하는 가문에서 태어난 최 씨 할머니는 선조의 맑은 피가 유유 도도히 지금까지 흐른 것이다.

나는 길거리에서 작은 키에 단아한 자태姿態를 한 할머니가 지나가거나 혹은 하얀 파 뿌리 머리를 하고 계신 할머니를 보면 20여 년 전 해주 최 씨 할머니가 생각난다. 벽산호 홍진주가 아름답다 한들 어찌 최 씨 할머니처럼 아름다우랴. 무지갯빛보다 더 곱고 아름다운 할머니

의 마음을 잊을 수가 없다. 아마 지금쯤은 어느 적막한 산골에 물소리 들으며 곱게 핀 두견화를 벗 삼아 말없이 누워 계시리라. 부디 안녕히 계십시오.

신 빈교행新貧交行

찬 이슬 무릅쓰고 뜰 양지에 핀 붉은 단풍철이 어느덧 지났다. 날씨가 점점 쌀쌀해지면서 춘곡약헌春谷藥軒과 정원의 나무들도 조용히 잠든 듯 모든 것이 텅 비어 있는 기분이다. 가을이 지나 초겨울로 접어든 마음은 모든 것이 허전하다. 그러나 등산객들은 삼삼오오 짝을 지어 무등산을 오르며 환호성으로 화답하는 어느 날이었다. 그날은 때마침 일요일이다.

나는 공휴일에 약속이 없어 허전하던 중 전화가 걸려 왔다. 문병란 회장님의 전화다.

"오늘 약속 없는가?"

"예."

"증심사證心寺 물소리나 들어 볼까?"

"예~ 좋습니다." 하고 즉시 약속했다.

우리는 약속 장소에서 가벼운 겨울옷 차림으로 만나 웃으며 찾아간 곳은 파전과 동동주를 파는 어느 허름한 '보리밥집'이었다. 원래 소탈한 분으로 식성이 담백하고 소식하는 편이며 토속음식을 좋아하고 검소한 아취가 있어 특별히 나와는 서로 동정 공감同情共感된 바가 많았다.

세상사는 이야기부터 시작하여 고사 등 동서고금을 꿰뚫어 보는 박학다식하신 문보文寶로서 움직이는 문학도서관이다. 문 회장을 만날 때마다 항상 저절로 만시지탄이 나왔다. '왜 인연이 이처럼 늦었을까? 일찍 만났더라면 …' 하면서 아쉬움이 더했다. 나 역시 현대시에 관심이 많았기 때문이다.

현대시에 매력을 느꼈던 것은 중학교 시절이다. 국어교재에 실린 박목월 선생의 〈청노루〉에 매료되어 읽고 또 읽고, 외우고 또 외우면서 우리 시의 아름다움에 흠뻑 빠졌었다. 문병란 회장님께 화순중학교 시절 추억을 말하면서 일학년 교과서 첫 장에 나오는 〈청노루〉 시 첫 구절 "먼 산 청운사 낡은 기와집 산은 자하산 봄눈 녹으면 느릅나무 속잎 피어나는 열두 구비를 청노루 맑은 눈에 도는 구름 …"을 외워 보였다.

이처럼 어린 시절을 회상하면서 우리 시에 푹 빠졌던 그때 지도해 주실 선생님을 못 찾아 놓치고 말았다고 말하자,

"자네는 감성이 풍부해서 잘했을 거야. 그러니까 한시를 잘하지 않는가. 인륜 대도와 우주철학이 없이는 진정한 시를 못 써." 하며 진지한 표정을 지었다.

항상 그때가 머릿속에 맴돌면서 나의 문학관文學觀은 더욱더 새로워졌다. 문학을 하는 사람이 순백무구純白無垢하지 않으면 좋은 글을 쓸 수 없고, 설령 명문 명시를 세상에 내놓았다 하더라도 스스로 무게와 빛

이 없게 된다고 강조했다. 그러므로 인품과 문장은 함께 한다는 말을 여러 차례 강조하셨던 말씀 귓가에 지울 수 없다.

과연 그렇다. 일찍 다산 정약용 선생은

"임금을 사랑하고 나라를 걱정하지 않은 것은 시가 아니요, 시대를 아파하고, 세속을 분하게 여기지 않은 것은 시가 아니며, 옳은 것은 찬미하고 그른 것은 풍자하며 선善을 권장하고 악惡을 징계하려는 뜻이 없는 것은 시가 아니다. 그러므로 뜻이 서지 못하고 배움이 바르지 못하며 큰 도大道를 듣지 못하고 임금을 받들지 못하며 백성들에게 베풀려는 마음이 없는 자는 시를 지을 수 없다.茶山先生曰 不愛君憂國 非詩也 不傷時憤俗 非詩也 非有美刺勸懲之義 非詩也 故 志不立學不醇 不聞大道 不能有致君澤民之心者 不能作詩"라고 하였다.

우리가 머물렀던 술집은 다행히도 우리가 생각했던 허름한 '보리밥

문병란 선생 〈신빈교행〉 육필 원고

집'이 아니었다. 이 집 주인 할머니가 솜씨 있는 옛 양반집 종부로 부뚜막에 누룩밥을 해 안쳐 만든 청주 즉, 녹의주綠蟻酒가 있었다. 녹의주란 밥알이 둥둥 떠 있는 찹쌀술을 말한다. 우리는 둥근 파전 한 장에 찹쌀 동동주를 몇 잔씩하고 나니 취흥이 도도하여 무등산 아래 서석동천瑞石洞天을 거닐고 내려오는 하루 주선酒仙이 되었다. 이때 문 회장은 내게 봉투 하나를 건네

주며

"무명용사 추모제와 개천절 행사에 자네 내외가 너무 고생하는데 ⋯ 참으로 고마운 일이네." 말씀하시면서 내 손을 꼭 잡아주었다.

그리고 다시 "우리 의리 지켜가며 살아가세." 하였다. 나는 말없이 받아 집에 와 봉투를 펴 보았다. 그것은 다름 아닌 고시조체로 쓴 〈신 빈교행新貧交行〉이었다.

新貧交行신빈교행
- 春谷춘곡에게 보내는 노래* -

문병란

꽃이면 다 꽃이랴, 향이면 다 향이랴
매화는 고목에도 새 움이 돋거늘
봄 뫼에 숨은 꽃 찾아 벌 나비 모여든다

벗인 듯 스승이고 스승인 듯 벗님네라
정으로 부른 벗님 의리로 다진 형제
난정기蘭亭記 부러워 마라 회계산會稽山이 예로구나

꽃 냄새 풀 냄새 그보다 사람 냄새
고운 흙 다져두고 인의仁義의 씨앗 뿌려
정의가 뭉글뭉글 사랑꽃 피어난다

────────

* 국조숭모회國祖崇慕會 창건주創建主 춘곡春谷과의 우의友誼를 다져 의고조擬古調의 시조로써 소회所懷를 읊음

큰 임금 모신 정사 일월을 밝혀놓고
오천 년을 두루 감싸 내일을 기약코자
어린 싹 다독거리니 옛 조상이 새로워라

모이자 경배하자 예던 길이 예 있어라
눈먼 자 손을 잡고, 길 잃은 자 깨우쳐서
오소서, 한 마음 되어 무궁화를 심고지고!

태극은 무극이라 백두대간 오솔길을
삼삼오오 답청놀이 선지식도 나누면서
어제가 오늘인 듯 광명 세상 다가오네

봄 골짝 꽃동산에 벌 나비만 있을손가
독사도 두려워 마라 사향 박하 쬐이나니
잡인도 가까이하면 한울님을 섬기리라

님이여 오소서. 관포지교管鮑之交 참뜻 새겨
봄 골짝 바위틈에 생명수도 마시고
숭모회崇慕會 그 깃발 아래 큰 임금을 모시리라

2000. 11. 15.

　나는 너무 과분한 생각이 들어 몸 둘 바를 몰랐다. 그러나 그 후부
터는 자상히 물어가며 더욱 돈독한 정으로 자주 모시고 많은 것을 배
우게 되었다. 항상 만나 이야기를 하다 보면 이야기 가운데는 반드시
어린 시절 배고팠던 추억이 떠올라 어머니가 해주셨던 보리개떡, 꾀목
장, 먹장, 담장, 즙장을 먹었던 허기진 어린 시절의 이야기가 자주 등

장했다. 그때마다 나도 맞장구를 치며 어려운 시절 콩잎죽 먹던 이야
기와 6·25 동란 피난 갔던 이야기 등등으로 한참 꽃피웠고, 학생들끼
리 모여 남의 무명 밭에 심어 놓은 물외를 훔쳐 논 물꼬 밑에서 조심스
럽게 씻은 다음 나무 그늘에서 희희작작嬉嬉綽綽 웃으며 먹었던 추억담
을 털어놓으며 함께 웃기도 했다. 이 모두가 지금부터 칠십 년 전 어린
시절 이야기로 무상한 세월 속에 한갓 전설과 푸념이 되어 버렸다.

그때가 그립습니다, 서은 형님

나는 중학교 시절이 떠오를 때마다 가슴이 서늘해진다. 어린 나이에 6·25 동란을 겪었고, 할아버지와 아버지를 한 해에 여의었다. 그때 학교는 모두 불타 뼈대만 앙상하게 남아 흉물스러운 일부 건물에서 공부했다. 한 교실에서 공부했던 많은 친구들이 이제 세상을 떠나 불귀객不歸客이 되었고, 나머지 친구들은 모두 흩어져 어느 산 아래 있는지? 해가 더 할수록 초등학교와 중학교 시절 친구들이 그처럼 소중히 여겨진다.

중학교 운동장은 잡초가 무성하여 황량한 풀밭으로 일 년이면 몇 차례 교정 풀매기 작업을 했다. 지금처럼 제초제라도 있었으면 얼마나 좋았을까? 더운 여름 그처럼 고역이 없었다. 그러나 그토록 힘을 다해 제초 작업을 해놓아도 일주일이 지나면 다시 퍼렇게 자라 우리를 귀찮게 했다. 철없던 어린 소견에는 은근히 방학만을 기다렸다.

아침 조회하던 교단 앞과 학생들이 운동하던 축구장, 정구장만이 환하게 보일 뿐 그 외에는 여름 방학이 가까워지면 모두가 풀밭으로 변했다. 학교 정문을 들어서면 오른편에 정구장이 있었는데 항상 선배 농고생農高生들이 차지하여 오후 수업만 끝나면 정구를 치며 즐겼다. 이곳에서 땀을 뻘뻘 흘리며 열심히 정구를 치던 학생 중 한 명이 문병란 선배였다. 그때에는 중학생과 고등학생이 엄격히 구별되어 가까이할 수도 없었으므로 항상 멀리서 구경만 하고 지나갈 뿐 감히 접근할 수 없었다. 지금 기억으로는 어느 친구가 말하기를 문병란 선배가 정구뿐만 아니라 공부도 잘하며 앵남에 산다고 했다.

나는 공부를 마치고 학교에서 집으로 향하는 길에는 항상 문병란 선배가 정구장에서 땀을 뻘뻘 흘려가며 열심히 정구채로 공을 받는 모습을 볼 수 있었으며 그때 어린 눈으로 보아도 남달랐다. 날씬한 몸매에 키가 컸고, 갸름한 얼굴에 피부 빛깔이 맑아 인상이 환히 밝았으며, 말씨도 조용하여 귀티 나는 인상으로 두루 손색이 없는 인품이었으니 누가 보아도 뛰어난 미남이었다. 이렇게 문병란 선배를 학창 시절에 먼 곳에서 인사도 없이 보고 지나면서 화순 농고 선배로만 머릿속에 남겼다. 그 후 서로 헤어진 뒤 관심 밖의 멀고 먼 처지로 간혹 신문에 시인 문병란이라고 소개될 때마다 나는 화순 농고 교정에서 정구를 치던 모습이 떠올라 주위에 친구들을 만나면 어린 시절 추억담을 들추기도 했다.

그러나 오늘날 이처럼 큰 인연이 될 줄 어찌 알았으랴. 내가 뜻을 세워 압곡鴨谷에 국조전國祖殿을 짓고 개천절 행사를 하면서 어느 날 우연히 문병란 선배와 술자리가 되어 자연스럽게 인사를 올릴 기회가 있었다. 첫인사를 나누면서 화순 농고 시절 정구를 쳤던 때를 기억하시느냐고 묻자, 잘 모르겠다고 하여 내가 다시 옛 기억을 더듬어 말씀드리자, 방끗 웃고 옛 기억을 잘하고 있구면 하며, 나에게 술을 권해 술잔을 받았다. 그 후부터 시내에서 서로 만나면 다정한 인사로 안부를 살피곤 했다.

어느 날 문병란 시인 시집을 한 권 읽을 기회가 있어 몇 수의 시를 읽어가는 순간 산란했던 마음이 자연 조용히 진정되는 것을 느꼈다. 시인의 깊고 예리한 표현은 촌철살인寸鐵殺人으로 독자에게 큰 감동을 주어 정신이 맑아지고 박하 향에 취한 듯 감정이 더욱 신선해졌다. 이 때 우리 시의 아름다움을 크게 느꼈다. 중학교 시절 박목월 선생의 시를 읽고 가슴 깊이 매료된 이후 처음이었다.

마침 이때가 이십곡리일곡에 국조전을 짓고 난 다음 어려운 여건을 극복하면서 내 고장 화순지역 유지 여러분과 함께 조필환曺必煥 선생님을 초대 회장으로 모시고 개천절 행사를 봉행하던 때였다. 조필환曺必煥 선생님께서 국조숭모회장을 수임하신 이후 본 회의 발전을 위해 노심초사 몸을 아끼지 않고 헌신 봉사하셨던 분으로 그토록 감사할 수가 없어 마음속에 잊히지 않는다.

그 후 조 회장님께서 갑자기 병환이 나서 불행히도 영면의 슬픔을 당하고 말았다. 국조숭모회 여러분이 한결같이 앞날을 염려하고 있던 때 우연히 문병란 선배가 생각났다. 남도인南道人이라면 모두가 '민족시인'이라 존칭하는 문병란 선배를 회장으로 모셨으면 하는 생각이 들어서였다. 그러나 내가 말씀드려야 할 만한 사이가 못 되어 가까운 분을 찾는 중, 주위의 한 분이 해관海觀 장두석張斗錫 선생의 말씀이 잘 통할 것 같다고 했다. 그래서 장 선생님께 말씀드리자 쾌히 승낙하여 무더운 여름날 일송정 음식점에서 화순 유지 여러분과 함께 문병란 선배를 초청하여 그 자리에서 장두석 선생과 여러분들이 모두 간곡히 부탁을 드렸다. 문병란 선배는 한참을 생각하더니 "사회단체의 경험이 부족하므로 모든 것은 숭모회에서 운영하고 오직 회장 직함만 가지고 있겠습니다."라고 했다.

우리는 즉석에서 만장일치로 합의하여 화순 국조숭모회 회장으로 문 선배님을 모셨다. 이때가 단군기원 4333경진 庚辰 년도이다. 이렇게 역사적 인연이 시작된 이후 매년 10월 3일이면 개천송開天頌을 지어 기념식에서 민족혼을 깨우쳤다.

律呂平和統一 開天頌율려 평화통일 개천송

시인 문병란

남북 2만 리 동방의 하늘 아래
처음 나라 세운 지 4346년!
할아버지가 손자에게 말씀하시니라
홍익인간 이화세계 국시로 삼고
신자 신손 가시버시 서로 손 맞잡아
나눔과 사랑과 경천과 애인
고요한 평화로운 아침의 나라
천 고을 만 고을 첫닭이 울었다

온 누리 겸양과 예의 돈독하고
이웃과 어울려 울 없는 가슴들
어른은 후덕하고 아이들은 슬기롭고

화이부동 연분 따라 아사달 아사녀
사내는 의롭고 여인은 요조하고
도적이 없는 나라 다툼이 없는 나라
마구간 암소도 얌전하게 음매에
동방의 아침은 맑고도 푸르렀다

그러나 어이 알았으랴, 바다 건너 섬 도적들
총칼로 삼천리 유린하니 아, 동방
고문화국 망국의 설움 사직이 꺼졌다
왕좌는 거미줄 치고 백성 흩어져
느는 것이 감옥과 병영 울음 진동하니
태극기 사라진 누리에 무궁화 시들퍼
바다 건너 게다 소리 딸각딸각 울리고
땅 위엔 쑥부쟁이 개꽃 사쿠라만 만발했다

이제야 돌아온 시운 남과 북
무력과 경제력 백두산이 솟았다
후지산 무릎 꿇어 역사 앞에 단죄하라
온 세계 자유 진영 목줄을 겨누고
가짜 천황 항복문서 왜왕 시대 끝났다
듣거라 도적들아, 물렀거라 오랑캐야
어금니 독도가 심판의 칼 내미니
사꾸라 썩은 자리 근화가 만발하다

아아, 약무호남 시무조선 그 역사
의인은 절절히 외치고 있나니
사람이 싸운 자리 역사가 남고
역사는 다시 양심을 검문 검색한다

가슴에 손을 얹고 열조 앞에 엎드리라
조상도 모르는 개돼지 되지 말고
깨달으라, 뉘우치라 태극 세상 받들라
그날의 의인 열사들 구천에서 외친다

날로 물들어 가는 서구 물질주의에도 불구하고 국가관과 민족혼은 죽지 않아 광주, 화순 300여 명이 모여 단군 대제와 개천절 기념식을 했다. 이때는 반드시 장중하고 화려한 종묘제례악으로 예를 갖춰 성대히 모셨다.

그 후부터는 자주 만나 가정 안부도 살피며 다방이나 식당에서 바쁜 시간을 나누어 선현들의 미담이나 동서고금 문학사에 대한 명 강의를 들을 수 있었다. 강의를 더 듣고 싶은 마음에 일부러 다시 술잔이나 찻잔을 올리며 자리를 지연시키기도 했다. 고금을 통해 박식한 명 강의를 듣는 순간 모든 것이 부족한 나에게는 흡사 영혼에 새벽길을 안내해 주는 등불처럼 흔쾌했다.

서은瑞隱 문병란 시인
이야기 3

아! 슬프다. 이 통곡을 어찌하랴

지난 9월 26일 새벽 6시경에 전화기가 울렸다. 나는 일어나 전화를 받았다. 그러나 무심히 받은 전화가 그처럼 충격적일 수가 있을까? 서은瑞隱께서 밤사이 병원에서 세상을 떠나셨다는 소식이었다. 허탈한 심정에 말문이 막혀 말을 잊지 못하고 "알았네." 하고 전화기를 놓았다. 일찍 걸려온 전화에 궁금했는지 밖에 있던 아내가 방문을 열고 들어오면서 무슨 전화냐고 물었으나 한참 말문이 막혀 전혀 대답하지 못하고 그저 앉아 있었다. 한참 지난 뒤에 겨우 대답했다. 당황한 심경을 어떻게 정리하기가 어려웠다.

　2개월 전 화순 박약회에서 〈고전에서 현대까지〉란 주제로 2시간의 뜨거운 강의에도 지치지 않고 가장 쉬운 해설로 모든 이들의 가슴을 시원히 열어주었다. 그때 몸이 너무 수척하게 보여 나는 간곡히 권했었다. "형님, 찬기와 상의하여 병원 진찰이라도 받아 봅시다." 했다.

지나치게 초췌한 모습에 마음이 무거웠다. 그러나 도를 넘게 간섭할 수가 없었다. 권위 높은 한의사가 지극히 보살핀 줄 잘 알고 있기 때문이다. 그리고 나에게 병원에 다녀오겠다고 말씀하셨으므로 더욱 드릴 말이 없었다.

병원에서 입원한 것조차 전혀 알지 못했으니 더욱 죄송한 마음을 금치 못하여 다음 말을 잇지 못하고 먹먹한 심정에 대답을 잃었다. 이처럼 갑자기 세상을 버리실 줄을 어찌 알았겠는가? 학처럼 담박한 식성에 소식하셨으며 인자하신 천품에 장수하실 것으로 믿어 만무일의萬無一疑; 만에 한 번도 의심하지 않음였는데, 이 어찌 된 일인지 도무지 가슴이 막막할 따름이다.

옛 『마의상서麻衣相書』에 난지자수難知者壽; 알기 어려운 것이 수명라 했다. 과연 인간의 수명은 참으로 헤아리기 어렵다는 말이 절실한 순간이다. 신문과 방송에 보도되자 모두 깜짝 놀랐다. 한국 문단의 슬픔이오, 큰 손실이 아닐 수 없다. 더욱 영별의 아픔이 추석과 맞물려 부득이한 사정으로 참석지 못한 조문객들이 많았다. 그러나 한편 생전의 정의와 업적을 못 잊어 90세 고령 큰 어른들께서도 고인의 덕을 기려 조문하신 분들도 많았다.

무등산을 지킨 남도문학의 거목이 가셨으므로 교육계 후학들은 물론 그밖에 정·관계와 일반시민 등 많은 인사들이 조문하며 영별을 아쉬워했다. 영결식 전에도 전남지사, 광주시장 등의 추모사가 이어졌고, 남도시단 대표 시인의 추모시 등 많은 인사들의 애도 속에 광주 국립묘지에 82세를 일기로 영면에 드셨다.

서석초등학교 5학년 시절 〈고향에 계신 어머니〉의 동시童詩를 말하지 않을 수 없다. 코 흘리는 어린 나이에 광주와 화순의 경계인 칠구재를 넘어 걸어, 걸어 찾아온 광주 유학 생활에서 간절한 어머니의 그리움이 그토록 아름다운 시로 탄생하였다.

그 후 불후의 명작 〈무등산〉, 〈청자송〉, 〈땅의 연가〉, 〈직녀에게〉, 〈동소산 머슴새〉, 〈희망가〉 등등 헤아릴 수 없는 주옥같은 시를 남기고 가셨다. 그중 〈직녀에게〉와 〈광주찬가〉, 〈빛고을 아리랑〉 등등 많은 가곡 합창곡을 남겼고 무등산과 너릿재, 동작골 등 전국 방방곡곡에 시비가 서 있어 시민과 후학들의 마음을 환히 밝혀주고 있다. 〈고향에 계신 어머니〉에서부터 〈무등산에 올라 백두산까지〉의 노래와 조국 통일을 염원하는 시문 80여 권을 남기고 세상을 떠나셨다.

서은瑞隱 문병란 시인은 명실공히 민족시인답게 화순 국조숭모회장을 10여 년이나 이끌었다. 매년 10월 3일이 되면 〈개천송〉을 지어 10년이 지나도록 국민의 가슴을 일깨워주었으니 시인의 국가관과 민족혼을 감히 알 만하다. 그뿐만이 아니었다. 매년 9월 9일 중양절에 고향 화순에서는 뜻깊은 행사가 열렸다. 남도를 지키는 풍류아사風流雅士 시・詩・서書・화畵들의 모임으로 대가들이 한자리에 어우러져 높은 기량을 마음껏 과시하며 즐겼던 '서석 풍아회' 모임이 있었다. 이 모임 또한 문 회장의 주도하에 근 10여 년을 이끌어 왔으므로 오늘의 영별은 너무도 뜻밖의 슬픔으로 우리 모두의 경황이 아닐 수 없다.

고향을 지키는 지역 유지와 숭모회 그리고 풍아회 임원 여러분이 모여 함께 숙의한 끝에 영면 100일을 기념하여 '서은 문병란 시인 100일 추모제'를 올리기로 만장일치 결의한바, 장소는 생전에 그토록 아껴 찾으셨던 국조전의 홍익재에서 거행하기로 하고 병신년 1월 3일

11시로 결정하였다.

돌이켜 생각건대 참으로 감개무량하다. 지하에 계신 영령의 보우保佑로 그때 모든 일이 어김없이 협조가 너무도 잘 되었다. 1년 중 가장 추운 소한 절인데도 봄날처럼 따뜻하여 홍익재 앞마당에서 130여 명이 모여 원만한 행사를 이루었으니 이처럼 다행한 일이 있겠는가! 문단의 거목 이명한 원로작가와 김준태 시인을 비롯한 서은 문학회원과 더불어 여러 문학단체가 참석했고, 신정훈 국회의원과 황일봉 청장, 구충곤 군수, 정경채 경찰서장, 임광락 박약회장 등 많은 지역 인사들

| 서은 문병란 시인 백일 추모제

이 모여 '서은 문병란 시인 100일 추모제'를 거행했다.

절절한 추모사와 추모시가 서은 형님에 관한 아쉬움과 슬픔을 더욱 간절하게 했다. 시인의 구천 길을 인도라도 하듯 대금의 청아한 〈청성곡淸聲曲〉은 생사가 하나 되어 비창한 회한의 징검다리를 환희의 길로 밝혀주었으며, 뒤를 이어 극락정토를 발원하는 의미와 정신을 담아, 화려하고 장중한 승무僧舞를 말하지 않을 수 없다. 신선이 하강할 듯 정중한 장엄 염불에 맞춘 승무는 사푼사푼 놓는 춤사위가 약지도승弱枝渡乘으로 허공을 딛고 놓아가는 발 맵시가 환상이었다. 이를 보신 서은 형님께서도 기뻐하셨을까? 그날의 행사는 모든 분이 경건한 마음을 담아 협조하였으므로 너무도 잘 이루어졌다. 그 자리의 여러분들은 이구동성 추모제를 성황리에 마쳤다며 흔쾌함을 감추지 못했다. 이 모두 서은 형님께서 도와주신 구천의 보우保佑였다.

나는 오늘도 내일도 생각하면 할수록 지난날 예禮가 부족했던 아쉬움이 샛별처럼 떠오른다. 서은瑞隱 형님과의 약속을 물같이 흘려보내 그토록 가슴이 아프다. 부안 이매창 공원의 묘소를 찾아가 소리꾼 고운 목으로 헌창하고, 서은 형님 시와 나의 한시로 위로하며 인사드리기로 했던 약속과 정월 대보름에 압곡鴨谷 홍익재弘益齋에서 찰밥 한번 먹어 보자고 하셨던 말씀, 충주 탄금대에 올라 거문고 소리 한번 들어 보자고 하셨던 말씀을 지키지 못한 게 이처럼 후회스럽고 죄송할 뿐이다.

지난날을 생각하면 할수록 참을 수 없는 아픔이 마음을 짓누른다. 이 모두가 오늘은 씻을 수 없는 후회로 전할 수 없는 간절한 그리움으로 눈앞에 다가와 흡사 나그네 쓸쓸한 밤거리 가로등처럼 끊임없이 다가선다. 그러나 오늘에는 이 모두가 궁색한 변명이 아닐 수 없다. 서은 형님! 우리는 이별이 너무 길다가 아닌 영원한 이별입니다. 슬픔이 너무 길다가 아닌 영원한 슬픔입니다. 그처럼 국민의 마음을 감동시켰던 형님의 〈희망가〉 일 절에 "어름장 밑에서도 고기는 헤엄을 치고 눈보라 속에서도 매화는 꽃망울을 튼다." 하셨고, "절망은 희망의 어머니, 고통은 행복의 스승"이라고 말씀하셨으나, 나에게는 어찌 이처럼 절망과 좌절이 엄습해 옵니까?

아! 그립고 간절한 형님! 형님의 간절한 어머니의 노래에서 서산 넘어 고향 가는 해님처럼 그립고, 어머니 얼굴 실은 동산에 달님처럼 정말 간절합니다. 생전에 저의 손을 꼭 잡고 조용히 주셨던 그 말씀 명심하겠습니다. 형님, 오늘도 북녘 하늘 우러러 두 손 모아 기원합니다. 영락의 동산에서 편안히 쉬십시오, 형님.

추모사

무상한 일월日月입니다. 서은瑞隱 형님께서 가신 지도 어느덧 100일이 되었습니다. 불타의 말씀에 일체중생이라 했듯이 모든 생명의 소중함에 어찌 자타고하自他高下가 있겠습니까만, 어리석고 미혹한 인간인지라 사람의 무게가 이처럼 천차만별임을 새삼 절감하게 합니다. 생자필멸生者必滅이오 회자정리會者定離라 하였으나 이처럼 통절한 허탈이 어디 있겠습니까? 송죽松竹처럼 고매하신 서은瑞隱 형님, 앉은 자리 가는 곳마다 향기가 넘쳤고 들꽃처럼 소박한 일상은 후배들의 마음을 항상 즐겁게 했습니다.

가문의 법도가 몸에 밴 겸양의 미덕은 모든 사람과 더불어 화평과 안일이 넘쳤고, 형설螢雪의 마탁磨琢으로 이룬 동서고금 박학다식의 빈빈彬彬한 문질文質과 문사철文史哲의 높은 지성은 명실공히 남도문단의 거목이셨습니다. 서구문물의 유혹과 도덕이 타락된 사회 혼란에도 서은瑞隱 형님은 탁류濁流에 우뚝 솟은 한 송이 연꽃이 되어 외로운 징검다리를 고고孤高히 걸어가는 한 의인義人의 자태가 그토록 아름다웠습니다.

그러나 불의不義 앞에서는 한 치의 양보도 없이 당당히 맞섰으며, 환란이 거치자 다시 의연히 교단으로 돌아와 군자삼락君子三樂을 실천하셨으니 어찌 큰 스승으로 흠앙치 않겠습니까? 청빈 속에 올곧은 심지心志는 옛 두보杜甫의 정신이오. 붓만 들면 금장옥구金章玉句가 수용산출水溶山出로 수繡 놓았으니 이는 난고蘭皐 김병연金炳淵의 시취詩趣라 하겠습니다. 항상 국가관과 민족혼을 앞세웠던 말씀과 분단의 아픔을 노래했던 그 마음 그 예지叡智를 우러러 칭하옵니다. 민족시인이라고 …

신빈교행新貧交行을 지어 저에게 전하며 제 손을 꼭 잡고 하신 말씀 뼈가 시리도록 다가옵니다. 항상 말씀 올리면 "어이 그래" 하시며 따뜻이 받아주셨던 그 음성이 오늘도 귓전에 새롭습니다.

매년 단군 대제 때는 〈개천송〉으로 세상을 깨우쳤고 초등학교 5학년 때 동시 〈고향에 계신 어머니〉는 전국 중·고등학교 음악교재에 수록되었으며, 〈직녀에게〉, 〈광주찬가〉 등 많은 가곡과 합창곡은 국민의 심금을 울렸습니다. 어찌 그뿐인가요. 동작골, 너릿재 등 곳곳에 서 있는 시비는 우리의 마음을 밝혀주고 있습니다. 불후의 명작 〈무등산〉, 〈청자송〉 등등 헤아릴 수 없는 시 가운데 〈희망가〉는 지난 IMF의 위기 시절 많은 사업가가 전 사원에게 연하장으로 보내자 실의 좌절에 용기가 되어 감격의 전화가 쇄도했던 사실도 잘 알고 있습니다.

서은瑞隱 형님! 화순 박약회 강의가 생의 마지막이 될 줄을 그 뉘가 알았겠습니까? 정성 어린 원고 〈고전에서 현대까지〉의 40매에 여백만 있으면 볼펜으로 꼼꼼히 새겨놓은 해설의 육필을 읽을 때마다 나는 통절한 가슴을 쓸어내립니다. 인간으로 가장 참기 어려운 영별永別의 아픔에 옛 공자孔子도 통곡했거늘 우리 또한 어찌 눈물을 참을 수 있겠습니까? 이 아픔을 어찌 필설로 다하겠습니까.

그간 넓은 세상에 끝없이 바친 사랑 참으로 존경스럽습니다. 빈부귀천 남녀노소를 막론하고 알고 배우고 싶다면 어디라도 찾아가 일러주셨던 서은瑞隱 형님! 이제 그 정열 모두 놓으시고 편안한 영락의 천국에서 조용히 쉬십시오. 한국시단의 거목으로 후학의 거울이 되듯 천상에서도 큰 별이 되어 그토록 염원하시던 조국 통일과 이 땅의 문화 창달에 서광을 내려주시옵소서. 간절한 마음으로 삼가 명복을 비옵니다.

병신2016 1월 3일
강동원 배상

화순 무명용사 · 순국 경찰
추모제 이야기 1

불보살의 가호로
죽은 자와 산 자가 다시 만나다

매년 6월 6일 현충일이 오면 항상 순국 용사의 천도제薦度祭가 생각난
다. 매년 찾아오는 6월 6일이나 어찌 그처럼 지난날 기억들은 지워지
지 않고 선연히 찾아올까? 어느덧 36년이 흘렀다. 거스를 수 없는 세
월은 이처럼 냉정한 것인가?

그해 나는 전라남도 미술전람회에서 문인화 부문 최우수 대상을 받
아서 상금 1백만 원을 받았다. 도전道展 시행 후 처음 주는 상금이라고
했다. 나는 설레는 마음으로 상금도 받고 텔레비전 앞에 처음 출연하
여 작품에 대한 설명과 함께 수상소감을 밝히기도 했다.

그날 밤 새벽잠에서 깨어나 깊은 생각에 잠겼다. 상금을 어디에 어
떻게 써야 할까? 많은 생각에 생각을 거듭한 끝에 화순읍 이십곡리 나
의 밭에 모셔있는 호국영령 무명용사와 순국 경찰을 위한 왕생극락의

천도제가 떠올랐다. 그 밭을 살 때부터 나는 무명용사들의 위령제 모시는 제전祭典으로 쓰는 것이 마음의 소망이었다. 우리는 모두 이곳에 잠들어 있는 용사들이 흘린 고귀한 피의 대가로 오늘날 우리가 존재한다는 것을 생각할 때 그 어떤 일보다 화급한 일은 그분들에 대한 예우였다.

나는 항상 무명용사의 묘소 위편에 할아버지 산소가 있어 설날과 추석날이 되면 할아버지 묘소를 찾아 인사를 올리고 내려올 때마다 동생들과 함께 쓸쓸히 누워 계시는 영령들의 묘소를 찾아 묵념을 올리고 돌아왔다. 그때마다 나는 영령들을 위한 추모의 제전祭典을 생각했다. 묘소 앞은 많은 사람이 왕래하는 도로변이다. 그 앞길을 지나는 사람들과 성묘객들이 그처럼 많았으나 이곳을 찾아 정중히 예를 올려 추모하는 사람은 거의 없다. 조국을 위해 몸 바친 위대한 희생에 추모의 예전은 국민으로서 마땅히 해야 할 최소한의 예의가 아니겠는가? 나의 마음은 더욱더 간절하면서 조급하게 다그쳤다.

이처럼 내 마음 한구석에는 유감과 불만이 항상 자리잡고 있던 어느 날 나는 중학교 친구를 통해 이곳 밭주인을 찾아 부탁한 인연이 그후 10여 년을 지나 겨우 이 밭을 샀다. 항상 마음속에 자리 잡은 숙원을 이제 성취해야겠다는 생각에 모든 것이 기쁘면서 은근히 용기가 생겼다. 그리고 참신한 각오와 함께 행복감마저 들었다. 때마침 도전 문인화 부분에서 대상을 받아 김재식 지사 명의로 받은 백만 원의 상금이 있었다. 그때 백만 원의 상금은 상당히 큰 금액이다. 그러나 이 상금으로 천도제를 모시기란 모두가 부족할 것으로 생각되어 나머지는 모두 내 힘으로 다할 것을 다짐하여 동분서주 성심을 다했다.

여러 어른에게 항상 듣던 바, 억울한 죽음 즉 비명횡사로 가신 영령들에게는 반듯이 이고득락離苦得樂; 괴로움에서 벗어나 즐거움을 얻음의 천도제를 모셔 드려야 왕생극락한다는 말을 집안 할머니들께 많이 들었으나, 실제 경험은 별로 없어 모든 것이 불안하고, 초조할 뿐이다. 나는 여러 생각을 해 보았으나 좋은 생각이 떠오르지 않아 고민하던 중 문득 한 생각이 떠올랐다.

비구男자 스님보다 어쩐지 비구니여자 스님을 모시고 행사를 하는 것이 더 좋을 듯했다. 그것은 다름 아닌 비구니 스님이므로 계율이 청정할 것으로 생각되었기 때문이다. 나는 일단 운주사 법진法眞 스님을 만나 모든 것을 상의하는 것이 현명하겠다고 생각되어 조용히 혼자서 결정한 것이다.

여기저기서 타맥기打麥機 소리가 울려 퍼지는 무더운 여름날이었다. 먼저 장소와 날짜를 정하는 것이 선결 중요한 일인지라 혼자 생각하기를 6월 6일 현충일을 기하여 무명용사 묘 앞에서 행하는 것이 좋겠다고 생각했다. 주위의 자문을 받지도 않고 그저 막연한 생각이다. 이처럼 방대한 행사를 어느 분의 지도나 도움도 없이 모든 것을 혼자 생각으로 해야 하는 행사였다.

조용히 붓을 놓고 지난날을 회고해 보면 모든 것이 무모하고 어리석기 그지없었다. 나는 불안과 산란한 심사에 잠을 못 이루는 번민 중에 곰곰이 생각해 보니 6월 6일 현충일이 20일밖에 남지 않았다. 모든 것이 불같이 다급할 뿐이다. 날이 뜨겁기 시작한 5월 하순인지라 보릿가을이 한창으로 부녀자, 농부들의 바쁜 일손은 사방에서 농번기를 재촉하고 있었다.

나만 혼자서 마음이 급했다. 해가 서산에 기울어 어둠이 내리는 초저녁에 급히 택시를 타고 도암 운주사雲住寺를 찾아갔다. 다행히 주지 스님이신 법진法眞 스님께서 반갑게 맞아 주었다. 맑은 솔차 한 잔을 들고 난 다음 천도제를 말씀드리자 법진 스님은 크게 기뻐하시며

"우리가 해야 할 일을 거사님께서 하시니 너무 감사합니다." 하며,

"광주 흥용사興龍寺 안혜운安慧雲 큰스님을 모시고 진행하겠습니다." 하였다. 나는 너무 기뻤다.

다음날 다시 화순군청을 찾아갔다. 군수님께 찾아가 첫인사를 나눈 다음

"6월 6일 현충일을 기하여 무명용사와 순국 경찰 천도제를 올리고자 합니다." 했다. 그때 군수님은 유민봉庾珉鳳 군수였다. 따뜻하게 맞아 주시면서

"참으로 뜻깊은 행사입니다. 그처럼 어려운 행사를 혼자 추진하신다니 참으로 고생이 많으십니다. 남산 충혼탑에 인사를 드리고 난 다음 천도제 현장으로 가겠습니다." 했다. 나는 다시

"군수님의 추모사는 충혼탑의 추모사로 다시 인사를 드리는 것이 어떻겠습니까?" 하고 묻자, 군수庾珉鳳는 정색하면서

"다시 글을 지어 정중히 예를 갖추어야지요."라고 말했다. 나는 너무 감사했다. 그때의 진지한 표정은 지금도 잊히지 않는다. 이제 백발이 소소한 오늘 그날의 회상은 참으로 감개무량할 뿐이다.

평생 한 번도 구경해 본 적이 없는 천도제를 말만 듣고 시작하는 행사였으므로 불가피하게 아침, 저녁으로 운주사 법진 스님께 물어물어 모든 것을 준비했다. 너무도 답답한 나머지 불교용품 상을 하는 충장

로 칠엽굴七葉屈 김보열金寶烈 거사님께 전화를 걸었다. 김보열 선생님께
서 깜짝 놀라며

"그처럼 어려운 일을 어떻게 혼자서 한단 말인가? 큰일이네, 큰일
이여." 하시며

선생님의 아드님과 광주 불교청년회장을 소개해 주었다. 즉시 불교
청년회장이 찾아왔다. 나는 고기가 물을 얻은 듯 새롭게 용기가 솟았
다. 젊은 친구인 신도信徒회장은 신심이 돈독하여 어려움이나 고통을
항상 불보살의 가르침으로 몸소 실천하는 모범 청년 불자였다. 나는
물었다.

"자네 천도제를 많이 참석해 보았던가?"

"예."

"그럼, 모든 것을 자네에게 물어서 하겠네."

그날의 그 기쁨을 어찌 다 말하랴. 어둠을 헤치고 새로운 광명천지
를 만난 것이다. 그 친구의 말이

"야외 천도제는 괘불掛佛을 모셔야 합니다."

"괘불이라니? 어디가 있는가?"

"광주 관음사觀音寺에 큰 괘불이 있으니 제가 모셔 오겠습니다. 그리
고 제단을 만들어야 합니다."

"제단을 어떻게 만드는가?"

"목수가 있어야 합니다."

'목수가 있어도 어떻게 제단을 만들 줄 알아야지.' 하며 막연한 생
각에 걱정이 앞섰다.

"천도제를 모시는 데는 준비물이 많습니다."

"무엇이 필요한지 모두 적어 하나하나 준비하세."

땀을 뻘뻘 흘리며 볼펜으로 쓰기 시작했다. 한참 쉬었다 다시 적고 다시 적었다. 모든 것이 청년회장의 지시대로 할 것을 생각하니 즐겁기만 했다. 청년회장은 적은 쪽지를 놓고 하나하나 설명하기 시작했다. 망자亡者 47위位를 천도하기 위해서는 관욕례灌浴禮가 필요하단다. 관욕례란 47위의 영령들이 모두 전쟁터에서 피를 흘리며 산화하셨으므로 그날 그 모습으로 왕생극락을 할 수 없어, 첫째 목욕을 하고 깨끗이 새 옷으로 바꿔 입어야 한다는 설명이다. 합리성 있는 말을 듣는 순간 정말 마음이 시원했다. 나는 다시 물었다.

"그럼 준비할 물품이 무엇 무엇인가?"

"먼저 양치질을 할 칫솔·치약이 필요하고, 몸을 씻을 비누·수건이 있어야 관욕례를 행할 수 있습니다."

그리고 목욕할 장소에 병풍이 있어 사면을 가리고 목욕탕을 만들어야 한단다. 그런 다음은 47위의 의복을 준비해야 하는데 여름이기 때문에 모두 하복을 준비하기로 했다. 그다음 47위 앞에 음식을 올려 원만히 흠향하시도록 하는 의식을 자세히 설명했다. 모든 설명이 논리정연하게 말하므로 나는 흔쾌히 대답했다. 모든 준비를 회장의 지시로 아낌없이 준비하겠다고 대답한 나는 다음날 아내에게 모든 음식과 함께 그에 수반된 준비에 어김없이 온 힘을 다하도록 부탁하자, 아내 역시 따뜻한 마음으로 과일, 떡 등 모든 제수祭需를 하나하나 점검해 가며 성심껏 나의 뜻에 동참했다.

나는 다시 청년회장과 함께 양동시장을 찾아가 47위位 영령들의 상·하복 내의와 손수건, 양말까지 모두 준비하고 다시 47켤레의 신을 준비해야 하는데 같은 모양과 색깔의 일체감을 살리기 위해 부득이 태화표 농구화로 통일하기로 했다. 이제 행사에 필요한 제수와 영령들에게 바쳐야 할 모든 것들이 거의 준비되었고 그밖에 향과 향로, 촛불^{촛불}촛대 등도 모두 준비했다.

어언 6월 1일이 되었다. 6월 6일 현충일은 만4일밖에 남지 않아 마음은 더욱더 조급하여지면서 많은 생각에 잠이 오지 않았다. 이 생각, 저 생각 끝에 번뜩 제례악^{祭禮樂}이 생각났다. 다음 날 아침에 국재^{菊齋} 이종득^{李鍾得}이란 친구에게 전화를 걸어 천도제 행사에 제례악을 올렸으면 어떻겠느냐고 물어보자, 그 친구도 역시 환영하면서 좋은 길을 소개를 해주었다. 남산 시립국악원에 근무하는 조창훈^{趙昌勳} 선생을 찾아가 국재와 막역한 친구라고 말하면서 행사를 조금 도와달라며 부탁해 보라고 했다.

나는 너무 반가웠다. 당장 남산국악원을 찾아가 대금 명인 조창훈 선생을 물었다. 퇴근했다며 조창훈 선생의 거처를 가르쳐 주어 나는 그 곳으로 찾아갔다. 그곳에는 7~8명의 제자를 가르치면서 저녁밥을 짓고 있었다. 국재 선생 말을 꺼냈더니 반갑게 맞으면서

"많은 악기가 필요하므로 큰 차가 하나 있어야 합니다."라고 했다. 나는 큰 차 준비보다 사례금이 더 걱정되어 다시 조심스럽게 물었다. 악사가 있으면 좋겠으나 너무 거금을 요구하면 부득이 취소해야 할 수밖에 없어 다시 어렵게 말을 꺼냈다.

"악사들을 모시면 어떻게 사례를 합니까?" 하고 묻자, 선생은 다시 나를 쳐다보면서

"선생님, 이 행사를 어찌 선생님만이 해야 할 행사입니까? 대한민

국 국민이 모두 받들어야 할 행사 아닙니까? 사례는 무슨 사례입니까? 악기 싣고 갈 차만 대절해 주십시오. 우리도 힘을 모아 도와드리겠습니다.” 하는 것이었다. 나는 깜짝 놀랐다. 다시 물었다.

　“그럼 무료봉사하시겠단 말씀입니까?”

　“저희 제자들을 모두 데리고 가 성심껏 봉사하겠습니다.”

　나는 눈물이 핑 돌았다. ‘아! 외로운 나를 어루만져 주는 사람이 있구나!’ 하며 너무도 감사해서 다시 그 얼굴을 쳐다보았다. 처음 보는 인상이었는지 울퉁불퉁 비만성 체질에 온몸에 털까지 많아 퍽 반가운 인상도 아니었는데, 보기와는 달리 군자 같은 대답을 하여 나는 어리둥절했다. 물론 세상 모든 사람이 자기에게 도움을 주는데 어찌 찡그리며 싫어할 사람 있겠는가? 그러나 나는 너무도 감격스러운 대답에 어이가 없어 그 자리를 뜨지 못하고 말없이 앉아 있었다.

　이때 선생은 부지런히 난로인지 풍로인지 낡은 고물에 석유를 부어 불을 붙여 놓았다. 석유 냄새가 코를 찌르듯 역겨웠다. 그리고 한쪽 풍로에서는 된장찌개가 부글부글 끓는데 풋 된장을 물에 풀어 끓인 듯 상쾌하지도 않은 쾌쾌한 된장 냄새가 진동했다. 이쪽은 석유 냄새, 저 한쪽은 된장국 냄새가 참기 어려운 분위기로 어색하기만 했다.

　시선을 다시 돌려 건너편을 살펴보았다. 됫박처럼 작은 방에 7~8명의 제자가 앉아 모두 입에 대금을 대고 열심히 연습하고 있었다. 오뉴월 무논 개구리 소리가 나고, 조창훈 대금 선생은 땀을 뻘뻘 흘리면서 솥에 밥을 짓고 있었다. 이때 뚜껑을 열어 보이는데 쌀도 없는 보리밥이 불그레했다.

　선생은 해묵은 양은그릇에 일곱 그릇 보리밥을 낱낱이 모두 담고

한쪽 나무 그늘 아래서 열무김치를 꺼내어 두 그릇을 담아 밥상도 없
는 방바닥에 놓고 다른 양은그릇에는 된장국을 국자로 떠 제자들 앉
은 자리마다 국, 밥, 수저, 젓가락 모두 놓아 주며 먹으라고 권한다. 나
는 놀랐다. 대금 가르치는 스승이 제자들 앉은 자리마다 국, 밥, 수저,
젓가락 모두 놓아주며 먹도록 권하고 그 제자들은 그 스승이 차려주는
그 국밥을 대금 연습하다 말고 말없이 먹는 모습이 참으로 괴이했다.

이 녀석들이 손, 발 하나 움직이지 않고 앉아 대금만 불더니 선생님
이 밥을 지어 국까지 끓여 각각 자리 앞에 바치자, 아무 말 없이 대금
을 놓고 먹는 모습이 참으로 더욱 괴이하고 신기할 따름이었다. 하나
하나의 모습들이 궁색하기 이를 데 없었다. 그러나 땀을 펄펄 흘리며
제자들을 위해 사심 없이 대접하는 모습이 참으로 존경스러웠다. 선생
의 일거수일투족은 너무 정성스러웠다. 옛 공자가 제자 안연顏淵에게
그처럼 정성을 다했을까?

지금 생각해도 쾌씸한 생각이 여름 장마에 먹구름이 일듯 가슴에 벅
차오른다. 이 녀석들이, 스승이 밥을 지어 놓으면 모두가 손수 나누어
먹기라도 해야 할 텐데 … 하며 또다시 생각해 보아도 화두였다. 뒷날
들으니 제자에 대한 사랑과 욕심이 그처럼 대단했단다. 나는 일어서 조
창훈 선생께 허리 굽혀 약속과 함께 인사드리고 문밖으로 나왔다.

그 길로 급히 돌아와 다시 제단 만들기에 모든 힘을 다해야 했다.
어떤 목수가 어떻게 해야 할지 다시 청년회장을 불러 상의하기로 하
고, 내일 오전 일찍 서로 만나자고 약속을 했다. 다음날 오전에 청년회
장을 만나 상의한 바 47위 영령들을 모실 3단의 제단을 만들어야 한
다고 말했다. 47위의 영령을 모실 제단이므로 굉장히 길게 만들어져

| 이십곡리 무명용사 천도제

야 할 것이라고 말하며 목수를 만나 자세히 상의해야 할 일이란다. 나는 막연했다. 모두 모르는 일이라 제단과 목수 구하는 일이 그토록 불안할 수가 없었다. 마음이 급했다. 목수를 불러 상의해야 할 황급한 일이 아닌가. 무엇보다 목수를 찾아 제단을 완성하는 것이 불같이 다급한 일이 아닐 수 없다. 청년회장도 목수를 찾아보고 나도 목수를 알아보기로 약속한 다음 서로 헤어졌다.

　그 밖의 경찰서장, 재향군인회장, 화순읍장, 교육장, 공보실장 등 초청장도 없이 찾아가 인사를 올리면서 현충일 남산 충혼탑 참배에 이어 우리 행사에 참석해 달라고 간절히 부탁했다. 모든 분이 따뜻한 마음으로 맞아 주었다. 대중집회 행사의 경험이 전혀 없는 나로서는 모든 것이 다급한 나머지 무작정 생각나는 대로 시작하고 혼자서 결정하여 시행하는 것이다. 문득 추모시가 떠올라 황급히 이명환^{李明漢} 선생을 찾아가 추모시를 부탁하고 돌아와 추모시 낭송은 딸 수진이에게 열심히 연습하여 바치도록 했다.

모든 것이 생소하여 불안했다. 큰 행사를 앞두고 답답한 심정에 너릿재를 넘어 행사장인 무명용사 묘소 주위를 맴돌면서 생각에 생각을 거듭한 것이다. 이때 묘소 앞 큰 도로에서 어떤 손님이 나를 향해 걸어오고 있었다. 손님은 여름 하복을 입은 채 바삐 걸어오면서

"형님" 하고 부른다. 눈을 높이 뜨고 다시 보았다. 경남 울산에 사는 동의^{東義} 동생^{당숙 아들}이었다.

"어떻게 왔느냐?"

"어머님이 생각나서 잠깐 뵙고 가려고 찾았습니다."

이 동생은 영남지역 고건축을 맡아 일하는 도편수로 주로 양산 통도사의 불사를 거의 빠짐없이 하는 큰 목수다. 나에게는 너무 반가운 손님이었다.

"동생 오는 6월 6일 천도제를 위해 제단을 만들어야겠는데 목수가 필요하네." 하고 혹, 도와 줄 수 있겠냐고 물었다. 동생은 흔쾌히 대답하면서

"형님! 임시 제단은 합판으로 하면 됩니다. 염려 마십시오. 형님, 제가 모든 재료를 준비하여 만들겠습니다."

나는 목마른 자가 감로수를 얻은 듯 너무나 기뻤다. 이렇게 하여 가

장 큰 문제를 해결하게 되었다.

그날을 회고해 볼 때, 그처럼 다급했던 상황에 그처럼 통쾌한 일이 없었다. 옛글에 '무사즉령無私則靈'이라 사심이 없는 세계에는 영험靈驗이 일어나는 법이라 했다. 나의 애타는 고통에 하늘이 단비를 내리신 것이다. 갑자기 경남 울산에 사는 목수 동생이 찾아와 도와줄 것을 생각이나 했겠는가? 동생의 알뜰한 도움으로 마지막 모든 행사를 마칠 때까지 성실하게 도와주었다.

이윽고 6월 6일 현충일이 밝아왔다. 다행히 일기가 좋아 마음이 놓였다. 5일 오후 제단을 모두 제작하였고, 광주 관음사에서 괘불도 모셔 만반의 준비가 끝났다. '보리가을'이 되어 그날은 아침부터 날씨가 몹시 뜨겁기 시작했다. 구름 한 점 없는 푸른 하늘은 반가웠으나 차양이 없는 상태에서 행사를 하게 되어 손님들에게 죄송한 생각이 적지 않았다. 뿐만 아니라 뜨거운 빛을 가릴 천막도 여러분의 도움을 얻어 내빈석을 마련했다.

얼마 안 되어 운주사 법진 스님이 오셨다. 구세주가 나타난 듯 반가웠다. 체구가 달마 스님처럼 거구로서 눈까지 둥글둥글하여 영락없는 달마 스님 후신이었다. 정중하고 언행이 무거운 비구니 스님으로 쓰러져가는 운주사를 대가람으로 일으킨 큰스님이다.

"안혜운 큰스님이 오실 것입니다."

나는 너무도 반가웠다. 재향군인회 어느 한 분이 자원봉사로 광주 국악원에 찾아가 악사를 모셔 오겠다고 하였다. 이처럼 성심껏 돕는 분들의 도움으로 조창훈 선생을 단장으로 악사들을 모셔왔다. 그때 조창훈 선생과 함께 10여 분의 악사들이 내렸다. 오늘 행사에 가장 중요한 인물들이 도착한 것이다. 꽁꽁 얼어붙은 마음이 조금씩 녹아 풀리기 시작했다. 이어서 홍룡사 주지 스님과 안해운 노스님, 그리고 여러 비구니 스님들께서도 모두 차에서 내려 우리의 제단을 둘러보고 난 다음 자리에 앉았다.

장엄한 괘불 아래 상단에는 무명용사이므로 신위 대신 새로운 의복 상자에 깨끗한 추모의 정표를 달아 47위를 경건히 모셨다. 47위의 영령은 왼편에 무명용사, 오른편에 순국 경찰을 모셨고 아래 하단에는 음식을 놓았다. 주로 떡과 과일을 갖추었고 그 아래에는 하얀 태화표 농구화를 47위 앞에 놓았고, 장엄한 식전에는 인초석을 곱게 펴 누구나 인사를 올릴 수 있도록 갖추었다.

남산 충혼탑에 인사를 올리고 군수 이하 각급 기관장들과 함께 백여 명의 추모객들이 이곳을 찾아주었다. 나는 너무 기뻤다. 궁중에서 입었던 홍포오관紅袍烏冠의 예복을 갖춘 악사들이 영령들의 좌편에 자리하고 악장의 지휘 하에 〈영산회상곡靈山回想曲〉을 연주하기 시작했다. 이 곡은 석가모니 부처님께서 인도 영취산에 자리하여 법화경을 설할 때 불보살의 장엄을 찬탄하는 곡이라고 한다. 이 곡은 듣는 이로 하여금 삼보불·법·승의 장엄에 감화되어 법열을 느끼게 하는 묘음妙音으로 선율이 극히 아름다워 마음의 극락을 환상케 한다. 이 곡을 불교청년회장이 마이크의 볼륨을 높여 놓았더니 그 자리에 참석한 추모객 모두의 마음을 그토록 화평하게 하였으며 환희의 세계로 이끌었다.

악사들은 머리에 검은 관을 쓰고 조선시대 악사들이 입었던 홍포가 나는 그토록 맘에 들었다. 한편에는 위엄이 넘치는 비구니 큰스님이신 안혜운安慧雲 비구니께서 엄숙한 집전으로 행사가 진행되었다. 7명의

스님이 각각 목탁을 들고 영령들을 향해 반야심경을 독송하는 모습이
그토록 경건하고 장엄하여 지금도 눈앞에서 가시지 않는다.

각급 기관장을 모시고 '무명용사 순국 경찰 추모제'가 시작되었다.
재향군인회의 주관으로 명분을 세웠으므로 오항록 회장의 인사말을
마치자, 화순 군민 대표로 유민봉 군수의 추모사 순서가 되었다. 옛 공
자의 말씀에 사사여사생事死如事生; 죽은 이 섬기기를 산 사람 섬기듯 하고이오 사망여
사존事亡如事存; 없는 이 섬기기를 있는 이 섬기듯 함이라 했듯이, 유 군수는 이를 몸소
실천이라도 하듯 그처럼 공손하고 정성스러울 수가 없었다. 추모사를
들고 마이크 앞에 서는 것이 아니라, 유민봉庾珉鳳 군수는 영령들의 제
단 앞까지 무거운 걸음으로 걸어 올라가 단정히 무릎을 꿇고 난 다음
품속에서 추모사를 꺼내 펼치더니 사죄의 변으로 정중히 낭독하였다.
47위 영전에 더 이상 공손한 예禮를 갖출 수 없었다. 흡사 그간 죄라도
지은 듯 죄송하고 정중한 태도로 애절하고 간절한 추도사를 정성껏 바
쳤다.

이어서 김수동 경찰서장의 정중한 인사와 함께 나의 맏딸인 수진
이가 추모시를 낭랑하게 바쳐 참석한 모든 이들의 마음을 감동하게 했
다. 그밖에 많은 분께서 헌화 전작으로 가신 영령들에게 늦게나마 속
죄와 추모의 정을 담아 올렸다.

순서에 따라서 47위 영령들의 관욕례灌浴禮; 목욕하는 의식가 여러 스님의
엄숙한 독경 속에 정중히 이루어졌다. 칫솔·치약과 함께 큰 그릇에
향香을 풀어 피바다에서 억울하게 가신 영령들의 아픔과 슬픔 그리고
몸과 마음의 때를 관욕장에서 모두 씻도록 지극한 정성으로 염불 기도
를 올렸다.

이처럼 은은하고도 장엄한 〈영산회상곡〉으로 시작하여 왕생극락을 발원하는 기도는 장장 5시간이 넘도록 이어져 마지막 47위 영령들의 이고득락離苦得樂하시도록, 이 세상 모든 고통을 끊고 도솔천 극락세계로 인도하는 의식이 이어졌다. 영령들께서 입으실 하복 셔츠와 바지 그리고 상하 내복, 손수건, 신까지 모두를 불 속에 넣어 흔쾌히 안고 가시도록 하는 마지막 의식이다. 어느 스님께서 나에게 조용히 말했다.

"이 모든 옷이 타도록 기다리려면 몇 시간을 기다려야 할 것입니다. 그렇게 하지 말고 가볍게 불에 넣은 형식만 갖추고 여러분께 나누어 주십시오." 했다. 나는 혼자 생각해 보았다. 정성껏 모신 행사에 마지막 47위의 영령들에게 흔쾌히 모두 새 옷으로 갈아입고 다시 새로운 세상에 태어나기를 발원하는 의식에서 영령들 앞에 가식과 위선으로 불에 넣지 않고 의식만 갖추고 모두 나누어 주라는 말이 나는 심히 귀에 거슬렸다. 어린 시절 외할머니의 말씀이 생각났다. 돌아가신 망자의 옷을 불에 넣어 냄새가 없으면 망자가 흔쾌히 받아 간 것이요, 그렇지 않고 많은 냄새가 나는 것은 망자가 싫어 받아 가지 않은 때문이란다. 이 말씀이 머릿속에 역력히 기억하고 있는 터라, 영령들의 필수품 모두를 불에 넣어 흔쾌히 받아주시기를 간절한 마음으로 바랄 뿐이었다. 나는 주위 모든 분을 동원하여 47위의 의복과 신발 등을 모두 한곳에 모아 놓았다.

스님들께서 왕생극락을 기원하는 장엄 염불이 시작되었다. 일곱 분의 스님이 주위에 서서 마지막 장엄 염불과 함께 반야심경 등등을 정성껏 봉독해 올렸다. 그사이 불을 붙이자 불이 타기 시작하여 불길은

으로 모두를 얘기했다. 인터뷰를 마치면서 나에게 "오늘 7시 저녁 뉴스부터 오늘 행사가 전국 뉴스로 보도될 것입니다." 하고 말하며 되돌아갔다.

나는 그제야 그들의 뜻을 알고 여러분들에게 말씀드렸다. 행사에 참여하신 모든 분이 한결같이 기뻐했다. 불사佛事에 아무런 경험이 없는 저에게 이처럼 어렵고 무거운 행사를 모두 무사히 마치도록 도와주신 모든 분들께 뼈에 사무치도록 감사할 뿐이었다. 이렇게 모든 행사를 마치고 오후 늦게 집으로 돌아왔다.

과연 오후 7시 뉴스 시간이 되어 피곤해 누워 잠든 나를 아이들이 몸을 흔들며 깨웠다. 일어나보니 과연 스님들의 염불 소리와 함께 오전 행사가 중앙 KBS 방송에서 이 기자의 해설로 상세히 보도되는 것이다. 나는 보는 순간 기쁘기도 했지만 한편 부끄럽기도 했다. 초라한 행사가 전국 뉴스에까지 보도되는 것은 은근히 마음으로 부담되기 때문이었다. 그러나 밤 9시 뉴스에서 다시 오늘 6월 6일 현충일을 기하여 무명 용사, 순국 경찰 47위의 왕생극락 천도제를 모셨다고 보도했다.

이 보도와 함께 많은 전화가 왔었다. 심지어 서울, 대구, 부산 등 먼 곳에서도 KBS 보도를 듣고 알았다고 저를 아는 많은 분들에게서 전화가 왔었다. 3일째 되던 날이다. 갑자기 광주 KBS 보도국에서 전화가 왔다. 서울에서 순국 경찰 유가족이 갑자기 나타나 아버지를 확인하겠다고 한 것이다. 서울에 사는 분으로 6·25에 전사하신 아버지를 간절히 찾는다는 것이다.

다음날 다시 화순경찰서에서 전화가 왔다. 서울에 사는 故ㄱ 문인수文麟洙경감의 유가족이 나타나 지난 6월 6일 현충일 보도에 문인수 경감 외 21위의 순국 경찰과 김영훈金永勳소위 외 26위의 순국 용사 영령 천도제를 올렸다는 보도를 보고 문인수 경감 유가족이 찾아 나선 것이다. 문인수文麟洙 경감 가족은 아버지를 찾기 위해 8년간 헤맸으나, 찾을 길이 없어 실의와 좌절 속에 헤매던 중 KBS 보도를 통해 소식을 듣고 광주 방송국과 화순경찰서 경무과 기록부의 도움으로 문인수 경감의 가족 관계, 사망 연월일, 장소까지 모두 찾게 된 것이다.

소설이나 TV 드라마에서 볼 수 있는 기적 같은 일이 일어난 것이다. 그 후 10여 일이 지난 후에 다시 서울이라면서 손님으로부터 전화가 왔다.

"선생님 감사합니다. 화순에서 모시고 계신 문인수 경감이 저희 아버지임을 확인했습니다. 정말 감사합니다. 며칠 후에 찾아뵙겠습니다." 했다.

나는 너무도 기뻤다. 천만뜻밖에 새로운 사실들이 드러나면서 마음을 더욱 즐겁게 해주었다. 과연 10여 일 후에 광주 KBS 보도국에서 전화가 왔다.

"내일 서울발 오전 11시 10분 광주 도착 고속버스에 문인수 경감 유가족이 화순을 방문하기로 약속했으니 강 선생님께서도 동행해 주십시오." 했다. 나는 흔쾌히 대답했다. 만 리 밖에서 찾아온 형제의 소식이나 된 듯 너무나도 기뻤다.

약속한 날 오전 일찍 방송국에서 재확인 전화가 오고, 나는 약속 시간에 중앙고속 터미널을 찾아갔다. 방송국 기자는 일찍 나와 있었다. 이윽고 중앙고속버스가 도착하자 기다리던 서울 손님이 도착했다. 소복을 입은 여인 세 분이 하얀 백합꽃을 한 아름 안고 내렸다. 그분들과

가볍게 인사를 나누고 우리는 모두 방송국 보도부 기자와 함께 차에
올라 화순으로 향했다.

　무더운 초여름 날씨였다. 우리 일행은 뜨거운 햇빛 아래 풀숲을 헤
치고 쓸쓸히 잠들어 있는 순국 경찰 묘지를 찾아 올라갔다. 서울에서
온 손님을 모시고 풀 속에 묻혀있는 반 토막의 초라한 비를 하나하나
살펴 가며 한참 동안을 찾았다. 이곳 경찰 묘지에서는 가장 품계가 높
은 분이었다. 나는 먼저 올라가 묘를 확인한 후에 세 분을 모시고 안내
했다. 유가족들도 묘비를 확인한 다음 그 앞에 꽃다발을 놓고 첫인사를
올리는 순간 한 맺힌 통곡이 산천을 숙연케 했다. 방송국 기자와 나도
함께 눈시울을 적셨다. 세 분의 통곡은 그칠 줄을 몰랐다. 나는 한참 지
난 뒤 옆으로 찾아가 위로하고 달래어 다시 무거운 발길을 옮겼다.

　다 함께 광주 모 식당으로 돌아와 점심을 함께하면서 유가족들이
말하기를

　"화순 경무과에서 보내온 편지를 뜯어보니 아버지와 어머니의 호
적 관계, 생년월일, 사망 장소, 시간, 안장 일시까지 모두 상세히 기록
되어 있었다."라고 말하면서

　"선생님께서 현충일을 기하여 올린 천도제가 아니었다면 어떻게
아버지를 찾았겠습니까? KBS의 보도가 아니었으면 어떻게 알았겠습
니까? 참으로 기적이 일어난 것입니다."라고 했다. 무더운 여름 시원
한 맥주와 음료수로 마음을 달래면서 말하기를

　"그간 36년간의 그리움과 8년간의 노력에도 찾을 길이 없어 애타
던 자식들의 회한을 하루아침에 풀어 주신 것입니다." 했다.

　우리는 화기진진한 분위기 속에 그간의 한 맺힌 비애와 함께 따뜻

한 정담을 모두 마치고 일어설 무렵 문인수 경감의 따님이란 분이 나를 불러 조용한 자리에서

"강 선생님께서 많은 사회사업을 하신 것으로 잘 들어 알고 있습니다. 이 돈은 선생님께 드리는 것이 아니라 사회 자선사업에 쓰도록 드리는 성금입니다. 사양치 마시고 받아 주십시오." 하며 금일봉을 내놓았다. 참으로 난처했다. 자선사업의 성금이라니 안 받을 수도 없고 당당히 받기도 또한 부끄러운 일이었다. 처음에는 무척 사양했었으나, 사회사업에 쓰도록 드리는 성금이니 사양치 마시고 우리 사회 어두운 곳에 써달라는 말씀에 나는 할 수 없이 받고 말았다.

옛 성인의 글에 "학불인다환희연學佛人多歡喜緣; 부처의 법을 배우는 사람에게는 기쁜 인연이 많다"이라고 하였다. 그렇다! 운주사 법진法眞 스님과 함께 천도제를 올리지 않았다면 이처럼 뜻깊은 환희와 복덕을 얻을 수 있었겠는가? 이는 서울에 계신 문인수 경감의 따님이신 문희숙 씨의 지극한 효심과 간절한 소망에 천지신명이 감응하여 이루어진 열매다. 그 진실한 마음에 하늘이 감동한 것이다. 아버지를 찾기 위한 일념으로 8년간을 헤맸던 성심에 어찌 하늘이 돕지 않겠는가? 옛 『해동삼강록海東三綱錄』에도, 지극한 효심의 소이所以가 많은 사람으로부터 불가사의한 이적이 일어났던 것은 순수 무구한 진심 앞에는 대우주의 기氣가 응축하여 일어난 기적이라 했다. 이를 옛 사람들은 하늘의 감동이라 하여 지성감천至誠感天이라고 했다.

그 후 문인수 경감께서는 유족 문희숙 씨의 성심 어린 노력 끝에 서울 동작동 현충원으로 모셨으며 지금도 우리는 가족 형제가 되어 왕래하고 정을 나누며 살아가고 있다. 향중지왕香中之王 혜란蕙蘭인들 어찌

인간의 향기를 당하겠는가? 우리는 영원한 가족이 되어 서로 따뜻한 마음을 안고 길이 살아갈 것이다.

화순 무명용사 · 순국 경찰
추모제 이야기 2

산 자의 부끄러움으로 추모시를 읽습니다

어느 겨울이었다. 추위가 대한大寒에 가까워지자 몹시 추워야 할 텐데 오히려 따뜻한 봄 날씨가 되어 창밖에는 겨울비가 부슬부슬 내리고 있었다. 문병란 회장을 모시고 다방에 둘이 앉아 차를 마시며 세상살이 여러 이야기를 나누다가, 우연히

"음력 2월 1일이 되면 무명용사와 순국 경찰의 제사를 모십니다." 그러자 내 얼굴을 다시 쳐다보더니 깜짝 놀라며

"자네가 그 제사를 지냈어 … 나도 참석해야겠네." 하셨다. 그리고 전후 배경을 자세히 물으면서

"제수는 누가 준비하는가?"

"제가 집에서 준비합니다."

"그날 꼭 참석해야겠네."

"그럼, 저는 그처럼 큰 영광이 어디 있겠습니까?" 했다. 그밖에 제

사 절차 등등을 자세히 물었다. 아내와 상의하여 가양주로 술을 빚어 제주祭酒를 하고 제수祭需는 성의껏 준비한 다음 삼헌관三獻官의 전작례奠酌禮를 올리며 악사들을 초청하여 제례악祭禮樂으로 영신례迎神禮와 사신례辭神禮를 올린다고 말씀드리자,

"어떻게 그런 발상을 했던가?" 하며 즐겁게 찻잔을 들었다. 내가 다시

"금년에는 정 포은鄭圃隱 선생의 〈단심가丹心歌〉를 헌창獻唱하고 싶습니다."

"얼마나 좋겠는가. 참으로 좋은 생각이네."

그러나 제사는 거의 2개월 정도 남았던 때였으므로 나는 그날 그 자리에서 여담餘談으로 소화해 모두 잊어버렸다. 무명용사 제사는 재향군인회에서 참석하고 순국 경찰의 제사는 경우회에서 참석하여 항상 함께 모셨는데, 제사가 일주일쯤 남아 있을 무렵 시조 명창 심성자沈性子 선생께 전화해서 제삿날 헌창을 요청하자, 흔쾌히 승낙해 주었다. 항상 포은 정몽주鄭夢周 선생의 〈단심가〉를 제전祭奠에 받치는 것이 마음의 소원이었으나 지금까지 헌창獻唱하지 못했다.

제삿날이 되었다. 그토록 염려하던 제사가 내일인데 어찌 된 일인지 일기가 좋지 않아 밤새도록 비가 내렸다. 경우회 서복동 회장께서 전화가 왔다. 화순 경찰서를 신축하여 처음으로 개관한 2층에 대회장이 있으니, 일기가 좋지 않으면 이곳에서 제사를 모시면 어떻겠느냐고 물었다. 나는 쾌히 대답하고 화순경찰서 2층에서 추모제를 모시게 되었다. 재향군인과 전몰 유가족 등 찾아오신 분들을 위하여 경우회장과 협의하여 10시 반쯤 묘소 부근에 경찰을 대기시켜 혹 찾아오는 분을 안내하도록 하고, 우리는 경우회장과 함께 경찰서 2층에서 제사 준

비와 그밖에 식순의 따른 의전에 전념하고 있었다. 이때 비를 맞아가며 생각지도 않았던 문병란 시인이 빠른 걸음으로 경찰서 2층으로 올라와 "죄송합니다. 늦었습니다."라고 했다.

나는 너무 반가웠다. 하루 전에 잠깐 생각은 났으나 감히 말씀을 드리지 못했다. 이윽고 시조 명창 심성자 선생도 참석했다. 물론 국악 악사들도 모두 참석하여 다른 해 추모제보다 뜻깊은 행사가 기대되어 모든 것이 기쁘기만 했다. 오랫동안 마음으로 소망했던 헌창獻唱의 숙원이 모두 이루어진다고 생각하니 한없이 즐겁기만 했는데, 여기에다가 문 회장께서 헌시獻詩를 준비해 오셨으니 나로서는 몸이 날아갈 듯 가벼워 추모가 아닌 기쁜 경축 행사인 듯했다.

경우회장서복동 주관으로 식순에 의해 무명용사와 순국 경찰의 추모제가 시작되었다. 장중한 제례악으로 영신례迎神禮를 시작하고, 이어 재향군인회장, 경찰서장의 헌작과 함께 헌시獻詩 순서가 되자, 문병란 시인께서 먼저 간단한 자기소개와 함께 양해 말씀을 올리고 영전에 단정히 꿇어앉았다. 엄숙하고 경건한 자세로 〈그 무덤 앞에서〉라는 추모시를 낭송하는 순간 식전은 정중하고 숙연한 분위기였다.

화순읍 이십곡리 그 무덤 앞에서

문병란

한 義人의인의 인도를 받아
나는 초라한 당신의 무덤 앞에 앉았습니다
1952년, 그 피바람 몰아치던
동족상잔의 불바다 속에서
비운의 전사를 당한 대한민국 육군 소위
순국 용사 김영훈,
나는 당신을 직접 뵌 적이 없습니다
형제자매 친척도 혈육도 아닙니다
좌우익 싸움에 죽어간
남북 6백만 명 희생자 중에 한 사람,
경황없던 그 시절에 가매장한 그대로
한 義人의인은 20개 성상 仁義인의의 도道를 따라
손수 빚은 제주를 따르고 향을 사르며
당신의 영전에 애곡을 바쳤습니다
그 죽음 장렬하나 영광 없는 희생,
이름도 명예도 훈장도 없이
산비탈 가매장 터에
속절없이 잊혀온 용사여
길 가던 나그네 한 시인은
당신의 무덤 앞에 앉아 눈 감았습니다
아, 흐르는 세월은 오히려 복 됨인가
아픔도 그날의 깊은 상처도
지금은 오히려 망각의 세월
이른 봄 진달래가 문안하고, 오직
멧새 한 마리 울어주는 골

잊히고, 잊히고, 잊힌
날로 고와 가는 백골로 묻혀
한 줌 흙으로 바람으로 흐느낌인가
아직도 끝나지 않은 이 땅의 분단
좌우익 싸움은 여전한데
두 번 죽는 순국의 용사여
당신은 누구를 향하여 총을 쐈습니까
당신은 누구의 총에 맞아 전사했습니까
그날의 원수와 적이 내 형제
그날의 내 형제가 원수와 적
지금은 누구를 향하여 총을 겨누어야 합니까
국군 · 인민군 · 빨치산 · 토벌대
우리 모두가 한 형제 한 민족
은원의 세월은 물 굽이쳐 흐르는데
원한을 넘어 전쟁을 넘어
오늘은 다시 헤어진 남과 북
형제증오의 두 손을 마주 잡았습니다
원한을 넘어 전쟁을 넘어
헤어진 형제가 뜨거운 가슴을 얼싸안았습니다
화순읍 이십곡리 산비탈에
영롱히 망울 맺힌 진달래여
당신은 이 땅의 봄을 지키는 선구자
못 다 살고 죽은 그 청춘 한 서린 그리움으로
그 빛깔 붉고 그 향기 코에 찌릅니다
찔레꽃 가시에 찔린 설움입니다
당신은 이제 우리의 님
돌보지 않는 무덤 앞에
한 민족의 義人의인은 앉아 잔을 권합니다

| 문병란 시인의 추모시 낭독 모습

산 자의 부끄러움으로 추모시를 읽습니다
돌보지 않던 무덤 위에도 새봄은 오고
언 땅 위에 풀꽃은 피어나 당신을 부릅니다
남과 북 다시 얼싸안은 포옹 속에서
님이여, 통일의 웃음꽃 되어 피어나소서
분단을 넘어 죽음을 넘어
한 형제 한 마음 서로 끌어안는
7천만 하나 되는 감격의 그날
통일의 눈물 꽃으로 활짝 피어나소서

2001년 2월 23일

| 추모제에서 단심가를 헌창한 심성자 선생

문병란 시인의 절절한 감정의 노래를 듣고 있던 재향군인회와 경
우회 여러분은 지난날을 회상하면서 모두 눈물을 흘렸다. 그처럼 절절
한 마음을 그처럼 영롱하게 그렸을까? 추모시에 모두 감탄했다. 이뿐
만 아니라 시조 명창 심성자 선생의 〈단심가〉를 듣는 순간 지하에 계
신 영령들께서 우리에게 들려주는 우렁찬 절규인 듯 "이 몸이 죽고 죽
어 일백 년 고쳐 죽어 백골이 진토 되어 …" 하며 헌창獻唱을 하는 순간,
영령들을 대변하는 절규의 헌창은 우리들의 마음을 싸늘하게 하는 한
편 큰 깨우침을 주었다.

제사를 모두 마치고 음복례飮福禮가 시작되었다. 이때 경찰서장, 재

향군인회장 등, 자리를 함께한 많은 인사들이 문병란 시인의 시에 감동
한 나머지 긴장이 가시지 않은 듯 "오늘의 추모제는 평생 감동의 추억
입니다." 했다. 문병란 시인과 심성자 명창께 다시 정중한 인사를 올렸
다. 추모제를 모셨던 여러분들은 너무나 크게 감동하여 그 원고를 다시
보고 싶다며 찾았으나 갑자기 제상 위의 원고가 없어졌다. 한 분이

"경찰서에서 시고詩稿를 도난당했네. 어찌 된 일이여." 하자, 어떤
경찰이 나서며

"시가 너무 좋아 아래층에서 복사하는 중입니다."라고 했다. 복사본
을 모두에게 나누어 주었다. 간밤과 오늘 내린 비는 무명용사와 순국
경찰께서 흘리신 감격의 눈물이었던지? 음복과 식사를 마치고 일어서
니 다시 푸른 하늘이었다. 실내에서 순국 용사 순국 경찰의 행사를 처
음으로 모시니 모두가 흐뭇하다며 함박웃음으로 헤어졌다.

어느덧 16년 전 일이다. 세월을 탓해 무엇하랴. 그토록 열과 성을
다하신 경우 회장서복동님과 추모시를 품에 안고 비속에 찾아와 절절히
낭송해 주셨던 시인문병란도 모두 무상한 세월과 함께 영면에 드셨으니
그리움만 천고상심千古傷心으로 다가온다. 음력 2월 초 하루 제사를 손
꼽아 기다리며 도와주셨던 장복진張福辰 고모님과 최복순崔福順 당숙모
님은 90세가 되었고, 내 나이 어언 80이 되었다. 불타의 말씀에 "태어
남에는 늙지 않을 수 없고, 늙음에 죽지 않을 수 없으며, 죽음에 다시
태어나지 않을 수가 없다."라고 했다. 이제 아내가 세월의 무게를 못
이겨 네발걸음으로 겨우 사당을 오르는 모습을 볼 때 세월이 그처럼
매정하고 야속할 뿐 이것이 무정세월인가, 인생무상인가.

화순 무명용사 · 순국 경찰
추모제 이야기 3

고혼^{孤魂}이 장혼^{壯魂}되어
현충원^{顯忠苑}에 모셔지다

어느덧 봄이 가나 싶더니 벌써 보훈의 달 6월이 찾아왔다. 강물처럼
흘러간 지난날이 그처럼 그립다. 무명용사의 영령들을 현충원에 봉안
한 지 벌써 10년이 지났다. 엊그제처럼 느껴졌지만 헤아려보니 벌써
15년이 지났다. 가족처럼 모셨던 영령들을 서울 현충원으로 모셔간
해가 2001년도였다. 국방부는 6·25 동란 50주년 특별사업으로 전국
에 흩어져 있던 무연고 영령들을 모두 서울 동작동 현충원으로 모시는
사업이었다.

　2001년 신록의 싱그러움이 절정에 이르러 천창만취^{千蒼萬翠}를 자랑하
는 5월 어느 날이다. 조용한 오후 전화벨이 울렸다. 내가 전화를 받자 화
순 재향군인회라면서 나의 이름을 물어와 "강동원"이라 대답하자, "국
방부 장관 특명으로 무명용사 묘소를 이장하기로 한답니다."라고 하였

| 전사자 유해 발굴단 파묘 고유제

다. 나는 이때 당황한 마음을 어떻게 진정할 수가 없었다. 갑자기 허탈하면서 형언하기 어려운 심정이었다. 국가정책이라는 데는 다시 더 말할 나위가 없었다. 시기는 미정이나 이장하게 된 것만은 기정사실이란다. 나는 한참 말없이 앞산을 바라보며 어지러운 생각에 잠겼다.

이윽고 10여 일이 지나 다시 재향군인회에서 전화가 왔다. 3일 후에 발굴사업을 시작하기로 한다는 소식이다. 나는 3일 후 오전 일찍 현장을 찾아갔다. 차에서 내려 빠른 걸음으로 달려갔을 때 이미 많은 사병이 텐트를 치고 간이숙소와 화장실을 설치하는 등 십여 명의 장병들이 분주하게 일하는 모습을 보고 형언하기 어려운 허탈한 심정을 금

할 수 없었지만, 한편으로는 일하는 장병 모두가 제 아들인 양 귀엽고
고마웠다.

낱낱이 수고한다며 인사를 나누고 있는 순간 유해발굴단 단장이 찾
아와 반갑게 인사를 하고 제반 사항을 자세히 설명하여 주면서 그간
고마웠다고 했다. 발굴단 단장은 발굴 전 사병들에게 파묘고유제破墓告
由祭의 제수 준비를 지시했다. 나는 지시를 받은 사병과 함께 간단한 제
수를 준비하기로 했으나, 마지막의 제사이므로 정성껏 준비를 다 했었
다. 성심으로 고유제를 올린 다음 사병들은 땀을 뻘뻘 흘리며 파묘를
시작했다. 매일 파묘破墓하여 유해를 수습하는 순간 옆에서 보는 사람
의 마음을 서늘하게 했다.

지금부터 50년 전 그날의 유품이 하나둘씩 드러났다. 허리띠, 쇠고
리, 숟가락, 실탄 등 유해가 대부분 온전히 보존된 분도 있었으나 많은
부분이 훼손된 뼈아픈 상흔傷痕들을 볼 때는 가슴이 뭉클해지고 눈시
울이 뜨거워졌다. 이처럼 각양각색 유품들이 모두 여기저기서 출토될
때마다 한 점, 한 점 소중히 수습하여 모셔 놓았다.

여러 가지 유품 가운데 가장 인상 깊게 나의 마음을 그토록 쓰리고
아프게 한 기억은 지금도 가슴을 더욱 뜨겁게 한다. 그는 다름 아닌 어
느 용사의 물통이었다. 유해에서 발견된 물통은 단단한 아연 물통이었
다. 굳게 잠긴 물통을 흔들어 보니 출렁이면서 물소리가 났다. 신기하
게 여긴 사병이 그 물통을 팀장님께 보이면서

"팀장님, 지금도 물소리가 납니다." 하자, 팀장은 사병을 시켜 열어
보게 하였으나 잘 열리지 않았다. 한참 동안 온 힘을 다하여 밀고 당기
면서 물통의 마개를 겨우 열었다. 사병은 먼저 냄새를 맡아 보았으나

| 유해 발굴을 위한 파묘 현장

전혀 다른 냄새가 나지 않았다. 이를 이상히 여겨 다시 냄새를 맡아 보고 손가락 끝에 그 물을 묻혀 맛을 보았으나 전혀 이상이 없자, 너무도 신기한 나머지 물병을 든 사병은 용기를 내어 물병에 입을 대고 한 모금 먹어 보았다. 전혀 변하지 않은 물맛이다.

"선배 용사께서 주신 선물이다. 우리 모두 한 모금씩 먹자."라며 한 모금씩 나눠 마셨다. 어떻게 50년 된 물이 그처럼 변하지 않았을까? 다시 생각해도 불가사의할 뿐이다.

이렇게 무더운 여름날 발굴 작업은 더디 더디 이루어졌다. 어떤 날은 하루 한 구, 어떤 날은 두 구의 유해를 수습하여 정성껏 모시며 일

과를 마친다. 나는 하루의 해가 다하면 부랴부랴 한약방 문을 닫고 화
순 이십곡리 현장으로 달려갔다. 종일 고생한 사병들과 막걸리와 수박
을 놓고 술잔을 나누며 하루 피로를 풀었다. 매일같이 되풀이되는 노
고에 밤마다 술잔을 놓고 하는 말

"오늘도 더운 날씨에 수고하셨네."

"일 끝났으니 막걸리나 한잔하게." 하면서 힘든 하루를 위로했다.
한 사병이 내 옆에 다가오며

"선생님, 오늘 파묘한 유해는 아마 외국사람 같아요." 하며 눈이 휘
둥그레 했다.

"미국 사람 아니고서 그처럼 키가 크겠습니까?" 한다. 뒷날 DNA
검사 결과 유가족을 서울 어느 병원에서 찾았는데 그분의 아버지께서
체구가 역시 외국인처럼 큰 키였다고 귀뜸해 주었다.

이처럼 무더운 여름날 지켜보는 가족 하나 없이 외롭게 입관식을 마
치고 난 뒤의 어느 날이었다. 나는 찾아오는 손님을 맞아 약 짓기에 열
중하고 있었는데 12시가 지난 오후 2시쯤 갑자기 전화벨이 울렸다.

"선생님, 저는 광주일보 김○ 기자입니다. 화순 이십곡리 유해발굴
단 취재차 나왔습니다. 그런데, 유가족이 나타나 선생님을 뵙고 싶다
고 하십니다. 뵐 수 있을까요?" 했다. 나는 반가웠다. 고향 형제를 만
난 듯 너무도 반가운 소식이다.

"예, 바로 가겠습니다. 조금 기다리십시오." 하고, 약을 모두 처방
한 다음 옷을 갖춰 입고 자리에서 일어섰다.

그런데 밖에서 갑자기 소낙비 소리가 났다. 밖을 보니 앞을 가릴 수
없는 국지성 폭우가 쏟아지는 것이다. 왕래마저 끊겨 거리가 아주 조용

했다. 비는 한참 동안 계속되었으나 한 30분이 지나니 비가 그치면서 하늘이 맑아졌다. 나는 무더운 여름날 정장차림으로 급히 택시를 타고 화순으로 향했다. 지나가는 소낙비인지라 맑은 하늘에 흰 구름 만 둥둥 떠 잠깐 사이에 파란 나뭇잎의 광택은 신록의 별천지를 열었다.

너릿재를 넘어 내려가자 검푸른 천막과 함께 구릿빛 사병들의 모습이 보이고, 한편에 7~8명의 사람이 모여 나를 기다린 듯 보였다. 나는 택시에서 내려 바쁜 걸음으로 찾아갔다. 이때 나를 알아차린 듯 어떤 젊은이가 나를 향해 달려오고 있었다. 이곳에도 소나기가 많이 왔는지 길바닥은 모두 물 천지가 되어 있고 높은 곳은 말랐으나 낮은 곳에는 물이 고여 연못처럼 출렁거리고 온통 진흙 밭이었다. 젊은 청년은 내 앞에 서서

"제가 조금 전에 전화했던 김 기자입니다." 하면서 부산에서 온 유가족께서

"꼭 뵙고 싶다고 하셔서 전화를 올렸습니다." 했다. 나는 너무 반가워 흥분한 나머지 바쁜 걸음을 재촉하며 걸어갔다. 저편에 서 있던 중년 신사 한 분과 함께 서 있던 분들이 모두 걸어 나왔다. 김 기자가 손님에게 먼저 다가가

"조금 전 말씀 드린 선생님이십니다." 하자, 그분은 즉시 나를 보며

"강동원 선생님이십니까?" 하며 물어, 나는 공손히

"예." 하고 대답하자, 그처럼 건장한 신사의 얼굴이 갑자기 창백해지면서 나의 손을 붙잡고

"선생님, 무슨 말씀으로 인사를 올려야 합니까?" 하며 깨끗한 양복 차림의 신사는 구두를 벗어 던지고 소나기 물이 고인 진흙 밭에 덥석

무릎을 꿇으며

"선생님 절 받으십시오. 저의 아버지를 20년간 모시다니 …" 두 눈
에서 눈물이 주르르 흐르며 "천만 죄송합니다." 한다.

나는 갑자기 당황하지 않을 수 없었다. 즉시 그분을 따라 나도 구두
를 벗고 땅을 밟으며 무릎만은 구두 위에 올려놓고 조심스럽게 엎드려
서로 인사를 나누었다. 그분의 두 눈에서는 눈물이 그칠 줄을 몰랐다.
다시 일어서 허리를 굽혀 인사를 하면서 이 은혜를 어떻게 갚아야 합
니까?" 하며 두 손으로 얼굴을 가렸다. 그 모습을 지켜보던 사병들과
기자도 모두 눈시울이 붉어지면서 눈물이 돌았다. 나는 급히 그분의
손을 잡았다. 무릎에는 진흙이 범벅이 되자, 두 무릎의 진흙은 두 사병
의 도움으로 겨우 흙은 털었으나 깨끗이 씻을 수는 없었다. 나는 그분
의 주소가 궁금했다.

"선생님께서는 어디 계십니까?"

"저는 부산에 살고 있습니다."

"저는 직계혈육은 아니며 사위 되는 사람으로 안병춘 유복녀와 결
혼한 이태영입니다."라고 했다.

나는 이제 그분의 신원을 확인하여 더욱 반가웠다. 잃었던 고향 형
제를 만난 듯 기뻤다. 즉시 광주의 조용한 곳을 찾아 모시고 술잔을 권
하며 그간 가슴에 담았던 쓰고 단 사연들을 모두 털어놓고 나니 마음
이 시원했다. 우리는 다시 다음에 만나기를 약속하면서 석별의 정을
나눴다.

무더운 여름 영령들의 곁에서 15일을 보내고, 오늘은 2001년 6월
21일 이름조차 억울한 무명용사가 쓸쓸한 50년을 뒤로 하고 화순읍

| 화장터로 떠나기 전 유해 관

이십곡리를 떠나는 날이다. 아침부터 비가 부슬부슬 내리기 시작했다. 아마도 영령들의 한 맺힌 눈물인 양, 비는 말없이 내리고 있었다. 나는 가족을 만리타국으로 떠나보내는 송별인 양 마음이 한없이 허전하면서 괴로웠다. 광주 31사단 육군 장성들이 참석한 가운데 정중히 추모사를 올리며 엄숙한 영결식으로 모든 예를 갖추었다.

　오늘 일정은 광주 영락공원에서 화장 절차를 마치고 대전 현충원의 영령 봉안실에 임시로 모셔 놓은 다음, 다시 날을 택하여 서울 국립현충원 무연고 영령들의 봉안소에 모시기로 결정된 것이다. 유가족은 오직 나와 아내뿐이었다. 쓸쓸한 영령들을 지켜보는 안타까운 순간이었다.

영락공원의 화장의식을 모두 마치고 대전 현충원 호국영령 봉안소에 모신 후, 우리 내외는 서울 현충원 봉안 소식을 말없이 기다리고 있었다. 그처럼 기다렸던 소식이 왔다. 무더운 7월 25일 오전 10시였다. 나는 아내와 함께 새벽 4시 첫 고속버스를 타고 동작동 현충원을 찾아갔다. 안내사무실을 찾아 행사 절차를 묻자 반갑게 맞으며 친절히 안내해 주었다. 한 직원이 말하기를 대전 현충원에서 어제 영령들을 모셔왔다고 전하면서 추모관으로 인도했다. 추모관은 쓸쓸한 분위기에 엄숙한 정적만이 감돌았다. 우리 내외가 들어가자 반갑게 맞기라도 하는 듯 21위位의 하얀 보자기에 싼 납골함에 다시 따뜻한 온기가 도는 듯 나와 아내의 마음이 편안했다. 우리 내외는 함께 하지 못한 죄송한 마음을 담아 두세 번 인사를 올렸다.

이윽고 1시간쯤 지난 뒤에 부산에 사신다고 했던 백 씨의 유가족 한 분이 찾아왔다. 그분도 역시 부산에서 첫차를 타고 오는 길이라고 했다. 이십곡리 영결식장에서 인사를 나눈 기억이 있어 반갑게 인사를 나눈 다음 모든 일거수일투족을 같이 하기로 했다. 행사 시간이 가까워지자 서울시 군경 유족회에서 많은 회원이 참석했고, 그뿐만 아니라 다수의 장병과 일반인이 모여 추모관은 삽시간에 만장의 성황을 이루어 쓸쓸하던 추모관은 갑자기 화기가 넘치는 환희의 장이 되었다. 식순에 의해 군악대의 장중한 음악이 영령들을 위로해 주면서 추모제가 진행되는 순간이다. 육·해·공군을 대표한 여러 장군이 참석하여 헌화 분향하면서 영령들에 대한 극진한 예우와 엄숙한 의식으로 진행되었다.

나는 눈물이 솟구칠 만큼 감사했으며 그토록 감격스러울 수가 없었다. 국방부 장관 대행을 비롯하여 각급 사회단체장들의 추모에 이어

종교계 대표 순서가 되자 천주교 신부님과 기독교 목사님의 간절한 기원과 추도가 그간 영령들의 한 맺힌 눈물을 닦아주는 듯 너무도 가슴이 시원했다. 이어서 대한불교 조계종 큰스님 한 분이 낭랑한 목탁 소리와 함께 울려 퍼지는 염불 소리에 추모관은 갑자기 청정법계가 되었다. 이어 인생무상을 게송偈頌으로 영탄하면서 그간 맺힌 한을 풀어주는 망자 법문과 이고득락離苦得樂의 발원이 순국하신 영령들과 함께 우리 내외의 마음을 편안히 위로해 주었다.

이처럼 종교의식이 모두 끝나자 다시 군악대들이 앞장서 장엄한 나팔 소리와 북을 울리며, 그간 억울한 무명용사가 아닌 당당한 대한민국 순국 용사로서 후배들의 호위 속에 영령들은 현충원 뜰을 한 바퀴 돌아 봉안소로 향하였다. 그처럼 엄숙하고 절도 있는 식전에 참석한 나로서는 마치 저의 내외가 그처럼 높은 예우를 받는 듯 너무 기뻐 황홀하기까지 했다. 그러나 이처럼 영광스러운 예우가 너무 짧았다. 막상 20년간 모셨던 영령들과 이곳에서 헤어진다고 생각하자 너무 허탈하여 다시 발걸음이 무거워지면서 말문을 닫았다.

군경 유가족과 군악대 그리고 사병들은 어느덧 모두 사라지고 말없이 나와 아내만이 남았다. 그저 공허한 심경으로 막연히 서 있는 것이다. 이때였다. 저 건너 직원 두 분이 걸음을 재촉하여 우리 옆으로 가까이 오면서

"선생님 광주에서 오셨죠?"

"예 그렇습니다."

"그간 제사를 모셔 온 분 아니십니까? 저는 대전 현충원에 있습니다." 했다. 그리고 난 다음 때마침 행사에 참석했던 두 분의 군인이 하

| 현충원 봉안식 장을 나오는 무명용사 유해

얀 제복을 하고 당당한 걸음으로 건너편에서 우리를 향해 걸어오고 있었다. 옆에 있던 대전 현충원 직원은 걸어오는 두 분에게

　"이 두 분은 광주에서 오신 분으로 영령들의 제사를 20년간 모신 분입니다." 했다. 그러자 두 장군이 깜짝 놀라면서

　"그간 제사를 모셨어요?" 하고 재차 확인하더니, 웃으며 육군 장군이 해군 장군에게

　"이분과 함께 기념 촬영합시다." 했다. 발굴단장도 옆으로 찾아오면서 우리 내외를 위로하며 반갑게 악수를 나눈 다음에 기념촬영을 했다. 그 자리에서 함께한 기념사진은 지금도 그날을 선명히 떠올리게 한다.

하얀 군복을 입었던 미남 육군, 해군 장군은 다시 악수를 청하면서 "감사합니다. 사모님 그간 고생 많으셨습니다." 했다. 허리 굽혀 서로 나누었던 극진한 인사는 지금도 잊을 수가 없다. 이렇게 대전 현충원에서 오신 직원 두 분의 도움으로 장군들과 기념 촬영을 마치고 영령들을 모신 현충원을 뒤로한 채 무겁고 더딘 발길을 옮겼다.

강산이 두 번이나 변하도록 모셔 온 영령들인지라 마음 한구석이 텅 비어 형언하기 어려운 허탈과 공허가 온몸을 엄습했다. 가족을 떠나보낸 어머니의 심경이 이렇게 허전했을까? 지난날 제사 모셨던 기억들이 가로등처럼 이어지면서 갖가지 감회가 새롭게 되새겨졌다. 그러나 오늘 각급 고위 명사들이 찾아와 헌화 분향하고 소홀했던 지난날을 사죄하며 순국 용사에게 바치는 극진한 예우에 나 홀로 앓고 있던 통한의 응어리가 다소 풀렸다.

우리는 광주행 고속버스의 차창 밖을 바라보면서 많은 말을 나누었다.

"여보, 그간 고마웠습니다." 아내는

"무엇이 고마워요? 나는 그냥 따라 했을 뿐이요." 하며 빙그레 웃었다. 이때 나는 번뜩 떠올랐다. 지금까지 모셔 온 음력 2월 1일을 기념하여 동작동 현충원 참배를 결심한 것이다. 다시 나의 마음은 가을하늘처럼 맑아지면서 한없이 기뻤다. 허전한 감정이 모두 사라지고 새로운 용기가 샘솟았다. 옆자리에 앉은 아내에게

"우리 내년부터 2월 1일이면 동작동 현충원을 참배합시다." 하자 아내 역시 반갑다는 듯이

"그렇게 합시다." 하며 미소를 짓는다.

나는 그 후 매년 음력 2월 1일이면 새벽 4시 서울행 고속버스를 타고 출발하여 정확히 7시 40분 강남터미널에 도착, 다시 택시를 타고 현충원을 향했다. 아침 일찍 분향하고 경건한 마음으로 새 해인사를 드렸다.

이렇게 2월 1일 현충원을 찾은 지도 벌써 강산이 한 번 변하고도 6년이다. 말없이 지나가는 세월이 그저 허무하여 저절로 탄식이 나온다. 그러나 나는 좋은 인연을 지울 때면 학불인다환희연學佛人多歡喜緣; 부처를 배우는 사람은 환희의 인연이 많다이란 시구를 자주 쓴다. 과연 부처님과 인연을 지어 천도제를 모신 후에 좋은 인연이 많았다.

서울지역 군경유족회 부회장염상희은 순국 경찰 묘역에 아버지께서 모셔있어 20년 은혜를 못 잊는다며 의형제가 되어 나를 못 잊어 동작동 현충원 참배 때마다 찾아와 군악대까지 동원하면서 국빈 예우를 받도록 힘 써준 염 회장의 사랑과 배려는 평생을 통하여 잊을 수 없는 의형제이다. 그뿐인가, 무명용사 이장 때 단장을 모셨던 운전기사를 몇 년 후에 우연히 다시 만나 현충원에 봉안한 영령들을 위해 매년 음력 2월 1일 오전 8시에 찾아 참배를 올린다고 말하자, 내년에는 자신도 반드시 참석하겠다고 말했다.

그 후 나는 까마득하게 잊었으나, 이듬해 음력 2월 1일 아침 8시에 과연 그 기사는 현충원 정문 앞에서 대기하고 있었다. 나는 너무 반가웠다. 기사님이 말하기를 "단장님께서 특명으로 오늘 하루 선생님을 위해 할애하여 주셨습니다." 하며 나에게 오늘 하루 일정을 물었다. 내가 사양치 못하고 하루 일정표를 말하자, 가져온 군용차로 동행하며 나를 도

| 봉안식을 기념하다(右측부터 유해발굴단장, 필자, 육군 중장, 해군 소장, 필자 부인)

와주고 오후 늦게 고속버스 터미널에서 석별의 인사를 나누었다.

아! 아름답다. 인간의 향기여! 그날의 보석 같은 추억은 두고두고 잊을 수가 없구나.

어느 스님의 말씀처럼 "살아 말하는 인간은 배신을 하나 죽어 말 못 하는 귀신은 절대 배신하지 않는다."라고 하신 말씀이 생각난다. 영 령들께서 나에게 베풀어 주신 보우는 이처럼 가는 곳마다 내 마음을 그처럼 기쁘게 하였다. 영령들께서 보호해 주신 따뜻한 보살핌 속에 오늘도 내일도 내 생이 다하는 그 날까지 매년 2월 1일이면 현충원을 찾아 분향으로 인사 올리며 영원한 내 가족으로 함께 할 것이다.

| 저자소개

춘곡春谷 강동원姜東元

철학박사
전남 화순 출생(1940)
고조선사古朝鮮史에 관심을 가지고 중국사서史書를 섭렵
하였으며, 배달민족사의 거장 안호상安浩相 · 임균택林均
澤 · 송호수宋鎬洙박사에게 사사師事했다.
고향 화순和順에 국조전國祖殿을 건립하여 개국태조開國太
祖 단군檀君을 모셨고, 〈국조숭모회國祖崇慕會〉를 조직, 해
마다 개천절을 기념하여 민족정기를 선양하였으며, 상
고사에 큰 학자요, 애국지사愛國志士인 단재丹齋 신채호申
采浩 선생을 추모하여 단하초부丹下樵夫를 필자 별호로 사
용하고 있다.
그 밖에 한시, 서예, 문인화 등 시서화詩書畵를 풍류여기
風流餘技로 섭렵하였다. 향토사 연구 업적으로『남주민속
도』,『양주방』,『단가사설집』,『화순의 전설』,『춘곡의
시향』,『운림만영』등 18편의 편 · 저서가 있다.
연락처: 010-5665-3360